从"共同体"到"多元体"
——加拿大英语诗歌民族性建构研究

From "Community" to "Multicommunity":
The Construction of Nationalism in Canadian Poetry

张雯 著

中国社会科学出版社

图书在版编目(CIP)数据

从"共同体"到"多元体":加拿大英语诗歌民族性建构研究/张雯著.
—北京:中国社会科学出版社,2024.3
(中国社会科学博士后文库)
ISBN 978-7-5227-3206-0

Ⅰ.①从… Ⅱ.①张… Ⅲ.①英语诗歌—诗歌史—加拿大 Ⅳ.①I711.072

中国国家版本馆CIP数据核字(2024)第050200号

出 版 人	赵剑英
责任编辑	张　浩
责任校对	姜志菊
责任印制	李寡寡

出　　版	中国社会科学出版社
社　　址	北京鼓楼西大街甲158号
邮　　编	100720
网　　址	http://www.csspw.cn
发 行 部	010-84083685
门 市 部	010-84029450
经　　销	新华书店及其他书店

印　　刷	北京君升印刷有限公司
装　　订	廊坊市广阳区广增装订厂
版　　次	2024年3月第1版
印　　次	2024年3月第1次印刷

开　　本	710×1000　1/16
印　　张	20
插　　页	2
字　　数	335千字
定　　价	108.00元

凡购买中国社会科学出版社图书,如有质量问题请与本社营销中心联系调换
电话:010-84083683
版权所有　侵权必究

第十一批《中国社会科学博士后文库》编委会及编辑部成员名单

（一）编委会

主　任：赵　芮

副主任：柯文俊　胡　滨　沈水生

秘书长：王　霄

成　员（按姓氏笔划排序）：

卜宪群　丁国旗　王立胜　王利民　王　茵
史　丹　冯仲平　邢广程　刘　健　刘玉宏
孙壮志　李正华　李向阳　李雪松　李新烽
杨世伟　杨伯江　杨艳秋　何德旭　辛向阳
张　翼　张永生　张宇燕　张伯江　张政文
张冠梓　张晓晶　陈光金　陈星灿　金民卿
郑筱筠　赵天晓　赵剑英　胡正荣　都　阳
莫纪宏　柴　瑜　倪　峰　程　巍　樊建新
魏后凯

（二）编辑部

主　任：李洪雷

副主任：赫　更　葛吉艳　王若阳

成　员（按姓氏笔划排序）：

杨　振　宋　娜　陈　莎　胡　奇　侯聪睿
贾　佳　柴　颖　焦永明　黎　元

《中国社会科学博士后文库》
出版说明

　　为繁荣发展中国哲学社会科学博士后事业，2012年，中国社会科学院和全国博士后管理委员会共同设立《中国社会科学博士后文库》（以下简称《文库》），旨在集中推出选题立意高、成果质量好、真正反映当前我国哲学社会科学领域博士后研究最高水准的创新成果。

　　《文库》坚持创新导向，每年面向全国征集和评选代表哲学社会科学领域博士后最高学术水平的学术著作。凡入选《文库》成果，由中国社会科学院和全国博士后管理委员会全额资助出版；入选者同时获得全国博士后管理委员会颁发的"优秀博士后学术成果"证书。

　　作为高端学术平台，《文库》将坚持发挥优秀博士后科研成果和优秀博士后人才的引领示范作用，鼓励和支持广大博士后推出更多精品力作。

《中国社会科学博士后文库》编委会

摘　要

从1920年代至今，加拿大英语诗歌差不多走过了200年的历史。以民族想象的流变为主线来梳理加拿大诗歌史，分析其间最具影响力的诗歌流派与最有代表性的诗歌作品，能够比较全面地概括加拿大诗歌从殖民主义到民族主义再到多元文化主义的发展路径。从线性的角度看，书稿内容包括早期的移民诗歌对于新土地的感怀、联邦时期诗人对于民族身份想象的建构、20世纪上半期对于"加拿大性"的进一步探索、20世纪60年代"建国"百周年的民族主义热潮，直至21世纪的诗歌创作；从面上来看，本书力求展现加拿大不同区域与族裔的诗歌创作，研究东海岸、西海岸、安大略与草原地区多个区域，包括华裔、非裔、本土裔等多个不同族裔的诗歌创作，以彰显当代加拿大诗歌创作的地域主义与多元文化主义特色。

本书主要分为以下四个部分：

第一章　通往"共同体"：历史政治与民族建构。本章主要从加拿大的历史与政治角度来研究加拿大诗歌在追寻国家共同体构想过程中所走过的路径，涉及加拿大历史的三个关键时期：（1）建国时期：太平洋铁路系列诗在主题与叙事方式上的流变过程刚好与加拿大对华移民政策的变迁史相对应。将两者结合起来研究，可以更全面地审视加拿大建国150年以来对华人移民态度的转变和从一元主义到多元文化的意识形态价值转向。（2）后联邦时期：以邓肯·坎贝尔·斯各特的诗歌来研究加拿大19世纪末至20世纪初的本土裔政策，以及这些政策对于加拿大"共同体想象"的影响。（3）建国百周年时期：越战主题诗歌不但记录了20世纪60年代这个特殊时期的思想潮流，也对整个加拿大的意识形态走向与自我民族定位产生了重大的影响。

第二章　经历风雪：自然主题与地域诗学。本章主要从地域（西部）、气候（冬季）与自然（移民体验）三个方面展开论述，包括：（1）罗伯特·克罗奇的加拿大西部草原诗学；（2）加拿大冬季主题诗歌中的寒冷想象；（3）加拿大诗歌中人与自然的关系（以荒野描写为例）。本章的主旨是从地域与自然的角度来研究区域差别与共同体想象之间的关系、加拿大诗歌对于这片寒冷的北方大地的书写，来突出加拿大英语诗歌较之其他民族文学的几个主要特征：地域性、冬季主题与偏重风景描写。

第三章　彰显"后现代"：国际主义与形式手法。本章侧重诗歌的形式与手法研究，主要探讨当代加拿大英语诗歌的在创作手法与创作理念上的新状态与新趋向，包括：（1）加拿大当代"文档诗"：主要研究文档诗在重述、整合与虚构文档的同时，对自传、日记与作品集这三种载体形式的颠覆性解构。（2）长诗的手法创新：长诗作品对"照片文本"这种新型叙事手法的运用体现了对诗体小说乃至于诗歌本质的思考以及当代加拿大文学创作的后现代主义式多元化走向。（3）蓝调音乐形式在非裔诗歌创作中的运用：非裔诗人乔治·艾略特·克拉克的诗歌创作对于蓝调音乐元素，如"哭泣"手法的运用与融合。本章在研究诗歌技巧与形式的同时，思考民族主义与国际主义的相互冲突又相互制衡的关系，以及最终"共同体想象"走向何处。

第四章　走向"多元体"：多元文化与族裔改写。本章论述多元文化主义背景下的族裔书写。自20世纪70年代实行多元文化主义以来，加拿大的少数族裔，包括本土裔居民、非裔加拿大人、亚裔加拿大人，以及女性等各种不同的种族、性别与性向的群体，都试图通过文学创作发出自己的声音。这对于原先相对单一的民族"共同体想象"来说，既是冲击，也是补充、改进与演化。本章选取本土裔、非裔与华裔这三个在当代加拿大少数群体，来探讨诗歌创作中的族裔身份建构。

从以上四章内容可以看出，本书的结构大致遵循时间顺序，并着重研究19世纪移民时期、20世纪早期、60年代"加拿大文艺复兴"时期与21世纪这几个加拿大文学史中重要时代的诗歌创作，突出邓肯·坎贝尔·斯各特、E.J.普拉特、厄尔·伯尼、罗伯特·克罗奇、P.K.佩奇、欧文·莱顿、玛格丽特·阿特伍德、弗莱德·华、迈克尔·翁达杰、迪昂·布兰德、安·卡森和乔治·艾略特·克拉克等诗人。综观两个世纪的加拿大英语诗歌史，在创作的传承与更新过程中，民族想象随着历史语境的变迁而呈现不同的时代解读，又折射出加拿大不同于英美两国的文化心理特征。因此，本书既强调加拿大英语诗歌生发过程中的民族性建构意识，同时也揭示后期发展过程中从"共同体"到"多元体"，从"民族主义"到"后民族主义"的演变趋势。

关键词： 加拿大　英语诗歌　共同体想象　多元文化主义

Abstract

    Canadian English poetry has a rich history dating back to the early 19th century, spanning over two centuries from the 1820s. This study delves into how Canadian poetry evolved from colonialism to nationalism and then multiculturalism. It does so by employing Andrew Benedict's concept of the "national imagination" and analyzing influential poetry schools and representative works. From a linear perspective, this book comprises the following parts: the pioneers' poetry recounting the new experiences of the new land; the Confederation poets' construction of national identity; further exploration of "Canadianness" in the first half of the 20th century; the nationalist fervor risen by the centennial celebration in the 1960s; and the new writing in the first decades of the 21st century. Additionally, the book underscores the regionalism and multiculturalism of contemporary Canadian poetry by examining the poetry of different regions, encompassing the Maritime, West Coast, Ontario, the Prairies, and various ethnic communities, such as Chinese-Canadians, African-Canadians, and indigenous peoples.

    The main body of the book is divided into the following four parts:

    The first section, "Towards the 'Community': Historical Politics and Nationa-Building," deals with the concept of the national community of earlier Canadian poetry from the perspective of Canadian history and politics. This part discusses three critical periods in Canadian history: 1. The Confederation Period: The narrative and thematic changes of these Canadian Pacific Railway poems paralleled the history of

Chinese immigration policies. By studying the connection of the poetry and the policies, it is easier to understand the change in Canadian attitude towards Chinese as well as the shift from homogeneity to multiculturalism throughout the 150-year history of Canada as a nation. 2. Post-Confederation Period: a study of the parallel between Duncan Campbell Scott's poems and Canadian Indigenous policies during the end of the 19th century to early 20th century, with an emphasis on its impact on Canada's "imagined community." 3. Centennial period: Poems with the theme of the Vietnam War not only documented the preoccupations of the 1960s, and also had a significant impact on the ideological shift and the new ideas of Canada's national identity.

The second section, "The Wind and the Snow: Natural and Regionalism," mainly discusses three aspects: region (West), climate (winter), and nature (mainly from the pioneers' perspective), including: 1. Robert Kroetsch's poetic representation of the Canadian Prairies; 2. "cold imagination" and the winter theme; 3. the dynamic between man and nature in Canadian poetry, focusing on the analysis of wilderness depiction. The primary purpose of this section is to explore regional differences and community imagination from the perspective of regionalism. The portrait of this vast cold northern land in Canadian poetry echoes several central traits of Canadian literature: Regionalism, the recurring theme of winter, and a strong emphasis on landscape.

The third section, "Post-Modernism: Forms, Narratives, and Cosmopolitanism," looks at the form and technique of contemporary poetry as well as a discussion of the new status and trends of contemporary Canadian English poetry in terms of new techniques and concepts. This part includes: 1. Canadian "documentary poetry," which is essentially a parodic retelling of the stories by deconstructing three "non-fictional" genres: autobiography, journal, and work collection. 2. Innovation of narrative methods of long poems: the use of "phototextuality" as a narrative method in the long poems indicates the innovative trait of the genre of poetic novels. To some degree, the innovation also reflects some internal qualities of poetry, even the postmodernist trend in contemporary Canadian poetry. 3. Blues in African-Canadian poetry: the exploitation of blues elements——such as the technique of "crying" ——in the poetry of African-American poet George Eliot Clark. Finally, while studying the narratives and forms of poetry, this section considers the conflicting and balancing interaction between nationalism and cosmopolitanism; and, ultimately, how the concept of "imagined community" will evolve in the new century.

The fourth section, "Approaching Diversity: Multiculturalism and Ethnic Rewriting," investigates the poetry of different ethnic groups in the context of multiculturalism. Canadian minorities, including Native Americans, African-Canadians, Asian-Canadians, women, and LGBTQ communities, have expressed their own perspectives through poetry, particularly following the implementation of multiculturalism policies in the 1970s. Different ethnic voices make a significant impact on the previously homogenous Canadian concept of the imagined community and are apparently an improvement and evolution to it. This section selects three minority groups in contemporary Canada, namely Indigenous people, African-Canadian, and Chinese-Canadian, to explore the construction of ethnic identity in contemporary English Canadian poetry.

As can be seen from the above contents of the four sections, the structure of this monograph roughly follows the chronological order. It highlights the critical periods in the history of Canadian literature: the immigration time in the 19th century; the early 20th century; the "Canadian Renaissance" period in the 1960s and the first two decades of the 21st century, analyzing the poetic works of the most established poets, e. g. , Duncan Campbell Scott, E. J. Platt, Earle Birney, Robert Kroetsch, P. K. Page, Irving Layton, Margaret Atwood, Fred Wah, Michael Ondaatje, Dionne Brand, Ann Carson, and George Eliott Clarke. In the 200-year history of English Canadian poetry in which both continuity and defiance can be seen, time provides different interpretations for the term "imagined community" as the historical context changes.

Moreover, it reflects Canada's cultural and psychological characteristics that are different from those of the United Kingdom and the United States. Therefore, the book not only emphasizes the consciousness of nationality construction at the earlier stage but also reveals the evolution shift from "community" to "pluralism" and from "nationalism" to "post-nationalism" in the later phase.

Key words: Canada; English poetry; Imagined community

几点说明

1. 本书稿中小部分引文出自一些政府文档（如 *House of Commons Debates*、*The Canada Year Book* 等）、网络资源（如 *CBC News*）、或是一些年代较久远的报纸杂志等特殊形式的材料，有的文件名特别长，有的信息不全，有的没有标注作者或页码。

2. 有些诗人的名字有意使用小写字母或非常规拼写方式，如 bill bissett、bpNichol，另有一些诗集的书名也采用不符合语法的写法，如弗莱德·华的诗集 *is a door* 等，非笔者笔误。

3. 本文稿中的所有的诗歌中译文均为笔者本人翻译。部分当代诗人有意使用一些看似古怪、甚至不合语法的诗句。在翻译过程中，我试图尽量保持原诗的语言风格，个别译文诗句也略有"奇怪"之嫌。

4. 为便于探讨音节、音步与韵脚等诗歌音韵与形式方面的问题，文中少部分诗歌引文采用英语原文。

5. 书内脚注的说明性文字，如无特别说明，均为本书作者所写。

目　录

绪　论 ………………………………………………………………（1）
　第一节　"从殖民地到国家"：加拿大英语诗歌史中的民族想象 ……（3）
　第二节　"窗外的风景"：加拿大英语诗歌的窥探视角 ………（18）

第一章　通往"共同体"：历史政治与民族建构 ………（35）
　第一节　被忽略的道钉：加拿大太平洋铁路诗与对华移民政策 ……（36）
　第二节　"民族厄运"：斯各特诗中的本土裔种族同化政策 ………（57）
　第三节　想象的入侵：加拿大英语诗中的反越战声音………（83）

第二章　经历风雪：自然主题与地域诗学………………（104）
　第一节　去命名：罗伯特·克罗奇的加拿大西部草原诗学 ………（105）
　第二节　"雪的故事"：加拿大冬季主题诗歌中的寒冷想象 ………（122）
　第三节　迷失于荒野：加拿大诗歌中人与自然的关系………（137）

第三章　彰显"后现代"：形式手法与国际主义 ………（151）
　第一节　体裁的崩塌：加拿大当代文档诗的文体重构 ………（152）
　第二节　吟唱的图像：当代诗体小说中的照片文本 ………（172）
　第三节　黑色的忧伤：乔治·艾略特·克拉克诗歌中的
　　　　　蓝调音乐…………………………………………………（183）

第四章　走向"多元体"：多元文化与族裔改写 ………（198）
　第一节　"我们依然在这里"：加拿大本土裔诗歌中身份逆写 ……（199）
　第二节　待点亮的语境：迪昂·布兰德的边缘身份探索 ………（216）

第三节　生活在连字符上:弗莱德·华的中餐馆叙事 …………（229）

结论　从"共同体"到"多元体":加拿大英语诗歌中
　　　"后民族主义"趋向 ……………………………………（243）

参考文献 ………………………………………………………（250）

附录　主要诗人及创作简介 …………………………………（270）

索　引 …………………………………………………………（292）

后记　彼岸诗 …………………………………………………（294）

Contents

Introduction ·· (1)

   1. "From Colony to Country": National Imagination in English
      Canadian Poetry ··· (3)

   2. "Landscape out of the Window": Voyeurism in Canadian English
      Poetry ·· (18)

Section 1   Towards the "Community": History, Politic,
             and Nation – Building ·· (35)

   1. The Ignored Spike: Canadian Pacific Railway Poems and
      Canada's Chinese Immigration Policies ··························· (36)

   2. "Nation's Doom": Indigenous Assimilation Policy in Duncan
      Campbell Scott's Poems ·· (57)

   3. Imagined Invasion: Voice of Anti-Vietnam War in Canadian
      English Poetry ·· (83)

Section 2   The Wind and the Snow: Nature and Regionalism ········ (104)

   1. Un-naming: Robert Kroetsch's Canadian Prairie Poetics ············ (105)

   2. "The Story of Snow": Cold Imagination in Canadian
      Winter-themed Poems ·· (122)

   3. Lost in the Wildness: Man and Nature in Canadian
      Poetry ·· (137)

Section 3 Post-modernism: Forms, Narratives, and
**　　　　　　Cosmopolitanism** ··· (151)

　　1. The Fall of Genres: A Reconstruction of Genre in Canadian
　　　　Documentary Poems ··· (152)
　　2. Lyrical Photos: Photography as a Narrative Method in
　　　　Two Verse Novels ·· (172)
　　3. Black Sorrow: Blues in George Elliott Clarke's Poems ·············· (183)

Section 4 Approaching Diversity: Multiculturalism and
**　　　　　　Ethnic Rewriting** ··· (198)

　　1. "We are Still Here": Rewriting of Identity in Canadian
　　　　Indigenous Poetry ·· (199)
　　2. "Context to Light on": Dionne Brand's Exploration of
　　　　Marginalized Identity ·· (216)
　　3. "Living on a Hyphen": Fred Wah's Narrative of Chinese
　　　　Restaurant ··· (229)

Conclusion From "Community" to "multicommunity": "Post-Nationalism"
**　　　　　　in Canadian English Poetry** ···································· (243)

Works Cited ··· (250)

Appendix ·· (270)

Index ··· (292)

Afterword ··· (294)

绪　　论

本尼迪克特·安德森（Benedict Anderson）在他的《想象的共同体：民族主义的起源与散布》（*Imagined Communities*：*Reflections on the Origin and Spread of Nationalism*）一书中为"民族"下了一个著名的定义："这是一个想象的政治共同体——这种想象还体现在它天然的局限性与权威性上。"[①] 虽然安德森认为民族主义具有天然的狭隘性，但这一基于"共同体想象"的国家概念，为国别文学研究提供了新的思路，而且尤为契合加拿大的历史与文化状况。加拿大作为一个成立于1867年的国家，距今不过150多年的历史。既然要"建国"，在政治与行政举措的同时，必然伴随着思想与意识形态上的民族概念的构建。然而，加拿大诞生于世界上很多国家都早已成为既成秩序的时代。对于那些历史悠久的民族来说，国家的概念是自然而然产生的，是"本来就有的"，是一个既定事实。但是，"国家"这一概念在加拿大需要更刻意、更人为地去构建，或者如诗人莱昂内尔·卡恩斯（Lionel Kearns）所说的"需要大量的想象"[②]。然而，加拿大地域广袤荒凉、气候条件恶劣，致使一个集中的民族共同体的想象具有相当的难度。从另一个角度看，这种特殊的历史、地理与文化原因又使得加拿大尤为需要一个"共同体想象"，也确实促使加拿大人更为"用力"地想象一个共同体。文学批评家罗伯特·莱克（Robert Lecker）曾断言："加拿大完全就是一个共同体的戏剧化叙事"[③]。处于历史上的英国与地理上的

[①] Benedict Anderson, *Imagined Communities*：*Reflections on the Origin and Spread of Nationalism*（Revised Edition）, London & New York：Verso, 2016, p. 6.

[②] Lionel Kearns, *Two Poems for a Manitoulin Island Canada Day*, Vancouver：Blewointment Press, 1976, p. i.

[③] Robert Lecker, *Making It Real*：*The Canonization of English-Canadian Literature*, Toronto：Anansi, 1995, p. 10.

美国的双重夹击之下,加拿大始终致力于构建一个独有的、北方的国家认同感。即使在现今的多元文化主义背景之下,一个宽容、接纳、兼收并蓄的"共同体想象"依然是必须的,也是事实上存在的。

《加拿大英语文学文选》(An Anthology of Canadian Literature in English)一书指出,加拿大文学是"以诗歌为基的加拿大正典"①。与其他文学体一样,加拿大文学也是从诗歌发展起来,并在此后很长时间内依然是以诗歌为主导的局面。从生发伊始,加拿大诗歌便以浪漫主义想象歌咏这片寒冷的北方大地。到了20世纪后半期,又呈现出各个肤色与族群的诗人探寻族裔身份与共同身份之间关系的局面。加拿大英语诗歌从19世纪初发展至今,成果斐然,涌现出了伊莎贝拉·瓦伦希·克劳福德(Isabella Valancy Crawford)、E. 坡琳·约翰逊(E. Pauline Johnson)、阿奇保德·兰普曼(Archibald Lampman)、邓肯·坎贝尔·斯各特(Duncan Campbell Scott)、E. J. 普拉特(E. J. Pratt)、欧文·莱顿(Irving Layton)与厄尔·伯尼(Earle Birney)等众多的诗歌名家;20世纪60年代的"加拿大文艺复兴"期以后,更是呈现全面繁荣的态势,玛格丽特·艾维逊(Margaret Avison)、艾尔·珀迪(Al Purdy)、罗伯特·克罗奇(Robert Kroetsch)、P. K. 佩奇(P. K. Page)、玛格丽特·阿特伍德(Margaret Atwood)和安·卡森(Ann Carson)等,都是加拿大、甚至世界诗坛中响亮的名字。单就其成就来看,加拿大诗歌是一个亟待我国外国文学研究开拓的领域。

加拿大英语诗歌在西方特别是加拿大本国已是一门成熟且涵盖多种角度与方法的学科,但在我国依然是一个崭新的领域。迄今为止,除笔者在研究本课题过程中所发表的几篇论文以外,所有在学术期刊上公开发表的加拿大英语诗歌方面的论文仅仅十多篇,基本上可以分为综述类(如汤潮的《加拿大当代诗歌管窥》)和单个诗人的简论(如逢珍的《加拿大女诗人P. K. 佩奇简论》)。如果仅从数量上看,加拿大英语诗歌在我国的研究非常不充分。以在批评界最受欢迎的阿特伍德为例,这样一位以诗歌成名并已出版19部诗集的作家,学界对其的研究也基本限于小说作品,在目前已发表的350篇左右的阿特伍德研究论文中,只有曾立的《欲望与伤害——玛格丽特·阿特伍德诗歌〈你配合我〉解读》等4篇文章是论及其

---

① Donna Bennett and Russell Brown, "Preface", in Donna Bennett and Russell Brown, eds. *An Anthology of Canadian Literature in English*, Toronto: Oxford University Press, 2010, p. xiv.

诗歌的，仅占总数的1.1%，可见加拿大诗歌研究在我国学界的匮乏。

另外，从内容来看，这些论文基本上为介绍性的综述，而鲜有对具体诗歌作品进行学术性论述与分析的。在专著方面，逢珍的《加拿大英语诗歌概论》和《加拿大英语文学发展史》、傅俊的《加拿大文学史》都系统地梳理了加拿大英语诗歌史，尤其是《英语诗歌概论》对一些重要的诗人和诗集均有比较详细的介绍。这三本文学史专著，为此后的学术研究奠定了史料的基础。但总的来说，国内尚未以文学批评的方式对加拿大英语诗歌进行一个相对深入或全面的研究。

针对这种现状，本书以"共同体想象"为总思路来研究加拿大诗歌，这既可以贯穿200年左右的加拿大英语诗歌史，也能照顾到近年来的多元文化主义对于这种统一的"共同体想象"的冲击与补充。从面上看，基本展现当代加拿大英语诗歌史的全貌和总体特征；从点上来说，通过有选择和有重点地深入研究，突出其中最有成就及代表性的诗人，探究加拿大英语诗歌所折射的加拿大民族性想象与身份建构历程以及不同于英美的地貌特征、文化心理。

本书内容根据安德森"想象的共同体"理论，以"共同体想象"为主线，从历史想象、空间建构、族裔身份与形式手法四个方面来研究加拿大当代诗歌，既有横向的空间建构，也有纵向的历史意识；既有放眼于世界范围的民族身份研究，也聚焦于加拿大独特的文化心理主题。本书将加拿大英语诗歌史中最有成就和代表性的诗人及作品作为重点对象，研究加拿大英语诗歌的民族性建构过程，探析其不同于英美的殖民地心理及北国的地域特征。

第一节 "从殖民地到国家"：加拿大英语诗歌史中的民族想象

一

1825年，诗人奥里弗·哥德史密斯（Oliver Goldsmith）模仿他的同名伯祖父、英国诗人哥德史密斯的《荒芜的村庄》(*The Deserted Village*)，写下加拿大诗歌的开山之作《勃兴的村庄》(The Rising Village)。这首被认为是加拿第一部长诗的作品似乎在历史的起头之处就标注了加拿大与欧洲文学的同源性。且不说作者的姓名与身份本身就说明了两国文学的血缘关系，后者对前者在内容上的呼应更折射出加拿大早期移民作为"英国人"的身份归属：《荒芜的村庄》哀叹现代工业对英格兰乡村田园生活的破坏；《勃兴的村庄》则在50多年后表示加拿大的新兴农村可以弥补母国在机器革命中失去的东西。长诗最后部分以"大不列颠快乐"[①]一句引领的对英国的滔滔赞美之词，既是歌德史密斯个人的"表忠心"，也可看成是加拿大文学生发时期的殖民心理的一个概括。早期的加拿大作家多为英国移民，写作内容也多是英国主题的延续，而且大部分作品本是写给英国读者的，从这个角度看，的确可以说，最初的加拿大英语文学是英国文学在北美大陆的一个小分支。

与很多早期殖民地作品一样，《勃兴的村庄》情感高亢，却被认为水准不高，也许如作家休·麦克里南（Hugh MacLennan）后来所断言的那样："殖民地文学充其量不过是母国文学的苍白反映，没有任何的权威性，直到这个殖民地变得成熟。"[②] 如他所预言，殖民地终归要逐渐变得成熟与独立。19世纪上半期，文人们固然常常闭目沉湎于对英格兰的温柔记忆中，但是，一转身又瞥见了眼前的红枫树。随着时间的流逝，人们开始更加关注于当下的新大陆风光，并试图从中寻得自己新的身份定位。到了联邦政府成立前后，建立一个独立的加拿大文学的愿望达到空前强烈程度。托马斯·达西·麦基（Thomas D'Arcy McGee）代表当时的殖民地人民发出了这样的呼吁：

> 来吧！让我们建设一个加拿大的民族文学，不是英国的，不是法国的，也不是美国的，而是这片土地的子民与后代的，从所有的地方吸取经验，但借此发出自己的声音。[③]

19世纪八九十年代，"联邦诗派"（Confederation Poets）响应时代号

[①] Oliver Goldsmith, "The Rising Village", in Laura Moss and Cynthia Sugars, eds. *Canadian Literature in English: Texts and Contexts* (Volume I), Toronto: Pearson Education Canada, 2009, p. 174.
[②] Hugh MacLennan, *Scotchman's Return and Other Essays*, Toronto: Macmillan, 1960, p. 139.
[③] Thomas D'Arcy McGee, "A National Literature for Canada", *New Era*, June 17, 1857.

召,唱出了加拿大诗歌史上的第一波强音。联邦诗人生在枫树下、长于建国期(五成员均出生于1860—1861年间,亲历加拿大联邦自治领的成立与建设),既感受到了加拿大文学较之英美的文化自卑感(cultural inferiority),更目睹了联邦成立初期前所未有的自信、振奋与理想主义。他们主动担当起建设加拿大民族文学的使命,创作出一系列富有爱国主义热情的诗歌,如查尔斯·G. D. 罗伯茨(Charles G. D. Roberts)的《加拿大》("Canada")和《加拿大联邦颂歌》("An Ode to Canadian Confederacy")、E. 坡琳·约翰逊(E. Pauline Johnson)的《加拿大出生》("Canadian Born")、伊莎贝拉·瓦伦希·克劳福德(Isabella Valancy Crawford)的《从加拿大到英格兰》("Canada to England")、艾格妮斯·玛尔·玛查尔(Agnes Maule Machar)的《我们的加拿大祖地》("Our Canadian Fatherland")、威廉·威尔弗莱德·坎贝尔(William Wilfred Campbell)的《帝国的乞丐》("The Lazarus of Empire")等。这些诗歌在题名上就毫不掩饰地彰显民族主义诉求,内容上也往往是直白的讴歌与表决心。以联邦诗派的领军人物罗伯茨的《加拿大》为例,此诗一方面歌咏加拿大作为一个独立的"幼儿的国家"①的光明前途:"在你的胸前、在你的额前,迸射出一轮上升的太阳"②;同时又一再通过回顾历史来强调加拿大的欧洲渊源,暗示诗人的亲英立场:"撒克逊魄力与凯尔特火焰/这两者是你的遗传的男性气概"③。这种政治主张在当时颇具代表性:建设一个与英国同宗但又独立且强大的加拿大文学。

二

20世纪20年代,现代主义横扫西方世界,可是加拿大作家依旧在寒冷的北风中一遍遍地追问:"这是什么地方?"身份的困惑致使加拿大没能像欧洲及美国那样张开双臂迎接艺术的革新。作家大卫·麦克法雷(David Macfarlane)这样评价加拿大的现代主义:

---

① Charles G. D. Roberts, *In Divers Tones*, Boston:D. Lothrop, 1886, p. 2.
② Charles G. D. Roberts, *In Divers Tones*, Boston:D. Lothrop, 1886, p. 5.
③ Charles G. D. Roberts, *In Divers Tones*, Boston:D. Lothrop, 1886, p. 3.

现代主义花了些时间跨过大西洋，当它到达多伦多市中心时，似乎是在高档的旅途中吃了过多的烤牛肉与喝了太多葡萄酒。它被介绍认识20世纪20年代的加拿大民族主义；被带去见七人画派。它在"艺术与文字"社团里一场关于布里斯·卡门与威尔森·麦克唐纳德谁是更好的诗人的争论中睡着了，而且二十年没醒过来。①

当现代主义漂洋过海来到这片荒凉的北美新大陆时，它自己好像也困惑了：原先那种对既有文明与理性秩序的反思与挑战并没有很坚实的土壤，因此卷不起在欧洲文艺界那样纯粹的声势。如果说现代主义的要义之一是反对"自身的传统"，那么加拿大的现实恰恰就在于并没有多少传统，而且"自身"是什么也还是个问题。

这并不是说加拿大没有激进的革新派。事实上，当西方世界刮起现代主义的强风时，一些先锋者们立即接收到了时代的讯息。"麦吉尔派"[McGill Group，又称"蒙特利尔派"（Montreal Group）]就是在20年代中期的国际激流中应运而生的。与别国的先锋作家一样，"麦吉尔派"也是以除旧迎新为己任，是当时加拿大文坛现代主义与革新力量的代表势力。这一诗派的激进与叛逆集中体现在核心人物F. R. 斯各特（F. R. Scott）的这首《加拿大作家聚会》（"The Canadian Authors Meet"）短诗中：

加拿大作家聚会

健谈的木偶散发着自己涂上的圣油味
在威尔士王子的肖像画之下。
怪想小姐的缪斯似乎未能显灵，
但她是个女诗人。面带微笑，她从一个人群

游走至另一个交谈的人群，带着如此珍贵的
维多利亚式圣洁，这是她的派头，
对不相识的人报之一声欢呼——
六十岁的处女依然在写激情。

---

① David Macfarlane, *The Danger Tree: Memory, War, and the Search for a Family's Past*, Toronto: Macfarlane, Walter & Ross, 1991, p. 43.

绪　论

空气因有着加拿大话题而变得沉重，
卡曼、兰普曼、罗伯茨、坎贝尔，斯各特①
评价标准是他们的信念与慈善，
他们对上帝与国王的热诚和热切的想法。

蛋糕是甜的，但更甜的是
个人与文学混合在一起的感觉；
温暖了老的，融化了冻僵的。
真的，这是最令人愉悦的聚会。

我们要去桑树丛散步吗，还是
去河边汇合，还是
选出这个秋季的桂冠诗人，
还是再来一杯茶？

哦加拿大，哦加拿大，能否
有一天没有新作家出现
来描绘这当地的枫树，来盘算
还有什么方式可以进行重复的欢呼？②

在这首诗中，斯各特直接点名批评自己同为诗人的父亲 F. G. 斯各特（F. G. Scott），足见是以弑父般的反抗精神来批评前一辈的作家。他在诗中全面盘点了当时加拿大文坛的一些弊病，包括对英国的依赖（"威尔士王子的画像"）、重复且没有新意的自然描写（"描绘当地的枫树""重复的欢呼"），等等。总之，他是用毫不留情的讽刺语调来宣泄一个先锋诗人对维多利亚式的矫揉造作、自以为是文风的极端反感与蔑视。

然而，正如《加拿大英语文学：文本与语境》（*Canadian Literature in English: Texts and Contexts*）一书所指出的：

---

① 这些均是"联邦诗人"的名字。（本书作者注）
② F. R. Scott, *F. R. Scott: Selected Poems*, Toronto: Oxford University Press, 1966, p. 70.

斯各特不曾承认的是，他这一代人与联邦时期的人之间有许多共同点。两个群体都受影响于民族主义感伤浪潮与对于创建一个独特和在国际上可行的加拿大文学的渴望；两者都关注写作艺术的形式与技艺；两者都试图取代他们之前的被认为是平庸的加拿大作品……①

其实，只要稍稍了解一下斯各特自己的诗歌实践（大量以加拿大为主题的作品、自然题材的广泛使用、手法上的浪漫主义倾向等），就可以发现他与被他唾弃的作家之间并没有明显的界限。以斯各特为代表的"麦吉尔"诗派虽然在文论上主张用现代主义取代浪漫主义、用国际性代替民族性，但是，在创作上很大程度地继承了早先的文学传统，并继续探讨着前辈们谈论的话题。

换言之，在当时的加拿大，所谓的现代主义不过是用庞德与艾略特等人的方式来继续进行身份问题的追寻而已。现代主义与民族主义纠缠在一起，产生出一种独特的艺术效果，既不同于加拿大本国之前的浪漫主义，也有别于欧洲与美国的现代主义。A. J. M 史密斯（A. J. M Smith）创作于1926年的著名诗歌《孤独的土地》（"The Lonely Land"）很有代表性地诠释了这种新旧交替的诗风与并不纯粹的现代主义：

> 柏树与锯齿冷杉
> 耸立着尖刺
> 冲着灰暗
> 与乌云密布的天空；
> 水湾上
> 飞沫与水纹
> 和稀薄苦涩的水花
> 怒向
> 旋涡的天空；
> 而松树

---

① Laura Moss and Cynthia Sugars, *Canadian Literature in English: Texts and Contexts* (Volume II), Toronto: Pearson Education Canada, 2009, p. 83.

绪 论

歪向了另一边。①

　　这首诗一方面在题材上沿袭加拿大文学对自然景物的依赖与迷恋，诗名"孤独的土地"本身就再现了早期移民典型的幽怨与困惑。但另一方面又悖离了浪漫主义诗歌讴歌自然之壮美、崇高与令人敬畏的传统，而是营造出另一种冷峻、奇崛和黑暗的氛围，赋予景物以心理层面的寓意。对比一下早先加拿大诗人如查尔斯·桑斯特（Charles Sangster）和罗伯茨等人的作品，《孤独的土地》从形式上说，诗行就短很多，不难看出受美国意象主义凝练含蓄诗风影响的痕迹，而对"不和谐之美"的推崇又隐约可见波德莱尔式的审美风格。

　　这首诗是受当时极有影响的"七人画派"作品的启发而写成的［诗的副标题即是"七人画派"（Group of Seven）］。如"七人画派"所描绘的那一幅幅北方自然图景所呈现的，当笔法的冷峭与地域的严酷碰撞在一起时，便产生出一种奇异又独属于加拿大的画风。艺术界的"七人画派"与文学上的"麦吉尔派"一样，都运用革新的、现代主义的技法来表达原先的题材，开拓了一种更为非个人化与冷静的创作风格。然而，无论是"七人画派"还是"麦吉尔派"，虽然都以创新革旧为己任，但对本土自然题材的描摹中又都突显了民族情怀。先锋诗人在努力走向世界方式就是展现这片北方大地独有的风貌。

　　诺思洛普·弗莱（Northrop Frye）说："加拿大人的身份问题与其说是'我是谁'，不如说'这里是哪里'。"② 在这样一个"历史太少，地理太多"的国度，身份更多的是空间而不是时间上的议题。所以，当其他欧美国家的现代主义者们普遍从外界转向内在时，加拿大作家依然执着地望着窗外的风雪与树木。这部分地解释了为什么七人画派会成为打响加拿大现代主义的头阵：他们开创了用一种全新的手法与视角来描摹自然的风格，从而呈现出一个迥异于浪漫主义时期的加拿大北方。但这种革新依然逃不开"这里是哪里"的追问，而答案也仍然是强调加拿大人的身份归属与独

---

① A. J. M. Smith, "The Lonely Land", in Margaret Atwood ed. *The New Oxford of Canadian Verse in English*, Toronto, London & New York: Oxford University Press, 1982, p. 98.
② Northrop Frye, "Conclusion to the First Edition of Literary History of Canada", in O'Grady Jean and David Staines, eds. *Northrop on Canada: Collected Works of Northrop Frye*（Volume 12）, Toronto, Buffalo, London: University of Toronto Press, 2003, p. 467.

特性存在于苍茫与浩渺的北方自然之中。

三

就这样,在"孤独的土地"的吟唱声中,一个世纪过去了,历史的车轮辗转至公元20世纪60年代,当年的自治领在寒冷的北风中成了地球上版图最大的国家之一。她既实现了与英国的独立,也没有被美国吞并。但是一百岁对于一个国家来说依然是非常年轻的。从行政主权来看,纽芬兰省1949年才加入联邦,而此时的立法权依然附属于英国。更重要的是,人们纠结了100多年的身份问题似乎还是没有明确的答案。厄尔·伯尼(Earle Birney)写于1962年的短诗《加拿大文学》("Can. Lit")就表达了这种困惑:

加拿大文学
(或者能永远离开她)

因为我们总是问向天空
即使有鹰来它们也会飞走
留下的影子并不比鹪鹩的大
甚至惊吓不了最家常的母鸡

太过忙于连接寂寞
以至于没有时间寂寞
我们在铁路的链条上开凿
那是艾米莉刻在骨头上的东西

我们的英国人与法国人从来不曾丢失
我们的内战
延续至今
已是一个血腥的烦恼
伤者熄下了警报
不需要惠特曼

绪 论

我们只因无鬼

而被纠缠①

诗的最后一句"我们只因无鬼而被纠缠"（It's only by our lack of ghosts we're haunted.）一经说出，便在加拿大文坛上阴魂不散。建国100年了，伯尼还在执着于对民族身份的拷问。这个感叹生于建国百周年庆之际，又题为"加拿大文学"（Can. Lit），实际上是道出了民族文学建构的世纪困惑与难题。"缺鬼"的实质是缺乏足够的历史与文化积淀。这也是一个关于加拿大集体定位的迷思。

该诗的小标题"或者能永远离开她"（or them able leave her ever）是对1867年亚历山大·缪尔（Alexander Muir）的诗歌《永远的枫叶》（"The Maple Leaf Forever"）题名的戏仿。两者的创作时间相差了100年。从"leaf"到"leave"，我们可以看到一种世纪轮回。同时，从威廉·坎贝尔的"我们只吃着她的名望的碎屑"②到F. R. 斯各特的"哦，加拿大，哦，加拿大，可否有一天没有新作家出现"（1927年）；从厄文·莱顿（Irving Layton）的"乏味的人，缺乏魅力与想法"③，再到伯尼的"我们只因缺鬼而被纠缠"，我们又可以从中读出历经百年却从不曾间断的国民性批判与探寻。

这个百年探寻的历程充满了曲折与迷惘，诗歌中的"迷路"主题即是一个例证。人迷失于原始森林是加拿大文学的母题之一。到了20世纪中后期，这一主题更偏重心理层面的展现与挖掘。道格拉斯·拉潘（Douglas LePan）的《一个没有神话的国家》（"A Country without a Mythology"）和玛格丽特·阿特伍德的《一个拓荒者逐渐变疯》（"Progressive Insanities of a Pioneer"）都描写一个来自"欧洲文明"的男性在荒野中迷失自我的过程。前者受困在一个"没有神话的国家"（"没有神话"是蛮荒的另一表

---

① Earle Birney, "CanLit", in McClelland and Stewart, eds. *The Collected Poems of Earle Birney* (Vol. 1), Toronto: McClelland, 1975, p. 138.
② William Wilfred Campbell, "The Lazarus of Empire", in Laurel Boone ed. *William Wilfred Campbell: Selected Poetry and Essays*, Waterloo: Wilfrid Laurier University Press, 1987, p. 36. 此处"吃着她的名望的碎屑"中"她"是指英国。
③ Irving Layton, *The Darkening Fire: Selected Poems* 1945 – 1968, Toronto: McClelland and Steward Ltd., 1975, p. 75.

征）；后者则走不出"有序的虚无"①。

如弗莱所说的："我长久以来惊异于加拿大诗歌中说到自然时的那种深深的恐惧语调"②，这两首诗里的自然均被定位为与人类所对立的冷酷、蛮荒与敌意的形象，而人物改造自然的努力也都归于失败。个人的努力在强大蛮横的自然面前完全微不足道："万物/拒绝给自己命名/也拒绝他的命名"③。命名行为象征着人类对自然的理性改造，是蛮荒走向文明与有序的第一步，因此自然拒绝被命名即是拒绝被改造。同时，自然的蛮荒往往表现为非理性的虚空与空白：阿特伍德笔下的拓荒者身处"哪里都没有墙，没有界线/在他之上的天空也没有高度"④；"没有神话的国家"同样是"天空中没有丝毫的记号，没有表征"⑤，以及"没有遗迹或地标指导这个陌生人"⑥。在这两首诗中，虚空都成了一种对人的禁锢，这种"旷野恐惧症"或许是加拿大诗歌所独有的。

可见，迷路其实是一种人与自然的冲突，也是一个关于身份迷惘性的隐喻，这无非是又一次以"这里是哪里"来询问"我是谁"的问题。阿特伍德在她的《生存：加拿大文学指南》（*Survival: A Thematic Guide to Canadian Literature*）一书里指出：

> "我是谁"是另一种问题，这是当一个人置身于未知领地时会问的问题，而且隐含了几个其他的问题：这个地方相较于其他地方处于什么位置？我如何在这里找到自己的路？如果一个人真的迷路了，他可能还会想他一开始是如何到达"这里"的，希望能通过追踪自己的

---

① Margaret Atwood, *The Animals in That Country*, Boston: Atlantic Monthly Press, Little, Brown & Co., 1968, p. 37.
② Northrop Frye, *The Bush Garden: Essays on the Canadian Imagination*, Toronto: Anansi, 1971, p. 225.
③ Margaret Atwood, *The Animals in That Country*, Boston: Atlantic Monthly Press, Little, Brown & Co., 1968, p. 39.
④ Margaret Atwood, *The Animals in That Country*, Boston: Atlantic Monthly Press, Little, Brown & Co., 1968, p. 36.
⑤ Douglas LePan, "A Country without a Mythology", in Jack Finnbogason and Al Valleau, eds. *The Nelson Introduction to Literature*, Toronto: Nelson Thomson Learning, 2000, p. 113.
⑥ Douglas LePan, "A Country without a Mythology", in Jack Finnbogason and Al Valleau, eds. *The Nelson Introduction to Literature*, Toronto: Nelson Thomson Learning, 2000, p. 113.

脚印来找到正确的路径，或者离开的路。①

"这里是哪里"这个问题暗含了加拿大以移民作为国家起源的性质，文明与自然的冲突在第一代拓荒者身上几乎是以撕裂的方式上演。而阿特伍德给出的答案是："一个迷路的人需要的是这片土域的地图，标记着在他自己所处的位置，这样他能看清他与周遭事物所处的关系的地方。"②

加拿大文学史中以"加拿大""土地"和"国家"等词语命名的诗歌之多也足以证明这一点。从 A. J. M. 史密斯的"孤独的土地"到拉潘的《一个没有神话的国家》（1948），再到伯尼的"我们只因少鬼而被纠缠"，建国一百多年来民族身份探求从来没有停止过，一直到1972年艾尔·珀迪的这首《贝尔维尔之北的乡野》（"The Country North of Belleville"）：

灌木之地矮树之地——
　　卡舍尔镇和沃拉斯顿
埃尔维泽尔麦克卢尔和邓甘嫩
维斯勒姆昆湖的绿地
在此地一个人可能会明白
　　什么是美
而且无人能否认他
　　因为数英里的——

然而这是一个挫败的乡野
西西弗斯滚着一块巨石
年复一年推上古老的山峦
野餐的冰川留下散落的
世纪的碎砾
　　艰辛操劳的日子
　　在阳光与雨水中

---

① Margaret Atwood, *Survival: A Thematic Guide to Canadian Literature*, Toronto: Anansi, 1972, p. 17.
② Margaret Atwood, *Survival: A Thematic Guide to Canadian Literature*, Toronto: Anansi, 1972, p. 18.

从"共同体"到"多元体"：加拿大英语诗歌民族性建构研究

>   当领悟缓缓流进大脑
>   却并没有因为作了一个傻瓜
>   而产生的宏大或自欺欺人
>   　　的高贵挣扎——①

这首诗虽然写的是个地方性的区域，但用拓荒生活体验来探讨国民性问题的做法与之前的主题是一脉相承的，再加上英语中"乡野"（country）与"国家"是同一词，所以，整首诗依然可以看成是对民族身份的感叹。贫瘠的土地、寒冷的气候以及生活于此的人们的无奈与挫败感，都是对包括在苏珊娜·穆迪（Susanna Moodie）在内的拓荒者们对加拿大爱恨交加情绪的又一次回应。此诗的名句"这是一块关于我们的失败的乡野"（This is the country of our defeat）也是对"这是一个什么样的国家或土地"（This is the country/land of…）句式的终结。也许这就是为什么珀迪被称之为"最后一个加拿大诗人"②：在他之后，就很少有作家再吟唱"这是一片孤独的土地"或"这是一个失败的国家"这样的诗句。这种句式一方面强调了身份的迷惘，另一方面也暗示了国家层面的集体叙事导向。从70年代开始，宏大的集体叙事在加拿大受到了史无前例的时代挑战，同时也意味着诗歌史迎来了一个新的局面与走向。

四

厄文·莱顿所谓的"从殖民地到国家"的转变刚一完成，加拿大便开始迅速变得多元化。自20世纪后期，在移民政策与多元文化主义等多重政治与文化力量的导向与冲击下，不同地区的人希望表达独特的地域体验；各族裔的移民也纷纷讲述自己的故事；各支系原住民次第发声。原先单一的欧洲移民的主体声音被消解，加拿大文学逐渐成为一个多声部的混合演奏。早先的那种民族挫败感依然在，却不再是"加拿大"这个定语就

---

① Al Purdy, "The Country North of Belleville", in Donna Bennett and Russell Brown, eds. *An Anthology of Canadian Literature in English* (Third Edition), Don Mills：Oxford University Press, 2010, p. 569.
② Sam Solecki, *The Last Canadian Poet：An Essay on Al Purdy*, Toronto：University of Toronto Press, 2000, the title of the book.

能一以盖之的，而是融合了地域、族裔、文化的多元体验。这种"多样性"（diversity）正好契合了后现代主义"消解中心、重构边缘"特质。如果说现代主义在加拿大并不纯粹的话，后现代主义倒是在这片北方大地上展现得淋漓尽致。

在这样的新语境中，诗人们不再感叹"这是一片孤独的土地"或"这是一个失败的国家"，也不再那么热衷于描写寒冷的北方或是迷失于荒无人烟的森林——那些更多地是属于早期白人欧洲移民的体验。意识形态上的转变或许可以从这一时期的一些戏仿或改编作品中看出来。诗人们将早期作家设为描述对象，或者如阿特伍德的《苏珊娜·穆迪日记》（*The Journals of Susanna Moodie*）那样以第一人称"我"来表述，或者像罗伯特·克罗奇（Robert Kroetsch）的《F. P. 格罗夫：发现》（"F. P. Grove: The Finding"）将对方称为"你"，直接与之对话。无论哪种形式，都包含着对拓荒期作家及其所处时代的反思与重新评估。

其中较早这么做的是 F. R. 斯各特。他的《除了最后一根之外的所有道钉》（"All the Spikes but the Last"）是针对 E. J. 普拉特（E. J. Pratt）的史诗级长诗《通往最后一根道钉》（*Towards the Last Spike*）而写的。后者描写 19 世纪末期加拿大太平洋铁路的修建过程，却几乎完全忽略包括华人在内的普通劳工。作为加拿大第一届联邦政府的最显著功绩，横跨北美东西全境的太平洋铁路历来是国家叙事的象征。《除了最后一根之外的所有道钉》开门见山地质问普拉特"你诗中的苦力们在哪里"，并进一步反问："他们[1]在这片他们帮着联结的土地上过得好吗？"[2] 斯科特对普拉特的质疑，暗示普拉特等人所倡导的宏大统一的叙事根基开始有所松动。此诗写于 1957 年，从"通往最后一根道钉"到"除了最后一根道钉"的转变已隐约预言一个新的价值评判体系时代的到来。

阿蒙德·加内特·鲁福（Armand Garnet Ruffo）的《给邓肯·坎贝尔·斯各特的诗》（"Poem for Duncan Campbell Scott"）则将著名的联邦诗人邓肯·坎贝尔·斯各特[3]（Duncan Campbell Scott，1862 – 1947）又一次推向了多元文化主义的审判席。D. C. 斯各特既是加拿大历史上有成就的

---

[1] 指华人劳工。
[2] F. R. Scott, *F. R. Scott: Selected Poems*, Toronto: Oxford University Press, 1966, p.64.
[3] 为避免与另两位诗人 F. R. 斯各特和 F. G. 斯各特的名字搞混，本节将邓肯·坎贝尔·斯各特称为 D. C. 斯各特。

作家，同时也曾是联邦政府印第安事务部的一个主要负责人。鲁福的这首诗即是描写斯各特代表联邦政府与本土裔奥吉布瓦人谈判的一个场景。全诗从印第安人的眼光展开："这个黑色外套与领带是谁？"[①] 接下来便对斯各特所代表的基督教义、联邦政府的印第安政策以及他的诗歌进行了一系列的嘲讽。

更重要的是，鲁福试图反转了 D.C. 斯各特所代表的白人话语权。D.C. 斯各特曾经创作了大量关于印第安人的诗歌。这些作品一方面歌咏印第安人勇敢、纯真、隐忍的品质，表达了对他们的深切同情；另一方面又站在白人殖民者的立场上，认为他们是需要被改造、救助、甚至消除的种族。鲁福在诗歌中写道"他总是在忙着在随身携带的日子本上写东西"[②]，而这些东西：

> ……他
> 称之为诗
> 并说它能使这我们这些注定灭亡人
> 永生[③]

再联系一下这首诗的题目"给邓肯·坎贝尔·斯各特的诗"，其实颇具反讽意味：在 D.C. 斯各特眼中，印第安人作为一个终将被同化直至消失的种族，永远不可能写诗，而只能在他诗中得以永存。可是一百年以后，作为奥吉布瓦人的鲁福不但没有死，还反过来将 D.C. 斯各特写进了自己的诗里。写与被写，我们看到的是世纪更迭过程中，话语权在双方手里的几番往返。

梅蒂（Métis）[④] 作家玛丽莲·杜蒙特（Marilyn Dumont）则将这种对质又向前推进了一步，她的诗歌《致约翰·A·麦克唐纳德爵士的一封信》（"Letter to Sir John A. Macdonald"）直接对话加拿大第一任总理约翰·A. 麦克唐纳德爵士（Sir John A. Macdonald）："你知道吗？约翰，/这么多年

[①] Armand Garnet Ruffo, *Opening in the Sky*, Penticton：Theytus Books, 1994, p.25.
[②] Armand Garnet Ruffo, *Opening in the Sky*, Penticton：Theytus Books, 1994, p.25.
[③] Armand Garnet Ruffo, *Opening in the Sky*, Penticton：Theytus Books, 1994, p.25.
[④] 梅蒂人为北美欧洲移民与当地本土裔杂交所生的混血后裔。

为了适应移民将我们推来推去/我们却依然在这里且依然是梅蒂人。"① 麦克唐纳德和他极力主张修建的太平洋铁路已然成了加拿大英裔白人殖民叙事的象征。杜蒙特在铁路建成100年以后对死去多年的麦克唐纳德说:"约翰,那条该死的铁路并没有将此地变成一个伟大的国家"②,而那个被你处死的路易斯·瑞尔(Louis Riel)③ 虽然死了,却"总是回来"④。麦克唐纳德与瑞尔,以当时的政治话语的评判标准,前者是国家意志的体现,后者则是叛徒;前者是征服者,后者是被征服者。可是加拿大历史发展的语境不断地质疑这个定论。的确,瑞尔"总是回来",他不断地出现在20世纪后半期的诗歌中,从两首"拾得诗"(found poem),即莱蒙德·苏斯特(RaymondSouster)的《拾得诗:路易斯·瑞尔在法庭上的陈述》("Found Poem: Louis Riel Addressesthe Jury")和约翰·罗伯特·卡伦伯(John Robert Colombo)的《路易斯·瑞尔最后的话》"The Last Words of Louis Riel",到bp尼克尔(bpNichol)的《路易斯·瑞尔的长周末》("The Long Weekend of Louis Riel"),再到这首《一封信》,瑞尔是加拿大当代文学中一个"阴魂不散"的形象。这背后是多元价值观的兴起与少数族裔文化的重构,既是多元主义对单一白人文化的挑战,也是后现代主义对宏大叙事的反叛。

  无论是斯各特为中国劳工打抱不平、杜蒙特站在梅蒂人的立场上声讨麦克唐纳德,还是鲁福作为奥吉布瓦人对D. C. 斯各特的讽刺,都可以看出少数族裔开始逐渐从白人主导话语历史语境中解放出来,从而发出自己的声音。20世纪90年代涌现了不少类似的"戏仿诗",这在一定程度上说明世纪之交时加拿大文学对历史的反思,也预示未来将是一个更为多元与后现代走向。

  综合以上论述,可以较为清楚地看出加拿大英语诗歌史的大致发展脉络,即19世纪的殖民主义、19世纪末至20前期的民族主义、20世纪后

---

① Marilyn Dumont, *The Pemmican Eaters: Poems by Marilyn Dumont*, Toronto: ECW, 2015, p. 2.
② Marilyn Dumont, *The Pemmican Eaters: Poems by Marilyn Dumont*, Toronto: ECW, 2015, p. 2.
③ 路易斯·瑞尔(1844—1885)是梅蒂人的领袖,为保护梅蒂人的文化与权益,抵抗联邦政府对草原地区的"加拿大化",曾分别在1860年代后期和1884年率领梅蒂人发起两次反叛运动。1885年,渥太华方借由刚刚建成的太平洋铁路输送官兵,平定了叛乱且抓捕了路易斯·瑞尔,后被麦克唐纳德处死。
④ Marilyn Dumont, *The Pemmican Eaters: Poems by Marilyn Dumont*, Toronto: ECW, 2015, p. 2.

期以来的多元主义。民族想象既是一条贯穿两个世纪诗歌史的主线，同时本身也是一个随着时代与语境的更迭而不断变化内涵的意象。200年来，加拿大既完成了从殖民地到国家的转变，同时也正进行着从共同体到多元体的演化。

第二节 "窗外的风景"：加拿大英语诗歌的窥探视角

引 言

加拿大英语诗歌总体上以风景描写而见长，但风景是如何被窥望到的？那些火红的枫叶、雪白的冬景与遥远的村舍是如何进入诗人的眼界的？综观加拿大诗歌，可以发现有相当比例的诗歌都是诗人站在窗前、坐在阳台上，或者躲在某个角落里写成的。换言之，加拿大诗歌中的很多风景都是通过"窥视"获得的，偷窥、俯瞰、遥望以及远眺是最常用的表现视角。这固然是因为加拿大气候寒冷、自然环境恶劣，站在窗前观看大雪纷飞的场面是出于客观现实原因，但另一方面，诗歌中的窥淫视角是一种更为隐蔽的民族心理的投射，其根源可追溯至文学的发生时期。

一 从殖民主义到视觉主义

首先，19世纪是一个视觉主义时期。法国历史学家吕西安·费弗尔（Lucien Febvre）曾说过："16世纪首先不是看的，而是听与闻的，嗅着空气、捕捉声音。"[1] 到了17世纪，随着视觉艺术与几何等科学技术的发展，特别是印刷术的成熟，知识首次得以大量通过文字的形式进行保存与传播。而人类的视野在19世纪又得到了进一步扩展：摄影的发明与应用、望远镜在技术上的突破……工业文明带来的自信与技术前所未有地提升了

---

[1] Lucien Febvre, *The Problem of Unbelief in the Sixteenth Century：The Religion of Rabelais*, trans. Beatrice Gottlieb, Cambridge, MA：Harvard University Press, 1982, p.432.

西方人"看"的欲望与能力。如有评论家所总结的:"19世纪在很多方面都是视觉主义兴起的时代。"①

除了技术的支持,殖民主义是另一潜在推动力。爱德华·萨义德(Edward Said)就在他的专著《东方主义》(Orientalism)里暗示了殖民与视见的关系②。此后,不少后殖民理论家都提到"看"作为殖民权力的体现。霍米·巴巴(Homi K. Bhabha)认为,"必须看到殖民权力的监视在功能上与视野动力(scopic drive)的关系"③。蒂莫西·米切尔(Timothy Mitchell)则在海德格尔的基础上以"作为展览的世界"(world-as-exhibition)这一术语来论证19世纪的殖民者是以视界来征服东方的:"世界将自己组进了一张图片里,从而形成一种视觉秩序。"④ 西方殖民运动在人类历史上首次大规模地实现将另一世界的想象转变为眼前情景。这一行为所代表的实际以及象征意义上的"看"进一步促进了19世纪的视觉化。

加拿大英语文学正是在视觉主义与殖民主义的双重席卷中谱写出最初的篇章。一方面,在北美这片"历史太少,地理太多"的新大陆上,纵向的历史式的"听"更多地被横向的地理式的"看"所代替;另一方面,殖民行为的征服感与探索欲又进一步促使拓荒者们睁大了眼睛,试将这个新世界上发生的一切尽收眼底。在这样的历史与地理背景下发展起来的加拿大文学较之其他国家总体上更具视觉性。相对于欧洲文学的鼻祖荷马是一位盲人,加拿大文学先驱们的视力似乎都很好,包括弗朗西斯·布鲁克(Frances Brooke)、安·布朗耐尔·詹姆逊(Anna Brownell Jameson)和伊莎贝拉·凡兰西·克劳福德(Isabella Valancy Crawford)等在内的早期移民作家,一踏上这片土地,便开始尽情地描摹与讴歌眼前的壮丽风光,并由此奠定早期加拿大文学的崇高(sublime)基调。

不难想见,19世纪语境中的视觉主义诉求也是促使精神病院向人们打开大门的背后推动因素之一:神秘而黑暗的中世纪古堡必须展现在科学主义的强光之下,不为人知的密室必须向外界开放,监狱与精神病院这样的

---

① Constance Classen and David Howes, "The Museum as Sensescape: Western Sensibilities and Indigenous Artifacts", in Elizabeth Edwards, Chris Gosden, Ruth Phillips, eds. *Sensible Objects: Colonialism, Museums and Material Culture*, New York: Berg Publishers, 2006, p. 208.
② See also Said, Edward W., *Orientalism*, New Delhi: Penguin Books, 1994, p. 240.
③ Homi K. Bhabha, *The Location of Culture*, New York: Routledge, 2004, p. 109.
④ Timothy Mitchell, *Colonising Egypt*, Berkeley: University of California Press, 1991, p. 22.

机构也不应该继续隐藏在城市的阴暗处。

1853年，加拿大文学的"祖母级"作家苏珊娜·穆迪在她著名的《开荒地与丛林中的生活》(Life in the Clearings Versus the Bush)一书里详细叙述了自己分别参观金士顿监狱与多伦多省立精神病院的经过。值得注意的是，穆迪的监狱与病院之行既不是探望某个亲友，也不是出于作家的职业需要去收集创作素材，而是作为成千上万名普通游客中的一员进去游览观光。这是因为，精神病院和监狱之类的监管机构是维多利亚时代加拿大的热门旅游景点，参观这些机构是当时盛行的风尚。

19世纪上半期，随着工业革命带来的经济发展与民生改善，北美新建了不少精神病院与监狱等看管机构。这一时期正值科学主义与人道主义改良思潮在西方全面兴起之时，公众对于社会进步的信心与热情、对精神疾病治疗方式的关注以及人们对于探知社会科学特别是犯罪与疾病科学的兴趣空前地高涨。与此同时，各监管机构自感有义务向外界展示他们管理与改造精神病患者或犯人的成果。除此之外，参观门票费是一笔可观的收入，这些机构出于运营成本的考虑，也愿意接纳社会观光游客。基于以上种种原因，加拿大的安大略省①以及美国纽约州一带的多家监狱与精神病院等机构普遍实行对外开放政策。

参观习俗从19世纪30年代兴起之后一直持续至19世纪末，不少大型的监管机构都常年接待数以千计的游客。詹妮特·麦伦（Janet Miron）在她的著作《监狱、精神病院与公众：19世纪的机构参观》(Prisons, Asylums, and the Public: Institutional Visiting in the Nineteenth Century)一书里这样描述参观的盛况：

> ……更为常见的是，各行各业的人们自愿地来到这些机构……进入监狱与疯人院的人们是普通大众的成员——既非正式也非私底下与刑责或医疗改革相关的人——也大量地涌入这些机构进行私人视察。参观者们观看犯人与病人工作、与他们谈论关押的生活与感受……绝大多数参观者都与参观机构没有职业或私人的联系。他们既不是医学或法学圈中的人，也不是来探访机构里的朋友或亲戚。他们属于普通大众，出于各种原因，被吸引并热切地走进19世纪的精神病院与监

---

① 当时称为"上加拿大"地区。

绪 论

狱的高墙。①

随着大批人群的频繁进出,社会上出现大量关于精神病院与监狱的报道、记录、讨论与传闻。这些监管机构不再是封闭的空间,而成为公众观察与探讨的对象。当这些机构成为社会上人人可以观摩的景观,尤其是当许多作家们也加入了好奇的人群时,它们便以一种隐性却深刻的方式影响着当时的文学创作。"监狱与疯人院的意象频繁出现于19世纪的小说中,畅销作家们经常提到这种机构参观。"(*Prisons*:61)其中精神病院更是引发了人们对心理疾病的好奇以及文化意义上的"疯癫"想象。如穆迪、凯瑟琳·帕·特莱尔(Catharine Parr Traill)与艾格尼丝·摩尔·马查尔(Agnes Maule Machar)等重要作家都直接在作品中大篇幅描写参观疯人院相关的内容。更重要的是,这一习俗盛行的时期正值加拿大文学生发与形塑的重要阶段。在这个过程中,参观疯人院风尚与文学书写相互作用与渗透,参与并融入了加拿大英语文学特质的建构。同时,对于疯人院参观行为乃至于对疯癫本身的叙写的嬗变,也折射出文学观念与技法的流变。

而当罪犯与精神病患者集中出现在众人的视野中时,人们便试图从他们的外貌中寻找犯罪与疯狂的根源。在当时的科学背景下,颅相学看起来提供了答案。颅相学在19世纪初经由德国生理学家弗朗兹·约瑟夫·加尔(Franz Joseph Gall)提出后,在西方社会具有广泛影响。颅相学与参观疯人院的习俗作为同属于19世纪特定历史背景的产物,两者相互印证对方的合理性。一方面,精神病院等监管机构几乎成了颅相学的应验基地。玛格丽特·阿特伍德的小说《别名格雷斯》(*Alias Grace*)中提到一个研究犯罪学的医生"测量监狱里所有罪犯的脑袋,来看看他能否从头骨的隆起来判断他们属于哪一类型的罪犯,是扒手还是骗子还是贪污犯是精神病罪犯还是杀人凶手。"②穆迪也是在金士顿监狱里信服了颅相学的:

> 大多数男人的脸色都很坏,当我看着这些脑袋时,平生第一次完

---

① Janet Miron, *Prisons, Asylums, and the Public: Institutional Visiting in the Nineteenth Century*, Toronto, Buffalo & London: University of Toronto Press, 2011, p.4. 下文出自同一著作的引文,直接随文以"*Prisons*与页码"的形式标出,不再另行加注。
② Margaret Atwood, *Alias Grace*, New York: Anchor Books, 1997, p.28.

·21·

全相信了颅相学的真理。这些头颅与众不同的构型,甚至有些是畸形的,使我想到它们的主人很难为他们的行为负责。特别是其中一个男人,犯下了非常残暴的谋杀罪,被终身监禁,长着一个极为奇异的脑袋,底部巨大无比,呈现完美的圆形,然而到了后脑勺处又突起一起如塔糖似的尖头。他的面色乏味沉闷,长着往外突出的淡绿色眼睛;他的表情是令人厌恶地凶残与邪恶。①

她接下来继续长篇大论地列举罪犯特有的相貌,认为他们多为脸色惨灰、大眼、黑发、浓眉者,又说浅发的人更容易犯罪。(See *Life*:212－213)不仅是穆迪,很多进入监管机构的参观者都认为罪犯或精神病患者具有某些特定的相貌特征,比如有一个游客这样描述一个囚犯:"他的眼中含有野性与不服管教的激情相混合的表情,而这,配上他巨大、粗粝、残暴的面部特征,使他成为真正的恐怖相貌的集合体。"② 从参观者们的自述来看,参观行为无疑加深了大众对颅相学的认同。

另一方面,这一时期摄影技术已经相当成熟,报纸上会不时刊登一些监狱、精神病院,以及被关押者的照片。同时,卡通画也开始在19世纪30年代左右流行起来。由于监管机构的开放,印刷媒体上这方面内容的卡通图片也相应地增多起来,比如《加拿大图画新闻》(*Canadian Illustrated News*)就刊登过不少与疯人院有关的图片。其中卡通肖像画的风格一般比较夸张,往往突出人物的某个面部特征。大量长相怪异的犯人与精神病患者的卡通图片资料在社会上传播,自然会影响对包括作家在内的读者,一定程度上加剧对罪犯与疯子外形的刻板化认识。可见,在19世纪的北美,颅相学的流行与参观疯人院习俗有很密切的关系。

颅相学实际上带有浓厚的种族主义倾向。这同样可以从当时的卡通讽刺画中看出来:有些画像对有色人种(黑人、原住民、亚洲人等)的面部与肢体进行丑化,甚至出现一些去人类化(de-humanization)的极端侮辱性图片,比如将爱尔兰移民描绘成半人半猿的形象。颅相学虽然在现今被定性为伪科学,但是将人的性格与头颅形状联系起来的观点,以及更广泛

---

① Susanna Moodie, *Life in the Clearing versus the Bush*, London:Richard Bentley, 1953, pp. 211－212. 下文出自同一著作的引文,直接随文标以"*Life* 加页面"的形式标出,不再另行加注。
② Anonymous, "A Day in a Lunatic Asylum", in *Harper's New Monthly Magazine*, 1854, p. 656.

意义上的长相与心智及病症之间的对应关系（本书暂且将之称为"广义颅相学理念"），不但影响了早期加拿大文学的表现手法，其暗含的种族主义色彩也渗透于整个19世纪殖民写作中，这仅从穆迪笔下的美国人（Yankee）与邓肯·坎贝尔·斯各特（Duncan Campbell Scott）诗中的原住民就可见一斑。

在某些早期英语作家看来，这个新世界中的各类族群或多或少都带有先天的缺陷，但对于美国人的厌恶则尤为普遍："粗鲁、低俗、刻薄的'美国佬'体现了美利坚与不列颠北美的意识形态冲突。"① 穆迪的《丛林里的艰苦生活》（*Roughing it in the Bush*）里出现的美国人几乎全是"面由心生"的体现：侵占他们的房产的是一个"骨瘦如柴、红头发的恶棍美国人"②；她的邻居则是"面色尸体般惨白，长着极长的、女巫般、且满是病容的脸"（*Roughing*：92）；"老撒旦"更是面相狰狞："可怕的眼珠在空洞的眼窝里疯狂乱转"（*Roughing*：108）。穆迪对于美国人的刻画并不止于外表的粗俗或丑陋，而是带有强烈的病理学隐喻。《丛林里的艰苦生活》与《开发地与丛林中的生活》两书包含诸多类似"尸体般"（cadaverous）、"病恹恹"（ill-looking）、"死白的"（deadly pale）等词汇，病态病容跃然纸上。再者，穆迪笔下的美国人大多长着过于窄长的脸。她甚至自创了一个表达方式："瘦狭鼬鼠脸美国佬"（*Roughing*：92）。西方医学界的"长脸综合征"（long-face syndrome）认为过于狭长的脸是由于基因或环境原因造成的异常。虽然这一术语本身具有争议性，但也表明，将过长脸作为一种疾病看待在北美既有医学也有历史渊源。穆迪将之定型为美国人的普遍长相，意在暗示他们是天生病态与邪恶的族群。

颅相学理念在对本土裔民族的描写中尤其突出，而创作这一主题作品最多的邓肯·坎贝尔·斯各特既是诗人，同时作为联邦政府负责印第安事务的行政官员，又鼓吹通过"逐步同化"③的方式，使原住民"最终作为

---

① Cynthia Sugars and Laura Moss, *Canadian Literature in English*：*Texts and Contexts*（Volume Ⅱ），Toronto：Pearson Education Canada, 2009, p. 115.
② Susanna Moodie, *Roughing It in the Bush*, *Or*, *Life in Canada*, Ottawa：Carlton University Press Inc., 1988, p. 97. 下文出自同一著作的引文，直接随文以"*Roughing* 加页码"的方式标出，不再另行加注。
③ Duncan Campbell Scott, *The Administration of Indian Affairs in Canada*, Toronto：The Canadian Institute of International Affairs, 1931, p. 27.

一个独立的种族而消失"①。他这一信念的依据就是原住民的身上流淌着野蛮与复仇的血液，而这种野蛮性又显现在他们的头颅形状和面部构造等形貌特征上。比如《奥农达加②圣母》("The Onondaga Madonna")这首短诗中，正在哺乳的奥农达加妇女脸上"潜伏着可悲的野蛮""异教激情燃烧着火光""反叛的嘴唇上浸染着的血污"等描述都意在暗示原住民蛮横粗野的本性。

从某种意义上说，颅相学理念恰好迎合了加拿大早期文人的视觉主义与殖民偏见，因而影响了文学中的肖像描写。这一时期的作家大多是视觉主义者，无时无刻不在观察这个新世界。他们频繁地在作品中使用"……的样子（-looking）"的结构，比如"melancholy-looking""anxious-looking""wild-looking"和"fierce-looking"，等等。鉴于英语中"look"一词的多义性，这种表达方式本身也强调了一种视觉性。与此同时，他们的目光中又时时夹杂欧洲（主要是英国）殖民者的优越感。从这个角度看，他们是将参观疯人院时的不屑目光扩大到了整个加拿大殖民地。广义颅相学所暗含的"可以看见的疯狂与病态"理念便成为一种惯有的文学表现方式，而欧洲移民到达加拿大的登陆地格罗斯岛也因此成了一个视觉隐喻。

穆迪及其姐姐特莱尔夫人回顾初到北美时所见所闻的几部出版物是加拿大英语文学的最早成果之一。姐妹俩在各自书中对于格罗斯岛的描写非常相似：自然风光令人赞叹，可是也弥漫着传染病的恐慌。她们的文字无意中为这片北美新大陆设定了一个总基调：美丽而病态。这种描写在一些当代作品得到了回应，简·厄卡哈特（Jane Urquhart）的长篇小说《离开》（*Away*）里爱尔兰移民眼中的格罗斯岛，也是"一个无以图表的视觉丰富性的世界"③，也同样充斥着疾病与死亡。诗人阿尔·珀迪（Al Purdy）在《格罗斯岛》（"Grosse Isle"）一诗里将之称为"圣劳伦斯河上得病的鲸"④，并写道："在霍乱湾死去的尸体/等待着大浪与粗粝却温柔的/波涛

---

① Duncan Campbell Scott, *The Administration of Indian Affairs in Canada*, Toronto: The Canadian Institute of International Affairs, 1931, p. 27.
② 奥农达加是北美原住民的一个支族，具体可参见本报告第一章第一节的相关论述。
③ Jane Urquhart, *Away*, Toronto: McClelland & Stewart Inc., 1993, p. 146.
④ Al Purdy, "Grosse Isle", in Cynthia Sugars and Laura Moss, eds. *Canadian Literature in English: Texts and Contexts* (Volume II), Toronto: Pearson Education Canada, 2009, p. 281.

将他们扫入黑暗之中——"① 从早期特莱尔与穆迪所描绘的四处散落的为霍乱病人搭建的帐篷和棚屋、岸边悬挂着传染病标志的黄色旗帜的船只②，到《离开》中格罗斯岛上的隔离站里的病童、死去的女孩眼睑上爬行的苍蝇③，再到珀迪诗中波浪中的尸体，瘟疫在加拿大文学中总是以一种非常视觉化的方式呈现出来的。

19世纪开放的精神病院在一定程度上改变了文学表现疯狂与疾病的方式。在加拿大文学中，疯狂不是奥菲利娅式侧重于言行（或者歌唱）上，疾病也往往不是一种潜藏的黑暗隐喻，而是一种更具视觉化的呈现、对比与冲击。殖民时期的文人对于疯人院的描写渗透进了文学的源流之中，视觉主义书写与当时盛行的参观习俗相互关照与影响，在不经意间奠定了某些加拿大文学的心理与表现范式。

二 从"碉堡心理"到"窥淫癖"

19世纪的视觉主义在监狱看管上的极致体现当属杰里米·边沁（Jeremy Bentham）的全景式监狱（panopticon）。此构想主要在1800年之后得以实施并获得广泛影响不是没有原因的：全景式监狱不但全面阐释了这一时代的"无死角式"视觉诉求，而且将看管者放置于最为有利的视角金字塔的顶端。看者是监狱这个微型王国的上帝，可以极大地满足自己的窥探欲。加拿大的精神病院虽然没有达到那么极端的程度，但在建筑设计上或多或少地体现了全景式监狱的理念：

> 精神病院内也一样，在建筑特征上，像装有窗口的门就隐含一种窥视的感觉，很多参考者也表示可以暗地里观看病人。虽然一些负责人试图废除使精神病院看起来像是动物园、并且物化病人使之如关起来供展示的动物的建筑结构。但是很多这样的建筑特征在整个19世纪都被保留了下来。比如，直到1890年，多伦多精神病院依然建有

---

① Al Purdy, "Grosse Isle", in Cynthia Sugars and Laura Moss, eds. *Canadian Literature in English: Texts and Contexts* (Volume II), Toronto: Pearson Education Canada, 2009, p. 282.
② 黄色旗帜是传染病的标志。在19世纪，如果进入加拿大境内的船只上有乘客患有霍乱等传染病，就会在桅杆上悬挂黄色旗帜以示标识。
③ See Jane Urquhart, *Away*, Toronto: McClelland & Stewart Inc., 1993, p. 137.

带铁栏的露台……（*Prisons*：94）

多伦多省立精神病院、夏洛特顿精神病院与洛克伍德精神病院这几所规模较大的机构都是建于 20 世纪中后期，也就是在参观习俗已经兴起之后设计并投入建造的，因此都不同程度地体现了"观赏性"。建筑外观上高大方正，外墙多用大型石块砌成，既体现维多利亚式的建筑风格，更彰显雄伟庄严感（以及对于精神疾病救治的信心）。有建筑学家认为："这种正面的形象有助于公众看客能更放心社会中的'不幸'成员是如何被照顾的。"[1] 从目前保存于各高校与市政档案馆等处的建筑设计图中可看出，建筑内部空间都很宽敞。由于受"柯克布莱德计划"（Kirkbride Plan）[2] 的影响，不少病院，比如洛克伍德等，都呈现"蝙蝠翅膀"的双翼式造型。在内部构造上，管理区与病房区往往分开，这样就可以仅开放病房区供参观，也便于采取应急措施（比如临时将一些"不易暴露"的病人移至不开放区域）。为了便于监管与观看，病房区多采取环形甚至回字形结构，而几乎所有的精神病院都特别突出过道与窗口的设计。

图片资料中的信息也得了穆迪的文字佐证。她在书中写道："（多伦多）疯人院是一座宽敞的大厦"（*Life*：299），白石砖营造成"坚固、庄严的外观效果"（*Life*：299）。其内部构造的建筑设计也是尽量便于观看，比如"站在通往他们病房的一小段台阶上，我们可以看到他们又有着绝对的安全。"（*Life*：307-308）再如对于一些具危险性的病人则只能隔着玻璃门观察。这些设施在确保她在好奇地窥探各种不同类型的精神病人的同时，又可以与他们保持安全的距离。从流传下来的资料与作家的记录来看，当时的北美各大看管机构基本都为参观者提供"监视囚犯而自己并不被看见或听到"（*Prisons*：94）的有利地位。

参观疯人院的这种躲在安全范围内窥视的模式与诺思若普·弗莱（Northrop Frye）著名的"碉堡心理"（Garrison Mentality）几乎如出一辙。弗莱在综合分析加拿大文学特征以及与英国、美国等文学进行比较基础上，提出：

---

[1] Nashan Flis, "Image of the Toronto Provincial Asylum, 1846-1890", *Scientia Canadensis*, Volume 32, No. 1, 2009, pp. 46-47.

[2] See also Carla Yanni, *The Architecture of Madness: Insane Asylums in the United States*, Minneapolis: University of Minneapolis, 2007, pp. 14-16.

如果将这些印象综合在一起，我们也许能够接近加拿大想象在文学中发展的方式特征。小型又孤绝的社区被物理和心理上的"疆界"所环绕，使这些社区之间相互独立，也使之与美国与英国的文化渊源区别开来……这样的社区注定会发展成为我们可以暂且称之为碉堡心理的东西。①

碉堡是一种特殊的拓荒地心理概念：在一望无际的荒原中有一小块人类文明的据点，它坚固又封闭，但同时在隐蔽处开了一个小窗口，从中可以窥望外界，又保证自己不被发现。相对于美国的不断被拓展的"边疆"（frontier），"碉堡"一词形象地概括了加拿大的矛盾心理：不愿融入荒原，也不肯将目光移开。长期以来，"碉堡心理"都被当成是一种既不同于英国更有别于美国的民族性格与心理特征：保守又好奇。

如果套用弗莱的原型理论，那么碉堡这种建筑本身也是加拿大文学中的一种原型结构。封闭与坚实的房屋固然是为了适应寒冷的气候而建造的，但从文学心理的层面来看，碉堡式的结构是一种加拿大文学想象范式的建筑原型，其各种变体，包括可以用来隐秘窥视外界的房子、塔楼或城堡等，频繁出现于各类作品中。著名作家玛格丽特·劳伦斯（Margaret Laurence）的短篇小说《将房子收拾整齐》（"To Set Our House in Order"）中祖母房屋的塔楼装有"环形玫瑰花图案的窗户"②，可以确保站在窗边的看者不会被他人看到。而埃塞尔·威尔逊（Ethel Wilson）的短篇小说《窗户》（"The Window"）更可称是"碉堡心理"在文学实践上的典型范例。主人公威利先生给自己的房子安装了巨大的落地玻璃窗，使之可以坐在家里一览无余地观看外面的风景。与许多早期移民一样，威利先生也来自于"旧世界"英格兰，也总是试图与周围的世界保持一定的距离。这座房子是他在加拿大的碉堡，使他处于观察外界而自己又不被注意到的有利处境。

不管是向内窥探的疯人院，还是向外观望的碉堡，这两种建筑结构都指向一个词：窥淫。在19世纪，普通公众涌入精神病院的动机是多重与复杂的，但窥探欲与猎奇心理无疑是主导因素之一。参观疯人院是一个被

---

① Northrop Frye, *The Bush Garden: Essays on the Canadian Imagination*, Toronto: House of Anansi Press Incorporated, 1995, p. 225.
② Margaret Laurence, "To Set Our House in Order", in Donna Bennett and Russell Brown, eds. *An Anthology of Canadian Literature in English*, Toronto: Oxford University Press, 2010, p. 611.

社会习俗合法化了的窥淫行为。穆迪不但在参观精神病院时是个窥淫者,在面对殖民地的某些疯狂现象时也没有收起窥探的目光。当她看到爱尔兰移民在圣劳伦斯河畔恣意嬉戏打闹的场面时,出于其英国维多利亚时代中产阶级淑女的身份规范,对眼前的景象极端厌恶与恐惧:"我退缩着,因着一种近乎恐惧的感觉。"(*Roughing*:14)然而,她始终并没有真正走开,而是一直在远处偷偷观望。加拿大著名作家兼批评家罗伯特·克罗奇指出:"穆迪夫人自己被上加拿大的狂欢世界吓坏了——但她从未停止过观看。她成了真正的窥淫者,一边看一边厌恶。"[1]

三 从"看"到"被看"

就像"穆迪夫人无法放弃她的安全距离"[2],在安全距离内偷窥始终是加拿大写作的一个特有视角。特莱尔在《加拿大的蛮荒之地》(*The Backwoods of Canada*)中借其丈夫的话发表了以下观点:

> 相信我,在目前这种情况,以及其他很多时候,这个距离才能产生景象的魅力。如果你对一些你所欣赏的景物作进一步的观察,我觉得你会沮丧地跑开,你会看到各种疾病、犯罪、贫困、肮脏和饥荒——人类的不幸以最恶心和最可悲惨地方式展现出来;这样的画面只有贺加斯的画笔与克雷布[3]的文笔能描摹。"[4]

无独有偶,《离开》中也有一段非常类似的描述:建国前后的渥太华国会山,站在一定距离之外看,是"世界上最美的东西",但走近了却是"泥土、残破的木质人行道和爱尔兰人的破棚屋"[5]。

---

[1] Robert Kroetsch, *The Lovely Treachery of Words*: *Essays Selected and New*, Toronto, New York and Oxford: Oxford University Press, 1989, p. 98.
[2] Robert Kroetsch, *The Lovely Treachery of Words*: *Essays Selected and New*, Toronto, New York and Oxford: Oxford University Press, 1989, p. 99.
[3] 此处贺加斯与克雷布分别指英国画家威廉·贺加斯(William Hogarth)与诗人乔治·克雷布(George Crabbe),前者以创作市井风俗讽刺画著称;后者以写实主义笔法为名。
[4] Catharine Parr Traill, *The Backwoods of Canada*, Toronto: McClelland and Stewart Limited, 1966, p. 20.
[5] Jane Urquhart, *Away*, Toronto: McClelland & Stewart Inc., 1993, p. 331.

绪 论

　　从这一角度而言，很多早期移民实际上都居住在弗莱的"心理碉堡"里：他们来自欧洲的"文明社会"，在加拿大始终无法摆脱外来者的身份与眼光。对于他们来说，这个新世界只可远观、不能细看，因而只得藏身于丛林的那一小块拓荒地（clearing）里偷偷观察周边的世界。包括穆迪与特莱尔在内的移民作家，作品都是发表在英格兰，写作初衷也都是向英国人介绍加拿大的情况。可以说，最初的加拿大文学是写给"别人"看的，而作家们是站在他者的角度来偷窥这片土地上发生的一切。如果说拓荒时期的美国文学更具一种打破疆界而融入的狂欢化倾向的话，那么始终保持着距离感的"窥淫癖"是加拿大文学普遍的心理范式与书写视角。

　　然而就好像观望的玻璃窗总会被打破一样，这种窥视的距离往往难以维持。距离感的丧失在某些19世纪的作品中已初见端倪。托马斯·钱德勒·哈利伯顿（Thomas Chandler Haliburton）的《钟表匠：斯利克维尔的塞缪尔·斯利克的言行》（*The Clockmaker*：*Or, the Sayings and Doings of Samuel Slick, of Slickville*）是加拿大早期英语文学最有代表性的长篇小说之一。小说的叙述者"我"有一匹良马，作为一个英国人，他总喜欢领先于他人独自骑行。可是却在这一次的驾马中，被美国人山姆·斯利克追上了，且不得不与他并驾齐驱。与穆迪的矛盾心理类似，"我"也是一面试图摆脱窥视对象，一面又"感觉到一种想要知道他会是什么人的欲望"[①]。而将两者困在一起的是这个一再出现的词："赛马跑道"（circuit）。"circuit"一词所代表的封闭性空间是对参观疯人院模式与"碉堡心理"的又一文学回应，与此同时也说明观看者开始逐渐失去物理位置上的优越性。

　　到了20世纪，窥视的距离更加难以维持。上文提到的《窗户》中，自以为是观看者的威利先生其实暗中一直被一个小偷监视着，故事结尾处，后者甚至闯入了威利家中。发表于1961年的《窗户》可以解读为对"看与被看"关系的现代主义反思：窥者与被窥者之间的关系发生了颠倒，碉堡被闯入，两者之间的界线被逾越了。原先居高临下的"看"在现代主义的棱镜下开始动摇与混乱。《窗户》在加拿大文学想象范式的演变上具有某种承上启下般的寓意：一方面这个短篇可以说是"碉堡心理"的文学

[①] Thomas Chandler Haliburton, *The Clockmaker*：*Or, the Sayings and Doings of Samuel Slick, of Slickville*, Philadelphia：Carey, Lea, and Blanchard, 1837, p. 15.

图解,另一方面又对"碉堡"的可靠性提出了质疑,意在指出这种单向窥视的危险性。

窥视的双向性在当代文学中更是时有出现。拉维·哈吉(Rawi Hage)的获奖小说《蟑螂》(*Cockroach*,2008)中记录了这样一个小插曲:作为叙述者的"我"站在一家高档饭店的外面,透过玻璃窗观看饭店里的一对夫妻吃饭,结果被饭店老板叫来的警察驱赶。在双方的交涉过程中,"我"又成了饭店里那对夫妻的观赏对象:"他们看着我,好像是在看着屏幕,好像是这是一场新闻直播。"① 然而事情并没有结束,"我"事后又幻化成了一只蟑螂尾随至这对夫妇的家里,躲在暗地里默默观察他们的一举一动。在《蟑螂》这部颇具后现代色彩的小说中,偷窥与反偷窥的多个回合往返,更将"窥淫"的叙事手法推向了一个新高度。

《窗户》与《蟑螂》在表现看与被看的复杂关系时,都提到了一个细节:人物从原本用来透视他人的玻璃上看到了自己的影像,用威利先生的话说:"窗户,自身不是幻象,而只是幻象的提供者,并没有消失,但是变成了一面镜子,在一片漆黑上反射出这个肤浅的起居室的所有细节。"② 从玻璃到镜像的转变说明了当代语境下的视角转向。

四 从观望视角到民族心理

"隔着距离观望"不仅是加拿大文学表现特色之一,而且,不管是作为一种视角还是一种心态,也始终暗藏于整个加拿大诗歌的叙写之中。19世纪的浪漫主义代表性诗歌查尔斯·G. D. 罗伯茨的《重返坦特拉玛》("Tantramar Revisited")曾被认为"毫无疑问是迄今加拿大最好的诗歌之一"③。诗歌描写诗人回到阔别已久的家乡,面对曾经熟悉的风景抚今追昔,是一首典型的浪漫主义自然诗。根据多位批评家的说法,这首诗在很多方面都有模仿英国著名诗人威廉·华兹华斯(William Wordsworth)的名作《丁登寺》("Tintern Abbey")的痕迹。比如加拿大评论家特瑞西·韦

---

① Rawi Hage, *Cockroach*, Toronto: House of Anansi Press, 2008, p. 87.
② Ethel Wilson, "The Window", in Donna Bennett and Russell Brown, eds. *An Anthology of Canadian Literature in English*, Toronto: Oxford University Press, 2010, p. 400.
③ Desmond Pacey, *Creative Writing in Canada: A Short History of English-Canadian Literature*, Toronto: Ryerson Press, 1961, p. 46.

尔（Tracy Ware）表示："罗伯特的诗无疑是指涉《丁登寺》的"①。虽然这两首诗具有不少共同点，但是，从诗人的视角来看，《丁登寺》中的"我"走进了风景，是置身于风景之中吟唱出全诗的；《重返坦特拉玛》里的"我"则是站在高处眺望眼前的风光，他始终与景物保持着距离。前者可以直接"站在深色的无花果树下"、可以近距离地"看着这些树篱"②，而后者无法注意到这些细节，他看到的景象远比前者更为广阔与渺远："几英里又几英里之外那黄褐色的海湾是米努迪。/那低矮的绿色山丘脚下是隐约可见的村庄。"③

这两首诗中说话人所处位置的不同，说明了英国与加拿大的浪漫主义自然诗在视角上区别：英国诗人与大自然更为亲近，加拿大诗人总是或多或少地与自然保持距离；英国诗歌更注重细节的刻画，加拿大诗歌偏重展示广袤的视野。这种对于广阔视野的追求，除了上文所论述的殖民主义的视觉性原因，可能也与加拿大人的民族心理有关：加拿大倾向于与环境保持距离，更喜欢观望而不是参与，这种行动上保守需要通过视界上的宽广来得到平衡。（加拿大境内有许多高塔式建筑，并不能用来居住，只能满足人们登高望远的诉求，这一定程度上佐证了加拿大人的"碉堡心理"。）

联邦诗人布里斯·卡曼（Bliss Carman）的名诗《窃听者》（"The Eavesdroppers"）的前面部分描写了另一种类型的"隔着距离观望"。诗歌的第一节写道：

> 在这安宁的黎明在这寂静的房间，
> 我的爱人与我并排躺
> 听着山林之风吹过
> 激起这惨白的秋日之波④

在这首诗中，"我"与爱人躺在床上"偷听"屋外的风，并想象秋天的景

---

① Tracy Ware, "Remembering It All Well：'The Tantramar Revisited'", *Studies in Canadian Literature*, Vol. 8, No. 2, 1983, p. 237.
② William Wordsworth, *Ode on Immortality：And, Lines on Tintern Abbey*, London：Cassell & Company, 1885, p. 32.
③ Charles G. D. Roberts, *In Divers Tones*, Boston：D. Lothrop and Company, 1886, p. 55.
④ Bliss Carman, *Low Tide on Grand Pré*, Frankfurt, Germany：Outlook Verlag GmbH, 2019, p. 40.

色,这种"窃听"的状态一直持续到太阳升起。然后诗歌的第三节写道:

> 外面,一棵黄色的枫树,
> 在银蓝色中晃动着
> 无数细碎微小的声音,
> 当阳光穿过时发出窸窣响①

此处,说话人的视角依然是从室内窥探外界。表现平静的自然界实际上充满了戏剧性与神秘性,但"我"却只是这一切的"窃听者"。从某种程度上说,"窃听"与"偷窥"一样,都是一种"窥淫癖"的表现,都是加拿大诗歌中的观望心理的表现。

这种观望的态度一直持续了到了20世纪。阿特伍德以穆迪作品为蓝本创作的组诗《苏珊娜·穆迪日记》以诗歌的形式再现了穆迪参观多伦多精神病院的经历。在诗中,穆迪参观疯人院的过程犹如但丁游历地狱,每上一层楼疯狂的程度就会随之加剧,第三层是一个完全无序且混乱的空间:

> 在第三层
> 我通过了一扇玻璃镶嵌的门
> 进入了一个不同类型的房间。
> 是一座山,有卵石、树,没有房子,
> 我坐了下来并理了理手套。②

在穆迪的眼中,极致的疯狂景象相当于一个只有山、卵石与树,却没有房子的世界:疯狂与荒野画上了等号。穆迪本人亲历过"丛林里的艰苦生活",加拿大的自然在她看来是蛮荒、残暴与非理性的,与她眼前的精神病患者的病房一样不可理喻。阿特伍德将穆迪的二元对立秩序解读为:理性相当于文明,疯狂则与自然同质,理性和疯狂之间的界线与文明和自然之间一样明晰。

著名诗人阿登·诺兰(Alden Nowlan)的《神秘的裸体男子》("The

---

① Bliss Carman, *Low Tide on Grand Pré*, Frankfurt, Germany: Outlook Verlag GmbH, 2019, p. 40.
② Margaret Atwood, *The Journals of Susanna Moodie*, Toronto: Oxford University Press, 1970, p. 50.

Mysterious Naked Man")一诗就暗讽了加拿大人普遍的观望心态:

> 有人报告说一个神秘的裸体男子出现
> 在克兰斯顿街上。警方进行着
> 照常的仪式,彩色灯光、警报这些东西。
> 几乎所有的人都走了出来,不认识的人兴奋地交谈着
> 他们面对不幸时都是这样的,只要自己不是当事人。
> "他长什么样子?"警官问。
> "我不知道,"目击者说。"他是裸体的。"
> 有人说他像只狗——这可不是一起普通的不雅暴露
> 的案件。这个男人被看到
> 十几回了,第一次是一个牛奶工看到了他,现在
> 天色开始变紫而且声音
> 可以飘得很远,孩子们
> 有点疯狂了,他们在黄昏时通常会这样
> 一些车子开过来
> 从城市的其他区域。
> 而那个神秘的裸体男子
> 正跪在一个垃圾桶后面或是趴在
> 某个人的花园里
> 或者也许藏在一棵树的枝条里,
> 来自港口的风
> 抽打着他的裸体,
> 此刻他也许已经做了
> 他想要做的事
> 然后希望他可以睡一觉,
> 或者死去
> 或者像超人一样飞向空中。[①]

[①] Alden Nowlan, "The Mysterious Naked Man", *The Mysterious Naked Man*: *Poems*, Toronto, Vancouver: Clarke, Irwin & Company Limited, 1969, p. 1.

这首诗的前部分都是描写周围的警察、旁观者与看热闹的人，最后一部分才将笔锋转至裸体男人身上，而且他依然保持着一定的神秘性。此诗与其说是讲述一个"神秘的裸体男子"，不如说是更侧重表现看客的众生相，以及他们在事情与他们无关时所暗怀的兴奋之情。这种旁观者心态可以说是"窥淫癖"另一种表现。

　　综观加拿大英语诗歌史，可以发现站在窗前看风雪是其中最经典且反复出现的场景之一。诗人们似乎总是不愿走进风景，而是倾向于与描写对象保持一定的距离。加拿大文学源于19世纪的殖民书写，正处于视觉主义无限扩张的时期；与此同时，空旷的地理削弱了人的存在感与参与热情。视觉上的扩张欲望与行动上的保守谨慎共同构成了加拿大人的集体无意识，也造就了文学上的"碉堡心理"，并促成了诗歌中的"窥淫癖"视角。

第一章 通往"共同体":历史政治与民族建构

1867年联邦政府的成立,标志着加拿大正式成为一个国家。这一时期,在"哦,加拿大"式的讴歌齐声响亮的同时,主流白人社会对于亚裔、非裔等非白人欧洲移民的排挤情绪同样高涨。此类种族主义思想为后期的《排华法案》等一系列法律法案埋下了伏笔。横贯加拿大东西海岸的太平洋铁路曾一度是加拿大民族统一的象征,E. J. 普拉特的长诗《通往最后一根道钉》就集中表达了这种基于白人主流意识形态的共同体想象。此后,斯各特的《除了最后一根道钉》和杜蒙特的《致约翰·A. 麦克唐纳德爵士的一封信》等诗歌都在内容与风格上对《通往》进行了颠覆,同时也对太平洋铁路所代表的宏大叙事提出了质疑。进入20世纪六七十年代,太平洋铁路意象更是在多元文化主义的冲击下遭到全面的解构,以至于分崩离析。从一定程度上说,太平洋铁路在国家想象中所经历的由正面到负面的形象改变,正折射了加拿大从共同体到多元体的思想转变过程。

在这一长达一个多世纪的转变过程中,有两个时期在加拿大历史上突显出来,第一个是所谓"建国后期"[亦可称为"后联邦时期"(Post-Confederation Period)],伴随着对新兴国家的赞美与建设一个独立于英国与美国文学呼声的同时,对于本土裔居民的后殖民改造也在稳步推进,并造成了许多人道主义恶果。第二年时期便是20世纪60年代联邦政府成立百周年前后。这两个时期时隔100年前后呼应,却又明显体表现出价值体系的分壤。两者相互"押韵",却又唱出不同的基调。

建国后期,联邦政府面临的一大任务是如何"安置"境内的本土裔居民。对于原住民的"改造"涉及加拿大的历史、政治、文化、意识形态与殖民主义等各方面的议题。以斯各特的诗歌来研究加拿大19—10世纪的本土裔政策,以及这些政策对于加拿大"共同体想象"的影响,是一个很好的切入点。斯各特既是加拿大的著名联邦诗人，也是负责印第安事务的政府官员。斯各特在职期间所推行的本土裔同化政策的几个主要方针，都可以在他的印第安主题诗歌中找到对应的内容。首先，贯穿斯各特诗歌创作的"冲突融合"思想实际上隐含印第安事务部的同化政策倾向，而诗中的"混血儿"形象又与其倡导白人与本土裔居民通婚的主张相契合；其次，他在职期间所推行的基督教思想也通过"血""火"与死亡等意象渗透在他的诗歌作品中；最后，一些诗歌反映了本土裔的传统生活方式与狩猎技能阻碍了他们的"文明进程"，进而暗示教育尤其是寄宿学校制度的重要性。总体而言，斯各特的印第安诗歌作品是以文学的形式来佐证其种族同化政策的合理性。

建国百周年庆时期，民众爱国热情空前高涨，民族独立性的呼声前所未有地响亮，此时越南打响的战争在加拿大上下促发了更为广泛的关于自身国家身份定位的思考与讨论。社会上下强力批判越南战争，并从"我们与美国不一样"的结论中建立自己的身份属性。这一时期又值加拿大的"文艺复兴"，文学艺术前所未有地繁荣。诗歌由于体裁短小简练、时效性更强、易于表达情绪、便于在反战集会上吟涌等特征，成为越战时期呼吁和平与谴责美国的主要形式之一。这些诗歌不但记录了那个特殊年代的思想潮流，也对整个加拿大的意识形态走向与自我民族定位产生了重大的影响。

第一节　被忽略的道钉：加拿大太平洋铁路诗与对华移民政策

引　言

1952年，著名诗人 E. J. 普拉特（E. J. Pratt，1882－1964）创作了加拿大诗歌史上里程碑式的作品《通往最后一根道钉》，下文简称《通往》）。这部史诗级长诗以昂扬的基调歌咏了19世纪末期加拿大太平洋铁路（Canadian Pacific Railway，简称CPR）的建设过程。作品一经发表便在文坛引起了轰动并一举摘得加拿大文学最高奖总督文学奖。加拿大著名批评理论家诺思罗普·弗莱也将之称为"历史上的划时代诗歌"①。

然而,《通往》也因为无视中国劳工长期以来备受质疑。众所周知,加拿大太平洋铁路的建成凝聚了无数中国劳工的汗血乃至生命。1881—1884 年,由于铁路建设的需要,工程承包商安德鲁·益德唐克(Andrew Onderdonk)分别从中国广东、台湾和美国加利福尼等地招募了约 17000 名②华人合同劳工["苦力"(coolies)]至加拿大不列颠哥伦比亚(British Columbia,下文简称"BC 省")境内。太平洋铁路建造方对中国劳工的残酷盘剥是加拿大历史上臭名昭著的反人权事件之一。这些中国劳工工作强度高且危险性大(比如被派往山体爆炸现场),收入低下(在自付生活开支的前提下,每天的收入仅为 1—2.5 美元),生活困苦、营养不良,再加上当时的地理与气候条件十分恶劣,致使许多中国劳工在建造过程中患病,并约有 1000 人③

---

① Northrop Frye, *The Bush Garden*: *Essays on the Canadian Imagination*, Toronto: Anansi, 1971, p. 11.

② 参见 Mary Trainer et al., *Whistle Posts West*: *Railway Tales from British Columbia*, *Alberta*, *and Yukon*, Victoria, Vancouver & Calgary: Heritage House Publishing Company Ltd., 2015, p. 22. 需要说明的是,关于被招募的华工总数,绝大多数文献所记载的数据都是 17000,但由于并非所有被雇佣的中国合同工都在铁路工地上工作,有些著作认为,实际工作在铁路上的数为 15000 人左右,参见 Ninette Michael Trebilcock Kelley, *The Making of the Mosaic*: *A History of Canadian Immigration Policy* (Second Edition), Toronto, Buffalo, London: University of Toronto Press, 2010, p. 95. 另根据皮埃尔·波顿(Pierre Berton)在《最后一根道钉》(*The Last Spike*)一书里的说法:"在 1881—1884 年间,从中国来的苦力总数达到了 10387,另有 4313 人来自太平洋海岸港口",参见 Pierre Berton, *The Last Spike*: *The Great Railway 1881 – 1885*, Toronto: Anchor Canada, 2001, p. 205.

③ 由于当时一些劳工的死亡未曾记载,关于中国劳工的确切死亡数至今也没有定论,2006 年 6 月加拿大前总理史蒂芬·哈珀(Stephen Harper)代表加拿大政府就华人劳工与人头税的道歉发言中提到"大约有 1000 名中国劳工在太平洋铁路建设过程中死亡",参见 http://www.washingtonpost.com/wp-dyn/content/article/2006/06/22/AR2006062200940_ pf. html. 另根据《从中国到加拿大》(*From China to Canada*)一书预计的数字为 600,参见:Edgar Wickberg, et al., *From China to Canada*: *A History of the Chinese Communities in Canada*, Toronto: McClelland and Stewart, 1982, p. 23. 而《视野:加拿大的新现身份》(*Horizons*: *Canada's Emerging Identity*)里写道:"据估计有超过 600 人因事故和疾病而失去了生命"。而根据另一些资料,这个数字达到了 1200,参见 Michael Cranny and Graham Jarvis, eds., *Horizons*: *Canada's Emerging Identity* (*Second Edition*), Don Mills: Pearson Education Canada, 2009, p. 235. 皮埃尔·波顿的《最后一根道钉》对于中国劳工的生存状况有着详细的描述,并说明"有 200 名中国劳工在到达加拿大后第一年内死去",参见 Pierre Berton, *The Last Spike*: *The Great Railway 1881 – 1885*, Toronto: Anchor Canada, 2001, p. 202. 综合多部专著及一些网络资源的记载,笔者认为,中国劳工的死亡人数大致介于 600—1500 人之间。

死在了工地上。加拿大民间甚至流传着"一英里铁路死一个华人"的说法。但是，数千名为了太平洋铁路付出健康与生命代价的中国人在《通往》这首长达 1629 行的史诗中只是被轻描淡写地提到了一次①。那么，普拉特对于中国劳工到底是有意回避还是无意忽略？

一　"通往最后一根道钉"：走向统一的太平洋铁路

1867 年 7 月 1 日，北美东部地区的四个不列颠殖民地安大略省、魁北克省、新斯科舍省和新不伦瑞克省组成加拿大联邦，作为一个国家的加拿大正式诞生。然而，彼时的自治领（the Dominion）还远远没有形成现今的加拿大版图，面积只有 285 万多平方公里，仅为现在的四分之一左右。而且，刚刚成立的联邦政府内忧外患，困难重重：首先是纽芬兰与爱德华王子岛拒绝加入，而西北的大部分地区依然在哈得逊湾公司的掌控下；即便是在自治领内部，尤其是新斯科舍，反对声也不绝于耳，随时有退出的可能。因此，加拿大首任总理约翰·A. 麦克唐纳德爵士（Sir John A. Macdonald）领导下的联邦政府亟需在领土与经济上发展壮大来保障这个新国家的成长并抗衡英美两大势力，用《通往》一诗的说法是："以东西联合来对抗南北贸易走向"②③，言下之意即是以一个统一的加拿大来制衡美国对其主权的威胁。1871 年，麦克唐纳德代表联邦政府向不列颠哥伦比亚省承诺修建一条横贯东西海岸的太平洋铁路，作为后者加入联邦的条件。可见，在这样的背景下修建的太平洋铁路无论在地理还是政治上都可称之为加拿大的"国路"。如《横跨加拿大的铁路》（*Rails across Canada*：*The History of Canadian Pacific and Canadian National Railways*）一书的作者汤姆·莫莱（Tom Murray）所说的："从很多方面来看，太平洋铁路的历史就是加拿大本身的历史。"④

对于诗人普拉特来说，这条连通加拿大东西全境的铁路无疑是民族统

---

① 全诗提到中国劳工的仅有一处："两百个中国人拉着岸索/不让船首进入宽处的水流"，参见 E. J. Pratt, *Towards the Last Spike*, Toronto: MacMillan, 1952, p. 37.
② E. J. Pratt, *Towards the Last Spike*, Toronto: MacMillan, 1952, p. 8.
③ 下文引自同一出处的引文，直接随文以"*Towards* 加页码"的形式标出，不再另行加注。
④ Tom Murray, *Rails across Canada*: *The History of Canadian Pacific and Canadian National Railways*, Saint Paul, Minnesota: MBI Publishing Company, 2011, p. 13.

一的标志。《通往》全诗充斥着诸如"联合""团结"以及隐喻全局观的"地图学""望远镜"和"治疗近视"等词语。但他心目中的统一绝不是东西方的简单合并,而必须是东部对西部的征服和吞并。当是时,麦克唐纳德的联邦政府,占据东部一隅,广大的西部地区依然属于游离于东部掌控之外的"蛮荒地区",用历史学家约翰·汤姆森(John Thompson)话说:"加拿大人西部为亟待开采的财产"①。特别是远在西部沿岸的 BC 省,在距东部海岸 4 个月的海上航程之外,是联邦政府最想纳为管辖之下的一个省份。《通往》将麦克唐纳德与 BC 省之间的谈判过程描述为一个"长距离求婚行为"(*Towards*:9):

> 那个南方家伙有着健康的
> 古铜肤色,财产丰厚又
> 能言善行。以他的热情他可以
> 将海—玫瑰扎到他盛开的果园中,
> 他也是自信满满,因为他具备他的对手
> 所没有的最佳优势——近水楼台。
>
> 这是一场比赛,而这个太平洋女郎
> 有着面无表情的智慧。她的名字
> 极有价值——"英国的";单这一点
> 就足以让麦克唐纳德体温上升:"哥伦比亚"
> 也能做到这一点,外加另一种发热,
> 而夹在两者中间的是"维多利亚"。
> ……
> 有着这样的嫁妆,她完全有资本
> 冒险提高条款——
> "两年内动工,十年内开通"——(*Towards*:9)

---

① John Herd Thompson, "The West and the North", in Doug Owram ed. *Canadian History*: *A Reader's Guide Volume* 2: *Confederation to the Present*, Toronto, Buffalo and London: University of Toronto Press, 1994, p.346.

这位"不列颠哥伦比亚小姐"（Lady British Columbia），历史上属于英国，地理上又与"那个南方家伙"（美国）牵扯不清。加拿大自治领成立初期，BC省与其他西部地区的归属问题依然悬而未决，联邦政府"始终担心美国将会有意扩张至加拿大西部"①，因此"占领西部还被看作是制约美国扩张主义者冲动的一个核心举动"②。于是，BC省更成了战略要地：该省西临太平洋，海岸线长达27000千米，北连阿拉斯加，南接美国华盛顿、爱达荷、蒙大拿三大洲，是加拿大通往亚太地区的门户。这样看来，这个"太平洋女郎"的确完全"有资本提高条件"。面对如此高傲的求婚对象和强大的情敌，麦克唐纳德不得不允诺一个极为诱人的联姻条件：太平洋铁路。这场"三角恋"式的关系形象地说明了当时联邦政府（东方）所面临的处境：一个需要征服的西方和一个虎视眈眈的南方（美国），而太平洋铁路的修建其实是一个多方政治博弈的结果。

紧接着，伴随着太平洋铁路高亢的"没有铁路，没有统一"的口号自东向西进发，一场浩浩荡荡的文化西征运动也拉开了序幕。《通往》中"向西"（westward）、"征服"（conquer）等词一再出现。西部，包括BC省，以及草原地区的山脉、湖泊和劳伦系地盾等等在诗中全部被拟人化成女性形象，均以"她"字来指称，都需要麦克唐纳德和凡·赫恩（Van Horne）等男性逐个击破与驯服。如果说对于相对"文明"的"不列颠哥伦比亚小姐"，麦克唐纳德采用了比较绅士的求婚的方式，那么对于蛮荒的西部草原地区，铁路工程队的征服手段也更加暴力和残忍。值得注意的是，不管是给劳伦系地盾"挠痒、挖洞和灌入泥沙"③，还是塞尔扣克、洛基等山脉的"头颅被耙，嘴唇被打"（*Towards*：373）……都或多或少地带有性侵犯的意味，特别是下面这段北岸（North Shore）山系的建造过程：

    她看着他们，等待着一个流血的时刻，
    直到钻头停在了一个部位，

---

① Ninette Kelley and Michael Trebilcock, *The Making of the Mosaic*：*A History of Canadian Immigration Policy*（Second Edition），Toronto, Buffalo, London：University of Toronto Press, 2010, p. 62.
② Ninette Kelley and Michael Trebilcock, *The Making of the Mosaic*：*A History of Canadian Immigration Policy*（Second Edition），Toronto, Buffalo, London：University of Toronto Press, 2010, p. 62.
③ See E. J. Pratt, *The Collected Poems of E. J. Pratt*（Second Edition），Toronto：The Macmilland Company of Canada Limited, 1958, p. 370.

> 她整个身躯中最不易侵犯的地方，
> 硬铁钉进，在洞中扭转，
> 击打、挖掘、扭动。为什么要在这个地方？
> 不要碰这个痒处。这个尖锐的鼻状物
> 不仅仅是寻求自我满足的皮膜的
> 血液：它还要寻求深层结构与
> 大动脉中的事业。（*Towards*：378）

此处，很显然是隐喻一个强奸行为。无论是向英属哥伦比亚的求婚还是对西部山区的强奸，都代表了一种男性对女性的征服与胜利。西部被定位为蛮横、非理性的女性形象，东部则俨然是理性、文明与力量的象征。对于普拉特来说，东部并不仅仅是一个方位，而是代表了他的全部建国理想的意识形态秩序。

由于地理原因，早期到达加拿大的欧洲殖民者绝大多数都是通过航海穿越大西洋在东海岸登陆，并率先占领东部沿海地区，东部总体而言"成色"比较简单。而当时西部情况就要复杂得多，BC省和草原地区，不仅居住着诸如黑脚（Blackfoot）、克里（Cree）、奥吉布瓦（Ojibwa）和阿西尼玻（Assiniboine）等众多的本土裔民族，而且以梅蒂人（Métis）①为主的混血族裔，具有法国与本土裔双重传统，他们所说的法语与信奉的罗马天主教都具有与盎格鲁系（Anglophones）②联邦政府相抗衡的潜在威胁。更重要的是，来自中国、日本、印度和东南亚等地区的亚洲移民基本由西海岸BC省的温哥华岛的港口进入。这样便大致上形成了"从东边来的欧洲移民"与"从西边来的亚洲劳工"两种不同的族群。直至20世纪初期，加拿大依然大致保持着这样一个相对白色的东部与相对有色的西部二元对立的局面。

普拉特本人作为来自东部沿海纽芬兰省的欧洲移民后裔，自然是站在当时的主流意识形式的立场上，将白人看成是北美新大陆的主体，而在白

---

① 梅蒂人北美的欧洲移民与当地本土裔所生的混血后裔。绝大多数梅蒂人居住在加拿大，少数在美国。
② 加拿大长期以来英法二元对立，在英语中分别用Anglophones和Francophones来表示。这两个词在加拿大语境中有别于一般意义上的"英伦风"或"法兰西风"，而指的是加拿大的英派与法派，本文将这两个词分别译成"英系"与"法系"。

人移民中，他又尤其推崇苏格兰人。《通往》所着力刻画的几个关键人物，包括麦克唐纳德、铁路主管唐纳德·史密斯（Donald Smith）、投资商乔治·史蒂芬（George Stephen）等无一例外都是苏格兰人。普拉特从来不忘突显他们身上留存的苏格兰特质：从"燕麦粥流淌在他们的血液和名字中"（Towards：347）、"将忠诚与抗争编织进格子尼"（Towards：348）到"以一声粗喉音来赢得一场辩论"（Towards：348）[①]，等等。苏格兰被定性为正直、勇敢、有责任心和富于行动力的民族。从历史上看，加拿大本身具有深厚的苏格兰文化传统。苏格兰移民在加拿大占据着重要的地位，19世纪上半期，苏格兰人数量曾一度超过英格兰人，甚至有"苏格兰人创造了加拿大"[②]的说法。加拿大人在建国初期寻求自我身份定位过程中，一方面想要"英国化"，另一方面又想"去英国化"："加拿大人想要以他们自己的意愿和方式变得'英国化'。他们试图打造的是一种'更好的英国人'——而不仅仅是一种新英国人。"[③] 那么，"苏格兰化"似乎是一个比较理想的折中解决方案。而对于普拉特来说，因为苏格兰人也属于盎格鲁系，可以在一定程度上制衡法兰西系（Francophones）。另外，苏格兰人相对于英格兰人来说更注重社会性与团结性，这种民族性格有助于推进他笔下这条象征着联合的铁轨，也更适合演绎团结的"加拿大梦"来对抗个人主义的"美国梦"。

普拉特出身于一个牧师家庭，是一名基督徒，其宗教信仰对于诗歌创作影响很大。弗莱评论说："普拉特的宗教观点并不过于张扬，但统领他所有的诗歌。"[④] 普拉特的基督教思想也渗透在《通往》这部作品中，《圣经》的意象与隐喻在诗中多次出现，比如将山体施工过程描述为："把白雪皑皑的山顶变得像天主教堂塔尖"（Towards：357），以及把黄头（Yellowhead）、踢马（Kicking Horse）等险要隘口"纳入天堂之中"（Towards：359）。自然被定位为桀骜不驯且需要改造的对象，而基督教成了文明的化

---

① 以上三句均指涉苏格兰的民族特征与文化：燕麦粥为苏格兰传统早餐；格子尼是苏格兰男性传统服装；粗喉音（burr）是典型的苏格兰口音。
② See Ken McGoogan, *How the Scots Invented Canada*, Toronto: HarperCollins Canada, 2010, the title.
③ Phillip Buckner and R. Douglas Francis, eds., *Canada and the British World: Culture, Migration, and Identity*, Vancouver and Toronto: University of British Columbia Press, 2006, p. 7.
④ Northrop Frye, *The Collected Poems of E. J. Pratt* (Second Edition), Toronto: The Macmilland Company of Canada Limited, 1958, p. xxiii.

身,既是征服自然的方式也是最终目的。事实上,基督教作为"东部"的意识形态的重要组成部分,不仅是文明欧洲后裔的表征,更是肩负着对抗法系罗马天主教、西部土著居民与亚洲等地移民各种"异教"的使命。所以,太平洋铁路的另一个潜在任务是将东部的基督教运至西部。

综上所述,建国初期的加拿大,在面对英系、法系、本土裔、美国、英国等诸多力量与走向的纠缠与角逐中,联邦政府所坚定的是英系的、白人的和基督教的定位。普拉特沿袭了这一立场,在他看来,东部是文明、欧洲、自我;西部则是蛮荒、亚洲、他者。太平洋铁路由东向西的建造过程,不仅意味着在地理上征服西部诸地,更是一个文化西征、一段欧洲移民"白色化"加拿大全境的过程。既然普拉特心目中理想的加拿大是建立一个白色基督式的单种族单文化单语言的西方国家,那么这些来自遥远东方古国的华人劳工就与这幅建国蓝图格格不入了。皮埃尔·波顿(Pierre Berton)在《最后一根道钉:伟大的铁路 1881—1885》(*The Last Spike: The Great Railway 1881 - 1885*)一书里这样描写太平洋铁路工地上的中国劳工:

> 因为这些中国人离家时还想着会在几年之内返回,因此不打算学习语言或改变生活模式。他们总是穿着朴素的苦力外套、宽松的长裤、布拖鞋,留着辫子。他们保持着旧有的方式,无意于丢掉他们的风格,因为他们相信这只是一个暂时的住所。所以他们在这他国的土地上永远是陌生人,而他们的持续存在也给了英属哥伦比亚一个延续了大半个世纪的种族紧张的传统。①

这些黄皮肤、身穿蓝大褂、垂挂着"猪尾巴"(pig-tail)、说着奇怪语言、有着迥异生活方式的外来者在当时被看成是"异教徒"(heathen)。站在普拉特"东部"的立场来看,华人无疑是杂色"西部"的一部分,都是属于以麦克唐纳德为代表的东部力量所要征服的对象。这样说来,中国劳工在《通往》中集体缺席也就不足为怪了。15000 名华人劳工因铁路而来,铁路完工后便被驱赶,虽然其中有一部分人客死在了异乡的土地上,却在

---

① Pierre Berton, *The Last Spike: The Great Railway 1881 - 1885*, Toronto: Anchor Canada, 2001, p. 205.

从"共同体"到"多元体"：加拿大英语诗歌民族性建构研究

普拉特的宏大的国家叙事中了无痕迹。

二 "除了最后一根道钉"：扫除道钉的排华法案

《通往最后一根铁钉》所遭受的诸多批评声音中，最有代表性的就是来自普拉特的朋友、加拿大另一著名诗人F. R. 斯各特（F. R. Scott）这首针锋相对的《除了最后一根道钉》（"All the Spikes but the Last"）：

你诗中的苦力们在哪里，奈德①？
那些上千个来自中国在零下四十度中
徒手挥舞铁锄的人在哪里？

在他们所打下的第一和数百万根
　其他的钉子和唐纳德·史密斯盛装的
　表演之间，有谁唱过他们的故事？

他们在这片他们帮着联结的土地上过得
　好吗？他们可曾获得一寸 25,000,000 英亩的 CPR 土地？

加拿大要对他们说的话都写在华人
　移民法案里了吗？②

具有讽刺意味的是，斯各特这首短诗的影响力在某种程度上甚至超过了普拉特的原作。1885 年 11 月 7 日，随着唐纳德·史密斯将最后一根道钉打入铁轨中，太平洋铁路比原定时间提前了 6 年竣工。摄影机拍下了这一历史性的时刻，然而在这张几乎是加拿大历史上最著名的照片《最后一根道钉》（"The Last Spike"）里，铁轨上聚集的人群中没有一个华人。而普拉特的史诗《通往最后一根道钉》也是仅仅关注那象征着荣誉的"最后一根道钉"，忽略其他所有的道钉。但是，《除了最后一根道钉》这首诗一针见

---

① 奈德为普拉特的昵称。
② F. R. Scott, *F. R. Scott：Selected Poems*, Toronto：Oxford University Press, 1966, p.64.

· 44 ·

血地指出，除了《通往》所讴歌的史密斯的最后一捶，太平洋铁轨上的其他道钉都是由包括中国人在内的普通劳工打入的。斯各特不仅谴责铁路方对华工的非人道剥削，嘲讽19世纪末至20世纪上半期以普拉特为代表的白人主统思想，更是直指加拿大移民法案对华人的不公正待遇。因为太平洋铁路完工在即，也是《华人移民法案1885》（*The Chinese Immigration Act of 1885*）颁布之时。

经过5年艰苦卓绝的建设，太平洋铁路完工了，"不列颠哥伦比亚小姐"最终戴上了麦克唐纳德的订婚戒指（See *Towards*：379 – 380）。加拿大东西联合了。与此同时，新斯科舍不闹独立了，爱德华王子岛也加入了，铁路的建成既给普拉特所高歌的国家统一叙事在画上了一个圆满的句号。然而，具有讽刺意味的是，联邦政府与BC省不管"婚前"还是"婚后"都在华工问题上存在着一些分歧。早在太平洋铁路BC省段开工前，引渡华工一事就颇具争议。[①] 建国初期，联邦政府一方面需要居民占领西部地区；另一方面需要大量劳动力进行经济建设，加拿大第一移民法案实行宽松的移民政策。然而这一时期的政策在吸引移民上的效果却并不显著。加拿大的地理气候与政治经济格局与美国相比都处于劣势，因此更多的移民选择去了南方，加拿大境内劳工短缺的局面并没有得到缓解。太平洋铁路建设的浩大工程致使联邦政府陷入资金与劳动力短缺的双重困境，亟需一批廉价外籍劳工来进行西部路段的建设。承包商盎德唐克偏向雇佣中国劳工，因为一来华人直接在西海岸登陆，可以免去加拿大境内运输的费用；二来华人会接受当地人不愿从事的高强度低收入的工作。另外，也因为他们"比其他大多数工人易于奴役"[②]。可是华人的到来引起了BC省的白人劳工与反华势力的强烈不满。麦克唐纳德只得出面安抚该省民众的情绪，表示在当时的状况下，必须保留华工："没有劳动力就没有铁路。"[③] 同时，他承诺会在铁路建成之后采取适当措施来阻止华人成为永久居民[④]。

[①] See Pierre Berton, *The Last Spike: The Great Railway 1881 – 1885*, Toronto: Anchor Canada, 2001, pp. 182 – 193.
[②] Ninette Kelley and Michael Trebilcock, *The Making of the Mosaic: A History of Canadian Immigration Policy*, Toronto: University of Toronto Press, 1998, p. 95.
[③] *House of Commons Debates*, 12 May 1882, p. 1477.
[④] *House of Commons Debates*, 12 May 1882, p. 1477.

但是，BC省依然不断向渥太华方请求出台更为严格"反亚洲人"决策方案，并不时地推出一些地方性法规，试图把华人及其他"不受欢迎"的移民都关在门外。比如1908年的《鸦片法》就是旨在打击广泛使用鸦片的华人群体，规定鸦片交易是违法的，而白人药剂师与医生却可以免责。这些法规大多被联邦政府以不合联邦法为由而废止。然而说到底，联邦政府与BC省在对待华工问题上其实并没有本质性的差异，两者都不愿意华人破坏"白色加拿大"的蓝图。只是当经济利益与社区和谐起冲突时，联邦政府出于"大局观"倾向于前者，BC省则更注重文化与种族的一致性。所以当铁路建设需要劳动力时，麦克唐纳德便高唱当时流行于西方的"自由主义价值观"，即每一个体都是平等且具有自由迁徙的权利，放开国门。可是当对劳动力的需要下降时，移民策略随之转向。

联邦政府成立初期，加拿大上下普遍认为这个新兴国家的当务之急是"开发大西部"。在1896—1905年期间担任内政部长的克里福德·西弗顿（Clifford Sifton）认为加拿大需要引进的是大量可以在西部永久居住的农耕拓荒者。他说："我们必须要测试的是：这个人是不是有意到加拿大来成为一名农业人员？如果是，我们鼓励他来，并尽我们所能给他提供各种帮助。但我们不鼓励任何来此挣工钱的人。"[①]在这种移民策略的导向下，西弗顿极为排斥华人合同工，"挣工钱的"华人劳工首先被作为限制的对象。他在积极支持1897年的外来劳工法案的同时，也极力鼓吹华工人头税。

铁路建成后，一部分华工返回了中国，另一部分则滞留在BC省，他们中的大多数人没有工作、收入和固定居所，陷于贫困与饥饿。针对华人的不满与恐惧又一次高涨起来。迫于压力，麦克唐纳德政府不得不指派一个皇家华委员会进行一场针对华人的听证会。该委员会所选取的51名听证对象中包括政客、律师、牧师、商人等，但其中仅有2名华人。他们普遍"证实"，华人肮脏、不诚实、不道德、携带传染病（天花、霍乱和麻风等），难以融入加拿大社会。同时，大量关于华人生活不洁的"证据"被披露：华人聚居区的污水、使用粪便浇灌蔬菜、多人合睡一张床等等。另外，华人的赌博习惯也在一定程度上加剧了西方人对中国人的妖魔化与他者化臆测。

1879年，不列颠哥伦比亚当地首席报纸《英国移民者》（*British Colo-*

---

① *House of Commons Debates*, 17 April 1902, p.2991.

nist）刊登了一幅题为《英属哥伦比亚的异教中国佬》（"The Heathen Chinese in British Columbia"）的漫画。画中一个高大、身着西服的白人抓着一个矮小、身穿清末服装的中国人的辫子，图下的对话是：

> 阿摩·德·卡斯摩斯①：爱世界还是爱人类。
> 异教中国佬：你为啥要赶我？
> 阿摩·德·卡斯摩斯：因为你不能也不愿和我们一样。
> 异教中国佬：为啥？
> 阿摩·德·卡斯摩斯：因为你不会像我们一样喝威士忌、谈论政治和投票。②

这幅漫画和对白勾勒出了当时加拿大白人对中国人的刻板印象：矮小、狡猾、英语不规范等。

太平洋铁路的史料与文学作品中都有不少关于中国人在工地上赌博情况的图片与文字记载。具有四分之一中国血统的加拿大当代作家弗莱德·华（Fred Wah）在他的诗体回忆录《钻石烧烤》（*Diamond Grill*）一书中这样描写他的父辈们聚众赌博的场面：

> 中国商店的后面，或者说是上面的一个房间里，似乎是悬于温哥华唐人街的喧闹之上十五英尺处的一间房，你可以听到通过窗户放大的桌面上洗麻将牌的咔嗒声。从上面或者说是窗帘后面飘过来的声音是急躁的、有力的、挑衅的、好斗的、争吵的、指责的、侮辱的、虚张声势的、迷信的、糊弄的、闲谈的、严肃的、激将的，散发着雾气……③

一方面，一群穿着打扮奇特的中国人聚集在一间封闭幽暗、云雾缭绕的小房间里，说着一种外人听不懂的奇怪"暗语"，营造出一种神秘、排他甚至夹带点巫术色彩的氛围。另一方面，西方人对于华人赌博行为的失实与

---

① 阿摩·德·卡斯摩斯（Amor De Cosmos）为《英国移民者》创始人之一。
② Kwok B. Chan, *Smoke and Fire*: *The Chinese in Montreal*, Hong Kong: The Chinese University Press, 1991, p. 16.
③ Fred Wah, *Diamond Grill*, Edmonton: NeWest Press, 1996, p. 111.

夸张报道，再加上赌博有悖于基督教的生活方式，这又进一步强化了对华人的"异教"与"黄祸"想象。历史学家巴瑞顿·沃克（Barrington Walker）这样总结当时白人对华人的刻板印象："在一些正式或非正式的场景中，白人通常将华人描述为神秘的、狡猾、性变态、肮脏、易于沾上恶习和犯罪，包括赌博和非法药物。"①

这样，在种族主义"仇华"思想与农耕移民导向的双重作用下，加拿大通过了旨在限制中国劳工进加的法令《限制与规范华人移民进入加拿大法案》（An Act to Restrict and Regulate Chinese Immigration into Canada），俗称《华人移民法案1885》。这是加拿大第一部针对某一特定族群的法规，开了种族主义移民制度的先河。此法案制定了一系列条例来限制华人移民行为，包括"驶入加拿大海港的船只，每五十吨载重量只能运送一名华人""相关负责人必须在每年的第一天提前上报移民名单"等，而其中最关键的就是"人头税"（head tax）。该法令规定，除外交团体、政府代表及随行人员、游客、商人与学生等之外，任何一名中国人在任何港口入境加拿大，都必须支付人头税。人头税的金额由原先提议的10美元提高至50美元，1900年涨到100美元，1903年又高达500美元，而500美元相当于一名华工在加工作两年的收入。

然而，人头税在控制华人移民的效果上却远不如"连续航程"②与"落地费"等措施对日本、东印度移民数量的限制。一方面，依然有不少雇佣者愿意支付人头税，随后从工人的薪水中扣除；另一方面，人头税可以通过各种方式加以规避。但是，当BC省居民开始抱怨人头税不能有效降低华人移民数时，联邦政府却因为这项政策的巨额利润而不愿取消它：据统计，1901—1908年，加拿大通过征收人头税获利近1800万美元。这样一来，《华人移民法案1885》实施以后，华人移民的数量不降反增。1908—1914年间，华人移民的年平均数量大概达到了4500人③，直到第二

---

① Barrington Walker, "Immigration Policy, Colonization, and the Development of a White Canada", in Karen Dubinsky, et al., eds. *Canada and the Third World：Overlapping Histories*, Toronto：University of Toronto Press, 2016, p.42.
② 连续航程是加拿大在1908开始采用的一项移民制度，它规定运送移民的船只必须从移民出生国直接到达加拿大，中途不得在别处停留。此项政策主要用来限制印度、日本等亚洲移民入境。
③ See Kelley, Ninette and Michael Trebilcock, *The Making of the Mosaic：A History of Canadian Immigration Policy*, Toronto：University of Toronto Press, 1998, p.154.

次世界大战爆发才开始大幅下降。

到了20世纪20年代，虽然随着一战结束后的经济复苏，加拿大对移民的需求又一次高涨起来。但这一时期的经济模式已不同于19世纪末期，且失业率居高不下，因此，不再需要大量廉价劳动力。同时，1920年前后，排亚的呼声在加拿大上下，尤其是亚洲移民最多的BC省，达到了空前的一致。这时，总理麦肯锡·金（Mackenzie King）发声了："根本没有希望将白人与来自东方的种族进行同化"，并表示支持"有效限制"东方移民的政策，而具体到华人，"有效限制"演变成了"完全排除"。1923年，加拿大议会在第一部《华人移民法案》实行38年后颁布了一部更为严厉与彻底的法律：《华人移民法案1923》（*Chinese Immigration Act, 1923*），俗称《排华法案》（*Chinese Exclusion Act*）。这一法案几乎杜绝了一切形式的华人移民现象，只允许外交官、留学生与商人等特殊人群入境，而对"商人"的定义之严苛，以至于符合条件的中国商人几乎不存在。该法案还对华人的准入、签证和检查等程序进行了更为细致的规定。在如此严苛的禁令之下，1923—1946年间，据估计，加拿大总共仅接受了15名华人移民。①

《永远白色的加拿大》（*White Canada Forever*）一书的作者彼得·华德（Peter Ward）认为，第二次世界大战后加拿大对亚洲移民态度的转变与他们的宗主国也有一定关系，比如这一时期的日本迅速从一个战败国发展成一个民主现代的国家。这是为什么日本移民在20世纪下半期较之其他亚洲国家在加拿大更为受欢迎。②

然而，在上述华人移民法案生效的同时，加拿大对于"受欢迎国家"始终实行开放宽松的移民政策。西弗顿在任职的9年时间里吸引了近65万移民进入加拿大。20世纪20年代，以麦肯锡·金为首的自由党一方面推行宽松的准入制度大力吸引来自欧洲与美利坚等"优先国"的移民，尤其是对于他们最为青睐的不列颠农耕者，通过《帝国定居协议》（*The Empire Settlement Agreement*）和《铁路协议与批准体制》（*The Railway Agreement and Permit System*）等措施一再降低门槛。另一方面，金政府又实行

---

① See Kelley, Ninette and Michael Trebilcock, *The Making of the Mosaic: A History of Canadian Immigration Policy*, Toronto: University of Toronto Press, 1998, p. 204.
② See Peter Ward, *White Canada Forever: Popular Attitudes and Public Policy towards Orientals in British Columbia* (Third Edition), Montreal: MaGill-Queen's University Press, 2002, pp. xvii – xviii.

"选择性准入排除"制度（Selective Admission Exclusion）来限制"不受欢迎的"移民。1930年的《加拿大年鉴》(*The Canada Year Book*)这样描述所谓的"理想移民"：

> 理想的移居者是那些说英语的人——那些来自英国与美国的人。其次愿意被同化的是斯堪的纳维亚与荷兰人，他们愿意学习英语并已经了解自由民主机制的工作方式。来自南部与东部欧洲的移居者，虽然单纯从经济的角度来看是合意的，却不是很愿意被同化，将这些在本世纪来自上述地区的人们进行加拿大化，不管是在农业草原省份还是东部城市，都是一个问题。更加难以同化的是，根据加拿大大众观点，是那些来自东方的人。①

不难看出，"同质性"，确切地说，能否被纳入"白色英系"的国家蓝图，是这一时期加拿大移民政策的一个重要标准。1923年，在就华工问题长期"闹别扭"的联邦政府与BC省，终于决定相互联合，一手大力欢迎"理想移民"，另一手将包括华人在内的"不受欢迎移民"挡在门外，用英国作家约瑟夫·吉普林（Joseph Kipling）的话说就是："将黄人关在外面的最好方法是让白人进来。"② 在这种选择性移民机制的作用下，BC省的人种比例发生了巨大的变化：1885年，49459人口中，白人仅占1/3，另外2/3是华人和本土裔。到了1945年，92%的居民都是欧洲移民。麦克唐纳德的东部火车最终开进了华人聚居地BC省，"白色加拿大"的理想终于实现了。

三 "不一致的一致"：从单一走向多元

两部华人移民法案生效期间，加拿大国内反对排华的声音也不绝于耳。一些企业家和工业人士认为华工的存在有利于加拿大经济的发展；人道主义者认为，华人生活环境脏乱是为条件所迫，他们其实并不比其他

---

① *The Canada Year Book*, 1930, Ottawa: Dominion Bureau of Sattistics, 1931, pp. 165-166.
② Joseph Rudyard Kipling, *The Canadian Annual Review of Public Affairs: 1907*, Toronto: Annual Review Publishing, 1908, p. 357.

人群更不卫生或不道德。具有四分之一中国血统的女作家伊迪丝·伊顿（Edith Eaton）① 更是以一篇著名的《为中国人辩护》（"A Plea for the Chinaman"）② 为华人慷慨正名。到了第二次世界大战以后，随着加拿大接收大量受纳粹迫害的难民，并积极参与联合国的筹建等事务中，加拿大逐渐树立起中立、和平与人道的国际形象；同时，经济的快速繁荣与民间组织机构的人权呼声日益壮大。这样的国内外状况"使得原先的移民政策越来越不合时宜，甚至是一种羞耻"③。1947 年，加拿大签署了《联合国人权宪章》。该宪章的精神与条例都与 1923 年的华人移民法案形成了冲突，促使联邦政府废除了实行长达 24 年的《排华法案》。

但这并不意味着对华人移民的限制也解除了，华人申请者依然受制于一条旨在控制亚洲亲属移民的枢密令之下。直到 1967 年积分移民制被采用以后，选择性移民政策才最终在加拿大得以终止，华人移民才真正享有与其他申请者同等的机会。同样是在这一年，诗人兼歌手戈登·莱特福（Gorgon Lightfoot）创作了耳熟能详的诗歌《加拿大铁路三部曲》（"Canadian Railway Trilogy"）。这首诗一反《通往》歌颂首领式人物的模式，而是通篇以充满同情的笔调吟唱"乘水路航海而来"④ 的外来劳工的艰辛生活：

  我们是铁路上的工人
  在炽烈阳光下挥着铁锤
  铺下铁轨建起桥梁
  弯腰劳作直到铁路完工

  在那高山上在那平原上
  走进沼泽走进大雨

---

① 注："Sui Sin Far"（水仙花）是伊顿的中文名。
② See Sui Sin Far, "A Plea for the Chinaman: A Correspondents Argument in His Favor", in Amy Ling and Annette White-Parks, eds. *Mrs. Spring Fragrance and Other Writings*, Urbana & Chicago: University of Illinois Press, 1995, pp. 192–197.
③ See Ninette Kelley and Michael Trebilcock. *The Making of the Mosaic: A History of Canadian Immigration Policy*, Toronto: University of Toronto Press, 1998, p. 154.
④ Gorgon Lightfoot, "Canadian Railway Trilogy", in Laura Moss and Cynthia Sugars, eds. *Canadian Literature in English: Texts and Contexts*, Toronto: Pearson Education Canada, 2009, p. 432.

> 从圣劳伦斯直到加斯珀
> 挥着铁锤支着工钱
> 铺好钢轨钉入铁路
> 出了工房进了村庄
> 一天一块钱和一方立足之地
> 活着的斟一杯，死去的祝个词①

《三部曲》体现了加拿大对待华工的态度从种族主义到人道主义的转向。1967年也是加拿大建国100周年之时，此诗发表于这个关键时间点也预示着一个有着不同价值评判体系的多元时代的到来。20世纪60年代，伴随着经济的又一次复苏与百岁生日国庆所引发的民族主义热潮，加拿大人在反思同质性（homogeneity）的基础上对自己民族的定位在很大程度上达成了一致：一个更为开放、平等与宽容的西方国家。

然而，60年代的民族主义热潮并没有持续很长时间，到了八九十年代，随着经济的衰退、加拿大人种比例的迅速"杂色化"以及人权观念的进一步强化，越来越多的少数族裔开始质疑与挑战麦克唐纳德用太平洋铁路连接的"加拿大梦"。梅蒂作家玛丽莲·杜蒙特在《致约翰·A. 麦克唐纳德爵士的一封信》（"Letter to Sir John A. Macdonald"，1996）对死去多年的麦克唐纳德说：

> 约翰，那该死的铁路并没有使这成为一个伟大的民族，
> 因为铁路关闭了
> 而这个国家
> 依然因"团结"一词争论不休，
> 路易斯·瑞尔死了
> 但他经常回来
> ……
> 因为你跟我一样清楚，
> 我们被铺上的铁路

---

① Gorgon Lightfoot, "Canadian Railway Trilogy", in Laura Moss and Cynthia Sugars, eds. *Canadian Literature in English: Texts and Contexts*, Toronto: Pearson Education Canada, 2009, p. 432.

第一章 通往"共同体":历史政治与民族建构

是并不能持久的钢轨①

就当时来说,麦克唐纳德在建成太平洋铁路的同一年铲除国家统一道路上的绊脚石路易斯·瑞尔②,并为联邦政府赢得了曼尼托巴等草原诸省,似乎是取得了全胜。但一百多年过去了,象征加拿大统一的铁路倒闭了,"破坏国家团结"的路易斯·瑞尔倒是"阴魂不散"。杜蒙特"起底"太平洋铁路的"团结"地基,宣告了它所代表的一元神话的破产。

如果说《通往》的史诗体例从形式上佐证了普拉特的传统叙事模式以及他那套"团结一致""统一联合"的神话,那么无论是《除了》与《一封信》的自由体,还是《三部曲》的歌谣体都在形式上颠覆了普拉特的模式。诗体短小精悍、语言日常口语化,都有意无意地呼应内容上的反宏大叙事倾向:麦克唐纳德等人拉下个人英雄主义的神坛,同时将无名华人劳工甚至是叛逆者推上抒情前台。如果"团结"的代价是近千名华人劳工的生命,那么太平洋铁路象征的"统一"神话经不起人道主义的拷问。

当代著名诗人罗伯特·克罗奇也写过一首题为《王涛挽歌》("Elegy for Wong Toy")的小诗来纪念一名普通的太平洋铁路工人。诗中叫"查理"的华人原名是"王涛"。相对于"生来就在草原小镇的大雪"中的"我们",他却是"建了一条铁路才来到那儿"③。这句诗道出了早期华人移民在加拿大生存和融入的艰难,同时也间接地对太平洋铁路所负载的加拿大民族建设的使命提出了质疑。克罗奇这样评论太平洋铁路"叙事形象"的反转:

在 1885 年,铁路的竣工似乎是主导叙事,用新闻报道式的口吻来说就是"代表了国家梦"。而梅蒂领导人路易斯·瑞尔的故事,他的叛乱、起义,或曰反抗——在西北部造成的麻烦——最多只能看成是一个次情节。在加拿大想象的一百年以后,铁路的故事变成了所谓

---

① Marilyn Dumont, *The Pemmican Eaters: Poems by Marilyn Dumont*, Toronto: ECW Press, 2015, p. 2.
② 关于路易斯·瑞尔,可参考本报告第三章第一节《我们依然在这里:加拿大本土裔诗歌中身份逆写》。
③ Robert Kroetsch, "Elegy for Wong Toy", in Laura Moss and Cynthia Sugars, eds. *Canadian Literature in English: Texts and Contexts*, Toronto: Pearson Education Canada, 2009, p. 320.

从"共同体"到"多元体":加拿大英语诗歌民族性建构研究

"乌鸦利率"名义之下的令人讨厌的经济碎片;而瑞尔的故事却成了我们想象生活的内容……①

在克罗奇看来,太平洋铁路从"国路"变成一个"诅咒"②,路易斯·瑞尔却由"叛徒"转为"英雄",实际上预示了加拿大文学从"宏大叙事"走向"个人叙事"和"边缘故事"的趋势。作为"加拿大后现代主义先生",克罗奇无疑是站在后现代主义立场上来质疑普拉特统一的"国家叙事"。他认为,太平洋铁路所代表的是现代主义创作风格,而路易斯·瑞尔实则是后现代主义的叙事潮流。

不难发现,克罗奇的后现代主义理论是建立在加拿大语境中的。如他所断言的:"加拿大本身就是个后现代主义国家"③。与美国相比,加拿大缺少一个统一鲜明的"国家精神",所以,美国可以用"美国精神"炼成一锅"大熔炉",加拿大却是各种成分相对独立却并存的"马赛克"。加拿大民族众多、地域差异大、文化与语言驳杂,再加上大片象征着无意识的茫茫北方无人区,从某种程度上讲,加拿大的国情正好阐释了后现代主义"无中心、边缘性、碎片化"的特质。另外,20世纪后期后现代主义潮流在西方兴起之际正是加拿大推行多元文化主义的时候。

联邦政府自20世纪60年代以来,为种族平等与多元文化做出了很多政策上的努力,颁布了一系列相关法令。70年代,皮埃尔·特鲁多(Pierre Trudeau)政府在"皇家双语双文化委员会"(Royal Commission on Bilingualism and Biculturalism)的基础上,开始全面推行多元文化政策。1988年7月,众议院通过《加拿大多元主义法》(*Canadian Multiculturalism Act*),多元文化主义在加拿大正式以法律形式得以确立。多元文化的宗旨之一就是消解白人文化中心,促进不同种族与文化之间的平等与和谐共处。这与以解构主义"消解中心,重构边缘"为理论基础的后现代主义在本质上是一致的。多元文化主义为后现代主义奠定了社会与理念基础,后现代主义又

---

① Robert Kroetsch, *The Lovely Treachery of Words: Essays Selected and New*, Toronto, New York, Oxford: Oxford University Press, 1989, p. 21.
② Robert Kroetsch, *The Lovely Treachery of Words: Essays Selected and New*, Toronto, New York, Oxford: Oxford University Press, 1989, p. 25.
③ Robert Kroetsch, *The Lovely Treachery of Words: Essays Selected and New*, Toronto, New York, Oxford: Oxford University Press, 1989, p. 22.

反过来进一步佐证了多元文化在加拿大的合理性。政治上的多元主义与文学上的后现代主义相结合，宣告了麦克唐纳德所倡导的白人中心一元主义的破产，边缘的人群和文化的价值得以被重新评价，曾经一度被妖魔化与他者化的华人也终于从普拉特式被压抑与忽略的历史语境中走了出来。

20世纪八九十年代以来，加拿大华人要求政府就历史上的非人道待遇进行道歉与赔偿的呼声日益高涨。1999年，加拿大华人国家委员会（the Chinese Canadian National Council，简称CCNC）直接起诉加拿大政府，声称联邦政府的做法违背《加拿大人权与自由宪章》，并进一步指出，既然政府在1988年时就战时拘禁的历史事件致歉日本移民，那么也同样也应向华人正式表示道歉。2003年，CCNC又组织了"为争取人头税与排华法案补偿的最后一颗道钉运动"（The Last Spike Campaign for the Redress of Chinese Head Tax and Exclusion Acts）。2006年，一份正式的道歉与赔偿事宜被提上了刚刚上台的保守党政府的议事历程。新上任的总理史蒂芬·哈珀（Stephen Harper）代表政府就长期以来华人在加拿大遭受的不公平待遇，尤其是太平洋铁路劳工、排华法案等事件向华人群体进行公开道歉，并承诺赔偿人头税。他在致辞中说："加拿大华人在建设我们的国家上起到了突出的作用。尽管经历了诸多困难，他们依然做出了重要的历史贡献。……加拿大华人理应因人头税获得道歉以及恰当的承认与补偿。"① 虽然哈珀的这份声明和后续的实际补偿金额上并没有完全达到华人预期要求，但也算是为一百多年来华人在加拿大遭受的不公平待遇画上了一个标点。如华裔作家朱霭信（Jim Wong-Chu）在《平等的机会》（"*Equal Opportunity*"）中所说的："在早期加拿大/当铁路是捷径的时候"②，华人无法选择坐在什么位置，如今：

经过许多辩论
共识获胜了。③

---

① "Throne speech promises crime crackdown, GST cut", CBC News, April 4, 2006.
② Jim Wong-Chu, "Equal Opportunity", in Linda Svendsen ed. *Words We Call Home：Celebrating Creative Writing at UBC*, Vancouver：University of British Columbia Press, 1990, p. 365.
③ Jim Wong-Chu, "Equal Opportunity", in Linda Svendsen ed. *Words We Call Home：Celebrating Creative Writing at UBC*, Vancouver：University of British Columbia Press, 1990, p. 366.

综观加拿大诗歌史中的铁路意象，19世纪与20世纪早期，由于主导诗坛的浪漫主义诗风，呼啸而过的火车与诗人们感怀的田园牧歌环境格格不入，因此描写火车的诗歌并不多。而从20世纪中间开始，人们对火车的想象开始发生了转变，从早期的机器时代的怪物开始慢慢变成了旅行的载体，诗人们开始描写他们乘坐火车时独特的体验。但是普拉特的《通往最后一根铁钉》却横亘于诗歌发展分水岭的20世纪50年代，此诗在加拿大诗歌史上是独一无二的，既没有早期诗歌中的伤感，也有别于后期诗歌中的个人体验，而完全是以一种传统史诗的形式歌颂民族统一、人对自然的胜利、英雄气概以及科技的力量。

在太平洋铁路建成65年以后创作的这首诗歌却可以说是一个时代的产物。20世纪50年代，经历了第二次世界大战，60年代风起云涌的民族主义热潮已然在积极酝酿中，当对英国的依附刚开始减少之时，迅速崛起的美国又成为强大的独立性的威胁。在这样的一个时代背景中，《通向最后一根铁钉》应运而生。从《通往》到《除了最后一根道钉》和《加拿大铁路三部曲》，再到《王涛换歌》，这一系列诗歌在对待华人劳工的态度转变，刚好平行与加拿大对华移民政策的历史：从《华人移民法案1885》及其修正案、《华人移民法案1923》到1952年、1976年《移民法案》再到《加拿大多元主义法》。太平洋铁路的形象在诗歌史中的变迁本身就是一段从单一通向多元的道路，而从普拉特到斯各特再到克罗奇的背后是一元民族主义到多元主义政治文化思想的演进。

加拿大刚庆祝了建国150年，历史以一种悖论的方式彰显着它的公正：一条旨在以一元价值观联结加拿大的铁路，却不得不雇佣异族人员来建设；而一百多年后的今天，"太平洋铁路"却又几乎成了"华工的悲惨遭遇"的代名词。太平洋铁路在地理上自东向西的建造轨迹见证了加拿大建国初期种族主义意识形态导向和因此被榨压的华人劳工，而它在历史上所行进的这一个多世纪的路径也记录了加拿大由一元向多元、由种族主义向人道主义改变的过程。现如今，太平洋铁路所象征的统一、团结的白色"加拿大梦"已被后现代主义式的多样性和多元价值取向所取代。歧视与冲突依然在，但是，在"政治正确"的粘合与包裹下，多元与平等已无可争议地成为加拿大的主流意识形态。

第一章 通往"共同体":历史政治与民族建构

第二节 "民族厄运":斯各特诗中的本土裔[①]种族同化政策

引 言

如果不是加拿大近几十年以来的价值重估,邓肯·坎贝尔·斯各特可能始终会作为一个有成就的诗人而载入文学史册;如果不是因为诗名显赫,他也可能只是一个联邦政府负责印第安事务的官员,并与其他参与过种族消除政策的白人殖民者一起淹没在历史的洪流中。然而,斯各特既是著名的联邦诗人,也是加拿大印第安事务部的主要负责人,并官至代理总部长直至退休,是20世纪初期加拿大同化印第安政策的实际制定与实施者。19世纪末至20世纪早期,他一方面贡献了为数不少的表现印第安人高尚品质与悲惨生活的名诗,与此同时又大力推行种族压制与同化政策。这种双重身份使得斯各特在1970年以后的多元文化主义思潮与少数族裔的历史清算中,一度被推向舆论的风口浪尖与历史的审判席,成为加拿大文学史上最有争议的人物之一。他的诗歌也被放置于新的价值标准的棱镜下进行重新审视。

虽然大多数读者与批评家汤姆·马歇尔(Tom Marshall)一样,认为斯各特"对印第安人的同情是毫无疑问的"[②],但也有不少评论家如约翰·弗勒德(John Flood)指出,斯各特笔下的印第安人形象是"高度刻板印象,甚至是陈腐与老生常谈的"[③]。《飘浮的声音:邓肯·坎贝尔·斯各特

[①] 现加拿大已不再用"Indian"一词来指称北美本土民族,而普遍取代以"Indigenous"或"First Nations",本文也相应改用"本土裔"与"原住民"这两个用语。同时因文中所涉及的诗歌文本与历史文献多为19—20世纪的资料,所以依然存有大量诸如"杂交"(half-breed)、"婆娘"(squaw)等带有歧视性的词语。同时在谈及斯各特本人及其同时代人的观点时,为还原历史真实,本章节依然沿用"印第安"等用词。

[②] Tom Marshall, *Harsh and Lovely Land*:*The Major Canadian Poets and the Making of a Canadian Tradition*, Vancouver:University of British Columbia, 1980, p. 28.

[③] John Flood, "Native People in Scott's Short Fiction", in K. P. Stich ed. *The Duncan Campbell Scott Symposium*, Ottawa:University of Ottawa, 1980, p. 73.

与第 9 条约文学》(*Floating Voice: Duncan Campbell Scott and the Literature of Treaty 9*) 一书的作者斯坦·德拉格兰（Stan Dragland）提出了"如何将斯各特引人入胜的且显然是具有人文关怀的印第安诗歌与故事……与其可怕的印第安事务部政策遗产统一起来"① 的问题，也有评论者认为，作为政府官员与作为诗人的斯各特应该区别开来看，马尔文·H. 达格（Melvin H. Dagg）就表达了这样的观点：

> 首先，两人【指前文提到的两位斯各特评论家】都试图将斯各特的印第安诗歌与他作为印第安事务部首领的角色及其职务文档联系起来。这无疑是个错误。我们不应该指望这个公共形象的男人与私下的男人是一致的。同样，用于证明加拿大印第安政策合理性的政府写作也不应该被认为可以用来阐释斯各特的印第安诗歌。如果两者能说明什么的话，他们应该期待这两种截然不同的写作文体分别提示了同一个人的不同、而不是相同面。②

那么，斯各特对待原住民的态度到底是怎样的？他的印第安诗歌与印第安政策之间的关系究竟是对立还是统一的？如德拉格兰所言："关于这个男人与各原住民族之间交往的真实文字记录只存在于这些诗歌中。"③ 要回答这些问题，还是需要回到斯各特的诗歌中去。

一　从"厄运"到消失：斯各特的印第安历史观

斯各特在《加拿大印第安事务行政》(*The Administration of Indian Affairs in Canada*) 里这样阐释联邦政府的印第安政策：

> 笔者的观点是，通过上述政策与实践，政府将会实现这个责任的最

---

① Stan Dragland, *Floating Voice: Duncan Campbell Scott and the Literature of Treaty 9*, Concord: House of Anansi Press, 1994, p. 5.
② Melvin H. Dagg, "Scott and Indians", in Stan Dragland ed. *Duncan Campbell Scott: A Book of Criticism*, Ottawa: The Tecumseh Press, 1974, p. 181.
③ Stan Dragland, *Floating Voice: Duncan Campbell Scott and the Literature of Treaty 9*, Concord: House of Anansi Press, 1994, p. 14.

终目标，即印第安人逐渐发展至文明，最终作为一个独立而特殊的族群而消失，不是通过种族灭绝，而是通过逐步同化他们的民众的方式。①

不难看出，斯各特任职期间的加拿大印第安事务的宗旨即是推行种族同化政策，最终目标是使文化与族类意义上的原住民不复存在，简言之就是要将印第安人改造成"非印第安人"。如果放眼整个加拿大印第安事务部的行政历史，种族同化政策绝不是斯各特个人首创或独有的理念。19世纪末至20世纪初，在种族主义与殖民主义思想的双重裹挟下，又时值达尔文进化论与费边社会主义学说在西方广泛流行，本土裔民族普遍被认为是野蛮与落后的民族，是现代文明的对立面，是需要由欧洲移民进行改造的对象。基于这样的观念与认知，加拿大印第安事务部采取一种渐进的、逐步改造的方式，通过宗教、教育甚至通婚等一系列措施来对原住民进行文化改革与渗透，使之融入所谓的西方文明社会。

斯各特本人对本土裔居民的态度非常复杂，他从小与原住民打交道，成年后又长期担任印第安事务部要职，对加拿大各大原住民支族的文化与生活方式都相当了解。他的很多印第安诗歌就是在去往原住民领地的途中写的，其中有不乏同情与赞扬本土裔的诗歌作品，最典型的是《被遗弃的》（"The Forsaken"）中奥杰布瓦族妇女的自我牺牲精神。在他的不少诗歌里，白人的形象并不比本土裔居民正面或高大。比如《在加尔湖：1810年八月》（"At Gull Lake：August，1810"）中女主人公凯吉勾的情人奈恩，对于凯吉勾的迫害程度不亚于她的原住民丈夫。《马尼图湖畔的一个场景》（"A Scene at Lake Manitou"）里的白人皮毛商同样是一个盘剥原住民的反面形象。《在去往布道所的路上》（"On the Way to the Mission"）一诗更是讲述了两个白人为了抢夺一个印第安人的财物而将其杀害的故事。在这首诗中，本土裔蒙塔格奈②人的隐忍、理性、平静与白人的贪婪、残暴、愚蠢形成鲜明的对比。

然而，总的来说，斯各特并没有跳离时代的局限与白人殖民者的立场，他始终是以居高临下的"他者化"的目光来看待原住民的。自17世

---

① Duncan Campbell Scott，*The Administration of Indian Affairs in Canada*，Toronto：The Canadian Institute of International Affairs，1931，p. 27.
② 蒙塔格奈（Montagnais）为加拿大居住在对劳伦斯湾至哈得孙湾南部一带的本土裔支族。

纪欧洲殖民者开始逐渐占领北美以来，"第一民族一直都几乎只是被看到，却不被听到"①。只看不听，实质上是一种傲慢的殖民态度。相比于同时期创作印第安主题诗歌的艾米莉·波琳·约翰逊（Emily Pauline Johnson）基本采用第一人称讲述的方式，斯各特笔下的印第安人几乎从来不说话。无论是《奥农达加②圣母》（"The Onondaga Madonna"）中正在哺乳的奥农达加妇女，还是《被遗弃的》中垂钓的奥杰布瓦族母亲，都形成一幅静态的画面。即使是在叙事诗中，比如《在去往布道所的路上》里拉雪橇的蒙塔格奈人与《瓦特克温尼斯》（"Watkwenies"）里谋杀白人士兵的易洛魁妇女，原住民主人公都是只有动作，却没有语言。哪怕是如寡妇弗雷德里克（《马尼图湖畔的一个场景》）这样充满动态与表演性的人物，以及极具情感与戏剧张力的凯吉勾（《在加尔湖：1810 年八月》），都始终没有说一句属于她们的台词。她们都是被描述的对象，而不是叙述者。

不但如此，印第安人的隐忍与沉默被当成一种美德来歌颂。与斯各特诗中的正面印第人的隐忍品性相对，"反面印第安人"大多不甘于沉默，《波瓦桑的鼓声》（"Powassan's Drum"）中的击鼓巫师就是一个例子。他虽然从头至尾不曾说话，但持续不断的鼓声是另一种形式的语言与表达。斯各特将这种彰显原住民神秘力量的行为描写得极为恐怖阴森。相反，"正面印第安人"都是自我克制，甚至是自我毁灭的形象。《被遗弃的》中的奥杰布瓦妇女，不管是年轻时割肉钓鱼，还是年老后为不连累子女自杀，都是一以贯之的从容镇静的态度。从某种意义上说，她沉默的态度甚至比她自我牺牲的行为更伟大。《在加尔湖》里凯吉勾在面对丈夫的残忍行径时，也表现得极为内敛与克制，直到最后平静地死于加尔湖。《在去往布道所的路上》中的蒙塔格奈人同样是"从容赴死"的气概。

站在一个志于改造原住民的政府官员的立场看，沉默与隐忍的印第安人之所以会成为正面的形象，是因为他们被动、不反抗，甚至愿意主动选择死亡，因而容易被驯化与改变。反之，具有反抗精神的原住民自然会增加同化政策实施的难度。斯各特不止一次地表达了对于印第安"原始野蛮性"的恐惧。1905 年，他在与安大略北部詹姆士湾本土裔部落谈判过程

---

① Stan Dragland, *Floating Voice: Duncan Campbell Scott and the Literature of Treaty 9*, Concord: House of Anansi Press, 1994, p. 7.
② 引处提到的奥农达加（Onondaga），及下文的易洛魁（Iroquois）、奥杰布瓦（Ojibwe，又名奥吉布瓦或齐佩瓦），均为北美原住民的支族。

中写下一篇夹叙夹议的散文《最后的印第安协定》("The Last of the Indian Treaties"),其中是这样描述印第安人的天性的:

> 印第安的天性现在看起来像是正在衰败的火,在灰烬中焖烧与熄灭;然后又充满了力量与热度。它随时准备在野蛮的舞蹈中爆发出来,在野性与孤注一掷的狂欢中,古老的迷信混合着欧洲的观念,而对于后者的朦胧的理解又在朗姆酒刺激下变成了狡猾的想象。①

"既处于衰败的状态,同时又散发着神秘的能量"是斯各特给整个加拿大本土裔居民所下的结论。他的文学创作以诗歌的形式表达了这种想法,《印第安地名》("Indian Place-names")写道:

> 这个种族在衰落,只留下鬼的传说,
> 回荡在世界犹如消逝的轻烟
> 关于那些木屋:那些晦暗的人也离开
> 曾经精于绳索与陷阱
> 并且强于木桨与弓箭;
> 他们将银鲑从巢穴中诱出,
> 他们在踩踏地追逐野牛,
> 或在帐篷里赌博至天明,
> 但现在他们吹嘘的神勇全已消失
> 如麋鹿路径消失在四月的积雪中。(*Poems*: 22)

诗歌的后半部分回应题名,列举一系列本土裔地名,"整片土地都低声呼唤着/萦绕在山谷间的狂野地名"(*Poems*: 22),营造出听觉上的回环往复的效果。这首诗所传达的理念与《最后的印第安协定》基本是一致的:印第安人处于即将消失的状态,但其力量与影响仍在土地上萦绕。

可见,斯各特首先认为,本土裔居民是即将消亡的民族。《最后的印第安协定》一文题目中的"最后"一词就带有印第安人将要消失的暗示意味。从历史上看,斯各特此次谈判之行并不是最后一次,虽然他后来解释

---

① Duncan Campbell Scott, *The Circle of Affection*, Toronto: McClelland and Stewart, 1947, p.110.

说"后期的谈判都是与其他印第安部落进行的"①,但是,联想一下美国詹姆斯·费尼莫·库柏(James Fenimore Cooper)的《最后的莫希干人》(*The Last of the Mohicans*,1826)与澳大利亚詹姆士·邦维克(James Bonwick)的《最后的塔斯马尼亚人》(*The Last of the Tasmanians*②: *Or*, *The Black War of Van Diemen's Land*,1870),或者如阿尔·珀迪在《多塞特人③挽歌》("Lament for the Dorsets")一诗中所吟唱的"最后的多塞特人"④,"最后"一词曾是19世纪西方印第安殖民过程中的流行话语,虽然充满了同情,但也隐含表达了本土裔民族终将灭亡的普遍态度。斯各特与同时代的欧洲殖民者一样,也觉得本土裔无法相融于"现代文明社会"。

《奥农达加圣母》一诗中说这个本土裔妇女怀抱的婴儿比她自己"更苍白"(paler),这个词既说明,他拥有更多的白人血统(是妇女与白人所生的混血儿),与此同时,也是生命力减弱的迹象。斯各特"更苍白"一词暗示这个婴儿并不是奥农达加族的最后希望,反而是他们的"种族厄运的最后一线生机"(*Poems*:230)。"民族厄运"这个表达方式后来被广泛引用,成为斯各特种族主义的明证。比如有评论者认为,斯各特的印第安诗歌"轻率地接受了印第安的'民族厄运'"⑤。"厄运"(Doom)一词的确频频出现于他的政府文案里与诗歌作品中,与"最后"一词一样代表了早年斯各特对于原住民终将被同化的信心。

与此同时,斯各特又认为,灭亡前的原住民"充满了力量与热度"。如果我们将"注定要灭亡"与"充满了力量与热度"作为一个分类标准,大致可将斯各特诗中的原住民形象分成两类:"即将灭亡"的印第安人与"充满力量"的印第安人。不难发现,即将灭亡或者最后灭亡的印第安人基本是正面的形象,是属于"好印第安人";而活着的"充满了力量"的则多为反面印第安人。前者如《被遗弃的》《在去往布道所的路上》《在

---

① Duncan Campbell Scott, *The Circle of Affection*: *And Other Pieces in Prose and Verse*, Toronto: McClelland and Stewart, 1947, p. 109.
② 塔斯马尼亚人(Tasmanians)是澳大利亚东南部的土著居民,曾一度被认为已消亡;多塞特人(Dorsets)为原居住在加拿大北部现因纽特人领地的本土裔民族,约于公元1000年左右灭绝。
③ 多塞特人是现加拿大因纽特人的远祖,已于15世纪灭绝。
④ Al Purdy and Robert Budde, *More Easily Kept Illusions*: *The Poetry of Al Purdy*, Waterloo: Wilfrid Laurier University Press, 2006, p. 30.
⑤ Chipman Hall, *A Survey of the Indian's Role in English Canadian Literatureto 1900*, M. A. Thesis: Dalhousie University, 1969, p. 60.

第一章 通往"共同体":历史政治与民族建构

加尔湖:1810年八月》这几首最为著名印第安主题诗歌中,原住民主人公的形象震撼动人,并且因为最后死亡的结局,尤显荡气回肠。后者如《瓦特克温尼斯》中的易洛魁族女人年轻时屠杀白人,年老以后又依靠政府的"利息钱"生活;《波瓦桑的鼓声》中的奥杰布瓦族击鼓人阴森古怪;《奥农达加圣母》中的奥农达加族女人的脸上依然潜伏着"悲剧的野蛮"(*Poems*:230)。这些"活着"的原住民或多或少都带着本土裔的野蛮性。

斯各特非常善于描写原住民的死亡,往往将死亡渲染得非常宁静与美好。比如《怀念爱德蒙特·莫瑞斯的诗行》("Lines in Memory of Edmund Morris")中的阿尔冈昆人阿库斯之死:

> 那里躺着阿库斯,静静地睡在蕨草丛中,
> 最终与阿尔冈昆的酋长们团聚。
> 然后幽暗的日落停息了,
> 所有的烟雾的金色都变成了碎云。
> 阿库斯永远在白杨树中间睡着了,
> 杨树被那来自久远的红鹿之风所割刈
> 在那里恐龙沉睡着,深埋在他们的石头坟墓里。
> 谁能计算这中间过去了多少时间
> 在阿库斯与恐龙的沉睡之间?
> 漫长的时间,然而又像一转瞬
> 就如那拂过草原的长风
> 在日落的阴影中消散。(*Poems*:149-150)

此处,蕨草、日落与碎云等意象构成一副宁静而自然的景象,似乎说明死亡是一个美好的归宿。而且,诗歌将阿库斯的死亡与恐龙的灭绝相并置,虽然两者之间隔了很多年,但同样掩埋在逝去的时间之中,隐晦地指出,原住民将与恐龙一样,将成为不复重来的物种。

《被遗弃的》中年老的奥杰布瓦族妇女在被子孙遗弃之后,平静地选择死去:"没有一声叹息"(*Poems*:30),而且"没有痛苦、恐惧,甚至没有一刻的渴望"(*Poems*:30)。她死后:"无数雪花从无风的云上飘落下来;/给她密密地盖上一层水晶的寿衣,/将她深深地静谧地覆盖。"(*Poems*:31)死亡的画面同样美丽而宁静。《在加尔湖:1810年八月》的女

主人公凯吉勾也是只有通过死亡才能获得平静：

> 渐落的夕阳照射着消散的云朵
> 映出一道彩虹，不是拱形而是柱状的
> 是用那七根金属的荣光造成的；
> 在那旋涡深处的紫色之外
> 落下雷电震颤的藤蔓。
> 风吹走月亮之龛上的薄纱，
> 她升起，微暗的阴影换成光芒
> 她到达了巅峰，不带一丝云迹与星影，
> 一个优雅的完美，午夜天堂中雪之纯净。
> 恐怖之美迎来平静之美。①

凯吉勾在黄昏日落之时跳入湖中，从另一角度看，正是因为她的死亡才使时间完成了从白天到黑夜的过渡。白天与黑夜分别象征她的生与死，如果说她的"生"充满了恐怖与痛苦，那么"死"则是宁静与美好的。

不管是阿库斯死后回归自然，还是奥杰布瓦妇女埋于冰雪，抑或是凯吉勾葬身湖中，印第安的人的死亡都被描写成一件优美又合乎常规的事情。虽然阿库斯生前骁勇善战，奥杰布瓦妇人年轻时坚忍伟大，凯吉勾也是敢爱敢恨，但是，从某种程度上看，他们的"死"依然比他们的"生"更为崇高与美好。甚至换个角度想：也许正是因为死亡，他们才成为"好印第安人"，反观斯各特笔下的"坏印第安人"大多无名无姓。或许可以这样设想：印第安人正是因为最后的死亡才为自己赢得了一个名字？

应该说加拿大在整个印第安同化政策的实践过程中，并未蓄意屠杀原住民。斯各特本人也曾致力于改善保护区内，尤其是各级学校的卫生与生活条件，以降低原住民人群中的疾病传播与非正常死亡率。他诗中的死亡主题其实是对《最后的印第安协定》中所提到的"衰败""熄灭"等词的一种内在回应，隐隐中暗示印第安人的死亡似乎是一种回归自然、顺应时代的现象，以另一种形式印证印第安人的"种族厄运"。

---

① Duncan Campbell Scott, *The Green Cloister: Later Poems*, Toronto: McClelland, 1935, p. 58.

二 "从野蛮到文明"：通婚与同化政策

斯各特在《最后的印第安协定》里写道：

> 但是任何对印第安文明的预测想要在一两代人之内就看到最终结果，是注定要失望的。最终的结果，有可能需要四个世纪才能达到，通过将印第安种族与白人相融合的方式，以及所有这四样东西——条约、教师、传教士和商人——不管他们是带给印第安族群好处还是伤害，都有助于达到这个目的。①

这段话涉及斯各特的种族同化政策的几项主要具体措施，包括和约、教育、宗教与贸易。而其中的"融合（merge）"是整个斯各特种族同化政策的总思路，也是贯穿其所有印第安主题文学创作的关键词。不但"融合"这个词本身不时出现于斯各特的作品中，而且他的诗歌意象的组合方式也体现出相融性。斯各特往往将两种对比度很大，甚至相反的事物进行并置与结合，造成既相互对比又融洽的状态，本书暂且将之称为"冲突融合"。比如《阿尔勒的吹笛人》（"The Piper of Arll"）一诗中提到的"地球的内心"与"世界的意志"，以及优美的旋律"混合着鬼魅的震颤"（*Poems*：37），都可看成是"冲突融合"的例子。

"冲突融合"在斯各特的诗歌中主要还是表现为欧洲白人文化与本土裔文化之间的相互结合。以《尼皮贡湖上的晚颂歌》（"Night Hymns on Lake Nipigon"）一诗为例，题名中的"颂歌"与"湖"两者之间就是一种"冲突融合"：夜间阴森恐怖的自然与基督教的赞美诗形成了鲜明的比对。诗歌的正文更是汇聚了各种相互对比与矛盾的意象：

> 我们唱着古老的教堂的赞美诗，
> 最先吟唱于旧世界的沙漠一角，
> 而在荒野中，透明的尼皮贡水域

---

① Duncan Campbell Scott, *The Circle of Affection*, Toronto: McClelland and Stewart, 1947, pp. 121 – 122.

追捕着野蛮。

此刻岁月与岁月相遇在这北方的子夜，
在这个寂寥、潜鸟栖息的尼皮贡水域
响起胜利、勇气与抚慰的赞美诗：
"真挚来临"

当信仰忧思于黑暗，调子也随之改变，
那崇高拉丁语的洪亮元音里，
此时结合了拖长声的奥杰布瓦语，
粗野又哀伤。(*Poems*: 23 - 24)

在这首诗中，古雅的拉丁语与粗犷的奥杰布瓦语、基督教的颂歌与本土裔的划船吆喝、宗教的规劝与自然的野蛮，前者属于欧洲文明，后者代表了本土裔文化，两者的相互结合都是"冲突融合"。

《奥农达加圣母》这首短诗描写一个奥农达加妇女哺乳的场景，短短 14 行诗中也暗含了不少冲突融合。诗的题目"奥农达加圣母"将本土裔女性与基督教中的圣母玛利亚相联系，设定了整首诗的冲突融合的反讽基调。玛利亚的形象本是典雅肃穆的，可此诗中的原住民妇女一出场即是"大嗓门且懒散的姿势""悲剧的野蛮潜伏在她的脸上""反叛的嘴唇上浸染着/世仇、袭击与他父亲忧伤的血污"。关键是，她的"异教的激情在燃烧与发光"(*Poems*: 230)，"异教"(pagan)一词点出她与玛利亚的本质区别。同时，如果将这个妇女比作玛利亚，那么她怀中的婴儿就相当于耶稣。同样与圣婴形成对比的是，这个奥农达加男婴"愠怒，因着婴儿的灰暗而沉重"(*Poems*: 230)。圣婴代表了救赎的希望，可是这个奥农达加婴儿却是这个本土裔"民族厄运的最后一线生机"(*Poems*: 230)。从诗歌形式来看，用欧洲传统的经典诗歌形式商籁体来表现一个并不识字的印第安人，这本身就体现出休迪布拉斯式(Hudibrastic)的戏仿效果。斯各特将基督教中的圣母怀抱圣婴的典雅肃穆画面与原住民妇女在野地哺乳的场景相并置，形成兼具对比与戏剧效果的冲突融合。

再进一步看，《奥农达加圣母》中妇女所怀抱的婴儿本身就是冲突融合的产物:"比她更苍白"① 一语点明他是妇女与白人所生的混血后代,即两个种族融合的结果。事实上,白人与印第安人之间的跨种族通婚也是斯各特同化政策中的一个思路。他在《印第安事务》("Indian Affairs")中说:"对于印第安种族来说最美好的未来是被吸收进大众人口中,而这就是我们政府的政策目标。通婚与教育的强大推力将会最终克服那挥之不去的土著习俗与传统的痕迹。"② 可见,通婚与教育一样,都是作为一种有效的同化举措来推行的。

斯各特的诗歌塑造了不少白人与本土裔所生的混血后代的形象。如前文所述,斯各特认为同化的效果不可能在一两代人身上实现,斯各特认为种族同化的成效需要经过几代人才能显现③。第一代原住民与白人的混血后代因为两者的血液参半,依然"血统"不够纯正,身上存有明显的"野蛮性"。比如《奥农达加妇女》中提到这个妇女"血液中融合着她古老的仇敌"(*Poems*:230),结合加拿大历史来看,此处的"古老的仇敌"有可能是欧洲白人殖民者。这样推断的话,这个奥农达加妇女本身也许就是一个混血人,而她怀中的婴儿又是她与白人所生的。但即使是这样,这个婴儿眼里依然闪烁着"原始斗士的微光"(*Poems*:230)。另一首诗歌《马尼图湖畔的一个场景》的主人公寡妇弗雷德里克因为分别有本土裔与英语两个名字,有评论者因此推断她的丈夫是一个白人④,那么她的儿子玛塔奈克就带有一半的欧洲白人血统,可是他依然无法摆脱狩猎捕食的生活方式以及因此而造成的悲剧命运。

更重要的是,这些混血儿几乎无一例外地受困于"混血的普遍悲剧"⑤,挣扎在两种文化之中,其中最有代表性的是《混血女孩》("The Half-breed Girl")与《在加尔湖:1810年八月》这两首诗。前者描写一个诗中没有出现名字的"混血女孩"内心的困惑与痛苦。她虽然已经远离

---

① Duncan Campbell Scott, *The Poems of Duncan Campbell Scott*, Toronto: McClelland & Stewart, 1926, p. 230.
② Adam Shortt and Arthur George Doughty, eds., *Canada and Its Provinces: A History of the Canadian People and Their Institutions* (Volume 7), Toronto: Glasgow, Brook and Co., 1914, pp. 622 – 623.
③ See Duncan Campbell Scott, *The Circle of Affection*, Toronto: McClelland and Stewart, 1947, pp. 121 – 122.
④ See Gerald Lynch, "An Endless Flow: D. C. Scott's Indian Poems", *Studies in Canadian Literature*, Vol. 7, No. 1, Jan 1982, p. 51.
⑤ E. K. Brown, *On Canadian Poetry*, Ottawa: Tecumseh, 1977, p. 131.

"陷阱与划桨""水陆搬运与林间小道"（*Poems*：55）这些原住民的生活方式，但依然有"什么东西隐藏在野蛮生命的背后"（*Poems*：55），她总能时时感受到一种"野性的呼唤"：

> 一个声音从水流中呼唤她，
> 深沉、无束又自由，
> 一个比她的生命更大的声音
> 甚至比她的死亡更大。
>
> 她用毯子盖住自己的脸，
> 她狂烈的灵魂仇恨她的呼吸，
> 它的喊叫带着骤然的激情
> 对于生命或死亡。（*Poems*：56）

斯各特将"混血女孩"身上的本土裔特性描绘为一种神秘、强大的非理性力量，来自生命之初，又潜藏于灵魂深处。

从某种角度说，《在加尔湖：1810年八月》的女主人公凯吉勾可以看成是成年以后的"混血女孩"。在这首悲剧叙事诗中，凯吉勾是草原地区一个部落首领的妻妾之一，因与情人私会，被丈夫残忍毁容并致瞎，后跳入加尔湖而亡。题名中的地点与时间预示了诗歌紧张激烈的戏剧冲突：加尔湖位于加拿大西部草原地区；1810年说明故事发生的年代在欧洲殖民者到来之后但在联邦政府对本土裔的系统同化政策实施之前；八月是加拿大一年中最热的月份，火热与潮湿的天气烘托出故事的紧张气氛。在诗中，草原地区夏季的暴风雨与人物内心的斗争相呼应。凯吉勾是法国人与曼尼托巴省本土裔索尔托人的后代，被一种莫名的力量所纠缠："困扰于无常的幻象"[1]，这种力量与"混血女孩"所遇到的一样神秘莫测，是一种"从未听过的声音的梦"，是"回声的回声"[2]（*Northern*：257）[3]。甚至她与两个男性之间的情感斗争都可看成是她本身血液中两种属性冲突的外化。她的丈夫是本土裔

---

[1] Duncan Campbell Scott, *The Green Cloister：Later Poems*, Toronto：McClelland, 1935, p. 54.
[2] Duncan Campbell Scott, "At Gull Lake：August, 1810", in Tracy Ware ed. *A Northern Romanticism：Poets of the Confederation*, Ottawa：The Tecumseh Press, 2008, p. 257.
[3] 下文中出自该书的引文直接随文注明"*Northern*"与页码，不再另外加尾注。

索尔托部落首领,情人是白人皮毛商。她的身体隶属于丈夫,情感上又痴迷于情人。她的丈夫象征着她作为原住民这一半的身份属性,而她对情人狂热的激情又像是她体内作为白人那一半对前者的否定。凯吉勾的悲惨结局预示了"混血女孩"长大成人后将面临更为强烈的撕裂。她们似乎永远无法摆脱这两种文化的冲突,最后只有通过死亡才能获得平静。

斯各特诗中这些混血儿所经历的两种血统与文化的冲突,正印证了他在《最后的印第安协定》中所阐述的观点,即认为白人对印第安同化需要一个漫长的过程,而且必须藉由基督教与教育这两大措施才能最终实现。

从以上几首诗中可以看出,所谓"冲突融合"的两极分别是欧洲文化元素(包括基督教、拉丁文与白人等)与印第安文化元素(包括自然、原住民族语言与原住民等)。混血儿则可以看成是一种比较极端的冲突融合的体现。如马歇尔所指出,"诗人在寻找一种结合体"①,斯各特不断将这两种异质的文化元素进行对比、并列与组合,既折射出当时西方文化殖民统治下的本土裔生活的现实情况,更是他本人所推行的文化同化(Cultural Assimilation)政策与理念在诗歌中的体现。"融合"是早期加拿大印第安同化政策的一个总思路,然而,就像斯各特自己所说的,这是一个漫长的过程,要实现其最终目标,除跨种族通婚以外,还必须藉由基督教与教育这两大措施。

三 从"火与血"到"冰与雪":基督教的救赎

斯各特对于原住民的态度固然包含同情与赞赏的成分,然而,就像他所描摹的自然既是宁静而崇高的,同时也潜藏着危险,具有一种他所谓的"恐怖之美"("the beauty of terror"②,善良纯朴的原住民身上也同样潜伏着挥之不去的野性与暴力。上文中提到,斯各特将印第安人比喻为"正在衰败的火"③。此处,"火"这个词暗指原住民的野蛮性与破坏力,包含"应该被扑灭"的言外之意。火的意象反复出现于斯各特的印第安诗歌中:奥农

---

① Tom Marshall, *Harsh and Lovely Land: The Major Canadian Poets and the Making of a Canadian Tradition*, Vancouver: University of British Columbia, 1980, p. 27.
② Duncan Campbell Scott, *The Green Cloister: Later Poems*, Toronto: McClelland, 1935, p. 58.
③ Duncan Campbell Scott, *The Circle of Affection: And Other Pieces in Prose and Verse*, Toronto: McClelland and Stewart, 1947, p. 110.

达加妇女的脸上"异教的激情在燃烧与发光"（*Poems*：230）；击鼓的奥杰布瓦巫师"不灭的眼睛在水中燃烧"（*Poems*：62）。除此以外，斯科特还喜欢使用与火相关或接近的词语，比如"热烈（fierce）""燃烧（burning）"和"焦炭（char）"等。

除了火之外，"血"（blood）也是一个高频词。原住民的"血"首先代表另一种迥异于欧洲白人的血统，比如"混血女孩"与凯吉勾体内的"另一种冲动"。血的意象也常用来表现原住民嗜血的天性，《瓦特克温尼斯》（"Watkwenies"）中易洛魁女人手刃白人哨兵的过程相当血腥："她的长刀闪着光、嘶着响，喝着它的血；/在她血淋淋的手腕下她隐约看到，/一只乱颤的手，如死亡般苍白，如稻草般虚弱"（*Poems*：230）。在斯各特的笔下，"血"更是与本土裔部落之间的仇杀相联系，"世仇（feud）"、"敌人（foe）"和"复仇（vengeance）"这一系列的词语随着"血"字一起频频出现于诗行中。《奥农达加圣母》里的女主人公"反叛的嘴唇上浸染着/世仇、袭击与他父亲忧伤的血污"（*Poems*：230）《瓦特克温尼斯》中说"复仇曾是她的民族的知识与法律"（*Poems*：230）；《马尼图湖畔的一个场景》中的16岁男孩"被仇敌所屠杀/这个仇敌也屠杀了他的父亲"（*Northern*：255）

在《圣经》中，血与火都是与上帝对立的负面邪恶的意象。如果说血更多地代表人类的血腥与罪恶，火则常常是地狱与撒旦的象征。这两者都需要通过上帝的力量予以征服与消灭。在斯各特的诗歌创作中，血的意象总是或多或少带有基督教的影射。比如《马尼图湖畔的一个场景》中的这个细节：教堂的塔尖"被狂怒的烈火烧成焦黑"（*Northern*：256），其实就是暗示原住民聚居区内印第安传统习俗与基督教文化的冲突。而对于流淌于印第安身体内的原始蛮暴的"血"，斯各特同样将其与欧洲宗教的元素进行并置，比如《阿尔勒的吹笛人》一诗中提到："长矛旗晃动红如血/天使闪烁在船头"[1]，马歇尔认为此处表示"这艘船宣布血与天使同在"[2]。斯各特在《最后的印第安协定》里这样描写"理想印第安人"："依然像猞猁一样野性，他那一族类的智识与本能未曾褪去，同时又完全地拥有基

---

[1] Duncan Campbell Scott, *The Poems of Duncan Campbell Scott*, Toronto: McClelland & Stewart, 1926, p. 35.

[2] Tom Marshall, *Harsh and Lovely Land: The Major Canadian Poets and the Making of a Canadian Tradition*, Vancouver: University of British Columbia, 1980, p. 24.

督生命的基本原则。"① 而文中另加一个以正面形象出现印第安音乐家,弹奏的也是"奇异版本的赞美诗调子"②。言下之意是,基督教可以中和、淡化与缓解原住民身上的"野蛮"与"血腥"。而诗歌中血、火与基督教意象的融合,正体现了印第安事务决策者希望两者相平衡的意愿。

与"血"与"火"相对的意象是"冰"与"雪"。如果说前者象征着原住民野蛮与血腥的本性与文化,那么后者代表了他们身上"好"的一面,比如隐忍、勇敢与平静的品格。斯各特最著名的两篇"好印第安人"的诗歌,即《被遗弃的》与《在去往布道所的路上》中,场景都设置在冰天雪地之中。前者中的奥杰布瓦妇女在冰雪中垂钓,严寒的天气进一步突显她的坚忍与自我牺牲;她死后的"无数的雪花"与"晶莹的寿衣"等意象又烘托出她的纯洁品性。在《在通往布道所的路上》中,苍茫白雪的背景既与印第安人的沉静与高尚相映照,又反衬出白人的贪婪、肮脏与黑暗。与此相反,"坏印第安人"诗歌的背景往往是火热的夏天或狂暴的天气,比如《波瓦桑的鼓声》中的夜晚并不仅是时间背景,更是一种神秘黑暗的力量,以某种方式呼应着恐怖的鼓声。

如果说"血"与"火"会导致仇杀与争斗,那么"冰"与"雪"则往往含有基督教救赎的意味。《被遗弃的》全诗共两部分,第一部分描写一个年轻的奥杰布瓦族妇女在严寒与饥饿中,为了挽救怀中的奄奄一息的病婴,撕下自己身体上的鲜肉来钓鱼。第二部分讲述的是多年以后,怀中的婴儿已经长大成人,年老的妇女为了不连累子孙,平静地选择结束自己的生命。虽然此诗被斯各特的著名评论家 E. K. 布朗(E. K. Brown)称之为是"一个从强壮走向衰弱与遗弃的故事"③,但从诗歌内容设置来看,第二部分应是第一部分的提高与升华。两部分的最后一句都是"然后她休息了",但这两个"休息"的内涵并不相同。第二部分的结尾处写道:"然后所有的光就聚集于上帝之手上,并且/藏于他的胸前,/然后生出一种比寂

---

① Duncan Campbell Scott, "The Last of the Indian Treaties", in Cynthia Sugars and Laura Moss, eds. *Canadian Literature in English: Texts and Contexts* (Vol. 1), Toronto: Pearson Longman, p. 440.
② Duncan Campbell Scott, *The Circle of Affection: And Other Pieces in Prose and Verse*, Toronto: McClelland and Stewart, 1947, p. 113.
③ E. K. Brown, "Duncan Campbell Scott", in Stan Dragland ed. *Duncan Campbell Scott: A Book of Criticism*, Ottawa: Tecumseh, 1974, p. 83.

静更深沉的寂静，/然后她休息了。"（*Poems*：35）原文中"上帝"（God）一词首字母大写，且是单数；"他的"（His）也是大写首字母，加上"聚光""胸前"等《新约》的常用意象，可以确定此处的"神"是基督教上帝，而非妇女所在的部落之神，由此可以推断：诗中的奥杰布瓦妇女在去世前找到了耶稣，皈依了基督教。

由于后期基督教的出现，使得妇女在第一部分与第二部分中的两种自我牺牲有了高低之分。相应地，《被遗弃的》第一部分全部为短诗行，第二部分则几乎都是长诗句。"字多"从某种意义上看就是文明的体现。同时，第一部分的短诗行造成页面上大片留白的视觉效果，而第二部分的页面被文字填得满满的。这似乎是在暗示：妇女在年轻时虽然坚忍且富于牺牲精神，但在认知上依然存有大量空白；而年老时因为有了基督教，思想不再空虚。诗歌通过这种形式上的前后对比，说明妇女后一次牺牲行为较之第一次发生了质的提升。

斯各特常常将冰雪、基督教与死亡与这三者的意象融合在一起，说明印第安人的死亡需要通过基督教的救赎才能换来宁静。《被遗弃》的结尾处妇女离世时冰雪与上帝的形象相互渗透，共同构成一幅"比寂静更深沉的寂静"的画面。再如《在去往布道所的路上》一诗中，印第安人行进在通往布道所的茫茫雪路上，再加上死去的妻子手中的十字架，基督教与白雪的意象以一种奇异的方式叠加在一起。《在加尔湖：1810 年八月》的女主人公凯吉勾死后，天边出现了一道彩虹。彩虹在圣经中是上帝与人的约定的象征物。而在这彩虹的"七柱荣光"中，凯吉勾的"恐怖之美"才变成"宁静之美"①。斯各特在诗中赋予冰雪以基督教的理性救治的象征意义，意在暗示宗教对原住民的规驯与教化作用。

《在去往布道所的路上》中将印第安人描写为善良的受害者，而白人是邪恶贪婪的凶手。但如果换个角度看这首诗，印第安人之所以能成为正义的化身，是因为他们信仰基督教。诗的题目"在去往布道所的路上"预先设定了诗中的蒙塔格奈人此行的正义性，而躺在车上已经死去的妻子手间紧握的十字架进一步说明这对印第安夫妇是虔诚的基督徒。他之所以能保持平静与克制的心态，并具有"先知"（fore-knowledge）的能力，也是因为他是一个基督徒。两个白人作为"贪婪的奴隶"则是与撒旦的形象很

---

① Duncan Campbell Scott, *The Green Cloister*: *Later Poems*, Toronto: McClelland, 1935, p. 58.

接近。最后，也是基督教冥冥中替这个印第安人找回了另一种形式的正义。这首诗以邪恶的白人与善良的印第安人的对比来突出基督教的作用，说明人类善恶之分的原因并不是种族，而在于是否信教。

斯各特眼中的印第安人，脸上燃烧着异教的火、体内流动着暴力的血，对于这样难以驯服的邪恶力量，作为一个"想要解决印第安问题"的政府官员，估计只能开出基督教的药方了。他在印第安事务的年度报告里说，在进行印第安经济生活方式改革的同时，必须要用"基督教的行为与道德理念来代替土著的行为与道德观念"①。

从政治实施策略的角度看，基督教本身是印第安事务部的同化政策中不可或缺的措施与方式："在印第安教育这方面，学校与教堂几乎是无法分开的，两者在北部都是作为印第安部门的武器发挥功能。对印第安部分来说，基督化与教育是文明进程中不能相互区分的两部分。"② 宗教不仅是学校教育的重要教学内容，而且各教会派系直接就是印第安保护区内学校教育的承担者。斯各特作为印第安事务部的负责人，基于以上各种考虑，自然会在原住民中大力推行基督教。这种政策意图表现在诗歌创作中，基督教的意象就演变成了一种制衡力量，来对抗原住民的文化元素。

四 从狩猎到学习：学校教育的改造

虽然斯各特的印第安诗歌中渗透着他的文化融合思想，与此同时，有些作品又提出两种文化调和过程中的艰难与反复。叙事诗《马尼图湖畔的一个场景》描写马尼图湖畔一个原住民的小村中，一个被称为"寡妇弗雷德里克"的本土裔妇女哀恸死去的16岁儿子玛塔奈克。"寡妇弗雷德里克"集中体现了两种文化的结合：她分别拥有英语名字弗雷德里克与自己种族的名字"暴风雨的天空"；她生活于帐篷中，又拥有留声机、缝纫机等西方物件。而且，她同时信奉自己部落的神灵与基督教："住在湖中的/强大的马尼图神/混合着耶稣的思想"（*Northern*：254）。当她试图唤回玛塔奈克的生命时，同时也启动了西方基督教与本土裔神灵：一方面"她向

---

① D. C. Scott, "Report of the Superintendent of Indian Education", *Report of the Department of Indian Affairs for the Year Ended 31 March 1910*, Scribner's Magazine, p. 273.

② Stan Dragland, *Floating Voice: Duncan Campbell Scott and the Literature of Treaty 9*, Concord: House of Anansi Press, 1994, p. 32.

他们的耶稣祈祷/她祈求圣母玛利亚"（*Northern*：254），还"用完了所有的圣水"（*Northern*：254），又给儿子盖上两件修士的肩衣；另一方面又转向"大地、空气与水的神力"："她要向住在湖里的/水之神灵/献上所有自己珍视的财产"。于是她将帐篷中的毯子、留声机与缝纫机扔入湖中。

有评论者认为，寡妇弗雷德里克的悲剧"最形象地阐释了因两种文化与两种信仰的冲突而产生的痛苦与挫败"[1]，但事实上，基督教与本土裔的自然神灵虽然是两种截然不同的信仰体系，可是在弗雷德里克的理念中却并不相互冲突，最终她就是在这两种信仰的结合中找回平静并接受事实的：

> 她知道这一切都是徒劳；
> 他被敌人所杀
> 这个敌人也曾杀了他的父亲。
> 她收起垂在眼上的头发，
> 用疲惫和了无生气的动作，
> 整理她的裙子。
> 他到他的父亲那儿了
> 到神灵之地上打猎
> 也与耶稣与玛丽在一起。（*Northern*：255）

如德拉格兰所说的："这样的文化混合或许对本土裔与非本土裔读者都是啼笑皆非的，但对于寡妇弗雷德里克来说是自然的。"[2] 丈夫与儿子死后所去的地下世界既有奥杰布瓦的神灵们，也有基督教的耶稣与玛丽，对于弗雷德里克来说似乎是令人心安的愿景，也是她得以继续生活下去的安慰。本土裔的神灵们（原文"Powers"一词是复数）与打猎联系在一起，带有男性阳刚的色彩；而耶稣与玛丽并置兼具基督教的温情与女性的柔和，两者并存于儿子与丈夫死后的世界里，非但不冲突，反而能相互补充。

---

[1] Gerald Lynch, "An Endless Flow: D. C. Scott's Indian Poems", *Studies in Canadian Literature*, Vol. 7, No. 1, January 1982, p. 51.

[2] Stan Dragland, *Floating Voice: Duncan Campbell Scott and the Literature of Treaty 9*, Concord: House of Anansi Press, 1994, p. 183.

可见，斯各特在这首诗中并没有推翻他此前一直所倡导的文化融合必要性，而是试图提出另一个议题，即本土裔民族原始的生活方式对这种融合的阻碍。诗中的玛塔奈克是一个 16 岁的少年。他的母亲"寡妇弗雷德里克"教会了他一系列的捕猎技术：包括如何投兔子陷阱、如何抓获不同的动物等，他的确也被训练成了"一个机智而勇猛的猎人"（*Northern*：253）。然而，虽然他具备了所有原住民所需要的生存技能，依然难逃死于非命的厄运："他躺在这儿，/他的生命与这些无用的伎俩/随着光景一起消退。"（*Northern*：253）弗雷德里克倾其智慧教授给儿子的"知识（lore）"，却变成了"无用的伎俩"。斯各特意在说明：原住民所谓的知识与技能并不能使他们摆脱悲剧命运。这些"伎俩"并不属于西方学科体系内学问与知识，不但是无益的，甚至是有害的。

《马尼图》中的另一人物皮毛商虽然着墨很少，却包含相当大的信息量。"商人"（Trader）一词在诗中一共出现了三次。第一次："商人看着男孩/'他走了，'他说。"（*Northern*：255）玛塔奈克虽然已死去多时，但似乎经由皮毛商的宣布以后他的死亡才正式成为事实，足见他在本土裔部落中的权威性。第二次："商人会用她冬天的物资赊账"（*Northern*：256），说明皮毛商人对原住民的经济剥削。最后一次："有人开始在商人的房子上锤打"（*Northern*：256），皮毛商在八月天气渐凉时雇人修葺自己的房子，暗示他的经济实力。斯各特在论及本土裔居民的处境时曾说："他（印第安人）只是一个奴隶，被所有的商人利用来为他们提供财富，然后尽可能廉价地保持良好的状态。"① 在这样的处境下，玛塔奈克即使不死，他所学会的狩猎技能也只是成为皮毛商理想的剥削对象。

联邦政府成立后的很长一段时期，农业被认为是实现同化本土裔与促进国家经济民生的有效举措。斯各特认为，本土裔传统的作业与生活方式使他们难以改掉懒惰、好斗与野蛮的积习："斯各特相信土著的经济行为，比如狩猎、陷阱、捕鱼与觅食，必须要摒弃。"（*Titley*：33）与此同时，农业不仅有利于原住民的生活稳定，而且也助于培养本土裔居民"节俭与勤勉的习惯"②。因此，农业化改革是印第安政策的总方向之一，也是斯各

---

① Duncan Campbell Scott, "The Last of the Indian Treaties", *Scribner's Magazine*, Vol. 40, 1906, p. 577.
② Duncan Campbell Scott, "Scott to W. M. Graham", *Public Archives of Canada*, *Indian Affairs Record Group 10*（*PAC*，*RG10*），Vol. 3827, File. 60, November 1925, pp. 511－515.

特任职期间的一个重要目标。《马尼图》一诗中，本土裔以狩猎为主的生活方式不但间接夺走了玛塔奈克的性命，也使弗雷德里克陷入于受皮毛商剥削的经济困境中。斯各特通过他们母子的悲剧说明原住民有必要将生产方式由狩猎转移到农耕上，同时他们需要真正的知识与技能，而这些都只能通过正规的学校教育才能取得。

布莱恩·E. 提特利（Brian E. Titley）在他的《狭窄视野：邓肯·坎贝尔·斯各特与加拿大》（*A Narrow Vision：Duncan Campbell Scott and the Administration of Indian Affairs in Canada*）一书中提出："针对本土裔儿童的日间与寄宿学校的教育体系从一开始就是加拿大印第安政策的关键。"（*Titley*：75）斯各特印第安诗歌中的两个主要儿童与青少年形象，除玛塔奈克之外，另一个是上文提到的"混血女孩"。作为白人与原住民的第一代混血儿，这个女孩所感受到的来自血液另一半的"野性的呼唤"，常常是在遇到与原住民生活相关的事物，尤其是狩猎的时候：

> 经常在冬日的早晨，
> 当她来到兔子陷阱，
> 一个影像飘浮在水晶的空气中
> 在那冷杉树后面。
>
> 经常在夏天的清晨，
> 当她取下网中之鱼，
> 滴着水的网绳的味道
> 给了她的心一个愿望（*Poems*：55）

狩猎与捕鱼本是原住民两项最为基本的生存技能与经济方式，然而在斯各特眼中，传统的生活方式尤为易于激发"半文明"的孩童体内的"野蛮性"。

斯各特认为，学校教育可以帮助儿童与青少年摒弃原始的生活习惯，而逐渐转化为"文明人"。他在1931年的政府报告中说："然而，在印第安学校中提升就读率的主要原因是越来越多的人相信在我们的看管之下，他们的孩子必须更加适应未来。越来越少的土著人觉得靠追捕为生是可行的。他们开始转向教育,以求能为自己进入文明作准备。"① 斯各特在1913年被任命为整个印第安事务的代理部长前,担任印第安事务的教育主管。他接管教育工作以后,进一步加强了对原住民教育体制的管理与改革:"斯各特在1909年初任命教育主管,明显标志着一个新的政策方向。在他的领导下,决定摒弃效率低下的工业学校,转而致力于改善寄宿与日间学校。"(Titley:83) 1920年,斯各特负责起草与制定《印第安法案》(Indian Act)的修正案。修正案进一步强制规定所有印第安人适龄儿童就读全日制或寄宿学校(residential school)。法律条文规定16岁及以下的青少年必须入校就读,而斯各特在具体的执行过程中又将这一年龄提高到了18岁②。

《马尼图》的另一层用意是指出本土裔的家庭环境对未成年人的不良影响。玛塔奈克的原住民技能都是由她的母亲传授给他的。弗雷德里克分别有本土裔与英语两个名字,有评论者因此认定:她的丈夫是一个白人(Lynch 51)。如果这个推断成立的话,那么"混血"的玛塔奈克成长的环境是这样的:其白人父亲早逝,由其本土裔的母亲在部落的原始生活区将他抚养长大。从诗中可以得知,弗雷德里克虽然懵懂地信仰基督教的神,但认知具有很大的局限性。她完全根据原住民的传统生活习惯来教育自己的下一代,使得玛塔奈克这样一个学龄少年不但没有入校接受教育,而只习得了狩猎这样的"无用的伎俩",最终与他的父亲一样被"仇敌所杀"(255)。

斯各特的前任弗兰克·佩德利(Frank Pedley)在1903年的《印第安事务年度报告》(Indian Affairs Annual Report)中说:"将小学生移除于他们落后的家庭生活的影响,这一点作为文明化的优势,几乎相同地在工业与寄宿学校中体现出来。"③ 斯各特在这一点上显然是与前任一致的,他本人也在1910年工作报告中指出,要改善印第安教育体系,"必须将即使不

---

① Duncan Campbell Scott, "Report of the Department of Indian Affairs for the Year Ended March 31 1931", *Dominion of Canada Annual Report of the Department of Indian Affairs for the Year Ended March 31, 1931*, Canada: Sessional Papers, 1931, p. 11.
② 斯各特规定任何在读的印第安学生在18岁之前不得离校,实际上将学校教育的年限延长到了18岁。
③ Frank Pedley, "Report of the Department of Indian Affairs for the Year Ended June 30, 1903", *Dominion of Canada Annual Report of the Department of Indian Affairs for the Year Ended June 30, 1903*, Canada: Sessional Papers, pp. xxvii – xxviii.

是明显敌意也是冷漠的父母考虑进去"①；并在《寄宿学校》这部分的内容里不止一次地借学校教师之口说明原住民保护区内学校工作的最大障碍是"印第安父母的漠不关心与他们的游牧习性"②。可见，在相当长的时期内，印第安事务部是将原住民儿童的家长以及他们所代表本土裔文化与生活传统，放置于其教育政策的对立面。提特利说："摧毁儿童与他们祖先的文化的联系以及将他们同化进主流社会，是它（加拿大印第安政策）的主要目标。"(Titley: 75) 对于斯各特来说，在给原住民儿童进行西式的"现代文明"教育的同时，还要将他们隔离于自己的文化与生活。另外一个方面，如前文所示，原住民教育体系与基督教会的关系十分紧密，绝大多数学校都是依托基督教各支系的教会开办的。教会从自身管理与传教的角度来看，也更倾向于封闭式、全天候的寄宿学校制度。就这样，"世俗与教学的职权方达成了共识：住校的经历能加速他们成为"文明人"的进程。"(Titley: 76)

于是，斯各特领导下的印第安事务部在大力发展原住民教育的同时，又着重在保护区内进一步完善寄宿学校。"这个部门（印第安事务）总体上更青睐后者（寄宿学校），在斯各特上任前与任职期间，都有相当高比例的教育经费用于支持（寄宿学校）。"(Titley: 76) 而寄宿学校由于本身住宿生活条件差、传染病与死亡率畸高，再加上管理上的漏洞、存在虐待、体罚甚至性侵等各种问题，又因为寄宿制将原住民儿童与其家庭与文化隔离开来，造成了更多心理与文化层面的后果。寄宿学校在当今被普遍看成是印第安事务部在政策实施过程中对本土裔民族所犯下的一个罪行，甚至也是加拿大历史中的黑暗一页，也是斯各特在现时代最受人指摘的原因之一。

五 从歌舞祭祀到农业生产：斯各特的原住民文化压制政策

《波瓦桑的鼓声》是斯各特的印第安诗歌中比较特殊的一首，其神秘

---

① Duncan Campbell Scott, "Report of the Superintendent of Indian Education", *Dominion of Canada Annual Report of the Department of Indian Affairs for the Year Ended March 31, 1910*, Canada: Sessional Papers, p. 274.

② Duncan Campbell Scott, "Report of the Superintendent of Indian Education", *Dominion of Canada Annual Report of the Department of Indian Affairs for the Year Ended March 31, 1910*, Canada: Sessional Papers, p. 276.

第一章 通往"共同体":历史政治与民族建构

与恐怖感甚至超过了描写原住民在黑夜被屠杀的《在去往布道所的路上》。据德拉格兰考证,此诗的创作灵感源于1905年安大略省的波瓦桑谈判之行的经历。谈判一行人碰巧在夜间目睹了奥吉布瓦族人的一个传统仪式①。此诗中的击鼓即是仪式中一个法师在进行祈神或驱邪之类的活动。

诗歌的第二节大致交代了一个本土裔法师制药驱邪的背景:

> 他蜷缩在自己的矮帐篷里
> 因绝食而缩减
> 因饥渴而狂怒
> 炼着伟大的神药
> 念想着仇恨的东西死去
> 或者威吓仇恨的东西不要到来
> 宇宙在倾听着
> 震动—震动—震动—震动—
> 震动着波瓦桑的鼓(*Poems*:59)

当年与斯各特同行的治安警官约瑟夫·瓦纳斯(Joseph Vanasse)在日记中解释了原住民的用药理念:"他们(印第安人)依然相信神灵可以极大地影响他们的命运。这就是为什么在配药过程中,他要向邪恶神灵献祭一条狗,是为了平复这些神灵,这样他们就不会阻挠他的药在病人身上产生良好的效果。"② 从瓦纳斯的描述中基本可以推测出,《波瓦桑的鼓声》中本土裔药剂师的击鼓表演是为了驱逐恶灵,属于制药过程中的一个环节。然而,斯各特将击鼓表演描绘成一种超自然与超时空的行为,鼓声则具有呼风唤雨的强大力量:"湖岸在轻轻移动""太阳如渔夫将网拉向夜的岸边""世上的一切生物都听到并静默"等,而这一切"全都是冲着波瓦桑鼓的震动"③。

在这首诗中,鼓声的强大与演奏者体型上的弱小形成鲜明比对,可以

---

① 仪式有可能是"摇帐篷"(Shaking Tents),或是太阳舞(Sun Dance),具体根据现有的记录难以确定。
② Joseph L. Vanasse, "The White Gog Feast", *Canadian Magazine*, No. 30, November 1907, p. 63.
③ 以上4处引文均出自 Duncan Campbell Scott, *The Poems of Duncan Campbell Scott*, Toronto: McClelland & Stewart, 1926, pp. 59-63.

说又一次印证了斯各特所谓的"印第安人是一个注定要灭亡但燃烧着火"理念。鼓声是如此笃定与神秘,似乎是一种生存本身的力量,来自远古,且永不消失:"是从来没断过吗?/就如存在的脉搏?/它会一直持续到世界的尽头吗/就如存在的脉搏?"(Poems:60),在这神秘且充满超自然能量的鼓声中,一向相信本土裔注定要灭亡的斯各特也犹疑了:似乎这些印第安人会在这种超自然的力量与文化传承中得以永世长存。而这,显然不是斯各特想要看到的:印第安人即使能得以继续世代存活下去,也不能以这种"装神弄鬼"的方式,而必须换之以白人的、文明的方式。

从诗体形式来看,《波瓦桑的鼓声》在斯各特的诗歌作品中是相对自由的一首。诗歌本身比较长,没有套用任何具体的诗体,诗节长度相当随意(短的仅6行,长的可达24行),韵脚时有时无,且不断变化。诗中反复出现的"震动—震动—震动—震动—震动着"(Poems:59-63)视觉上尤为突兀,用破折号(而不是连字符)将"震动"(throb)一词串成一句诗,长度上胜于其他诗行,造成一种形式上的不断撞击的态势。由于这一句诗行在全诗中不断重复出现,视觉的冲击力表现出声音的急促与连续。对比一下斯各特创作的其他一些格律严谨的诗歌,比如《奥农达加妇女》《瓦特克温尼斯》等(这些诗歌之所以形式整齐,或许就是因为融合了白人文化改造思想的作品),《波瓦桑的鼓声》这首描写原住民原始仪式的诗歌似乎就是要以诗行的长短不一与音步的混乱无章来表现部落文化的非理性与不可控制。

原住民的鼓声如此强大、神秘与恐怖,似乎都在隐隐呼唤另一种能与之抗衡的理性力量。斯各特虽然没有在这首诗中直接点明基督教,但是,在鼓声的召唤下,"云的鬼魅手指/在天庭中摸索"[1],这一神秘力量甚至直指基督教上帝的神圣居所"天堂"(heavens),是在向上帝发出挑衅。面对阵阵鼓声,"太阳无法应答"、天空也"无法应答",而唯有"暴风应答了"[2]。全诗一直在加剧的紧张状态终于在诗末爆发了:一场暴风雨为这次击鼓表演画上了句号。足见鼓声绝不是带来宁静与和谐,而是旨在激发原住民的暴力与野性。

---

[1] Duncan Campbell Scott, *The Poems of Duncan Campbell Scott*, Toronto: McClelland & Stewart, 1926, p. 61.

[2] Duncan Campbell Scott, *The Poems of Duncan Campbell Scott*, Toronto: McClelland & Stewart, 1926, p. 63.

原住民的传统民间活动，包括庆祝、祈神、婚礼与祭祀等，大多体现为各种形式的集体歌舞与表演仪式，都是与基督教义与准则格格不入的异教行为，尤其有些部落的太阳舞与炫富宴①等风俗，涉及酗酒、偶像崇拜与铺张浪费等违反教规的行为，因此，首先受到了各教会（尤其是罗马天主教）的强烈反对。再次，部分仪式活动可持续长达数日、甚至数周，这无疑会耽误当局致力于在保护区内推行的农业生产。另外，这些全民参与的集体活动也会严重影响学龄儿童的出勤率，进而削弱原住民的教育效果。当然最重要的是，这些活动代表了一种与欧洲白人文化截然相反的文化与宗教势力。不难想象，这些部落仪式在当时遭到了加拿大政府上下的一致抵制。1884年，《印第安法案》的一项修定案规定塔玛纳瓦斯舞（Tamanawas dance）和炫富宴等原住民集体仪式为违法活动。

对此，斯各特的态度是："这项修正案的目的是防止印第安人被开发为野蛮或半野蛮的种族，而与此同时本部门的所有行政力量都旨在于使他们变得更文明……"②他与加拿大当局一样，认为原住民传统歌舞仪式会破坏与削弱印第安事务总的政策实施效果："根据斯各特的说法，阻碍英属哥伦比亚（的印第安人）取得更大进步的原因是，对于'令人堕落的原始风俗'的坚持，比如炫富宴。"③他还进一步表示原住民的传统聚众仪式会"破坏对在校印第安儿童实施的教育而产生的文明影响"，并且"抵消管理人与农业指导者的正面影响"④。斯各特任命印第安事务代理部长以后，进一步通过各种措施加强对本土裔歌舞仪式的限制，比如起草旨在限制原住民参加"印第安舞蹈"的"第149部分"（Section 149）修正案、限定仪式的时间（比如不超过10天），以及加强印第安管理人的权限等，致使西部草原地区对"违反规定"的惩罚在1921—1922年间达到顶峰。

---

① 炫富宴（potlatch），又译"冬季赠礼节"，是北美本土裔民族，尤其是海尔楚克（Heiltsuk）和夸求图（Kwakiutl）等支族的风俗，多在生日、葬礼和婚礼等场合进行。该仪式的主要内容是部落酋长向众人赠送（有时候是毁坏）贵重礼物来显示自己的财富和地位。
② Duncan Campbell Scott, "Scott to R. B. Bennett", *Indian Affairs Record Group 10*, Vol. 3827, File. 60, July 1916, pp. 511 – 515.
③ Brian E. Titley, *A Narrow Vision: Duncan Campbell Scott and the Administration of Indian Affairs in Canada*, Vancouver: University of British Columbia Press, 1985, p. 35. 下文中出自该书的引文直接随文注明"Titley"与页码，不再另行加注。
④ Duncan Campbell Scott, "Scott to All Agents", *Indian Affairs Record Group 10*, Vol. 3806, File. 279, October 1913, pp. 222 – 1A.

如果德拉格兰的考证是正确的，即《波瓦桑的鼓声》灵感来源于1905谈判之行，那么在出行过程中随身携带笔记本进行诗歌创作的斯各特为什么不在当时就有感而发，而要时隔20年以后才来记录这场仪式呢？1925年，斯各特进入印第安事务部已有46年，担任代理部长12年，在经过几十年印第安事务工作以及与原住民交往的过程中，斯各特逐渐对于"文明战胜野蛮"的趋势不再那么确信了："虽然斯各特的公开声明依然自信地宣称该部逐渐削弱印第安人野蛮性的政策正在通过教育与道德劝诫达到成效，他在任期走向结束之际显然开始对它的功效存有些怀疑了。"（Titley：182）在这首诗中，本土裔的传统仪式具有一种不可控制的异教野性力量，与斯各特在任职后期所出现的挫败感颇有相通之处。1931年，他在退休前一年述职报告中写道："我们是相当无力的，不能制止印第安浪费时间进而将我们让他们通过农业生产而自足的政策变成无效的。国会非常有必要给予总部长权力，以控制印第安人的土著风俗与幼稚的躁动。"[1] 在印第安事务总任职半个世纪以后，斯各特这段话已经没有了当初说原住民是"衰败的火"时的自信，也不再具有写"民族的厄运"时的肯定。

另一个合理的推断是：作为印第安事务部代理总管，出于政治、经济与文化的各方面考虑，认为有必要取消本土裔传统仪式，出于为自己行为辩护的目的，才又利用多年前听闻的一次原住民原始文化活动，创作出这首《波瓦桑的鼓声》，并在诗中不遗余力地将击鼓表演渲染为某种黑暗的强劲破坏力。但从另一方面来看，斯各特限制原住民进行集体舞蹈、求神、祭祀等各种带有印第安文化色彩的活动，固然带有政治与经济的原因，但也不排除他个人对于这些仪式的恐惧与厌恶因素。《波瓦桑的鼓声》或许可以试着回答加拿大学界关于斯各特的一个普遍疑问：为什么一个公认的正直好人、慈爱的父亲，一个明显同情原住居民的人，会大力推行种族同化政策，致力于"消灭"印第安人？抛开他的时代与职业原因，答案或许是恐惧。

通过以上分析可知，邓肯·坎贝尔·斯各特的印第安主题诗歌与他的印第安政策虽然表面上没有直接关系，但细读之下可以发现，前者实际上隐含了他对于原住民的态度与政策倾向。他的印第安诗歌涉及包括鼓励跨

---

[1] Duncan Campbell Scott, "Scott to T. Murphy", *Indian Affairs Record Group 10*, Vol. 3826, File. 60, July 1931, pp. 511 – 4A.

种族通婚、基督教思想传播与推行寄宿学校等在内的印第安同化政策的核心内容。放置于加拿大历史的大背景中看,作为印第安事务部的一届重要负责人,斯各特的文学书写折射出联邦政府针对第一民族的政策、19世纪后期至20世纪前期普遍的种族主义态度与理念,甚至可以说,整个加拿大原住民的被殖民史都可以从中找到痕迹。

时隔一个世纪再来读斯各特的诗歌,我们看到的是一个诗人与政府工作者在时代的洪流中写下了他的文字、做了他认为是对的事。他应该不会想到时间会背叛他。然而,百年来斯各特批评史由褒至贬的态度转变,也正反映出加拿大主流意识形态的变迁,即大体上从白人至上的殖民主义到多元文化主义价值观的转化。或许如有批评家指出的,在现如今评价斯各特,应该将其"放置于19世纪的语境中去看他,他最好的诗作都属于这个时期"[1]。将斯各特归还他所处的时代,才能客观地看待他的诗歌作品与他的印第安政策,进而得出相对合理公允的结论。

第三节 想象的入侵:加拿大英语诗中的反越战声音

引 言

1955—1975年,越南战争在亚洲打响,从60年代初开始,美国军队全面参战。虽然硝烟燃烧在太平洋另一端的大陆上,加拿大也未曾直接军事介入这场战争。然而,这一时期正是新闻媒体在西方前所未有普及的年代,电视与报纸媒体的大量报道、数以万计的美国逃兵役者(draft dodgers)与反战人士从南方边界涌入、和平游行队伍也同样行走在多伦多与渥太华等加拿大城市的大街上。同时,这一阶段也是加拿大历史上最为关键的时期之一。1967年的建国百周年所引发的爱国热情空前高涨,民族独立性的呼声前所未有地响亮。越南的战火在加拿大上下促发了更为广泛的关于自身国家身份定位的思考与讨论。如当时反战集会上的一句口号所说

---

[1] Gary Geddes, "Piper of Many Tunes: Duncan Campbell Scott", in Stan Dragland ed. *Duncan Campbell Scott: A Book of Criticism*, Ottawa: Tecumseh, 1974, p. 165.

的:"越南的战争也是加拿大的战争。"①

六七十年代加拿大的文学等艺术创作空前繁荣,迎来加拿大的"文艺复兴"。出版业自20世纪中期以来飞速发展,书籍的出版周期大大缩短。并且印刷出版物一度被认为是抗衡美国大众传媒势力的手段,而诗歌由于体裁短小简练、时效性更强、易于表达情绪、便于在反战集会上吟颂等特征,成为越战时期呼吁和平与谴责美国的主要形式之一。这些诗歌不但记录了那个特殊年代的思想潮流,也对整个加拿大的意识形态走向与自我民族定位产生了重大的影响。

一 "无望地在我的祈祷之外":同情、谴责与人道主义关怀

战争初期,米尔顿·艾肯(Milton Acorn)在《越南的战争》("The War in Viet Nam")一诗中所感叹的"无望地在我的祈祷之外"②,道出了对于发生在遥远的东方的战争的一种深切同情却又无可奈何的态度,在当时的加拿大普通民众中颇具代表性。厄尔·伯尼的诗歌《在俄勒冈远望》("Looking from Oregon")在人道主义关怀的基础上进一步挖掘了和平与战争的关系。诗歌通过说话人"我"的眺望,展开眼前所见之景与远方看不见的"无法想象的亚洲"③两个不同时空。当"我"看到自己的朋友及他的两个孩子的沙滩上比赛奔跑并最后跌倒时,说他们是来自"北部湾④那流血的边缘"⑤,将视野中的宁静画面与战乱的越南联结了起来。战争以一种神奇的方式渗入眼前的世界之中:

---

① Anonymous. Quoted in Gary Moffatt. *History of the Canadian Peace Movement Until* 1969, St. Catharines: Grape Vine Press, 1969, p.165.
② Milton Acorn, "The War in Viet Nam", *Blew Ointment*, Vol. 3, No. 1, November, 1965, (no page numbers).
③ Earle Birney, *The Collected Poems of Earle Birney* (Vol. 1), Toronto: McClelland, 1975, p.56.
④ 北部湾(Gulf of Tonkin)为越南北部海域,1964年的北部湾事件导致美国向越南派遣大量军队,越南战争全面升级。具体可参见 Edwin E. Moïse, *Tonkin Gulf and the Escalation of the Vietnam War*, Chapel Hill: University of North Carolina Press, 1996.
⑤ Earle Birney, *The Collected Poems of Earle Birney* (Vol. 1), Toronto: McClelland, 1975, p.56.

而此处在野萝卜草与微风中，
我知道这个世界并不制止
身体的跌倒会摔向那
雷雨云端与无法想象的亚洲①

如诗歌第一句"在我看不见的远处"②所暗示的，"我"在观景时见到的不仅是此处，在眼前的宁静画面之上，还隐隐叠印着另一个战火纷飞的场面。

亨利·贝塞尔（Henry Beissel）在《季风小雨中的喜讯与善意》（"Good Tidings and Good Will in a Monsoon Drizzle"）一诗中写道：

25000个孩子到目前为止被杀
（还会有更多的）
立正，红衣主教耶稣来了
叮当叮当铃儿响了11000英里的路
来自美利坚的天堂
3000个男孩忠诚地奋战在季风的
细雨中，390000个圣诞老人的粉丝
（还会有更多）虔心地膜拜
爱与和平的主③

这节诗将战争的残酷和美国的文化联系起来。儿童死亡的人数、美军人数等具体的数字与圣诞节与基督教的意象融合在一起，战场上的鲜血与主教的红衣、炮火中的越南与"美利坚的天堂"、作战的军人与"爱""和平"信仰，都形成了鲜明的对比。"叮当"一句戏仿西方著名的圣诞节歌曲《铃儿响叮当》（"Jingle Bells"），死去的孩子与欢快的圣诞儿童音乐两个意象相互并置，颇具戏剧冲突与反讽效果。末句"爱与和平的主"回应了诗歌题目中的"喜讯"与"善意"两个词（均为圣诞节的常用语），说明因为意识形态的分歧而发动的战争完全是人道主义灾难。

---

① Earle Birney, *The Collected Poems of Earle Birney* (Vol. 1), Toronto: McClelland, 1975, p. 56.
② Earle Birney, *The Collected Poems of Earle Birney* (Vol. 1), Toronto: McClelland, 1975, p. 56.
③ Henry Beissel, "Good Tidings and Good Will in a Monsoon Drizzle", in John Pearce ed. *Mirrors: Recent Canadian Verse*, Agincourt, Ontario: Gage Educational Publishing, 1975, p. 79.

《季风小雨中的喜讯与善意》全诗用黑色幽默的笔法强烈声讨与谴责越南战争，诗歌的结尾是："以父亲（在华尔街）/儿子（在梵蒂冈）/以及圣五角大楼的鬼魂之名"[1]。此处将原基督教的"圣父、圣子和圣灵"三位一体教义，改换为华尔街、梵蒂冈与五角大楼三个地点，说明经济、天主教与军事相结合的帝国主义才是美国的新宗教。而诗中说美国大使馆的鸡尾酒会上"交换着关于希特勒的寒暄"[2]一句将美国与二战时的德国作类比，则直接点明了这次战争实质。

汤姆·威曼（Tom Wayman）的诗歌《有一种嘘声》（"There's a Kind of Hush"）在列举了冰箱中的食物后，又说道："为了所有那些在今晚受惊吓与孤独/垂死的人：在苦痛中或在烈火中/或者是一点一点的/在此处以及在亚洲"[3]。一方面是诗人眼前的生活：冰箱里的食物、正在批改的学生论文；另一方面又是更为渺远的想象中的伤亡。"夜晚此刻"似乎是一个汇聚点，将"这里"与亚洲的、看得见与看不见的苦难，都集中到他正在写的诗中。

不难看出，将两个不同的时空进行并置是越战初期加拿大反战诗歌的惯用手法。不管是如《在俄勒冈远望》与《有一种嘘声》这种将平静的日常生活与可怖的战争场面相互叠印，还是如《季风小雨中的喜讯与善意》以圣诞节的喜庆来烘托战争的残酷，都体现出诗人对于战争的关注。另外，这一阶段诗歌中所普遍采用的的远望的、代入式的想象、苍凉又无奈的基调，也表达了总体上的反战情绪与立场。

二 "我们也是美国人"：共谋、自省与边境线

随着越南战争的进一步升级，加之加拿大本国内愈演愈烈的关于国民性的讨论，反思情绪与自省意识也开始逐渐蔓延开来。加拿大人逐渐认识到，对于这场战争，自己不仅仅只是个遥远的看客。他们开始进一步审视加拿大这个作为与美国共享世界最长国界线与西方价值观的国家在这场战

---

[1] Henry Beissel, "Good Tidings and Good Will in a Monsoon Drizzle", in John Pearce ed. *Mirrors: Recent Canadian Verse*, Agincourt, Ontario: Gage Educational Publishing, 1975, p. 81.

[2] Henry Beissel, "Good Tidings and Good Will in a Monsoon Drizzle", in John Pearce ed. *Mirrors: Recent Canadian Verse*, Agincourt, Ontario: Gage Educational Publishing, 1975, p. 79.

[3] Tom Wayman, *Waiting for Wayman*, Toronto: McClelland, 1973, p. 44.

争中所扮演的角色。罗伯特·麦吉尔（Robert McGill）在他的《战争在此处：越南战争与加拿大文学》（*War Is Here*：*The Vietnam War and Canadian Literature*）一书中说："加拿大人担心自己的国家既是美国的共犯，也是受害者。"① 在这场国民反思中，"文学作家成为加拿大最为猛烈的批评者"（*War*：20），尤其是在诗歌领域，出现了不少激进的声音。其中最为著名的是厄尔·伯尼的诗歌《我谴责我们》（"i accuse us"）。

《我谴责我们》一诗原为1967年多伦多反越战集会的演讲词。当时的加拿大，在反战反美的呼声日渐响亮的同时，百年国庆所激发的民族情绪与爱国热情也空前高涨。这首诗在谴责美国的同时，更是揭露了加拿大作为战争帮凶的本质。题名"i accuse us"与1898年法国著名作家埃米尔·左拉（émile Zola）发表于《震旦报》（*L'Aurore*）上的公开信《我控诉》（"J'accuse"）遥相呼应，彰显知识分子的批判精神。题目中三个词均无大写字母，使得"us"可同时作"我们"（us）与"美国"（US）的双重解读，暗示"我们"（加拿大人）与美国人本质上并无不同。而贯穿全诗的主格"我们"（we）一词又将这种自省意识推向另一个高度。"我们"表面上是"十分讲道理的人"，是"神佑的和平缔造者"，而实际上"作为中立者/我们几乎与他们一样虚假"②：

  我们是将代表安插进
  联合国委员会中的男孩
  以维护越南的和平
  并且，偷偷告诉他们
  不要报道运送武器的船只
  美国每周都在西贡卸下这些武器

  ……
  是的先生，我们是

---

① Robert McGill, *War Is Here*：*The Vietnam War and Canadian Literature*, Montreal & Kingston：McGill-Queen's University Press, 2017, p. 3. 下文引自同一出处的引文，直接随文以"*War* 加页码"的形式标出，不再另行加注。

② Earle Birney,"i accuse us", in Laura Moss and Cynthia Sugars, eds. *Canadian Literature in English*：*Texts and Contexts*（Vol. II）, Toronto：Pearson Education Canada, 2009, p. 122.

从"共同体"到"多元体"：加拿大英语诗歌民族性建构研究

>美国有史以来
>最大的凝固汽油①和磷的供货商
>自然，当那些杂种将它们全投在
>某人的孩子身上时
>我们每个星期
>都在电视上咆哮②

在这首诗中，伯尼毫不留情地指责加拿大人在越战中的双面性：一方面充当中立与和平缔造者的角色，谴责美国人在战争中所犯下的人道主义罪行，暗地里却给美国提供军火与武器。诗歌最后一节的"I accuse Us"中，"Us"一词首字母大写，似乎是将"US"与"us"两词组合在一起，再次说明"美国"就是"我们"，我们就是美国，谴责"美国"即是谴责"我们"。伯尼的这一论断在他的另一首诗《加拿大：案例史：1973》("Canada: Case History: 1973")中也有所流露。将李的反讽又推进了一步，他在诗中将魁北克比作"未来的越南"③，实则证明英系加拿大与美国一样具有侵略属性。

威曼的另一首作品《陶氏招聘人员，或者说这个年轻人打定了主意》("The Dow Recruiter, or This Young Man Is Making Up His Mind")也涉及加拿大作为美国武器供应商的问题。此诗的史料背景是美国的校园反战运动。美国陶氏化学公司在越战期间为美军提供臭名昭著的化学武器凝固汽油与橙剂④而招致反战人士的抵制。1967年10月26日，哈佛大学300名在校生将陶氏公司负责招募的工作人员持为人质关押了9个小时。⑤

《陶氏招聘人员》以题目中的招聘者为第一人称口吻讲述，共两部分：

---

① 凝固汽油（napalm）为美军大量投放于越南战场的杀伤性武器。
② Earle Birney, "i accuse us", in Laura Moss and Cynthia Sugars, eds. *Canadian Literature in English: Texts and Contexts* (Vol. II), Toronto: Pearson Education Canada, 2009, p. 122.
③ Birney, Earle, *The Collected Poems of Earle Birney* (Vol. 2), Toronto: McClelland, 1975, p. 175.
④ 橙剂（agent orange）为一种落叶剂。20世纪60年代美军向越南丛林地带喷洒橙剂，意在致植物枯死，进而暴露作战目标，史称"除草作战计划"。后发现橙剂中含有对人体有害的化学成分。
⑤ See Committee on Government Operations, *Riots, Civil and Criminal Disorders: Hearings Before the United States Senate Committee on Government Operations, Permanent Subcommittee on Investigations, Ninetieth and Ninety-First Congresses*, Parts 13 – 19, Washington, D. C.: U. S. Government Printing Office, 1967, p. 3671.

前一部分描写反战学生对他的施压与游说：他们告诉他公司的名字是"艾希曼"，其产品则相当于"齐克隆B"①，显然又是将美国与二战时的德国相提并论，以证明越战的不义性。诗歌的第二部分描写招聘人的居住环境：房前的小径盛开红色的花朵、"白色的房间亮着灯光"②。从诗歌形式看，第二部分的第一个词"鲜花"位于空行的最右端，与第一部分末尾的"哭泣的孩子"遥相呼应，而且上下两部分之间并没有一个完整的空行，这样就形成一种似断实连的视觉效果，暗示两者在内容上既相互分离又具有某种内在的承接关系。上部分良知的压力与下部分中产阶级的生活、上部分越南儿童的照片与下部分房屋前的鲜花，前后两者之间都形成了对比。诗歌又通过这种对比暗示这个招聘人员的优越生活正是通过刻意无视战争的罪恶所换取的。鉴于陶氏公司在越战期间的凝固汽油生产基地在加拿大，诗中招聘人员一方面对照片中的儿童怀有愧疚感；另一方面又无法舍弃物质利益的诱惑，这种矛盾心理也同样是加拿大对待战争的态度。

艾肯的《加拿大自由女神像对美国逃兵役者说》（"The Canadian Statue of Liberty Speaks to the U. S. Draft Dodgers"）则从加拿大的福利、就业等方面暗讽两国在体制上并无二质。题目中的"加拿大自由女神像"一词率先设定诗歌的反讽基调。接下来，这位"女神像"说："我需要两样东西——技能与廉价劳动力"③，说明逃兵役者对于加拿大来说只是廉价劳动力。对于逃兵役者来说，更为残酷的事实是，加拿大实际上并不能提供真正的自由选择的权利：

但是我非常慷慨：我有一条规则
在我的国家你可以自由谈论、谈论、随心所欲地谈论你的权利
只要你不要好像你真的拥有权利：——
我拥有权利！太孩子气了！④

---

① 艾希曼指德国战犯阿道夫·艾希曼（Adolf Eichmann）；齐克隆B（Zyklon B）是纳粹用于奥斯维辛集中营屠杀的化学药剂。
② Tom Wayman, "The Dow Recruiter, or This Young Man Is Making Up His Mind", in Purdy ed. *Storm Warning：The New Canadian Poets*, Toronto：McClelland, 1971, p. 135.
③ Milton Acorn, *I've Tasted My Blood：Poems 1956 to 1968*, Toronto：Steel Rail, 1978, p. 95.
④ Milton Acorn, *I've Tasted My Blood：Poems 1956 to 1968*, Toronto：Steel Rail, 1978, p. 96.

艾肯借虚构的"加拿大自由女神像"之口说明，被逃兵役者视为躲避战争的天堂、实现自由幸福之地的加拿大，实质上是另一个美国。加拿大自由与美国的自由一样虚假。

著名诗人丹尼斯·李（Dennis Lee）的政治讽刺诗《内森·菲利普广场上的孩子》（"The Children in Nathan Phillips Square"）里，多伦多市中心的内森·菲利普广场上孩童嬉戏的场景是整个加拿大和平生活的缩影，然而与伯尼的《在俄勒冈远望》一样，眼前的宁静画面似乎总有些虚幻，而"真实的东西是间歇性的"①。特别是诗歌将内森·菲利普广场与二战时候德国的市政广场相类比，暗示此时的加拿大人与当年的德国普通民众一样，对战争采取刻意的忽略与漠视的态度，也说明加拿大在越战中并不是无辜的。因为虽然"并不是马丁先生②将毒气喷射在越南的田地上"，但是当他"辩护一场不可辩护的战争"时，就让"他的人民都成了种族屠杀的从犯"③。此处，诗歌直指加拿大的"默许"（acquiescence）的外交政策，认为这一态度实质上是间接参与了美国对越南的战争。

在反省与谴责加拿大在这场战争中的立场的同时，也出现不少呼吁与美国划清界限的声音，表现在诗歌中是这一时期的创作中"边境线"的意象增多。特别是进入 70 年代以后，美越的战火已经燃烧了十年之久。战争在加拿大社会中引发了更为广泛与深入的反思。与此同时，更多的美国逃兵役者与反战人士来到加拿大。美国进一步加剧在经济与能源等方面对加拿大盘剥，前者的政治文化、大众娱乐与消费观念等也进一步在后者的媒体中占据主导地位，其意识形态与价值观的输入也更加无孔不入。加拿大近 80% 的人口都聚居在南部靠近美加边界线一带，而这些地区大多都能接收到来自美国电视台的信号。特殊的地理处境使得一些加拿大人尤其忧心来自美国的强大影响。比尔·比塞特（bill bissett）的诗歌《生命之爱北纬 49 度线》（"Love of Life the 49th Parallel"）一诗就表达了这种忧虑。49 度北纬线是美国与加拿大之间的边境线中长达 2030 公里左右的一段。对于诗人来说，这条线似乎太容易跨越了：

---

① Dennis Lee, "The Children in Nathan Phillips Square", in Al Purdy ed. *The New Romans: Candid Canadian Opinions of the U. S.*, New York: St. Martin's Press, 1968, p. 144.
② 指老保罗·马丁（Paul Martin Sr.），1963 至 1968 年担任加拿大外交部长。
③ Dennis Lee, "The Children in Nathan Phillips Square", in Al Purdy ed. *The New Romans: Candid Canadian Opinions of the U. S.*, New York: St. Martin's Press, 1968, p. 146.

第一章 通往"共同体":历史政治与民族建构

  在50年代他们送过来他们的教师,他们的诗人他们有着漂亮眼睛的
知识分子,他们是好意的、先锋的、有益的,并且寻找
能在这里找到的学术自由,害怕麦卡锡在他们的土地上所投下的
黑暗又苦涩的诅咒。他们给他们奉上工作、住处、
自由,欢迎客人,给予难民待遇

  然后他们的商业也来了
他们的垄断,他们的汽车他们的电视节目,现在他们已经控制我
们的许多
教育中心、媒体,现在这里也没有学术自由了
现在他们在这个地方控制我们孩子的头脑,这些
客人们①

  诗歌列举了从50年代为躲避麦卡锡主义而到来的知识分子,到六七十年代,美国对加拿大在政治、商业与大众文化上的垄断与控制,这一切都说明,前者作为后者的最大邻国,是其文化入侵的最大受害者。

  而这种担忧,与美国在亚洲战场上的行为具有直接关系。诗歌后面附加了一行说明:"写于70年四月末,在美国侵入柬埔寨并向世界宣战的前两天"②,不难看出,比塞特意在说明美国在亚洲发动的战争有助于加拿大进一步认清其侵略本质。如果说美国对越南、柬埔寨等国的入侵是军事上与显性的,那么对加拿大的侵略是文化上与隐性的,但是,在本质上是一样的,加拿大与亚洲一样,都是美国的受害者。

  在这首《生命之爱北纬49度线》里,第一节多达10句不断重复的"love of life, th 49th parallell"中,第一行与最后一行整个句子都是大写字母,第二句则是其中的"PARALLELL"为大写字母。英语中全部为大写字母的写法中有"文字的喧哗"之意,而大写的"PARALLELL"一词在这首大部分篇幅都是仅有小写字母的诗歌中尤为显眼。这种视觉上冲击可看成是隐喻美国在政治、经济与文化上对加拿大的巨大冲击,也可以理解为诗人对美加边境线的强调:整词大写的"PARALLELL"营造出视觉上

---

① Bill Bissett, *Nobody Owns th Earth*, Toronto: House of Anansi Press, 1971, p. 65.
② Bill Bissett, *Nobody Owns th Earth*, Toronto: House of Anansi Press, 1971, p. 65.

的难以逾越感。同时，诗人有意将"parallell"一词拼错，后面多了一个字母"l"，不但使这个词看起来更长，而且词末两个"LL"隐约与"墙"（wall）一词对应，使得整个词隐约传达出一种筑高与加固边境，以抵制美国的文化侵入的意味。

事实上，使用不规范的语言是比塞特的诗歌创作的另一大形式特征。这首诗歌中有大量拼写"错误"的词，比如"the"写成"th""you"写成"yu"、"don't"写成"dont"等等。同时，全篇采用极为口语化的叙述口吻，很多表达方式都不符合书面语的语法规则。弗莱曾指出："加拿大文学处境中最为明显的冲突就是语言的使用。"[1] 英语被认为首先是英国或者是美国的语言，从某种程度上说，对于加拿大文学是一种陷阱。比塞特有意使用错误、混乱、颠倒的英语，实际上表达了一种对抗英美文化影响的姿态。而这首诗中，不规范的英语集中体现了对美国强加于加拿大的影响的反感，暗中标榜不同于美国的属性。

这一时期的加拿大文学创作中不止一次地将这场战争比喻为一种疾病。伯尼在《我谴责我们》中说："越南只是一个症状/我们染上了这个疾病"[2]；阿特伍德的长篇小说《浮现》（Surfacing）同样发表于越战时期（1972年），作品的开头即以"从南方蔓延过来的疾病"[3] 来暗示这一时代背景。将疾病作为越战的隐喻，不但表明加拿大对战争的谴责态度，同时也示意这种"疾病"是会传染的，提醒国人警惕美国军事扩张主义势力的影响。而诗歌作品中于边境线的强调，也是反映出加拿大作为美国的第一大邻居，对于美国政治、文化与价值观的输入的警惕，同时表达了摆脱美国的影响而追求自身独立性的诉求。

《浮现》中的叙述人"我"把魁北克湖区乘摩托艇呼啸而过的人归类为美国人，即使在得知这些人其实是加拿大人之后，她依然坚称："他们来自哪个国家并不重要，他们依然是美国人。"[4] 从这个角度看，"我是否也是美国人"的自省实际上是试图从反面证明自己有别于美国人的一种思

---

[1] O'Grady Jean and David Staines, eds., *Northrop on Canada*: *Collected Works of Northrop Frye* (Volume 12), Toronto, Buffalo, London: University of Toronto Press, 2003, p. 345.
[2] Earle Birney, "i accuse us", in Laura Moss and Cynthia Sugars, eds. *Canadian Literature in English*: *Texts and Contexts* (Vol. II), Toronto: Pearson Education Canada, 2009, p. 122.
[3] Margaret Atwood, *Surfacing*, New York: Fawcett Books, p. 3.
[4] Margaret Atwood, *Surfacing*, New York: Fawcett Books, p. 151.

路。在建国一百周年之际，加拿大在证明了自己不是英国人之后，又遇上越战，此时更需要表明与美国人的区别，并以此寻找自己的民族身份定位。

三 "读报纸是危险的"：媒介、"地球村" 与麦克卢汉

20世纪60年代，加拿大文化界的另一大事件是媒体理论家马歇尔·麦克卢汉（Marshall McLuhan）出版了他著名的《理解媒介：人体的延伸》（Understanding Media: The Extensions of Man）一书。在六七十年代，麦克卢汉的学说在西方极具影响力。彼时的西方社会，电视、电台、报纸、杂志正在以前所未有的覆盖面进入到普通人的生活中。一方面，媒体对于越战的广泛报道确实营造出战争就在身边的错觉；另一方面，麦克卢汉的媒介理论进一步激发了人们关于媒体可以无限延伸，并最终将整个世界联系起来的联想。越战期间，人类社会首次获得如此及时与丰富的战时新闻报道，而对处于这种时代与地理坐标中的加拿大来说，战争尤其不是与自身无关的遥远之事。这种思维在诗歌创作中的表现之一是大量并置（juxtaposition）叙事手法的运用。

阿特伍德的《读报纸是危险》（"It Is Dangerous to Read Newspapers"）被公认是一首反越战作品。诗歌中平静的日常生活与惨烈的战争场面是两个截然不同但又相互交叉的时空：

> 当我在沙堆里
> 建造漂亮的城堡时，
> 匆忙挖出的沙坑里
> 填满推倒的尸体
>
> 当我走路去学校
> 洗漱梳妆好，我的脚
> 踩到了水泥地的缝隙上
> 引爆了炸弹[1]

---

[1] Margaret Atwood, Selected Poems: 1965–1975, Boston: Houghton Mifflin Company, 1987, p.59.

诗歌创作于 1968 年，正值美越两军交战进入白热化阶段。诗中日常生活的平静与战争的残酷两者之间的对比，也折射出当时加拿大国内的现实情况：一方面是相对和平的国内状态，另一方面大洋彼岸不断传来伤亡的消息。同时，个人动机的单纯也与可怕的后果形成鲜明对比：

> 读报纸是危险的。
>
> 每次当我在电动打字机上
> 按下一个键，
> 说着安宁的树木
>
> 另一个村庄爆炸了。①

和平世界与战争国度、个人的单纯无辜与血腥的杀戮神奇地组合、甚至重叠在一起。这首诗又一次回应了"我是否无辜"的质疑。战争不是加拿大引发的，战场也不在自己国土上，但是作为西方国家之一，甚至是作为人类的一员，是否从某种意义上说也参与了这场战争。应该说，"个人是否都是无辜的"的内省声音贯穿于越南战争的始末，也回响于加拿大的社会意识深处。

另一著名诗人乔治·鲍威林（George Bowering）的诗歌《新闻》（"News"）也将报纸上刊登的事故与战争伤亡与自己个人的日常生活联系起来：

新闻

> 我每天都给堆叠的
> 旧报纸增加一寸
> 放在柜子里
>
> 在这现在已高达三英尺的纸堆里
> 有一打飞机坠毁，

---

① Margaret Atwood, *Selected Poems*: 1965 – 1975, Boston: Houghton Mifflin Company, 1987, p. 60.

一起阿拉斯加的地震，
十七个美国士兵
面朝下埋在亚洲的泥土里

我可以继续列举
像报纸的纸张一样——我们记录
暴力的死亡与曲棍球得分
并保持前房的清洁。

在我面前，桌子上放着
我喝空了的咖啡杯，有点融化的
黄油，一首旧诗的复印本
熟悉的东西，没什么惊奇的。

一架飞机可能会冲入厨房——
一条裂缝可以锯开地面——
一些橄榄脸色的伞兵猛击
来复枪的尾部穿过窗户——

会有新闻的，在某处。①

如麦克卢汉所说的"真实的新闻都是坏消息"②，报纸里包裹了越南战场在内的无数事故与悲剧。一方面，真实发生的事故在某种意义上转变为可折叠与收藏的具体物件；另一方面，报纸上的新闻似乎有可能从纸面冲出来，进入到讲述者所生活的居所里。

鲍威林的另一首诗歌《晚间新闻》（"The Late News"）对美国通过媒体的价值观操控提出了警醒：在加拿大，从电台到电视再到报刊杂志，美国几乎控制了所有的媒体。这不仅表现为各媒体播放的内容多为美国的新

---

① George Bowering, *The Silver Wire*, Kingston: Quarry, 1966, p. 35.
② Marshall McLuhan and W. Terrence Gordon, *Understanding Media: the Extensions of Man* (Critical Edition), Berkeley: Gingko Press, 2003, p. 276.

闻:"收音机里的国家新闻/是令人沮丧的美国关于/越南的鬼扯"①,更在于媒体的主导思想是美国的理念与价值观。诗歌第二节以美国的口吻写道:

> 与我们在一起,圆圆的世界
> 我们不会一直这样的,我们只有我们自己
> 然后一些有罪的旁观者需要清除掉。
> (这些不悦耳的音节
> 　　即使耳朵能承受
> 　　因为耳朵通向
> 　　大脑里那些舒服的勾槽)②

诗歌通过"清除杂音"的隐喻暗讽美国发动越南战争的实质是为了铲除意识形态上的异己者,而这种文化上的霸权主义思想同样体现对媒体的垄断上。从这个角度看,加拿大也是"有罪的旁观者",是美国所要清除的对象,因此不可能在后者的跨国界媒体大战中发出声音。诗歌的第三节写道:

> 《时代》杂志的年度人物是死亡先生
> 身着丛林绿的西装,整洁地搭配着
> 鱼雷领带。然后我们都仅是《时代》的尘沙。
> 给我时间,
> 我们会用完的
> 当时还是有时间
> 留给晚间天气预报③

麦克卢汉在《理解媒体》中说:"在视觉美国,收音机与电视负责国内报道,国际事务可以在《时代》杂志与《纽约时代》中得到正式的处理。"④麦克卢汉根据受众参与度的不同,将不同的媒介分成热媒介与冷媒介两大

---

① George Bowering, "The Late News", Open Letter, February 6, 1967, p. 19.
② George Bowering, "The Late News", Open Letter, February 6, 1967, p. 19.
③ George Bowering, "The Late News", Open Letter, February 6, 1967, p. 19.
④ Marshall McLuhan and W. Terrence Gordon, *Understanding Media: The Extensions of Man* (Critical Edition), Berkeley: Gingko Press, 2003, pp. 280–281.

类。电视与电话等媒介，因对受众参与的要求比较高，因此属于冷媒介；而像电影与照片等媒介，受众的参与度相对较低，属于热媒介。相应地，热媒介更为权威与不容置疑；冷媒介则相对开放，一定程度上接受对象的影响与改变。① 印刷媒体也是一种热媒介，尤其是像英语这类字母文字，由于强烈诉诸视觉与符号抽象能力，因此能"营造出极端个人主义的功业与垄断的模式"②。可见，根据麦克卢汉的理论，印刷媒体是一种非常专横的单向性观点输入模式，而用《时代》与《纽约时代》来处理国际事务，说明美国正在向他国输送其不容置疑的意识形态。

《晚间新闻》以诗歌的形式回应了麦克卢汉的观点。上述引文中的"丛林绿"与"鱼雷"等词点明这个"死亡先生"与越南战场的直接联系。《时代》与"时间"在英语中都是"time"，通过这种"双关"（pun）修辞手法，"给我时间"这句诗就又隐含了"给我《时代》杂志"之意，暗讽以《时代》杂志为代表的美国媒体的权威性使得受众只能接受，而无法反抗。美国主流报刊以他们的立场记录了这个时代的战争，在这种宏观叙事模式之下，"我们"（加拿大人、普通人）是不可能留下任何痕迹的。"我们"既是这个杂志的沙子，更是这个由美国掌控了主流叙事的时代中的一粒尘沙。

加拿大著名哲学家兼政治评论家乔治·格兰特（George Grant）认为，大众媒体与加拿大民族主义是两大相对立的意识形态。他在《为一个国家哀悼：加拿大民族主义的失败》（*Lament for a Nation: the Defeat of Canadian Nationalism*）一书中说道："对私人媒体广播的鼓励必然是反国家主义的：私人广播媒体的目的是赚钱，而赚钱最方便的途径是引进罐装的美国电视节目来迎合观众中的最低公分母。"③ 换言之，加拿大包括电视、广播电台等大众媒体在全面私有化大潮中将不可避免地美国化。鉴于六七十年代美国媒体本身对加拿大的影响力与冲击力，格兰特的顾虑在当时并不是个例。加拿大政治研究学者艾德温·R. 布莱克（Edwin R. Black）也表示：

---

① See Marshall McLuhan and W. Terrence Gordon, *Understanding Media: The Extensions of Man* (Critical Edition), Berkeley: Gingko Press, 2003, pp. 39–40.
② Marshall McLuhan and W. Terrence Gordon, *Understanding Media: The Extensions of Man* (Critical Edition), Berkeley: Gingko Press, 2003, p. 39.
③ George Grant and Andrew Potter, *Lament for a Nation: The Defeat of Canadian Nationalism* (40th Anniversary Edition), Montreal: McGill-Queen's Press, 2005, p. 20.

"我们的新闻页面在精神上几乎是完全美国化的。"①麦吉尔则进一步指出，这种认知与越战的关系："随着越南矛盾的进一步推进，越来越多的人谴责媒体与战争中的美国政府的共谋关系。"(*War*：119) 如果说媒体是"美国的"，那么，文字，或者说文学创作，则是"加拿大的"："写作行为本身就是反帝国主义的"(*War*：114)②。从某种角度看，相对喧哗、夸张与张扬的媒体似乎天然地带有美国的属性，而相对沉寂与朴实的文字看起来与加拿大人的性格更为接近。出于对大众媒体的普遍不信任，作家们试图以自己的文字来重新阐释与解读媒体所传播的内容，而且诗歌作为文字形式的一种，本身就是对媒体的一种反击。这甚至促生了一种新的战时文学形式：大众媒体艺格符换（mass-media ekphrasis）③。

越战时期，关于战争场面的摄影作品铺天盖地出现在公众的视野里。麦克卢汉认为，照片因其"视觉上的高定义"④，属于热媒介的范畴。这说明照片是一种相对强势与武断的媒介，拒绝多样性与多角度的解读。而且，人们认识到照片本身也并不总是客观反映现实，事实上，"图像也可以为意识形态的目的服务"(*War*：119)。尤其是美国对越战的新闻报道中所试图自我标榜的正义性，照片甚至成为战争的帮凶："越南战争时代造成摄影机与枪支的紧密联系。"(*War*：118)

既然摄影作品也经常沦为政治宣传手段，因此用诗歌的语言重新解读新闻照片的"艺格符换"创作是战时文学的特征之一。阿登·诺兰（Alden Nowlan）的小诗《在我们的时代》（"In Our Time"）即是一首典型的照片—诗歌艺格符换之作：

> 报纸讲酷刑
> 就像是戏耍一样。
> 今早一张照片中一个刚果反叛者

---

① Edwin R. Black, "Current Comment: Piecemeal Nationalism", *The Canadian Forum*, Vol. 45, 1965, p. 100.
② Edwin R. Black, "Current Comment: Piecemeal Nationalism", *The Canadian Forum*, Vol. 45, 1965, p. 114.
③ See also Edwin R. Black, "Current Comment: Piecemeal Nationalism", *The Canadian Forum*, Vol. 45, 1965, p. 120.
④ Marshall McLuhan, *The Gutenberg Galaxy: The Making of Typographic Man*, Toronto: University of Toronto Press, 1962, p. 39.

第一章 通往"共同体":历史政治与民族建构

被活活踢死
解说文字是:*鞋在另外一只脚上*
另一篇来自西贡的报道
讲一个越共的囚犯
哭诉口渴
结果受不了关押者的过度热情
后者为了让他本人与他的记忆
一起清醒过来
慷慨地抽了大量的水
*通过橡胶管倒入他的鼻孔中。*①

这首小诗表面上仅仅是将原先的报纸上的两张充满暴力的照片转换成诗歌,既没有添加额外的说明,也未作任何情绪流露。但是,在这个过程中,图片与说明文字之间的对比所产生的反讽效果完全凸显了出来,读者也随之能自然领会原新闻报道背后的立场性与人道主义的缺失。

除了媒介理论,麦克卢汉提出了另一个世界闻名的术语:"地球村"(global village)。他在《古腾堡星系:印刷文明的诞生》(*The Gutenberg Galaxy：The Making of Typographic Man*)一书中断言:"这种新型的电子交互共存创造出地球村意象中的世界"②,并进一步阐释道:"所以,除非意识到这种动力机制,我们将马上进入一个惊恐的阶段,真正的部落鼓声的小世界,完全相互依赖,以及共存。"③然而在加拿大,遥望越南战争的硝烟,面对日渐强势的美国,麦克卢汉这个代表人类命运共同体的"地球村"概念并没有带来对未来的良好愿景,因为当世界变成一个村落以后,便更易于被霸权主义所控制。乔治·鲍威林的另一首诗《地球中的地名》("Place Names in the Global Village")就表达了这种忧虑:

如今他们斥资一千四百万美元

---

① Alden Nowlan, *Bread, Wine and Salt*, Toronto: Clarke, 1967, p. 24.
② Marshall McLuhan, *The Gutenberg Galaxy：The Making of Typographic Man*, Toronto: University of Toronto Press, 1962, p. 31.
③ Marshall McLuhan, *The Gutenberg Galaxy：The Making of Typographic Man*, Toronto: University of Toronto Press, 1962, p. 32.

来将我们的街角
　　　　由不列颠北美石油改名为海湾石油
将我们丢进德克萨斯的窟窿里

　　　　这样他们的电视广告
将会在帕里桑德更加合情合理
当内华达的印第安人
　　　　坠马的时候。

　　　　现在我的不列颠美国信用卡
将在西贡承兑
　我将在那里找一份油腻的工作
　再运送我的手榴弹货物

至湄公河三角洲上
　　　微笑的阿帕奇人那儿①

诗歌第一节的史料背景是原加拿大的不列颠北美石油公司（British-American Oil）② 在20世纪五六十年代被美国公司收购与改组，成为美国行业巨头海湾石油（Gulf Oil）的一部分。诗歌的第一至第三节分别暗示美国对他国的经济、商业与军事掠夺，并在此过程中将世界各地联系为一体：从多伦多市中心的街角可以直接进入"得克萨斯州的窟窿"；安大略省的帕里桑德直接与内华达州并置；"湄公河三角洲上的阿帕奇人③"则更具反讽意味。鲍威林用诗歌的语言描摹出麦克卢汉所预想的"单一收缩的空间"④，在这个空间中，不管是加拿大还是越南的地方，最终都归入美国的地域，暗示加拿大其实是另一个越南，"地球村"将成为"美国村"。

换个角度看，"地球村"理念可以说是约翰·多恩（John Donne）的

---

① George Bowering, *In the Flesh*, Toronto: McClelland, 1974, p. 57.
② 该办公大楼位于多伦多市中心央街与国王街交叉口。
③ 阿帕奇人是美国西南部的本土裔民族。
④ Marshall McLuhan, *The Gutenberg Galaxy: The Making of Typographic Man*, Toronto: University of Toronto Press, 1962, p. 31.

"无人是孤岛"（No man is an island）在媒体时代的变体，而多恩在诗中提出的"丧钟为谁而鸣"① 在越战之际引发了更广泛的思考。如麦克卢汉所预言的，世界将经由媒体更为紧密地联结为一体。加拿大这一时期描写媒介与战争的诗歌中所体现出的忧虑甚至不仅仅针对越战，而是对战争本身以及整个人类命运的思考。

四 "温哥华的人们想要逃兵"：和平、逃兵役者与新民族主义

越南战争期间，美国境内拒绝服兵役者高达 57 万人②，其中离境逃往加拿大的具体人数至今没有定论③。如果算上逃兵役者的家属或陪同人员的话，20 世纪六、七十年代因反战原因移民至加拿大的人数，据估计是在 5 万—12.5 万之间④。1968 年，加拿大著名民族性出版社阿南西（Anansi）出版了一本名为《适龄征兵移民加拿大手册》（Manual for Draft-Age Immigrants to Canada）的手册，短短两年时间就在加拿大与美国发行 5.5 万册。如此众多的逃兵役者（其中大多数为男性）不但对加拿大的社会结构与劳动力市场造成很大冲击，而且这一现象在意识形态层面的象征意义对于加拿大自我观念与新民族主义的形成具有更为深远的影响。美国与加拿大分享全世界最长的国界线。对于后者，与一个颇为强势的超级大国毗邻，与其说是优势，不如说是一种无法摆脱的尴尬处境。作为相对沉默与弱小的

---

① John Donne, *Devotions upon Emergent Occasions and Death's Duel*, New York: Cosimo, Inc., 2010, p. 109.
② 美国学者大卫·考特赖特（David Cortright）在他的《和平：运动与观念史》（*Peace: A History of Movements and Ideas*）一书中提到："在越南时代，有近 570000 的年轻人被划分为兵役违抗者。"（David Cortright, *Peace: A History of Movements and Ideas*, New York: Cambridge University Press, 2008, p. 165.）
③ 麦吉尔在《战争就在这里》一书中分析，根据不同的学者与统计标准，越战期间来到加拿大的美国逃兵役者的人数并不统一，保守的数字是 30000，最高的估计是 100000。（参见 Robert McGill, *War Is Here: The Vietnam War and Canadian Literature*, Montreal & Kingston: McGill-Queen's University Press, 2017, p. 272.）
④ 根据加拿大著名电视台 CBC 在 2004 年的一档新闻节目《逃兵役者纪念碑在英属哥伦比亚省建成》（"Draft Dodgers Memorial to Be Built in B. C."）的数字。参见："Draft Dodgers Memorial to Be Built in B. C.", CBC News, August 9, 2004.

邻居，在过去的一个世纪，美国对加拿大的政治、经济、文化与价值观等各方面的渗透是无孔不入的。然而，逃兵役者是这股由南向北的影响势力中的一股逆流。对于逃兵役者来说，美国成了他们想要逃离的国度，加拿大倒变为"应许之地"（the promised land）。事实上从历史来看，从美国独立战争期间逃到加拿大的亲英派（loyalists）①，到越战时期的逃兵役者，乃至于2016年美国总统大选以来的与唐纳德·川普（Donald Trump）政见不合者，加拿大始终是美国政治异见人士首选的避难所。

从60年代开始，逃兵役者的形象频频出现于加拿大文学创作中。阿特伍德的长篇小说《强盗新娘》（*The Robber Bride*）中"战争的囚犯"② 比利即是一个来自美国的逃兵役者。女主人公查丽丝对他好意收留却又被其伤害的情节，可以看成是《生存》一书中所提出的加拿大受害性（victimhood）在作品中的体现。在阿特伍德眼中，查丽丝与比利之间"农夫与蛇"式的故事正是美加关系的缩影。而威曼的诗歌《写给美国逃兵》（"For the American Deserters"）一诗则从普通民众的角度再次考量了逃兵役者对于加拿大民族心理的影响。诗的最后两节写道：

> 温哥华的人们想要逃兵
> 成为鸟、海鸥。
> 如雄鹰高高飞起然后
> 消失。他们想要逃兵
> 走在大街上
> 然后变成什么好吃的东西
> 一些现在加拿大能买到的极好糖果。
>
> 温哥华的人们不想要任何人
> 孤独、受伤、饥饿或惊吓。
> 但如果有人已经是这样了，他们也
> 无能为力。有时候他们会奇怪

---

① 亲英派（loyalists），又称保皇党或效忠派，是指美国独立战争效忠于英国的殖民地居民。
② Margaret Atwood, *The Robber Bride*, New York: Anchor, 1998, p.247.

第一章 通往"共同体":历史政治与民族建构

为什么又会变成一支军队。①

这首诗以讽刺揶揄的语气描摹温哥华人的心理,他们从未从根本上接受逃兵役者,也因此造成后者没有真正融入加拿大社会。诗歌最后一句说道逃兵役者"又变成了一支军队",暗示他们对加拿大社会的潜在威胁。但从整个叙述语气来看,诗歌更为侧重描写温哥华人在逃兵役者面前的优越感。

这种优越感对于加拿大人的民族认同感来说是至关重要的:一直处于从属地位(inferiority)的加拿大竟然在道义上高于美国。逃兵役现象既是越战邪恶性的表征、美国阴暗面的注脚,更证明了加拿大相对和平公正,而这两者对于不少民族主义者来说实质上是统一的。从某种程度上说,逃兵役者是加拿大意识形态的一种胜利。而加拿大意识形态的胜利反过来促进了加拿大的"新民族主义"(New Nationalism)思潮的兴起。"新民族主义"兴起于越战期间,其主旨就是加拿大要在政策、经济与文化等各方面独立于美国。麦吉尔说:"加拿大这个国家中的公民需要或明或暗地选择不做美国人;这个国家需要警惕美国帝国主义、资本主义与技术主义的影响。"(*War*:11)如果加拿大人原本需要时刻告诫自己不能作美国人的话,那么当身为美国人的逃兵役者自愿当加拿大人时,美国对其民族独立性的威胁就有所降低。总的来说,逃兵役者是六七十年代席卷加拿大全境的民族性讨论中的热门话题,促发了加拿大人对美加关系的重新思考,甚至对"新民族主义"的兴起到了推动作用。

20世纪六七十年代,诗歌发出了加拿大反战反美呼声的强音。综观这一时期的越战主题诗歌,可以发现一些创作手法上的共性,比如不少诗歌将眼前平静的生活与远方的战乱进行并置,另有很多诗歌将越战与二战、美国与德国进行类比,在谴责美国的同时反省加拿大在这场战争中所扮演的国际角色。如麦吉尔所言:"对(越南)战争的抗议与宣扬加拿大两者常常紧密相连。"(*War*:12)越战诗歌从最初的观望同情到后来的谴责自省,最后提出与美国划清界限从而保持自己国家的独特性。这既是反战的声音,也是民族独立性的宣言:"这场战争留在了加拿大'这里',提醒人们保护这个国家主权与保持与美国的差异性的重要原因是什么。"(*War*:4)从这个角度说,越战塑造了加拿大,也因此留在了加拿大。

---

① Tom Wayman, *Waiting for Wayman*, Toronto: McClelland, 1973, p. 62.

第二章 经历风雪：自然主题与地域诗学

如果说第一章是从纵向的历史的角度解读加拿大诗歌从"共同体"到"多元体"的演变过程，本章则以横向的地域与自然的维度来研究诗歌对于这片寒冷的北方大地的书写，突出加拿大英语诗歌较之于其他民族文学的几个主要特征：地域性、冬季主题与偏重风景描写。如弗莱所说，加拿大人寻求身份的问题不是"我是谁"，而是"这里是哪里"，所以地理空间对于加拿大的共同体想象起着关键的作用。其中西部草原地区彰显出的独特的地域色彩与人文体验，是加拿大区域文学的一大重要组成部分。本篇主要从地域（西部）、气候（冬季）与自然（移民体检）三个方面展开论述，研究区域差别与共同体想象之间的关系。

20世纪70年代，罗伯特·克罗奇站在后现代主义的立场上提出了"反命名"的诗学主张：加拿大文学最需要的不是"命名"所代表的建构行为，而是"反命名"式的解构主义意识。克罗奇通过文论及诗歌创作实践构建了一套比较系统的加拿大西部草原文学理论，包括：以口头语对抗书面语，提倡回归口头语的草原文学传统；以考古对抗历史，提倡"考古学"式的碎片化、开放式及行进中的叙事方式；以"宗谱书写"对抗"家国叙事"，提倡适合西部草原语境的地域主义边缘文学。"反命名"诗学的实质是去除英语文学所隐含的英美两大帝国话语权威，挑战统一的国家叙事，提倡区域文学，从而发出西部草原自己的文学声音。

"雪"是贯穿加拿大诗歌史的意象，寒冷则是其主基调。综观英语诗歌的发展脉络，可以看到一个世纪前的建国时期与一个世纪后的建国百年庆，两者既保持着内在一致性，更体现出时代与观念的流变。前者属于浪漫主义式歌咏与感叹，后者则已显露出社会主流价值观转向的苗头。同时，如果说帕特里克·莱恩、阿登·诺兰等的冬季诗试图从寒冷与可怕的角度构建加拿大作为一个北方国家的特质,那么 P. K. 佩奇描写热带地区的诗歌又从另一个方面印证了北方人特有的冬季体验。

"迷失于荒野"则是加拿大诗歌另一反复出现的母题。从整个加拿大文学来看,人与自然的关系被注入拓荒体验中,构成了属于加拿大的"起源神话"。同是移民国家,加拿大较之美国等其他国家,早期拓荒者经历了更为艰难的适应与定居历程。自然本身就是一种民族心理隐喻。具体至诗歌这一体裁,自然的主题不但反映了寒冷北方大地的地理与气候特征,更折射出民族心理的特征。在自然中迷路,或迷失自我的象征意义,既表现了一种特殊的加拿大式的人与自然的关系,实质上也是一种基于拓荒体验的国家起源神话。甚至可以说,黑暗而神秘的茫茫自然本身就是加拿大民族潜意识的体现。

第一节 去命名:罗伯特·克罗奇的加拿大西部草原诗学

引言:从命名到去命名

自从"第一个人"亚当为世间万物取名以来,"命名"被认为是一种向世界投射意义与秩序的建构行为。在文学中,命名似乎是叙事的前提,作家们"以命名来聚焦和定义;以命名来规定界限;以命名来建立身份"[1][2]。从这个意义上讲,尚处于形塑阶段的 20 世纪正需要这种建构意识与实践。然而,加拿大著名当代诗人罗伯特·克罗奇(Robert Kroetsch, 1927 - 2011)却提出了"去命名"的文学主张:

> 曾经我认为加拿大作家的任务是赋予他的经历以名字,成为命名者。现在我开始质疑这一点,相反地,他的任务应该是去命名。

---

[1] Robert Kroetsch, *The Lovely Treachery of Words*: *Essays Selected and New*, Toronto, New York, Oxford: Oxford University Press, 1989, p. 41.
[2] 下文引自同一出处的引文,直接随文以"*Lovely* 加页码"的形式标出,不再另行加注。

(*Lovely*: 58)

被琳达·哈琴（Linda Hutcheon）称之为"加拿大后现代主义先生"（Mr. Canadian Postmodern）的克罗奇在20世纪七八十年代发出这样的声音，不难看出，其以解构主义为前提的西方后现代主义的时代背景。但是，克罗奇的"去命名"理念并不是空泛玄妙的理论，而是基于加拿大文学的特殊语境，尤其深深地植根于加拿大西部草原土壤中。

下文将结合克罗奇最有代表性的长诗作品来具体分析其"去命名"理念对于草原文学的建构。

一 以口头语对抗书面语

> 我们使语词失了声
> 以将它们写下来的方式
>
> ——罗伯特·克罗奇《种子目录》

克罗奇率先向英语提出了挑战，认为英语在表现当代创作内容与技巧上具有天生的局限性："英语语言写作中有一两件事令我感到忧虑：一是我们无法与超现实主义达成妥协；另一点是我们不能处理某些特定的政治素材。"[1] 换言之，英语既不像法语那样天然地带有超现实主义特质，也不具备西班牙语那种描写重大社会政治问题的张力［这是为什么英语文学中没有像塞萨尔·巴列霍（César Vallejo）和扬尼斯·里佐斯（Yiannis Ritsos）这样的作家］。克罗奇认为，与其他语言相比，整个20世纪的英语创作都相当保守。[2] 如果说英语在传统写作上表现尚佳的话，却并不能完全胜任后现代主义的创作方式。

对语言的不信任是20世纪后半期西方解构主义思潮的重要表征之一，但克罗奇是出于他的加拿大民族文学立场来质疑英语的。著名文论家诺思

---

[1] Shirley Neuman and Robert Wilson, *Labyrinths of Voice: Conversations with Robert Kroetsch*, Edmonton: NeWest Press, 1982, pp. 31-32.

[2] Shirley Neuman and Robert Wilson, *Labyrinths of Voice: Conversations with Robert Kroetsch*, Edmonton: NeWest Press, 1982, p. 32.

若普·弗莱（Northrop Frye）曾断言："加拿大文学处境中最为明显的冲突就是语言的使用。在这里，首先，传统的标准英语与对一种北美的词汇与表达方式的需求之间形成了一个矛盾。"[1] 克罗奇表达过非常类似的看法："加拿大英语作家表达一种新的文化却不能使用新名字，却只能使用大量从英国和美国继承来的名字。"（*Lovely*：50-51）他还进一步说："正如拉丁语词中隐含了希腊的经验，加拿大语词中隐含了一种他者的经验，有时候是英国的，有时候是美国的。"（*Lovely*：58）英语作为一种帝国语言，不但已经创造了英美两大文学体的辉煌成就，更是融合了两者的历史话语表征与体验。对于加拿大这块广袤又寒冷的新兴北方大陆来说，英语似乎总是有一种难以摆脱的"他者"、"借用"及"二手"的意味。

如果说英语对于整个加拿大来说是"他者语言"，那么具体到阿尔伯塔、萨斯喀切温和曼尼托巴这三个西部大省的草原地区来说就尤其不适用。迪克·哈里森（Dick Harrison）在他的《未命名的国家：为一部加拿大草原小说所做的挣扎》（*Unnamed Country：The Struggle for a Canadian Fiction*）一书中这样描述西部草原："一片既在物理也在心理上受到挑战的土地，与所有未拓荒的领土一样，它没有人类社会关系，没有鬼魂，没有人们在这里生活和死去之后可以给予这片面无表情的土地以重要的想象。"[2] 因此，对于西部草原这样有着特殊地貌风情与文化体验的地区来说，需要一套全新的与之相适应的文学话语表述体系。然而，长期以来，所谓的英语文学从来没有将西部草原的体验涵盖进去："我们所继承的文学，欧洲过去的和美洲东北部的文学，实质上是从未在草原上居住过的人的文学。"[3] 也就是说，欧洲乃至于美洲其他地区的英语文学对于草原居民来说都是"别处的文学"。

克罗奇的著名长诗《种子目录》（"Seed Catalogue，1977"）集中反映了英语语言与草原实际的脱节以及在表达草原体验时的局限感和不适用

---

[1] O'Grady Jean and David Staines, eds., *Northrop on Canada：Collected Works of Northrop Frye* (Volume 12), Toronto, Buffalo, London: University of Toronto Press, 2003, p. 345.

[2] Dick Harrison, *Unnamed Country：The Struggle for a Canadian Prairie Fiction*, Edmonton: The University of Alberta Press, 1977, p. ix.

[3] Robert Kroetsch, "On Being an Alberta Writer", in Laura Moss and Cynthia Sugars, eds. *Canadian Literature in English：Texts and Contexts* (Volume II), Toronto: Pearson Education Canada, 2009, p. 329.

性。"种子目录"原指果蔬种子公司向客户所分发的产品目录广告手册。克罗奇偶然在自己家中发现一本早年留下来的"种子目录",便以此为题创作了一首描写加拿大西部草原农耕生活的长诗。在这首诗中,作为草原居民"我"一家中所收到的"种子目录"上选登的对植物品种的描述都是优美而理想化的英式语言,比如"哥本哈根市场卷心菜"这个产品:"此新品种,严格来说,在任何方面都是良种植物,最高血统的卷心菜,正在全世界职业园丁中制造轰动。"① 不管是产品介绍还是顾客使用反馈,都充斥着诸如"flurring"、"expressions"与"I wish to say…"等英式维多利亚式风格的表达方式。然而,加拿大西部草原的实际情况却远非如此完美。在这里,春天不过是"冬天结束的时候"②;草原的路是"从无处到无处之间最近的距离"③;"我"试着种下的瓜果全被囊地鼠吃掉了……"种子目录"里典雅又有些虚伪的溢美之词与种子在寒冷而严酷的加拿大西部草原生长实际情况形成了鲜明对照。那些播撒下去却没有发芽的种子证明了书面英式英语在这片土地上的失败。

面对英语在表达草原体验方面的各种困境,克罗奇指出回归口头语传统是草原文学的出路:"口头传统成为一种文学传统,它指引我们回到自己的地貌,回到我们较近的先祖,回到具有我们自己语言特色的表达方式与模式。"(Lovely:7)根据伊曼努尔·列维纳斯(Emmanuel Levinas)的理论,面对面的交流关系"共存与他者在脸上的表现,我们称之为语言。从这个高度产生的语言,我们将之与'教导'这个词区分开来"④。口头交流本该是语言的基本形式,直到后来的书面语将语言引向歧途。而加拿大西部依然是一个强调面对面口头交流的地区。较之于更加依赖于书本、报纸以及大众传媒的"南方",到访是"一项重要的草原文化活动"(Lovely:6)⑤。而酒吧与教堂这样的公共场所是草原上的重要文化空间:人们聚集在一起聊天、交流生活信息。克罗奇甚至说草原上居民"通过谈

---

① Robert Kroetsch, *Seed Catalogue*, Winnipeg, Manitoba: Turnstone Press, 1977, p. 1.
② Robert Kroetsch, "Seed Catalogue", in Donna Bennett and Russell Brown, eds. *An Anthology of Canadian Literature in English*, Toronto: Oxford University Press, 2010, p. 649.
③ Robert Kroetsch, "Seed Catalogue", in Donna Bennett and Russell Brown, eds. *An Anthology of Canadian Literature in English*, Toronto: Oxford University Press, 2010, p. 658.
④ Emmanual Leninas, *Totality and Infinity: An Essay on Exteriority*, Dordrecht, Boston & London: Kluwer Academic Publishers, 2012, p. 171.
⑤ 克罗奇说草原人们总是亲自拜访邻居,参加赛马活动,去集市购买生活用品等。

论自己来生存"①，口头交流已然成了草原人的一种存在方式。

从纵向来看，口头语文学遥接草原地区的印第安文学传统。西部三省的最早居民，包括黑脚（Blackfoot）、克里（Cree）、奥吉布瓦（Ojibwa）和阿西尼玻（Assiniboine）等在内的土著民族，其文学形式主要是口耳相传的民间故事与歌谣。众所周知，本土裔文学从口头故事到书面的转变代表了欧洲移民对原住民的殖民过程。20世纪后期，随着后现代主义"消解中心，重构边缘"的思潮兴起，再加上多元文化主义在政治与意识形态上的推动，本土裔口头文学的价值得以被重新承认。所以，当克罗奇说"草原文学的重要子文本是我们的口头传统"②时，应该也包含在这片土地上传唱了数千年的本土裔口头文学，以此来对抗从欧洲来的"已定型的印刷文字"：

> 我们所继承故事时的这种代代相传模式的危险在于它暗示一个既定的事件。我猜想这也是印刷对我们所做的事情之一：突然间我们就有了一个固定的文本。我依然被口头模式所吸引，因为在这种模式中，故事的重述行为总是回应于个人、地点和再创造。有人认为："我可以改进这个故事"，然后用这种方式来改变原有叙述，而这就是为什么此时所继承的故事是考古式的：只有碎片，因为还会有更多的材料补充进来，即使有时候看起来是并不相关的。③

当语言被记录下来变成文字时，故事便定型了，而印刷更增加了它的不可更改性。书面故事是固定、封闭、已完成的，它拒绝后人的参与和加工；口头叙事则是流动、开放、互动，可以随时打断且始终处于进行过程中。《种子目录》中"我"的父亲在射杀獾的时候误杀了鹊，但这个事件可以在不同的叙述版本中变幻真相："一个星期后我父亲又讲了这个故事。

---

① Robert Kroetsch, "On Being an Alberta Writer", in Laura Moss and Cynthia Sugars, eds. *Canadian Literature in English: Texts and Contexts* (Volume II), Toronto: Pearson Education Canada, 2009, p. 330.

② Robert Kroetsch, "On Being an Alberta Writer", in Laura Moss and Cynthia Sugars, eds. *Canadian Literature in English: Texts and Contexts* (Volume II), Toronto: Pearson Education Canada, 2009, p. 330.

③ Shirley Neuman and Robert Wilson, *Labyrinths of Voice: Conversations with Robert Kroetsch*, Edmonton: NeWest Press, 1982, p. 13.

在这个版本中，他本来就是要打鹊的。"（Lovely：32）

作为加拿大最有代表性的草原作家之一，克罗奇的创作（包括《坏土地》（Badlands）和《种马人》（The Studhorse Man）等小说作品）都"普遍地带有一种口头的、讲故事的特质"[1]，但从体裁特征来看，他的诗歌作品更为接近口语文学，如克罗奇自己所说的："我们转向口语并且面对虚无的时候，便成了诗人。"[2] 所以，他的诗歌作品（尤其是长诗）充满了对各类口头语文学形式的戏仿，包括民谣、儿歌、传说、史诗、宗教歌曲、民间叙事体，等等。在谈到《种子目录》的创作时，他说："我想要写一个诗学'讲话'体的《种子目录》。"（Lovely：8）在这首"讲话版本"的"种子目录"里，克罗奇进行了各种口语叙事体的探索实验，试看下面这一段[3]：

I don't give a damn if I do die do die d do die do die do die do die do die do die do die do die do die do die do die do die do die do die do die do die do[4]

这种对儿童恶作剧式语言游戏的戏仿在克罗奇的不少诗歌中都出现过。用另一位加拿大作家乔治·鲍威林（Geroge Bowering）的话说是："当一个词被用到了第二次，它就成了这部分诗的语法。"[5] 而此处，语词因为不断重复，意义逐渐消失，只有留下了空洞的声音，形成了类似心理学上的"语义饱和"（semantic satiation）的效果。语言的能指与所指的分离一直是克罗奇的焦虑之一："能指与所指分得这么远，以至于我困惑如何才能说服它们连接起来。"[6] 以至于在后现代叙事中，"语言变成了语言本身，而故事变成了无法讲述的"（Lovely：108），只有语言本身在行进着，却没有

---

[1] Aritha van. Herk, "Special Collections: Robert Kroetsch Biocritical Essays", *University of Calgary Library Collection*, http://www.ucalgary.ca/lib-old/SpecColl/kroetschbioc.htm.
[2] Robert Kroetsch, *The Hornbooks of Rita K*, Edmonton: The University of Alberta Press, 2001, p. 53.
[3] 为更直观地展现克罗奇的"文字游戏"，本段直接使用英文原文。
[4] Robert Kroetsch, *Seed Catalogue*, Winnipeg, Manitoba: Turnstone Press, 1977, p. 29.
[5] George Bowering, "Stone Hammer Narrative", in Nicole Markotic ed. *Robert Kroetsch: Essays on His Works*, Toronto: Guernica Editions, 2017, p. 93.
[6] Tom Dilworth et al., "How Do You Interview a Poet?: A Conversation with Robert Kroetsch", in Nicole Markotic ed. *Robert Kroetsch: Essays on His Works*, Toronto: Guernica Editions, 2017, p. 206.

带动底下所指的故事的发展。但是，如果这种语言是以声音的介质的形式存在的话，就依然还能保留一点"实体现实"①。这种机械重复的语言营造成的美感，与其说是文字的，不如说是音韵上的。对于口头语来说，没有意义的语言依然可以因为音韵和谐而进行传唱。

海斯勒村位于阿尔伯塔省中部，是克罗奇的出生地，《种子目录》里多次提到这个地方：

> 很久以前在海斯勒村里——
>
> ——嗨，等一下。
> 这是一个故事。②

故事是"听"来的，而不是读到的，听者可以质疑、修改或者再创作，然后进行再传播。文学的传播形式由"写—读"变成"说—听"，打破了书面语文学的权威、呆板与单向性。克罗奇认为，这种返古又后现代的叙事方式才能将西部草原的故事代代流传下去。

诗歌的吟诵性、片断化、重复式等决定它天然地比其他文学体裁更具口头文学特征。克罗奇的创作重心在20世纪70年代以后由小说转向诗歌，这本身就可以看成是对口头语文学的实践。如果说文字需要物的介质（书本）来流通，口头文学则更是依赖情感（比如祖母给孙辈讲的故事）与文化来传承。文学的传播形式由"写—读"变成"说—听"，打破了书面语文学的权威、呆板与单向性。克罗奇认为，这种返古又后现代的叙事方式才能将西部草原的故事代代流传下去。

二　以考古对抗历史

问题其实是对问题的追踪

---

① Tom Dilworth et al., "How Do You Interview a Poet?: A Conversation with Robert Kroetsch", in Nicole Markotic ed. *Robert Kroetsch: Essays on His Works*, Toronto: Guernica Editions, 2017, p. 206.
② Robert Kroetsch, *Seed Catalogue*, Winnipeg, Manitoba: Turnstone Press, 1977, p. 29.

从"共同体"到"多元体":加拿大英语诗歌民族性建构研究

> 没有留下的东西留下了什么?
> ——罗伯特·克罗奇《丽塔·K 的角帖书》

20 世纪后期轰轰烈烈的后现代主义思潮在将语言推下神坛的同时,也颠覆了历史的权威。历史作为对过去的既定表述,是单一、固定与封闭的,缺乏流动感与丰富性。从这个意义上说,历史实际上抹杀了过去。而对于加拿大西部草原来说,历史更是一种他者的话语体系。克罗奇在《论如何做一名阿尔伯塔作家》("On Being an Alberta Writer")一文中说:"我所知道的历史并不能说明我生活的世界。"[1] 历史不但专断与死板,而且完全忽略了寒冷的草原。于是他认定说:"被权定的历史,是对过去的既有定义,在这片草原上背叛了我们。"(Lovely: 2)与之相反,考古学则具有不断向过去拓深与延展的空间与可能性。如果说历史是脱离草原现实的、已然死去的权威表述,是"无机的"定论;那么考古则是植根于草原土壤、始终处于开放的行进过程,是"有机的"[2] 叙事。

于是,克罗奇开始"求助一种文档的方式,使用信件、照片、访谈,家族历史,来发现故事"(Lovely: 23)。那些过去遗落下来的具体的小物件浸染了岁月的风霜,也渗透着西部草原的寒冷与蛮荒之气,克罗奇说:

> 草原作家是通过具体的地方来理解(福科考古方法)的合适性的:报纸文件、地名、装满旧照片的鞋盒,传说、日记、游记、印第安帐篷石阵、天气报告、生意账本、选举票据,甚至东部历史学家所写的错误的历史,都成了考古的沉淀,而不是对过去的叙写。(Lovely: 7)

他写于 20 世纪 70 年代的几首长诗都是对这种考古方式的践行。当他的姑妈将一本早年的旧账本递给他时,他认为,这是"我与姑妈的共谋"(Lovely: 8),因为他们实际上是在交换一份家族的记忆。随后他以此为蓝

---

[1] Robert Kroetsch, "On Being an Alberta Writer", in Laura Moss and Cynthia Sugars, eds. *Canadian Literature in English: Texts and Contexts* (Volume Ⅱ), Toronto: Pearson Education Canada, 2009, p. 328.

[2] Shirley Neuman and Robert Wilson, *Labyrinths of Voice: Conversations with Robert Kroetsch*, Edmonton: NeWest Press, 1982, p. 13.

本完成了长诗《账本》。在谈到《种子目录》的写作初衷时，他回忆道："1975年，我在格兰波档案馆发现了一本1917年的目录。我将那册种子目录转化为一首名为《种子目录》的诗歌。这种考古式的发现，如果我可以这样说的话，将口头传统和起源之梦合在一起带给了我。"（Lovely：7）在克罗奇所创作的"考古诗"中，《石锤诗》（"Stone Hammer Poem"）应该算是最为典型的。

《石锤诗》的叙述人"我"书桌上的一块镇纸原是一把年代久远并掉落了把手的石锤，诗歌由此出发向过去进行层层"追踪"（trace）：从镇纸到石锤、从父亲到祖父、从太平洋铁路公司到英女王再到印第安人……而这只石锤有可能曾是已经灭绝的北美水牛的一块头骨，因此可以一直追溯至冰河时期。在漫长的岁月中，石锤记录了这片草原土地所有权的更迭：

> 印第安人
> 将之给了女王
> （有偿）她
> 给了加拿大太平洋铁路
> （有偿）它
> 给了我祖父
> （有偿）他
> 给了我父亲
> （一英亩）50块
> 天堂中的上帝① 我砍
> 掉了所有的树，我
> 捡起了所有的石头……②

这个过程又可以折射出西部诸省所经历的一系列重大事件：殖民、农耕、太平洋铁路的建造，等等。这样，一把石锤，通过考古式的追踪与考察，可以挖掘出一整个草原的历史与文化传统。

---

① 原文为德语。
② Robert Kroetsch, "Stone Hammer Poem", in Dennis Lee ed. *The New Canadian Poets 1970 – 1985*, Toronto: McClelland and Stewart Limited, 1985, pp. 135 – 136.

在克罗奇的笔下，生活中的一些小物品都变成了承载着家族及民族历史文化的记忆碎片：一册在旧档案中偶然发现的"种子目录"展开了一幅早期草原居民的生活图景（《种子目录》）；一本老磨坊的旧账本可以追述出父辈的家族史（《账本》）；一把小小的石锤印刻了西部草原几千年的拓荒与变迁历程（《石锤诗》）。克罗奇在谈到这些长诗的创作时说：

> ……我的方法是考古式的。常常是你发现了一件物品，然后你就构建了一个故事。……这就是人类学家，尤其是考古学家做的事情，他们选取一个物品，然后重构或想象这个物品周围的世界。[1]

历史呈现的是传统的整体性，考古则强调后现代式的碎片化。克罗奇说："考古学允许故事的碎片化本质，以对抗传统历史被强加的整体性。考古学允许不连续性。它允许层次，允许想象式的推测。"（Lovely：7）在考古式叙事中，"不完整"反而成了一种优势，为考古式探索提供了各种可能性，又能制造一种永远处在过程中的效果。因为在这种探索中，过程比结果更重要。历史所代表的那种线性、连续性和结论式的传统叙事方式，在克罗奇的长诗中都受到了全面质疑与挑战。无论是《种子目录》《石锤诗》，还是《账本》，都采用了碎片化、跳跃式和无结论的诗歌叙事手法。以《账本》为例：这本记账簿本身就是残破的："有些页面撕掉了／（碰巧）；／有些页面留了下来／（碰巧）"[2]。而由这碎片化的文本出发对于家族历史和拓荒生活的追忆更是断裂与随机性的呈现。一方面，诗歌在账簿的文字记录与所追忆的内容之间不断地来回切换；另一方面，所追忆的内容之间的跳跃性很大。可以说，碎片不仅是记忆的方式与过程，甚至就是记忆本身。

如果说历史的载体是"书"，那么考古所依赖的是具体的实物，实物承载的记忆比书中的语言更可靠。克罗奇似乎在试图为语言寻找一种更为实体的存在形式，发表于2001的长诗《丽塔·K的角帖书》（The Hornbooks of Rita K）中，语言落实到了一个坚实的载体上。角帖书原是早期欧

---

[1] Susan Holbrook, "The Unstill Life of Kroetsch's Lemon", in Nicole Markotic ed. *Robert Kroetsch*: *Essays on His Works*, Toronto: Guernica Editions, 2017, p. 203.

[2] Robert Kroetsch, *Completed Field Notes*: *The Long Poems of Robert Kroetsch*, Edmonton: The University of Alberta Press, 2000, p. 11.

洲用于儿童识字的工具，通常是将字母刻在薄木片上，再附上一层透明的角片作为保护。克罗奇的这首长诗中，丽塔·K将自己的诗歌刻进木板中，文字与物体融为一体。角帖书的下端都带有一个把手，这就更增加了语言的可触性。历史是靠语言记载的，而语言在解构主义的棱镜下被拆解得虚无缥缈。似乎只有借助于本身具有悠久历史的角帖，语言才能撑起一点过去的厚重，就像诗人书桌上的石头镇纸，"有时候我用它/在（热）风中/压住纸张"①。写在纸上文字会随风飘散，只有经历过重重岁月浸染的石头才能将其镇住。

在《石锤诗》中，石头的坚硬与长久似乎有意要与纸张（语言）的虚无形成对比。石头与语言的对比背后依然是历史与考古的较量：文字记载的历史经不起推敲，考古才真正记录了过去。但从另一个角度看，诗歌赋予了这块石头新的存在形式，石头转变成了文本，甚至可以说，诗歌创造了这块石头。语言与实物的相互结合（或者转化），才能真正记录过去，并进而认识现在（进而找到自我），而这就是克罗奇所谓的"考古学"。对他来说，历史是一种蛮横的既有秩序，只有通过考古式的碎片化追寻才能拼凑起草原的真实过去。而且，考古较之于历史与地理的关系更为密切〔克罗奇曾说"我贴肤穿着地理"（*Lovely*：IX）〕，而"地理"是与我称之为'地方'的东西联系在一起的"②。

当历史的线性与权威式叙事在后现代主义的拷问下分崩离析，加拿大诗人们普遍转向考古的方式来建构过去，同样发表于20世纪70年代的其他几部"重量级"长诗，比如阿特伍德的《苏姗娜·穆迪日记》、阿里·曼德尔（Eli Mandel）的《不合时宜》（*Out of Place*）和迈克尔·翁达杰（Michael Ondaatje）的《比利小子作品集》（*The Collected Works of Billy the Kid*）等，都是从历史人物现存文字材料来追述人物生平和心理世界。这些作品都可以归入诗人多萝西·利夫赛（Dorothy Livesay）所谓的"文档诗歌"（Documentary Poetry）。从某种程度来说，对文档的依赖与对历史的质疑是一致的："通过说明事实上没有连续的历史，而只有生硬的臆测、并置和见解的闪现，考古学挑战了历史的权威。"（*Lovely*：119）考古与历

---

① Robert Kroetsch, "Stone Hammer Poem", in Dennis Lee ed. *The New Canadian Poets 1970–1985*, Toronto: McClelland and Stewart Limited, 1985, p. 59.
② Shirley Neuman and Robert Wilson, *Labyrinths of Voice: Conversations with Robert Kroetsch*, Edmonton: NeWest Press, 1982, p. 9.

史的较量，一方面，反映了后现代主义创作理念对传统叙事方式的反叛；另一方面，也是世界英语文学体系中，相对边缘的加拿大作家对历史权威话语的再思考。

三 以宗谱书写对抗家国叙事

> 剥开一只眼睛／看祖先
> 我，在一个古老的国度里
>
> ——罗伯特·克罗奇《法兰克福车站》

克罗奇认为，与美国相比，加拿大是一个缺乏明确起始点的国家。当"五月花号"与《独立宣言》等成为美国人津津乐道的开国传说时，加拿大却没有类似的开端事件。用《古老的二重性：解构罗伯特·克罗奇及其批评》(*The Old Dualities: Deconstructing Robert Kroetsch and His Critics*) 一书的作者戴安·泰芬西 (Dianne Tiefensee) 的话说是："加拿大没有经过流血革命来获得独立，因此没有确定的起源与统一的身份。"[1] 同时，"加拿大完全是一个有关边缘的国家，首先从现实的层面讲就是几乎所有的城市的外围都是荒野"(*Lovely*：22)，更别提茫茫的北方雪原。如果说美国精神中可以提炼出一个相对集中的美国梦的话，加拿大的现实却正好印证了后现代主义的"无中心"与"边缘化"的特质。因此，克罗奇断言："加拿大是一个后现代国家。"(*Lovely*：22)，而"后现代写作存在着对元叙事的伟大征程和伟大目标的怀疑与犹豫"。(*Lovely*：23) 因此那种体现统一民族精神的家国叙事——他将其称之为元叙事 (meta-narrative) ——并不适合加拿大：

> 元叙事——宗教的、艺术的、社会的、经济的——都站不住脚。即使是大欧洲关于"自然"的元叙事在这里也无法支撑，因为自然变成了风与飞舞的灰尘以及无法触及的地平线。(*Lovely*：24)

---

[1] Dianne Tiefensee, *The Old Dualities: Deconstructing Robert Kroetsch and His Critics*, Montreal & Kingston London Buffalo: McGill-Queen's University Press, 1994, p. 79.

克罗奇曾这样评论弗莱:"像诺思洛普·弗莱这样伟大的批评家本质上是一个现代主义者,试图认定所有的叙事都具有一体性与整体性。"(Lovely:24)弗莱的加拿大文学观,与他的原型理论一样,都是基于某个特定民族或文化所具有的集体或共同的想象与思维模式,但这种"一体性"假定却不一定总是适用于地域辽阔、种族多样、文化多元的加拿大。

对弗莱的反叛,实际上说明一个统一的"加拿大梦",即家国叙事,在克罗奇这儿的破产。在著名的《超越民族主义:一个序》(Beyond Nationalism: A Prologue)一文中,克罗奇为加拿大文学提出了"宗谱"(genealogy)的创作思路:"宗谱是叙事的一种基本样式。"(Lovely:64),并进一步阐释道:"我们的宗谱是一种对历史不满的叙事,这种历史对我们撒谎、对我们施暴,甚至抹杀我们。"(Lovely:65)显然,克罗奇在倡导一种更为个性化的家族追踪式的自我身份建构来对抗空泛的家国叙事。

从另一个角度看,这种家族探源式的叙写也尤为适用于加拿大这样一个移民国家。加拿大诗人也纷纷回到自己的母国来探索身份之源,比如弗莱德·华(Fred Wha)笔下的中国,翁达杰的斯里兰卡和 A. K. Klein 的以色列,等等。克罗奇作为德国移民后裔,也在长诗《法兰克福车站》("The Frankfurt Hauptbahnhof")中回到了祖辈的出生地。然而,诗歌中"我"的德国之旅却并不同于普通的寻亲故事。传统的宗族探寻有一个明确的中心点,即那位被寻找的祖先,情节发展的模式应该是一步步接近这个中心点(虽然过程也许会有些许挫折),故事的高潮/结尾是人物与这位祖先达成了某种形式的会面或交流,人物由此获得了人生启示并认识了自我。可是,就像加拿大文学中的侦探故事常常没有真凶(调查的中心点)一样,《法兰克福车站》中"我"想要寻找的曾祖母(德语 Urgrossmutter)甚为模糊,似乎更像是一个缥缈的传说,而找寻祖辈的出生地其实是"进入未知"[①]。叙事的中心点并不存在,或者说非常虚无,探寻的结果自然是迷失与虚无,但探寻无果不代表过程本身没有意义。

诗中的"我"没能到达曾祖母曾经"祈祷的教堂",却在法兰克福车站遇见了"另一个我"。德语的"化身"(doppelganger)与英语的"离开的陌生人"(gone stranger)在拼写与发音上都有些相似,诗歌以词法的形

[①] Robert Kroetsch, *Completed Field Notes: The Long Poems of Robert Kroetsch*, Edmonton: The University of Alberta Press, 2000, p. 191.

式暗示寻亲过程中人与自我的关系："我"在自己祖辈的出生地与自己的"化身"相遇，他与"我"的曾祖父一样是德国人；但"我"并不属于这个国度，也不会说这国的语言，"我"只是一个过客（离开的陌生人）。当然也可以反过来说，他对于"我"来说同样是"离开的陌生人"。找寻祖先的实质就是找寻自我，虽然"我"没有接近曾祖母，但在这个过程中加深了对自我的认识。诗歌最后，"我"在这个化身兼陌生人的帮助下，乘上了正确的火车——虽然不是通往曾祖母家的那一趟。从这个意义上讲，"我"的谱系追踪过程是成功的。

故事没有走向目的地，却拐入歧途。这里的"歧途"其实就是一种后现代主义的反中心叙事策略，也代表了克罗奇所谓的"次情节"对"主叙事"的胜利。克罗奇在谈到太平洋铁路与路易斯·瑞尔（Louis Riel）① 的事件时说，在 19 世纪末，连通加拿大东西全境的太平洋铁路无疑是民族统一的象征，是一种"主叙事"，而破坏国家团结的叛乱者瑞尔属于"次情节"。在太平洋铁路建成之时处决瑞尔，在当时意味着"主叙事"对"次情节"的完胜。可是一百多年以后，事实发生了"反转"：太平洋铁路在多元文化语境中转化成了"一个诅咒"（Lovely：25），瑞尔却成了保护文化多样性的"英雄"。所以说，反中心的叙事模式就是对传统"家国叙事"的一种反叛。

在克罗奇的诗歌以及小说作品中，次情节往往能出奇制胜：传统的故事散架了，小轶闻趣事却流传了下来；牧师的宗教布道没有听众，儿童讽刺歌谣人人会唱；男主人公的艺术（绘画）没能完成，祖母的小手工艺品却织好了……在《法兰克福车站》中则表现为注释的反客为主：

> 注释是诗歌的影子。或者说：我们是诗歌，
> 而且只能通过迂回被听到。我们只能通过
> 接触（并吃惊于）它的化身来猜测一首
> 诗歌。注释将一首诗歌宣告给一首诗歌。
> 也许每首诗歌都是一首诗歌的迷失（迷失于诗人、
> 于读者），要想找到它只能在

---

① 关于路易斯·瑞尔，可参见本书《绪论》第一节《从殖民地到国家》部分的相关内容。

第二章 经历风雪：自然主题与地域诗学

破碎的
（那残留的）
诗行①

这破碎、残留的诗行也许就是页边的注释。注释是诗歌的化身，诗歌有时候会迷失自我，而注释则获得了某种真谛和更坚实的存在。《法兰克福车站》可能就是一个关于诗歌失败、注释胜利的预言。

次情节相对于主叙事的胜利的背后，实质上是区域文学对于国家叙事的胜利。克罗奇将威廉·卡洛斯·威廉斯（William Carlos Williams）在《帕特森》（Paterson）开篇提到的"本地骄傲"（a local pride）发展为自己的创作宗旨。但他的"本地骄傲"有别于威廉斯的原意，加拿大评论家妮可·马可提克（Nicole Markotic）说："克罗奇的'本地骄傲'感，不是通过整合在加拿大地域上的地球物理学地图，而是通过社区式的家庭历史的亲密感，来定位与塑造的。"② 克罗奇说："我们的基因里包含了风景"③，意即人类具有寻求某种特定自然地貌的本能。英语中"基因"（gene）一词与"宗谱"（genealogy）同源，所以甚至可以这样理解：祖先对于生活过的地方的体验与记忆渗进了其基因里，然后又通过基因传给了下一代。因此对宗谱的追溯往往回归到对自然区域的留恋。加拿大的西部草原是记录了早期移民艰难拓荒体验的特殊地区，宗谱基因与土地更是以一种更为深刻的方式结合在一起。在克罗奇笔下，对家族往事的追忆展现出来的都是西部草原的生态图景：无论是《种子目录》里母亲播下的种子不能发芽的花园、《石锤诗》中父亲与祖父开垦的土地，还是《账本》中祖母荒凉的阿尔伯塔孤坟，都是一种区域书写。

克罗奇认为，记录家国层面体验的"元叙事"无法表现这种特殊的区域基因。在加拿大这样一个"地理太多，历史太少"的国家，"元叙事"显得过于抽象与空洞，克罗奇说："我认为，加拿大人无法就他们的元叙

---

① Susan Holbrook, "The Unstill Life of Kroetsch's Lemon", in Nicole Markotic ed. *Robert Kroetsch：Essays on His Works*, Toronto：Guernica Editions, 2017, p. 197.
② Nicole Markotic ed., *Robert Kroetsch：Essays on His Works*, Toronto：Guernica Editions, 2017, p. 6.
③ Tom Dilworth et al., "How Do You Interview a Poet？：A Conversation with Robert Kroetsch", in Nicole Markotic ed. *Robert Kroetsch：Essays on His Works*, Toronto：Guernica Editions, 2017, p. 209.

事是什么达到一致。"（Lovely：21）于是他直接断言："我们的地域感高于我们的民族感。"（Lovely：27）就这样，克罗奇高举地域主义的大旗，主张用地域文学来打破国家叙事的神话。

对于这位出生在阿尔伯塔又长期生活在曼尼托巴的作家来说，自然是构建西部这片独特地域之上的草原文学。而草原文学需要什么样的文学形式？人们又有不同的看法。加拿大当代另一位有成就的草原作家鲁迪·威伯（Rudy Wiebe）认为，唯有鸿篇巨制的小说作品才能适应广袤的西部大草原，克罗奇将这一观点写进了《种子目录》之中：

> 鲁迪·威伯说："你必须铺上小说的大型黑色的
> 钢筋，用宏大的设计腾出空间，然后，如
> 俄罗斯大草原的小说那样，建造一个
> 巨型的艺术品。没有任何诗歌能做到这一点……"①

但是，诗歌紧接下来便描写了叙述人"我"与加拿大当代知名诗人阿尔·珀迪在一家饭店喝酒吟诗的场面，其间"两次，珀迪驾着一骑卡里布马/疾驰穿过就餐区。"② 卡布里马出自珀迪的诗歌《卡布里马》（"The Cariboo Horses"③）。这匹从诗行中飞奔而出的骏马似乎轻轻松松就宣告了"小诗歌"对于"大小说"的胜利。

但是，克罗奇所谓的"小诗歌"并不是短诗，而是长诗。如利夫赛所断言的"加拿大长诗全然不是真正的叙事"④，当代加拿大长诗既有别于传统叙事诗，也并不是扩展了的短诗，而是后现代化了的小说。克罗奇则说："作为碎片的故事变成了长诗。"（Lovely：120）如果小说可以从某种意义上代表传统的"故事"的话，那么当代长诗就是对这种故事模式的解构。在长诗中，故事成了叙事⑤；"地方成了空白"（Lovely：124）；"然

---

① Robert Kroetsch, *Seed Catalogue*, Winnipeg, Manitoba: Turnstone Press, 1977, p. 23.
② Robert Kroetsch, *Seed Catalogue*, Winnipeg, Manitoba: Turnstone Press, 1977, p. 23.
③ See also Al Purdy, *The Cariboo Horses*, Toronto: McClelland & Stewart, 1976, pp. 7–8.
④ Dorothy Livesay, "The Documentary Poem: A Canadian Genre", in Eli Mandel ed. *Contexts of Canadian Criticism*, Chicago: University of Chicago Press, 1971, p. 268.
⑤ 关于故事与叙事的观点，可具体参见 Robert Kroetsch, *The Lovely Treachery of Words: Essays Selected and New*, Toronto, New York, Oxford: Oxford University Press, 1989, p. 120.

后,然后,再然后"(故事的连续性)变成了"碎片、碎片,还是碎片"。长诗之"长"完全不在于其叙事规模的宏大,而是因为"拖延"(delay)。根据克罗奇的观点,拖延是由语言本身的失败造成的(*Lovely*:120),但是由拖延所造成的空白,再由空白产生的断裂性是对传统"大故事"的挑战。

从家国叙事到宗谱书写,实际上,也说明了加拿大在1969年建国一百年所掀起的民族主义热潮降温以后文化思潮的一个转向。在多元主义的北美新大地,具有地域或少数民族特色的"小叙事"而不是宏大的民族故事才是当代文坛的主流。加拿大文学没有"我们"(we),只有"我"(I),但是无数个"我"的声音汇聚成了加拿大的声音——一个多音部合奏交响的加拿大。

结语:以去命名来重命名

"花园"(garden)一词反复出现在克罗奇的诗歌中,尤其是《种子目录》,诗人一遍又一遍地问:"你如何种植一个花园?""花园"在加拿大文学中多多少少附着些《圣经》的影射[试想一下弗莱那本加拿大文学批评论著的书名:《丛林花园》(*The Bush Garden*)]。《旧约》里所绘制的人类最初的美好家园就是一个花园。"花园—伊甸园"(garden-Eden)的联想隐藏在加拿大文学心理模式之中。"花园"也令人联想到世界上最早的"园林人"(gardener):亚当——一位命名者。可是克罗奇的《种子目录》里的"园林人"却无法培育"目录"里的种子。西部草原,曾被包括克罗奇的父辈等在内的欧洲移民看成"应许之地"(the promised land),然而严酷的地理与气候条件使得早期拓荒者经历了"失乐园"幻灭。这种挫败感弥漫于绝大多数文学作品中。从伊甸园到失乐园、从花园到草原的变更,意味着必须首先去除亚当的命名,因为"有时候名字与物品之间的距离是巨大的"[1]。对于克罗奇来说,历史即是一种蛮横的既有秩序,通过考古的碎片化追寻才能拼凑起草原的现在。

从某种程度上讲,加拿大草原文学就像是在亚当完成命名行为以后出现的夏娃,面对一个秩序已经建立的花园,却发现"种子"并不能如期生根发

---

[1] Robert Kroetsch, *The Lovely Treachery of Words*: *Essays Selected and New*, Toronto, New York, Oxford: Oxford University Press, 1989, p. 206.

芽。克罗奇表示："很有可能加拿大文学应该首先归功于夏娃的模式，而不是亚当。"（*Lovely*：50）所谓"夏娃的模式"即是首先去除亚当的命名，再进行重新命名：解构是为了再次建构。于是，克罗奇笔下的草原农耕种植行为也有了双重含义："犁地本身就是一种对形式的破坏。"（*Lovely*：12）"开垦—种植"（plow-grow）对应的是"去命名—命名"（unnaming-naming）的过程。克罗奇的主张隐含在解构的"开垦"与建构的"种植"之间：我们要播种适合这片土地的种子——另一种有别于既有表达方式的声音。

水、雪和火这三个意象反复出现在克罗奇的诗歌中。无论是水淹之下的虚无，大雪覆盖的空白还是大火焚毁后的废墟，都体现出一种解构主义的"清零"趋向，但就像《种子目录》这首诗里连用了21个虚无（absence）的同时，又一再出现"种植"这个词（不管是种植花园还是种植园林人）。可见，克罗奇最终考虑的其实是如何"种植"与这草原小镇相应的诗人——建构西部草原诗学。克罗奇的"去命名"诗学实践与理论可以说在一定程度上重新定义了加拿大草原文学，而其实质就是打破英美两大帝国乃至于加拿大的国家权威话语体系，建立一套全新的适合西部草原的独特文学表述，用他自己的话说就是："去命名才能命名。"（*Lovely*：32）

第二节 "雪的故事"：加拿大冬季主题诗歌中的寒冷想象

一 "冬天是唯一真实的季节"：加拿大诗歌的冬季情结

只需粗略看一下加拿大文学的各大文选与诗集中，以"冬天"（winter）一词命名或题目中包含有这个词的诗歌数量之多，就足见冬日主题在加拿大诗歌中的地位。阿特伍德认为："加拿大文学中有种感觉：这里真实及唯一的季节是冬天；其他的季节要么是冬天的序幕，要么是将其隐藏起来的幻象。"[①] 阿登·诺兰（Alden Nowlan）在一首题为《新不伦瑞克的四

[①] Margaret Atwood, *Survival: A Thematic Guide to Canadian Literature*, Toronto: House of Anansi Press, 1972, p. 49.

月》（"April in New Brunswick"）的短诗里说："春天在这里是不被信任的，/因为它会骗人"①。春天既是虚假的，秋天也只是冬季的序曲，联邦诗人布利斯·卡曼（Bliss Carman）的《哈尔村庄》（"The Country of Har"）一诗写道："曾经在秋天时做了一个梦/来自北方的白色报信者/远行西部来涉足我的溪流"②，秋季的梦里来的是北方的白色报信者，可见秋天里已隐含了冬天的征兆。著名当代诗人P. K. 佩奇（P. K. Page）的《秋天》（"Autumn"）一诗里，秋季表面上是"富足、丰收/茶香空气中浓浓的甜蜜"③，但实际上，上帝已经准备好冬天的狂暴：

>　　面带微笑或皱眉
>　　上帝的脸始终在那里。
>　　一切都取决于你
>　　如果你带着冬天躁动而来
>　　在大街上游荡，上上下下。④

诗中这个掌控一切的上帝即是自然，在秋天的时候就已具备了两面性（有可能微笑也可能皱眉），随时有可能"带着冬天的躁动而来"。秋天金色的丰收景象之下也已埋下冬天的种子。

佩奇笔下的夏天同样无法摆脱冬天的影子，其著名的诗歌《雪的故事》（"Story of Snow"）实际上是描写巴西热带雨林的景象：

>　　那些生长在雨林中的植物在它们的
>　　萌芽之眼的背后保留着某个地方
>　　柔柔的圆圆的，做着雪之梦
>　　珍贵的怀旧的如那些雪晶球——

---

① Alden Nowlan, *Early Poems*, Fredericton, N. B.: Fiddlehead Poetry Books, 1983, p. 103.
② Bliss Carman, *By the Aurelian Wall and Other Elegies*, Boston, New York, and London: Lamson, Wolffe, 1898, p. 39.
③ Page, P. K., "Autumn", *P. K. Page: Poems*, Canadian Poetry Online, University of Toronto Libraries, https://canpoetry.library.utoronto.ca/page/poem2.htm, November 11th, 2020.
④ Page, P. K., "Autumn", *P. K. Page: Poems*, Canadian Poetry Online, University of Toronto Libraries, https://canpoetry.library.utoronto.ca/page/poem2.htm, November 11th, 2020.

> 来自某个深不见底之地的纪念品——
> 让暴风雪循环，形成一个圆
> 在那高高的柚木橱子里。
>
> 在那些国家里叶子巨大如手
> 花儿伸展着肉质的下巴
> 呼唤着它们的颜色，
> 一场想象的大雪在这时会落在
> 百合花花丛中。
> ……①

诗中提到的"雪晶球"（snow globe）是指一种封闭式的透明球形装饰品，内置的白色物质在晃动下会产生雪花飞舞景象。雪晶球是一种虚假的微型雪景。佩奇本人曾跟随外交官丈夫长年旅居南美热带地区，对冬天的记忆犹如被压缩进一个雪晶球之中。诗中眼前的热带景致与想象中的白雪世界形成鲜明对比，巨大的花朵与叶子与梦中天鹅的白色羽毛、雨林艳丽的色彩与冰雪的纯白、热与冷，等等，都形成强烈反差的张力。然而，这两个世界其实是互补的，诗的结尾写道：

> 类似的故事经常在这些国家被讲起
> 在这里巨大的花朵拦住了道路
> 大红大绿封住了通往雪的小径——
> 就好像，通过讲述，说书人用
> 补充色打开了颜彩并且
> 穿越芽眼后面的区域
> 那里藏着宁静、无折射的白色。②

热带雨林的夏天背后叠印着一个北国冬天。热带景象是显现的，冰雪世

---

① Page, P. K., *The Essential P. K. Page* (Selected by Arlene Lampert and Théa Grey), Erin, Ontario: The Porcupine's Quill, 2008, p. 53.
② Page, P. K., *The Essential P. K. Page* (Selected by Arlene Lampert and Théa Grey), Erin, Ontario: The Porcupine's Quill, 2008, p. 54.

界是隐藏的，两者可以通过叙事打通。无论是眼前的巴西风光，还是记忆中的北方冬天，其实都是一种叙事，它们在本质上是相通的，仅是表象不同而已。从某种角度看，佩奇的热带夏季诗是另一种形式的加拿大冬季诗。

二　"那一直向北的死亡世界"：联邦时期的冬日描写

辛西娅·苏格斯在《加拿大哥特：文学、历史与自构的幽灵》(*Canadian Gothic: Literature, History, and the Spectre of Self-Invention*)一书中说："在联邦政府成立后的年代里创作的诗人们认为自己有义务推动建成有特色的民族文学。因此，很多诗人寻求能够讲述独属于加拿大地貌与经历，而很多人会转向哥特风格来达成这一目标。"[①] "联邦政府成立后的年代"一般称为"后联邦时期"(Post-Confederation Period)，这一阶段的文坛创作主流是联邦诗派。联邦诗派是加拿大文学史上首次初具规模且具有相当影响力的职业作家群体创作潮流。联邦诗人们大多出生于1860年前后，作为见证了"建国"历史时刻的一代人，普遍具有建设民族文学的使命感，再结合当时19世纪浪漫主义关注自然地貌与季节变更的创作特点，纷纷将冬天的情景与体验与加拿大的民族特征联系起来。

说到联邦诗派，首先不得不提被称为"加拿大诗歌之父"、联邦诗人之首的查尔斯·G. D. 罗伯茨。他的《冬日田野》("The Winter Fields")一诗在一定程度上为这一时期的冬季主题诗歌设定了灰暗荒凉的总基调：

  风、雨雪、如钢铁般锋利的霜冻。
  低矮的荒山环绕在低矮的天空之下。
  光秃的羊群，层褶的闲田上
  条条羸弱细流。狂风现形于
  惨灰色的蛇形藩篱，偷偷地
   穿过白色的暮光。山脚白杨的叹息，

[①] Cynthia Sugars, *Canadian Gothic: Literature, History, and the Spectre of Self-Invention*, Cardiff: University of Wales Press, 2014, p. 41.

> 伴随着冬日暴风与死神的践踏，
> 强硬的田野回响急厉，暗光飞旋。
> 而那孤独的山脉，扭曲着痛苦，
> 粗粝又寂寥的山丘，连绵而沉闷，
> 教堂墓地在鞭打与镣铐之下紧闭双唇，
> 　　地里暗藏着欣喜的珠宝——重重生机
> 在夏日里等待着，直到那四月
> 小雨的絮语与番红花的到来。①

罗伯茨的诗歌创作秉承浪漫主义风格，偏重全景式地貌描写。这首商籁体上阕的八行诗书写眼前的萧瑟恶劣的冬日田野景象，下阕主要描写对于景物的感想：在这霜冻地底下，还埋藏着一个夏天。如果说夏天意味着生命力的话，那么冬天就是死亡与枯竭的象征。这种季节比喻在 19 世纪的诗歌中具有一定的代表性。

联邦诗人威廉·威尔弗莱德·坎贝尔（William Wilfred Campbell）的名诗《冬季的湖》（"The Winter Lakes"）在罗伯茨灰暗色调的基础上，进一步"呈现了沉郁与黑暗的风景"②，而且"对于自然景象的恐怖描写足以触发绝望与迷惘的感觉"③。诗歌的开头两节同样是一种远眺的视野：

> 在那一直向北伸向远方的死亡世界，
> 在那太阳与月亮之下，在那黄昏与白天之下；
> 在那星辰的微光与日落的紫晖之下，
> 苍弱、徒劳与惨白，将五大湖延展至远方。
>
> 未有春的蓓蕾，未有夏的欢笑，

---

① Charles G. D. Roberts, "The Winter Fields", in William J. Keith ed. *Selected Poetry and Critical Prose Charles G. D. Roberts*, Toronto: University of Toronto Press, 1974, p. 105.
② G. Natanam, "Portrayal of Landscape in Canadian Poetry", in K. Balachandran ed. *Canadian Literature: An Overview*, New Delhi: Sarup & Sons, 2007, p. 1.
③ Cynthia Sugars and Laura Moss, *Canadian Literature in English: Texts and Contexts* (Volume I), Toronto: Pearson Education Canada, 2009, p. 347.

未有爱的梦，未有鸟的歌；

只有沉寂与白色，湖岸愈加清冷与沉默，

有冰雪之风的啜泣，便能听到冬日的悲痛。①

从诗歌的音韵来看，原诗采用抑抑扬格的五音步长诗句，来营造出空旷与寂寞感。连续的头韵（alliteration）使得诗歌具有一种延绵与单调的声音效果。"winter"与"snow"是诗歌的两个关键词，整首诗也相应地分别以"w"和"s"两个音构成两大组辅音韵（consonance）。诗中与"winter"押头韵的词有"world""wan""waste""white""wind""water""wave"等，如"wan and waste and white"一句，多个"w"音聚合在一起，隐隐暗示冬季漫长而无期限，与诗歌所描写的内容相映成趣；以"s"开头的词包括"sun""star""spring""summer""silence""song""shore""sandward"，等等，与"snow"一词在音效上相呼应。类似"surfs that shoreward thunder/shadowy shapes that flee, haunting the space white"②这样的诗句，营造出冬雪绵绵不绝的声韵。而且英语中"s"从发音来说，属于送气清辅音，连续的"s"音读起来有宁静忧伤之感。

另一位著名联邦诗人阿奇保德·兰普曼（Archibald Lampman）留下了为数不少的以冬天为题的诗歌，其中《冬天的到来》（"The Coming of Winter"）是最为人称道的作品之一。诗歌的后两节写道：

这是屠者的声音与阴影

屠杀爱与甜美的世界，屠杀梦想；

声音因清醒的抱怨与祈祷更忧伤；

　让树木变得灰暗，让河流变得昏黑。

黑色降于河，急流的旋涡驶向更黑处；

天空灰暗；树林幽冷：

哦让你的胸与忧伤的唇迎接

---

① William Wilfred Campbell, "The Winter Lakes", in Jean Elizabeth Ward ed. *Winter Meditations: Poetry, Prose and Verse*, Lulu.com (an online publisher), 2008, p. 106.

② William Wilfred Campbell, "The Winter Lakes", in Jean Elizabeth Ward ed. *Winter Meditations: Poetry, Prose and Verse*, Lulu.com (an online publisher), 2008, p. 107.

那翻卷的雪的冰冷亲吻吧。①

如果说坎贝尔的《冬季的湖》更多地从音效上表现冬天的孤寂与单调，那么兰普曼的这首《冬天的到来》则侧重色彩的运用。诗中密集地出现一系列表示灰暗颜色的词语，比如"shadow"、"grey"、"darken"、"black"与"blacker"等，描绘出暗沉阴郁的冬日色调。

诗歌将冬季称为屠杀者，可以看成是对罗伯茨的"冬日暴风与死神"的一种回应，也足见将冬天看成万物终结者的观点在当时颇为流行。如苏格斯所评论的："冬天作为邪恶死亡形象的代表回荡在阿奇保德·兰普曼的诗歌中。"②不管是《冬天》（"Winter"）一诗中的"将青年的棕色变成白色与苍老"③，还是《冬日夜晚》（"Winter Evening"）因为冬天的到来，"壮丽的景象将会飞逝，时光将感受到一个更强大的主人"④，冬季在兰普曼的笔下都被刻画成一种毁灭美与生机的破坏性力量。

同时代的另一位知名诗人伊莎贝拉·凡兰赛·克劳福德（Isabella Valancy Crawford）则从更为心理的层面发展了这一观点。她在叙事诗《马尔科姆的凯蒂》（"Malcolm's Katie"）将冬天描述为如《旧约》中的上帝般强大的势力：

在这嘶喊的月亮中冬天的士兵在狂奔
来自那冰封的北方，呼啸的旋风
抽打着红枫抽打着漆树，怒光
疾驰于树叶间，从一根树枝到另一根，
直至环绕森林闪亮着一带火光，
内里面舔着血红与金色的火舌
伸向万物内心最底处的深深裂痕。

---

① Archibald Lampman, "The Coming of Winter", in Duncan Campbell Scott ed. *The Poems of Archibald Lampman* (Fourth Edition), Toronto: Morang & Co. Limited, 1915, p. 63.
② Cynthia Sugars, *Canadian Gothic: Literature, History, and the Spectre of Self-Invention*, Cardiff: University of Wales Press, 2014, p. 41.
③ Archibald Lampman, "Winter", in Duncan Campbell Scott ed. *The Poems of Archibald Lampman* (Fourth Edition), Toronto: Morang & Co. Limited, 1915, p. 25.
④ Archibald Lampman, "Winter Evening", in Duncan Campbell Scott ed. *The Poems of Archibald Lampman* (Fourth Edition), Toronto: Morang & Co. Limited, 1915, p. 243.

第二章 经历风雪:自然主题与地域诗学

>惊起了沉静的心——但一切都太晚了,太晚了!
>太晚了,那些枝桠,本是由茂叶牢牢连接为一体,
>抛向散落在风中;太晚了,太阳
>将最后一丝活力倒入了那昏暗之风的
>深沉而黑暗的细胞之中。那热切的落叶的
>双刃之月在如戴羽冠的雾气中卷了起来,
>苍翠繁茂的树枝在他红色的全盛时刻
>击败了太阳,她苍白而敏锐的手指在
>狂风后爬行在地上,摸索着苔藓,
>似乎从那萎缩的枝杈、树干,及那燃烧的叶子
>上被剥离,却依然痛惜那战颤的树木。①

在这一诗节中,冬天犹如铺天盖地而来的地狱般的狂暴势力。克劳福德使用光、火、风等激烈的意象来描写冬天,营造出电光火石、疾风劲雨式的极端气候现象,使得冬天到来的场面极富戏剧张力。太阳作为生命力的象征,在冬天的猛击之下节节败退,最后只能颤抖着在地上爬行与呻吟。诗中树木暗指人或万物,本身"心底深处"藏有"深深的裂痕",所以,当冬天的"火舌"入侵时,反而成了后者的帮凶。冬天在这首叙事长诗中既是作为爱情故事的背景,同时也是恐惧心理的象征。虽然《马尔科姆的凯蒂》讲述的是一个坏人得到惩罚、有情人终成眷属的故事,但是如故事的反面男主公阿尔弗莱德所代表的宿命哲学一样,诗歌始终隐含着一种无法触摸却无处不在的神秘力量:"当然,真正的威胁是冬季所带来的死亡与摧毁,一个在加拿大风景中被迫快速死去的时期。这是那若隐若现的破坏力;它始终存在着,犹如一个终极悲剧的世界。"② 冬天似乎不仅是一个季节,而是一个无法逃离的充满毁坏力的世界。

如果说阿特伍德将加拿大文学的特质归于"生存"道出了加拿大地理、历史与文化的部分特点,那么死亡同样是加拿大民族心理的一个注脚。事实上,生存与死亡本身应是难以分割的,如厄尔·伯尼的长诗《大

---

① Isabella Valancy Crawford, *Collected Poems: Isabella Valancy Crawford*, Toronto: University of Toronto Press, 1972, pp. 199 – 200.
② Orest Rudzik, "Myth in 'Malcolm's Katie'", in Frank M. Tierney ed. *The Crawford Symposium*, Ottawa: University of Ottawa Press, 1979, p. 57.

卫》（"David"）所暗示的，生存与死亡是如此复杂地交织在一起。正因为目睹了残酷的死亡，生存才更显得艰难与不同寻常。从这个意义上说，加拿大的冬季兼具生存与死亡的双重隐喻。如后联邦时期的诗歌所反复吟唱的，冬季是一个残酷的杀手，这即体现了加拿大作为一个移民国家的拓荒体验与记忆，同时将冬季作为心理及外部世界黑暗面的象征，又营造了一种独一无二的北方生活的地理与空间感受。

三　"他们的脑子变成了雪"：百年庆前后的冬天隐喻

如果说联邦时期的冬季主题诗歌创作是在因国家成立而掀起的第一次民族主义创作热潮中，在加拿大文学史上首次大规模地通过描摹冬天来抒写北国生活的独特感受与体验，并将冬天与加拿大国民性联系起来。那么，一个世纪以后，因建国百周年而引发的民族性倾向创作热潮中的冬季主题诗歌，既是对一百年前的后联邦时期诗歌的回应，更是以新的手法与思路来表现新的民族身份认知。

与一百年前一样，冬天依然是真实而残酷的。阿登·诺兰的另一首短诗《加拿大一月的夜晚》（"Canadian January Night"）写道：

> 在这个国家
> 一个人死去
> 可能仅仅是因为
> 待在外面。①

而且，与上一节所论述迷失与自然一样，在雪地中迷路同样被作为一件具有加拿大特色的事件而不止一次出现在诗歌中。当代诗人帕特里克·莱恩（Patrick Lane）的《冬季1》（"Winter 1"）就是描写一个人在雪地里迷路的情景：

> 雪的慷慨，在于它原谅

---

① Alden Nowlan, *Between Tears and Laughter: Poems by Alden Nowlan*, Toronto & Vancouver: Clarke, Irwin & Company Limited, 1971, p. 35.

冒犯的举动、填补许多的背叛
并且让这个世界
回到原来的样子。想象一下一个男子
无止境地走着,然后看到他留下的痕迹,
明白了自己是在转圈。想象一下
他的失望。看他是如果再次闯出
一个新的方向,希望这条路
能将他带出来。想象一下这一次
他会多开心,在围绕着他周围的
风中。风填上了他的路径。①

加拿大文学评论家娜塔莉·库克(Nathalie Cooke)认为,在这首诗中:"冬天被描述为一个陷阱"②。在上述这一节的英语原文诗中,"想象"(imagine)一词循环出现了三次,并位于诗节的不同位置,形成一个类似于圆圈的视觉效果。同时,三个"想象"串联起迷路事件的起因、经过与结果:"想象一下"一个男子发现自己在雪地里转圈;"想象一下"他感觉既失望又困惑;"想象一下"最后他走出怪圈时的轻松心情,这样又在内容上形成一个圆形叙事结构,与诗中所讲述的在雪地里原地转圈的行为相呼应。

约翰·纽拉夫(John Newlove)的《塞缪尔·赫恩在冬季时光》("Samuel Hearne in Wintertime")一诗遥想18世纪的英国探险家塞缪尔·赫恩(Samuel Hearne)。诗歌的第一节写道:

在这个寒冷的房间
我记得男人们的厚衣服上的
粪肥的气味,以及
马的气味

---

① Patrick Lane, *Winter*, Regina:Coteau Books, 1990, p. 3.
② Nathalie Cooke, "How Do You Read a Riddle?:Patrick Lane's *Winter*", in William H. New and Donald Stephens, eds. *Inside the Poem:Essays and Poems in Honour of Donald Stephens*, Toronto:Oxford University Press, 1992, p. 130.

从"共同体"到"多元体":加拿大英语诗歌民族性建构研究

>   这是一个浪漫的世界
>   对于去北方海洋
>   旅程①的读者来说——
>
>   特别是如果他们的房子供暖
>   到一定的温度,塞缪尔。②

叙述人由自己当前的处境联想到两百年前来到加拿大的赫恩,而将两者联系在一起的是"无法形容的寒冷的强度"③。W. J. 基思(W. J. Keith)在他的著作《加拿大英语文学》(*Canadian Literature in English*)里所评论说:"诗人试图理解赫恩的努力使之复活了,使之成为当代人。"④ 纽拉夫将赫恩在严酷的寒冬与简陋环境中的生活经历作为一种恒久、普遍的加拿大体验,两个世纪以来未曾发生改变。

诗歌的第三部分主要为地貌描写:

>   塞缪尔·赫恩在这片
>   土地(与其它地方一样
>
>   全是石头与多石的乡村,
>   许多无限延展的大片土地,
>   白鲑、梭子鱼与鲃鱼,
>
>   还有那些岛屿:
>   大多数岛屿都

---

① 塞缪尔·赫恩的加拿大行程日记《去北方海洋的旅程》[*A Journey to the Northern Ocean (A Journey from Prince of Wale's Fort in Hudson's Bay to the Northern Ocean in the Years 1769, 1770, 1771, 1772*)]是最早及最详实的欧洲人记录加拿大风土人情的作品之一。
② John Newlove, *The Fatman: Selected Poems, 1962–1972*, Toronto: McClelland and Stewart, 1977, p. 61.
③ John Newlove, *The Fatman: Selected Poems, 1962–1972*, Toronto: McClelland and Stewart, 1977, p. 62.
④ W. J. Keith, *Canadian Literature in English* (Revised and Expanded Edition) Volume 1, Erin, Ontario: The Porcupine's Quill, 2006, p. 156.

第二章 经历风雪：自然主题与地域诗学

与陆地一样
长满
粗短的林木，

主要是松树
在有些地区还混杂着
落叶松与桦树）上所做的事不仅是忍耐①

此处"塞缪尔·赫恩在这片土地上所做的事不仅是忍耐"这句话从中间被断开，"土地"一词后面用括号的形式插入了长达五个诗节的描述。这段风景描写在形式上突兀地"强行闯入"，似乎是在暗示加拿大的地貌特征深刻地影响着人的选择与行动。

这首诗歌的风景描写所渗透的寂寥与荒凉感可以从加拿大不同时代的创作中找到类似的痕迹，包括19世纪的拓荒书写、20世纪早期的现代主义诗歌（比如 A.J.M. 史密斯的《孤独的土地》②）、三四十年代的小说［比如辛克莱·罗斯（Sinclair Ross）的长篇及短篇小说］，以及20世纪下半期的草原写作。如上一节中所论述的，拓荒体验在某种程度上奠定了加拿大文学的荒凉基调，而这种基调中又往往浸染着冬天刺人心骨的寒气。冬天与自然一样，都不仅仅是事件的背景，而是本身就代表了一种特殊的体验与心理象征意义。

除了描写人物在冬天雪地里的体验之外，有些诗人进一步将这种冬日体验与加拿大文学联系了起来。莱恩的《冬季4》（"Winter 4"）以俄狄浦斯的故事来思考欧洲与加拿大文化之间的继承与反叛关系：

这不是一个冬天的故事
而是太阳的故事，在非洲
沙漠中无止境的完美。

---

① John Newlove, *The Fatman*: *Selected Poems 1962–1972*, Toronto: McClelland and Stewart, 1977, p. 62.
② 可参见本报告《绪论》第一节《"从殖民地到国家"：加拿大英语诗歌史中的民族想象》的相关论述。

> 如果故事发生在这里，
> 该会有多么不同啊，他想。
> 发生在这里的话关键的时刻
> 应该是将眼珠子放回
> 眼眶里，初次的震惊
> 与在其他故事中是完全一样的
> 只是开头会
> 不同，所有的角色
> 都反转了。①

《俄狄浦斯》作为著名的希腊悲剧，是一个最典型的欧洲原型故事之一。但是如果说这个故事代表了欧洲叙事的话，这是一个关于"太阳的故事"，因此并不能照搬至加拿大。诗歌进一步指出，如果俄狄浦斯的故事发生在加拿大，将会是另一种完全不同的叙事。俄狄浦斯挖掉自己眼睛的情节是原悲剧情节中的高潮，代表了情节开合之后的一个回归点。然而，莱恩表示，加拿大版本的《俄狄浦斯》应该是将挖出的眼珠放回眼眶。而且，在故事的开头处，所有的角色都会是相反的。"初次的震惊与其他故事中完全一样"说明两者的总体叙事框架是一样的，但是当"太阳的故事"变为"冬天的故事"之后，整个叙事会产生实质性的偏移，其中叙事最基本的元素——人物，将会是相反的。可见，冬天，并不仅是一种故事的外部环境或场景，而是叙事的本质。

唐·麦凯（Don Mckay）的诗歌《写给一只坠落麻雀的慢板歌》（"Adagio for a Fallen Sparrow"）题名中"慢板歌"（Adagio）一词暗示与英国浪漫主义的"颂歌"（Ode）的互文关系。然而，麦凯率先以第一部分的斜体四行诗表明事情发生的背景是一个加拿大的寒冷冬天：

> 在这凄冷的深冬
> 霜冻的寒风呜咽
> 大地硬如钢铁

---

① Patrick Lane, *Winter*, Regina: Coteau Books, 1990, p.6.

第二章 经历风雪：自然主题与地域诗学

水似坚石[①]

在这一年中最寒冷的时候，一只冻死的麻雀从高处坠落下来，掉在叙事人家里车库的地上。麻雀尸体掉落的瞬间，"麻雀燃烧着/在风中鲜亮鲜亮鲜亮"[②]，连续三个"鲜亮"（bright），令人联想到珀西·比希·雪莱（Percy Bysshe Shelley）的《致云雀》（"To a Skylark"）中的"Drops so bright to see"一句。死去的麻雀与翱翔的云雀两者的对比颇具反讽效果。同时，燃烧着的鲜亮的物体与加拿大冬天的白色背景之间也形成剧烈的色彩上的反冲。换个角度说，这只麻雀之所以能在坠落时产生强烈的视觉冲击与戏剧化效果，正是因为冬天的背景。所以这首诗中的冬季不仅仅是事件的场景，而是与中心意象麻雀一样，参与了诗歌的叙事。

当诗歌接下来谈到如何处置麻雀尸体时，又一次影射了欧洲文学传统：

……火葬？
太小题大做了，太过繁复太过诗意
太像一首颂诗。为什么不直接用来炫耀
将它制成标本，令之骄傲地栖息在书架上
与济慈、雪莱和《加拿大的鸟》放在一起？[③]

这一诗节中的"颂诗"（ode）一词点明了诗歌的戏仿对象。济慈的《夜莺颂》（"Ode to a Nightingale"）与雪莱的《致云雀》是英国文学中的两首著名的颂鸟诗。在英国浪漫主义诗人的笔下，夜莺与云雀都充满了活力，都是向上飞翔的姿态，展现自然界的生命力。而麦凯的这首诗中，麻雀已经死去并冻僵，且是往下坠落的。而在书架上，与济慈和雪莱的歌咏鸟的诗歌作品相并列的是《加拿大的鸟》。本该放一部加拿大诗集的地方却被一本科普读物所代替。特莱尔夫人曾嘲讽加拿大是一个"过于讲求实

---

① Don McKay, "Adagio for a Fallen Sparrow", in Méira Cook ed. *Field Marks: The Poetry of Don McKay*, Waterloo: Wilfrid Laurier University Press, 2006, p. 16.
② Don McKay, "Adagio for a Fallen Sparrow", in Méira Cook ed. *Field Marks: The Poetry of Don McKay*, Waterloo: Wilfrid Laurier University Press, 2006, p. 16.
③ Don McKay, "Adagio for a Fallen Sparrow", in Méira Cook ed. *Field Marks: The Poetry of Don McKay*, Waterloo: Wilfrid Laurier University Press, 2006, p. 16.

际的地方"①，而且加拿大曾一度被认为是没有文学的地方（甚至"加拿大文学"一词的存在性都被质疑②）。麦凯再一次回到20世纪六七十年代相当普遍的关于加拿大缺乏历史与文化底蕴的感叹，整首诗体现出与阿特伍德的《生存》一脉相承的自嘲口气。

从英国诗歌中的夜莺、云雀，到这首诗中冻死的麻雀，从颂诗（ode）到慢板（Adagio），从浪漫主义诗集到科普读物，麦凯的《写给一只坠落麻雀的慢板歌》一诗通过戏仿与自嘲的手法来表现加拿大独特的文学语境。而这个语境的背景色是冬季的苍茫大雪。较之于在蓝天中昂扬向上的云雀，白雪上的麻雀尸体另具一种戏剧性效果，再加之诗歌总体上戏谑与调侃的口吻，呈现出有别于传统颂鸟诗的另类的诗歌叙事风格，可以说是一种加拿大特有的"颂鸟诗"类型。

加拿大文化曾长期被认为是沿袭于英国与法国，加拿大文学则是欧洲文学在北美新大陆的分支。但是，从以上两诗将文学放置于冬天的特殊场景中，使得欧洲的"太阳的故事"变成加拿大的"冬天的故事"，既保留了某些欧洲文化渊源的（弗莱所谓的）原型结构，同时因为加拿大独特的地理与气候特征，其文化或文学较之欧洲，有着自己内在的叙事特征与风格。

19世纪建国后的联邦诗人与20世纪60—80年代建国一百周年时期的当代诗人的冬日主题诗歌跨百年遥相呼应。一百多年来，冬季始终被作为一种民族性格的隐喻。相对来说，联邦诗人的创作偏重浪漫主义感怀；当代诗人的作品则更具自嘲与内省意味，但在对寒冷冬天的描摹中，其民族性的内在趋向在一定程度上是一致的。当然，从百年前的"共同体想象"到百年后的"多重体建构"，冬日主题诗歌既记录了诗歌创作技法与风格的更迭，也见证着历史的进程与民族想象的变迁。

"冷"作为加拿大文学的主基调之一，不仅是因为大量描写风雪的气候与寒冷感觉的作品（诗歌中光以"冬天"或"雪"为题的作品就不计其数），而更在于"冷"的文化与身份隐喻。这种寒冷的体感似乎是渗进了文字肌理的最深处。"冷"既渗透在早先的拓荒体验中，也弥漫于各地域书写中，也沉淀在移民文学里，最终铸进了加拿大人的身份认同感中。

---

① Catharine Parr Traill, "From the Backwoods of Canada", in Russell Brown and Donna Bennett, eds. *A New Anthology of Canadian Literature in English*, Toronto: Oxford University Press, 1990, p. 92.

② See also Margaret Atwood, *Survival: A Thematic Guide to Canadian Literature*, Toronto: House of Anansi Press, 1972, p. 11.

然而，加拿大作家又常常试图通过与之截然不同的热带体验来反证自己的身份认同。雪国的作家们身上常常有一个不能克服的热带。毫不夸张地说，加拿大诗坛总体上是一个大雪纷飞的世界，北方大地的寒气渗透在整个加拿大诗歌史中。如莱恩所断言的："冬天同时是象征与隐喻，独特又无所不在。"[1] 与自然一样，冬天也是加拿大民族集体无意识的体现。加拿大的"共同体想象"本身包含多重元素，且日趋复杂，但自始至终裹挟着"一股强冷空气"。

第三节　迷失于荒野：加拿大诗歌中人与自然的关系

约瑟夫·康拉德（Joseph Conrad）在他著名小说《黑暗之心》（*Heart of Darkness*）的开篇写道："'厄瑞玻斯'号与'恐怖'号，志在于征服海洋——但是再也没有回来。"[2] 这实际上涉及一起真实的历史事件：1845年，英国航海家约翰·富兰克林（John Franklin）带着探索海上贸易航线的使命率领两艘船只"厄瑞玻斯"号与"恐怖"号驶进加拿大的北极圈以后就失去了音信。对于大英帝国来说，这可能只是一起海上扩张时期探险失败的事件，但对于加拿大而言，富兰克林远征队事件在某种程度上成了一个国家的起源神话与可怕的诅咒："富兰克林，迷失在加拿大北方的寒冬之中，这纠缠着留在这片土地上的人。"[3] 一队来自英国（"文明社会"）的航海船只在寒冷而恐怖的北方极地神秘失踪的故事，既是对加拿大茫茫北方的最好注脚，也开启了回荡于英语诗歌史百年多之久的敌意自然与迷路主题。

从现实层面来看，加拿大的自然环境严酷恶劣：冬季漫长而寒冷，大片未经开荒的原始林地，北方地区更是人迹罕至，境内湖泊河流等水域众多。相对于欧洲来说，加拿大的自然更为巨大、黑暗与恐怖。个体的人与

---

[1] Patrick Lane, *Winter*, Regina: Coteau Books, 1990, p. 45.
[2] Joseph Conrad, *Heart of Darkness*, New York: Dover Publications, 1990, p. 2.
[3] Locke Hart. Jonathan, "Poetic Voice", in Klaus Martens, Paul Duncan Morris and Arlette Warken, eds. *A World of Local Voices: Poetry in English Today*, GmbH, Würzburg: Königshausen & Neumann, 2003, p. 41.

自然之间力量的对比也更为悬殊。同时，加拿大人对自然的恐惧更可上升至国家意识的层面，如弗莱所言："我长久以来惊叹于加拿大诗歌中对于自然的深沉恐惧基调，我们将会再次回到这个主题。这不是对危险或者不适，甚至也不是对自然神秘性的恐惧，而是灵魂对这些事情所体现出来的东西的恐惧。"① 阿特伍德在《生存：加拿大文学指南》(Survival: A Thematical Guide to Canadian Literature) 中又进一步拓宽了自然的心理维度："风景是心灵的地图"②，自然是另一种形式的心理图景。在加拿大文学中，人与自然的关系被铸入拓荒体验中，构成了属于加拿大的"起源神话"。同是移民国家，加拿大较之美国等其他国家，早期拓荒者经历了更为艰难的适应与定居历程。以至于如阿特伍德下了这样的结论："加拿大的中心象征是——基于无数发生于英语与法语加拿大文学的事件——毫无疑问，是生存。"③ 无边无际的黑暗森林与白雪茫茫的荒原，已经成为加拿大民族心理特征的表征。自然本身就是一种民族心理隐喻。

一 敌意自然：19世纪的移民体验

19世纪上半期，加拿大英语诗坛还未曾形成创作气候，仅有的几位诗人基本上沿袭与模仿英国浪漫主义写作手法，讴歌自然、抒发情怀。最能体现这一时期诗歌风格的是著名诗人查尔斯·桑斯特，其诗歌作品主要表现自然的崇高与雄美。然而，即使是在代表作《圣劳伦斯河与萨格奈河》("The St. Lawrence and the Saguenay") 这首游记长诗中，自然也不总是秀丽美好的：

> 茫茫的金色卷着神佑的光亮
> 照在贫瘠的群山上。层层叠叠

---

① Northrop Frye, "Conclusion to the First Edition of *Literary History of Canada*", in O'Grady Jean and Davie Staines, eds. *Northrop on Canada* (Collected Works of Northrop Frye Volume 12), Toronto: The University of Toronto Press, 2003, p. 350.

② Margaret Atwood, *Survival: A Thematic Guide to Canadian Literature*, Toronto: House of Anansi Press, 1972, p. 49.

③ Margaret Atwood, *Survival: A Thematic Guide to Canadian Literature*, Toronto: House of Anansi Press, 1972, p. 32.

第二章 经历风雪:自然主题与地域诗学

  花岗岩高耸展向左右两边:
  光秃秃的山顶庄严威吓从不展露微笑
  此处植被的生长无法使
  干萎的灌木与矮小的树木
  驯服于硬质土壤的严酷。
  而我们必须穿过上千个此类的恐吓
  在这些胸中深锁了无数谜团的景物之间。[①]

  在沿着圣劳伦斯河与萨格奈河的游览过程中,诗人的笔调不时会从讴歌壮美河山转向恐惧与迷惑:加拿大的自然固然具有上帝般神圣的一面,但同样无法忽略它的恐怖与神秘性。在这种时候,人与自然的平衡被打破,前者一不小心就会被后者吞噬。

  面对眼前需要开垦与耕种的荒地,加上气候寒冷、环境恶劣,来自欧洲的移民们很快发现加拿大的自然并不是英国式的田园牧歌。一方面,一些诗人继续吟唱自然的伟大与神奇,与此同时,咒骂自然的敌意与残酷的声音一直在加拿大诗歌史中不绝于耳。早在1842年,来自爱尔兰的诗人斯坦迪什·詹姆士·欧格雷迪(Standish James O'Grady)就道出了当时很多移民的心声:"不幸将我们带到了这里!"[②] 他在这部自行印刷出版的长诗《移民:四篇章诗歌》(*The Emigrant*:*A Poem*,*in Four Cantos*)中描写自己带着对"父亲的土地"(*Emigrant*:13)英国的深深眷恋,来到了"自然似是普遍的空白"(*Emigrant*:71)的加拿大。欧格雷迪一遍一遍来吟唱失去了故国的哀伤与新土地的孤独与艰难:

  远处孤独的山脉狂野又绵久,
  忧伤的层峦与山脚啜泣着冬日之气,
  远处的溪谷时而传来牧羊的歌曲
  招引那些高高的山丘来和应(*Emigrant*:52)

[①] Charles Sangster, *The St. Lawrence and the Saguenay and Other Poems*:*Hesperus and Other Poems and Lyrics*, Toronto:University of Toronto Press, 1856, p. 48.

[②] Standish James O'Grady, *The Emigrant*:*A Poem*, *in Four Cantos*, Montreal:Printed for the Author, 1842, p. 128. 下文中出自同一书目的引文,直接随文标出"Emigrant + 页码",不再另行加注。

当他离开了欧洲以后，发现自然并不像同时代的英国浪漫主义诗人笔下那样宁静与美好，并能给予人生活与智慧的启迪。相反，身处加拿大的自然环境中，如同一个孤独的失去了家园的国际流浪者，既找不到归宿，也没有出路。

加拿大这块新兴北方大陆的自然似乎总是蕴藏着一种蛮荒的不可知性。另一位来自苏格兰的移民诗人亚历山大·麦克拉克伦（Alexander McLachlan）就以神秘性来表现自然的敌意。在诗歌《神秘》（"Mystery"）中，自然的神秘与人生的无常和劫数一样无法突破与逃脱：

   神秘！神秘！
    一切都是神秘，
  高山与峡谷，以及林地与水流，
    人类烦恼的历史，
    人类必死的命运，
  都不过是一场灵魂烦恼的梦。

   神秘！神秘！
    一切都是神秘，
  心儿跳动的痛苦以及欢娱温柔的露珠，
    如泉水流逝，
    远处的高山，
  顶峰永远迷失在忧伤之中。

   神秘！神秘！
    一切都是神秘，
  夜风的叹息，波浪的歌声；
    景象从忧伤，
    借来光亮，
  花儿讲述的故事，是坟墓的声音。[1]

---

[1] Alexander McLachlan, *The Emigrant: And Other Poems*, Toronto: Rollo & Adam, 1861, p. 118.

诗歌将人类的局限性与自然的神秘性作了一个残酷的对比：人的一生短暂而匆忙，自然却以它的神秘不可知性在时间中得以永恒。整首诗流露出宿命论似的悲观情绪：自然本身是一个巨大的未解之谜，人不可能征服它，而只能迷失于其中。

麦克拉克伦更为人知的作品是与欧格雷迪的长诗同名的《移民》"The Emigrant"，与前者一样，这首长诗也反复表达了对加拿大这片新土地的不满：

> 你不是一片有故事的土地；
> 你不是一片荣耀的土地；
> 没有传统、传说，也没有歌，
> 属于你那古老的树木；
> 没有诗人或传奇的长诗句，
> 穿过远古岁月看着我们；①

麦克拉克伦的感叹在拓荒时期具有一定的代表性。移民们站在欧洲中心论的立场上，认为加拿大"没有故事""没有传说""没有诗"，也"没有歌"，是文明的空白，是一个缺乏文化与历史积淀的地方。19世纪，加拿大诗人们一遍又一遍地哀叹这片土地的荒凉与孤寂。这种哀苦的原因之一是理想与现实的巨大落差。当时作为殖民地政府的加拿大当局，为了大量吸引移民来北美定居，在英国及欧洲大陆进行了大量虚假的宣传，将加拿大渲染为土地肥沃、前景光明的新兴之地。然而，当移民们漂洋过海来到加拿大时，发现这里环境恶劣，农耕生活比想象中艰苦得多。原先梦想中的类似《旧约》中的"应许之地"实际上是还未经亚当命名的蛮荒之所。幻灭的痛苦使他们更多地看到了自然的黑暗面，也常常滋生迷失于自然中的错觉。

早期诗歌中大量的迷路主题固然是出于对自然的恐惧，而另一个原因恐怕还是对加拿大这个新生国家缺乏信心。虽然英国移民们大多依然抱着效忠女王的信念，但"温柔的英格兰"毕竟已经远在大西洋彼岸，在这片北方大地上建设一个新的国家是当时很多人隐隐感受到的新使命。事实上，对于加拿大这块殖民地在当时的定位以及未来走向的讨论从来没有停止过。然而，现实是，拓荒生活远比想象的艰难，刚建立的新国家步履艰

---

① Alexander McLachlan, *The Emigrant: And Other Poems*, Toronto: Rollo & Adam, 1861, p.12.

难，人们逐渐感觉奥利弗·哥德史密斯在《勃兴的村庄》中所描述的美好愿景难以实现，哪怕只是建设殖民地，似乎也难以如他在诗里说的做到"让父母（即英国）为之骄傲"[1]。

二 迷失于自然：20世纪的拓荒记忆

在移民们对自然的抱怨声中，历史的车轮辗转至20世纪。国家的建立、城市的发展、文明的进步，似乎并没有让诗人们忘记在荒野中迷失的挫败感。三首写于20世纪中期的名诗，包括道格拉斯的《一个没有神话的国家》（1948）、伯尼的《疲困》（1951）与阿特伍德的《一个拓荒者逐渐疯狂》（1968），其主题都是一个人在独自面对自然时的失败、困惑，乃至疯狂。这三首诗都是描写一个无名的来自文明社会的人独自来到一片蛮荒的、他所不能理解的自然环境中，一开始他试图通过已有的经验来改造自然，但所有的尝试都归于失败，最后在自然中迷失自我。

《一个没有神话的国家》的标题因其道出来了伯尼式的"我们只因缺鬼而被纠缠"的加拿大自卑情结，被广为评论与引用。《加拿大英语文学：文本与语境》一书指出："在这首易引起争议的诗中，拉潘使用一种拓展了的隐喻，即一个探险者进入加拿大的可怖土地来描述一种典型的加拿大体验。"[2] 整首诗歌主要表现文明人与蛮荒自然的冲突，从一个侧面点出加拿大"文明太少、自然太多"的特质。诗的第一句就说明主人公"他"是个"陌生人"，意即一个来自欧洲的移民。他的整个认知与信仰系统都是欧洲式的，而自然所执行的是另一套完全不同的哲学。他试图保持"优雅与仪式"，可是只能"吃得像个印第安人"；他怀念"庄园里的闹钟"与"花园里的日晷"，但是"月、年，在这里是无法打破的原始森林"；我梦想"一个金发的大天使"，然后眼前是"相互缠绕的树"；他想要"迹象"与"标记"，得到的却是本土裔的神灵图腾[3]。

---

[1] Oliver Goldsmith, "The Rising Village", in Carole Gerson and Gwendolyn Davies, eds. *Canadian Poetry from the Beginnings through the First World War*, Toronto: McClelland & Stewart, 1994, p. 69.

[2] Laura Moss and Cynthia Sugars, *Canadian Literature in English: Texts and Contexts* (Vol. II), Toronto: Pearson Education Canada, 2009, p. 187.

[3] Douglas LePan, *The Essential Douglas LePan* (Selected by John Barton), Erin, Ontario: The Porcupine's Quill, 2019, pp. 13–14.

拉潘的这首诗承接了19世纪的两首同名《移民》诗的殖民主义立场，对于加拿大"没有神话、没有故事、没有传奇"的抱怨与麦克拉克伦的《移民》几乎如出一辙。题名中的"神话"显然仅指欧洲神话，因为本土裔文化的神话故事体系，及其历史与文化，都被当作不可理喻的自然的一部分。正因为此，《一个没有神话的国家》在近年被不少批评者指摘其欧洲中心意识。诗歌的主人公"陌生人"以欧洲文明为唯一标准来衡量新大陆，无法抛弃旧有的价值。相应地，自然也"没有任何改变"[1]，双方的敌意与僵持始终没有缓解。

厄尔·伯尼的《疲乏》（"Bushed"）被收录于各类文学选集中，引起不少评论者的关注。诗歌描写一个人独自在自然中逐渐变得心智混乱的过程。题名的"Bushed"一词既表示"被草木笼罩"，也有"倦怠"与"精疲力竭"之意。这个双关词非常形象地概括了一个人因为陷于茫茫丛林里而迷失自我的状态。弗里德里希·冯·席勒（Friedrich von Schiller）认为自然本身的物理特征就是令人敬畏的："无边无际的远距离景象、高不可见的视野，脚边的浩瀚海洋，以及头顶上更为宽阔的海洋，将他的精神从实际的狭小空间、从物理生活压抑束缚中抽离出来。"[2] 崇高性（sublime）固然是加拿大浪漫主义诗歌的基调之一，但如理查德·罗毕拉德（Richard Robillard）在评论伯尼的另一首著名诗歌《大卫》时所说的"华兹华斯式的田园牧歌"变成了"加拿大式的死亡陷阱"[3]，加拿大文学中的自然经常会显露出恐怖敌意的一面。

与《一个没有神话的国家》中的陌生人一样，《疲乏》的主人公同样试图对自然进行文明改造从而突显自我的存在，而他所做的所有努力也同样被自然击得粉碎。他先是"发明了彩虹"[4]。彩虹具有《旧约》原型指向，可看成是基督教文明的象征，主人公显然是试图以此来应对非理性的自然，但是"雷电击中了它/将之打碎 掉入山脚的湖边/如此巨大，他看到

---

[1] Douglas LePan, *The Essential Douglas LePan* (Selected by John Barton), Erin, Ontario: The Porcupine's Quill, 2019, p. 14.
[2] Friedrich von Schiller, *Naive and Sentimental Poetry and on the Sublime: Two Essays*, trans. Julius A. Elias, New York: Frederick Ungar, 1966, p. 204.
[3] Richard H. Robillard, *Earle Birney*, Toronto: McClelland and Stewart, 1971, p. 17.
[4] Earle Birney, *The Essential Earle Birney*, Erin, Ontario: The Porcupine's Quill, 2014, p. 31.

时脑子都变慢了"①。接下来，他又"建造了小屋"，还"烤豪猪肚并在帽子带上系羽毛"②。造房子、吃熟食、装饰衣帽这些事无疑都体现人类文明的行为（其中羽毛是维多利亚时代女性常用于帽顶的装饰，隐约含有以英式文明来对抗殖民地野蛮自然之意）。然而，自然并不是可以让人改造的被动的客体：

> 但是他发现山很显然是活的
> 每个火热的早上都嗖嗖地向下传送信息
> 在中午嗡嗡地发布宣告并且伸展出
> 一只白色山羊护卫
> 然后日落时他在山脚睡着了（Birney：31）

从现实层面看，他有可能由于长期一个人处于自然环境中而导致精神恍惚，或者是因为食物中毒而产生了幻觉：他将自然界的响声当成是山在传递信息、将白云看成是山羊护卫。而且，到了夜间，自然的幻象变得更具攻击性：

> 但是月亮从湖边雕出
> 未知的图腾
> 猫头鹰在熊黑色的树木中嘲笑他
> 麋鹿角的柏树环绕着他的沼泽，并将
> 它们的鹿角掷向星星
> 然后他知道虽然山在睡觉 但是风
> 将山顶吹成箭头状
> 蓄势待发（Birney：31）

诗人 D. G. 琼斯（D. G. Jones）认为，在这首诗中"这个孤立的人最终日渐异化与被敌意的自然所毁灭"③，但是，如《景色如画与崇高感：加拿大

---

① Earle Birney, *The Essential Earle Birney*, Erin, Ontario: The Porcupine's Quill, 2014, p. 31.
② Earle Birney, *The Essential Earle Birney*, Erin, Ontario: The Porcupine's Quill, 2014, p. 31.
③ D. G. Jones, *Butterfly on Rock: A Study of Themes and Images in Canadian Literature*, Toronto: University of Toronto Press, 1970, p. 22.

第二章 经历风雪：自然主题与地域诗学

风景诗学》（*The Picturesque and the Sublime：A Poetics of the Canadian Landscape*）一书的作者苏珊·格里克曼（Susan Glickman）所断言的："既然山始终是他者，那么此诗提供了另一种当代心理分析式的解读，因为崇高性必然牵涉到一种对抗，在这个过程中他者必须让步并且融入观察者的自我之中。"[1] 从这个角度看，疯狂其实是一个独特的视角，这种特殊的心理状态使得主体与客体之间的界限不再清晰。如有评论者所说的："自然的景象是人类心理的投射"[2]，一方面，主体投射于客体；另一方面，客体中渗透着主体。疯狂的状态使得主客体融合在一起。与其说这首诗描写自然将人逼疯，不如说更侧重表现幻觉的独特心理体验，以及从中所反映出的人与自然的关系。因此，伯尼并不太关心这个人最终的结局如何，而是侧重呈现在疯狂的视角中，人与自然所形成的对立的张力状态。"蓄势待发"的这一瞬间被固定了下来。

阿特伍德的《一个拓荒者逐渐疯狂》描写了一个非常相似的过程，同样讲述一个人在自然环境中逐渐失智，也同样更注重心理层面的挖掘。与《一个没有神话的国家》一样，这首诗中的自然也表现为无边无际的空白，而拓荒者正是受困于巨大的空白之中：

> 他站着，是一个点
> 在一张绿色的纸上
> 声称自己是中心，
>
> 没有墙，没有边界
> 哪里都没有；天在他之上
> 没有高度，完全无
> 包围
> 他喊道：
>
> 让我出去！[3]

---

[1] Susan Glickman, *The Picturesque and the Sublime：A Poetics of the Canadian Landscape*, Montreal & Kingston · London · Ithaca：McGill-Queen's University Press, 1998, p. 140.
[2] Peter Aichinger, *Earle Birney*, Boston：Twayne, 1979, p. 104.
[3] Margaret Atwood, *The Animals in That Country*, Boston：Little, Brown and Company, 1968, p. 36.

"纸"、"点"与"中心"等词都属于非自然的、"文明领域"的意象,说明拓荒者在通过想象向自然投射意义。阿特伍德在另外一些诗歌作品中也表现过类似的情绪,组诗《苏珊娜·穆迪日记》中的《路径与物景》("Paths and Thingscape")一诗写19世纪的欧洲移民们在面对无序的自然时,试图通过想象来寻找他们原先熟悉的事物:

> 有些人梦想
> 鸟儿飞成字母
> 的形状;天空的
> 符号;
> 还梦想
> 数字的重要性(用来数
> 某些花朵的花瓣)①

字母、符号与数字,也都是他们在"旧世界"欧洲所熟悉的事物,说明早期移民试图通过原有的认知来看待与理解新的自然。

罗纳德·哈奇(Ronald Hatch)在评论这首诗时说:"阿特伍德将荒野描绘成人们所恐惧的东西,因为它似乎在否认人自身存在的重要性。"② 自然以其空白性来抵消人的存在性。拓荒者的四周没有围墙、头顶没有覆盖,无边界的状态与囚禁感形成了一对悖论。人的社会属性与自然的属性第一次起了冲突。他声称自己是中心,但其实只是旷野中的一个小点,自然的浩大与个人的渺小形成鲜明对比。于是,拓荒者依然试图以自己的实际行动来改造自然。当空白成为另一种形式的幽闭时,他改造自然的方式就是制造界限。他将土地挖成"排"、铲成"沟",并支起了房子。排、沟与房子都是界限的象征,拓荒者对自然的改造与其说是物质意义上为了获得食物与住所而进行的劳作,不如说是象征意义上试图在自然上留下痕迹,以证明自我的存在。但是,他试图的努力都归于失败。虽然"地面/回应以警句",却是以他所不能理解的语言来表达的:"冒了芽,一根无名

---

① Margaret Atwood, *The Journals of Susanna Moodie*, Toronto: Oxford University Press, 1970, p. 20.
② Ronald B. Hatch, "Margaret Atwood, The Land, and Ecology", in Reingard M. Nischik ed. *Margaret Atwood: Works and Impact*, Woodbridge, Suffolk: Camden House, 2000, p. 184.

的/野草，他所/无法理解的语词。"① 此处阿特伍德将农业耕种的失败处理成更为抽象的人与自然无法沟通的局面。

诗中拓荒者搭建的房子同样没能使他免遭外界的侵袭：

> 关于动物的观念
> 拍打着屋顶。
>
> 在黑暗中田地
> 徒劳地用藩篱守卫着
> 自己：
> 一切
> 都进来了。②

房子的屋顶不能隔绝野生动物（不管是实际的，还是观念上的），院落的篱笆也无法使他的领地与荒野区分开来。拓荒者所建造的这些与外部世界的界线都形同虚设，他依然是茫茫自然中没有归属的一个小点。

《一个拓荒者逐渐疯狂》的后面部分都是与圣经相关的内容。第五部分的渔夫暗指耶稣，甚至进一步影射另一加拿大诗人杰伊·麦克弗森（Jay Macpherson）③《渔夫》（"The Fisherman"）一诗中的"昏了头的渔夫"④。第六部分则对应《旧约》中的洪水情节：

> 如果他早知道无序的
> 空间是一场洪水
> 而且他的木制房——
> 船塞满了动物
>
> 甚至有狼，

---

① Margaret Atwood, *The Animals in That Country*, Boston: Little, Brown and Company, 1968, p. 36.
② Margaret Atwood, *The Animals in That Country*, Boston: Little, Brown and Company, 1968, p. 37.
③ 阿特伍德与杰伊·麦克弗森在生活中保持亦师亦友的亲密关系。
④ Jay Macpherson, "The Fisherman", in Margaret Atwood ed. *The New Oxford Book of Canadian Verse in English*, Toronto, London & New York: Oxford University Press, 1982, p. 286.

他本可以漂浮起来的。①

拓荒者所处的自然空间其实是洪水、所住的木屋相当于一艘"房—船"，但是里面装的动物包括像狼这样的野生猛兽。然而，他却并不知道自己处于隐喻的洪水之中，所以并没有"漂浮起来"，而是淹入了土地之中："他的脚从/石头中下沉/直至没到膝盖。"② 在诗歌的这一部分中，各个元素都是对诺亚方舟典故的拙劣戏仿。

诗歌的最后一部分再次回到了命名的主题。《旧约·创世纪》里，当上帝创造了万物与第一个人亚当之后，便让后者担任万物之灵，亚当是命名者，万物则被命名，接下来发生的事用弗莱的话说是："人将自然转变为一个有着人性化的田园景致的、人工种植的、文明的世界。"③ 在这一叙事原型中，人与自然之间是主体与客体的关系。然而，在阿特伍德笔下，万物拒绝被命名："万物/拒绝给自己命名；也拒绝/让他给它们命名。"④ 很显然，此处的自然并不仅仅是被动的命名对象，它并不是单纯的客体，有自己的语言，只是这种语言不为人所理解。

麦克弗森的《渔夫》一诗是按这三起事件在圣经中发生的先后顺序来描写的，即先是亚当为万物命名，再写诺亚方舟，最后是耶稣钓鱼的故事（当然麦克弗森对此进行了揶揄）。从宏观上看基督教《圣经》叙事结构，如果说《旧约》中的亚当是一个命名者，建立了自然界的秩序，诺亚则是世界被清零以后的第二个秩序缔造者，那么《新约》中的耶稣又在他们两者的基础之上再次更新了人类的秩序。然而，在《一个拓荒者逐渐疯狂》中，阿特伍德颠倒了《圣经》及《渔夫》中的事件顺序，对三个事件进行了反叙：从耶稣到洪水，最后才回到亚当。这种反叙结构暗示一切都回到了原始状态，其中又包含自欧洲来到加拿大的移民体验：一种从文明返回自然的经历。

诗歌的结尾写道："绿色的/视界，未命名的/鲸侵入了。"⑤ 此处又涉

---

① Margaret Atwood, *The Animals in That Country*, Boston: Little, Brown and Company, 1968, p. 38.
② Margaret Atwood, *The Animals in That Country*, Boston: Little, Brown and Company, 1968, p. 38.
③ Northrop Frye, *The Great Code: The Bible and Literature* (Collected Works of Northrop Frye Volume 19), Toronto: University of Toronto Press, 2006, p. 92.
④ Margaret Atwood, *The Animals in That Country*, Boston: Little, Brown and Company, 1968, p. 39.
⑤ Margaret Atwood, *The Animals in That Country*, Boston: Little, Brown and Company, 1968, p. 39.

及《圣经》中的另一个典故，即先知约拿因违抗上帝的旨意而被吞入鲸鱼的腹中。诗中的拓荒者本是钓鱼者，可是却被后者所吞噬，说明他其实并不是新秩序的建立者耶稣，而是约拿。鲸鱼将约拿吞入腹中的典故象征着巨大而黑暗的自然将人所吞噬。最后一个词"侵入"彻底宣告了拓荒者试图建立界线行为的失败。他不但没能成功为自然命名，反而被无名的鲸（非理性自然）侵入了。如诗歌的题名所提示的，拓荒者最后失去了理智。通常来看，一般认为理智是文明的表征，而疯狂与自然是同质的。换言之，他非但未能以自己的理性为自然建造秩序，反而自己成了自然非理性存在的一部分。所以说，拓荒者并没有改造自然，而是实际上被后者改造了。

到了20世纪，当代诗人们仍频频回到人迷失于荒原的主题。与一百年前一样，站在拓荒者的立场上，反复感叹自然的空白性，抱怨加拿大这片新土地没有神话、没有地标、没有时间、没有法律，没有气氛（《一个没有神话的国家》）；没有规则、没有章法、没有理性（《疲乏》）；没有地图、没有房子、没有边界、没有文字（《一个拓荒者逐渐疯狂》）。自然在他们眼中是无序与非理性的，所以他们都试图以想象与实际行动来赋予自然以文明的秩序。但无论是拉潘笔下的陌生人、伯尼笔下的无名主人公，还是阿特伍德的拓荒者，对于自然的改造无一例外地归于失败。这种失败感始终回荡于加拿大自然主题诗歌中。珀迪的《贝尔维尔以北的乡村》一诗的主题词也是"失败"（defeat）。诗中表现的西西弗斯式的年复一年的劳作："耕种又耕种十英亩的地/直至犁沟与他自己脑子里的回路平行"[1]，同样体现了当人试图改造自然时，反被后者所影响。从某种意义上说，挫败感本身也是加拿大"共同体想象"的组成部分，是加拿大文学的特质之一。

《一个没有神话的国家》、《疲乏》、《一个拓荒者逐渐疯狂》，以及《贝尔维尔以北的乡村》这四首诗都写于20世纪中期，处于建国一百周年所引发的国民性讨论的热潮兴起之后、多元文化主义价值观盛行之前。本土裔文化或者被完全忽略，或者如《一个没有神话的国家》那样，被当成是蛮荒自然的一部分。在"前多元文化主义"时期，加拿大被视作一个欧洲移民的国家，而其建国神话的重要组成部分是早期移民的拓荒生活。拓

---

[1] Purdy, Al, "The Country North of Belleville", *Selected Poems*, Toronto & Montreal: McClelland and Stewart, 1972, p. 119.

荒生活的代表性叙事模式是单纯的人与自然的关系，而两者关系的实质又是欧洲文明与蛮荒自然之间的冲突。上述诗歌中基于早期移民者拓荒体验的想象，部分地回答了"我是谁"的问题，是加拿大作为一个移民国家的"共同体想象"。

诗人凯·史密斯（Kay Smith）说："荒原是镜子"[①]，加拿大诗歌中的自然既反映了寒冷北方大地的地理与气候特征，也折射出民族心理的特征。广袤浩渺的北方无人区对于加拿大来说不仅是一个地理空间，而是带有多重文化与心理象征的共同体想象。本章结合阿特伍德、伯尼和珀迪等的具体诗歌作品来分析南北方的关系隐喻：南方是美利坚，北方是加拿大；南方是前意识，北方是潜意识；南方是文明，北方是自然；北方是自我，南方是他者，从而论证当代加拿大诗歌中普遍存在的"回归北方"的文化姿态。在自然中迷路、或迷失自我这一在加拿大诗歌中反复出现的母题，既表现了一种特殊的加拿大式的人与自然的关系，实质上也是一种基于拓荒体验的国家起源神话。甚至可以说，黑暗而神秘的茫茫自然本身就是加拿大民族潜意识的体现。

[①] Kay Smith, "Words for A Ballet", in Brian Trehearne ed. *Canadian Poetry* 1920 – 1960, Toronto: McClelland & Stewart, 2010, p. 266.

第三章 彰显"后现代":形式手法与国际主义

创作理念与手法的革新在诗歌向来尤为剧烈与激进,在近几十年来更是呈现反传统、跨文体、跨媒介的多元态势。在加拿大,诗歌形式的创新对于早期所致力于建构的民族共同体想象势必造成冲击,同时,形式上的多元化与社会意识形态中的多元文化主义在一定程度上具有一致性。20世纪六七十年代以来的诗歌创新与西方后现代主义思潮是密不可分的。而后现代主义的本质是解构主义。在文学领域,后现代主义的解构不仅针对外部世界,也指向文学本身,其中对于体裁的解构就是近来的新创作主张之一。迈克尔·翁达杰的《比利小子作品集》、玛格丽特·阿特伍德的《苏姗娜·穆迪日记》与安·卡森的《红的自传》(Autobiography of Red),这三部长诗都是在原有的历史材料或文学文本的基础上再创造的"文档诗"。这三首长诗在重述、整合与虚构文档的同时,也分别对自传、日记与作品集这三种载体形式进行了颠覆性解构。这种基于文档的解构,与其说是拆解"体裁"这一概念,毋宁说是向日记、自传等文体代表的"事实"提出了质疑。

跨媒介是当代加拿大诗坛的另一大创作趋向。不少诗人将视觉艺术,包括绘画、摄影,甚至电影和电视等形式融入诗歌创作中。比如《比利小子作品集》与《红的自传》这两部诗体小说均采用了摄影艺术的叙事手法来实现主人公从被讲述到讲述者的视角转换,以此展开一系列当代诗歌内容与形式的探索:前者侧重诗歌的表现手段,包括重复、多角度、蒙太奇和时空错乱等的试验;后者则通过摄影来反思语言的本质。这两部作品对摄影技法的运用既体现了对诗体小说乃至于诗歌本质的思考以及当代加拿大文学创作的后现代主义式多元化走向。

除了与视觉艺术的结合,诗歌中的音乐性也呈现出时代的特征。较有代表性的是"堤什"诗派（Tish）的创作理念，其中又尤以"声音诗人"（sound poet）尼克尔的诗歌创作与诗歌表演彰显对于音效的追求和实验创新特色。非裔诗人乔治·艾略特·克拉克（George Elliott Clarke）则挖掘非裔音乐传统，充分将蓝调音乐元素融入自己的诗歌创作。他的代表作《崴拉瀑布》（"Whylah Falls"）借用蓝调的重复、"哭泣"等手法抒写出一曲加拿大非裔的凄婉的哀歌。

在当代加拿大诗坛层出不穷的各类创新手法与形式的表面之下，我们大致可以看到英语诗歌从民族主义走向国际主义、从"共同体"走向"多元体"的总体趋向。但是，这片北方大地上所吟唱的诗歌的加拿大特质并不会消失或改变。当代诗歌也依然隐隐回响着最初的"孤独的土地"哀叹。

第一节 体裁的崩塌：加拿大当代文档诗的文体重构

引 言

自传、日记与作品集通常被认为是纪实性或史料式的体裁，然而加拿大当代英语诗坛的三首具有代表性的"重量级"长诗，即安·卡森的《红的自传》、玛格丽特·阿特伍德的《苏珊娜·穆迪日记》与迈克尔·翁达杰的《比利小子作品集》，虽然分别题为"自传""日记"与"作品集"，却又分别对这三种文体进行了后现代式的阐释与重构，进而重新定义了自传、日记与作品集。这三部长诗都是在现存文学作品与史料基础上重新整合、加工与重述而创作的。这种诗歌形式被称之为"文档诗"。著名诗人多萝西·利夫塞（Dorothy Livesay）认为，文档诗是"一种特有的加拿大文体"[①]，并对其进行了这样的界定：

（在文档诗中）历史材料及其他被发现的资料溶进作家自己的思

[①] Donna Bennett and Russell Brown, *An Anthology of Canadian Literature in English*, Toronto: Oxford University Press, 2010, p. 482.

考中，这样就在客观史诗与诗人的主观情感之间创设出一种辩证关系。这个效果往往是反讽的，它往往是有意的个人化。①

根据利夫塞的说法，史料与诗人的情感两者的结合会产生出一种反讽或者戏仿的效果。换言之，"文档诗"更偏重于诗的主观效果，而史料只是其表现手段之一，往往会在诗人的笔下被拆解、变形与重组。

一 "翻案"的自传

如有评论者所说的，卡森的作品"难以归类"②，综观她的创作，可以发现她各部作品本身就是打破文体的实践。《爱洛斯，苦涩的甜蜜：论文》(*Eros the Bittersweet: An Assay*) 与《未曾失去的经济：(与保罗·策兰一起读凯奥斯岛的西摩尼得斯)》[*Economy of the Unlost: (Reading Simonides of Keos with Paul Celan)*] 两书名义上是研究古希腊诗人的论文，实则是带有很大程度自创性质的诗歌作品。《反创作：诗歌、论文、歌剧》(*Decreation: Poetry, Essays, Opera*) 一书的题名将诗歌、论文与歌剧进行并置，本身就传达了一种文体僭越。《丈夫的美》(*The Beauty of a Husband*) 的副标题是"29支探戈写就虚构的论文"，不但打破虚构与非虚构文体的界限（"虚构的论文"），而且跨越了不同的艺术种类（音乐与文学）。

卡森的代表作《红的自传》则主要是针对自传这一文体的重新定义与建构，这也同样可以从题名中看出来：当自传的主人变成一种颇具象征主义的色彩时，实际上就架空了传统自传的模式。而书的副标题是"一部诗体小说"则进一步用虚构的小说解构了纪实性的自传。再从叙述人称上看，传统的自传应是由第一人称讲述的，但《红》通篇都是由全知全能的第三人称写的。叙述视角的颠覆无疑是对自传的又一挑战。

《红》的原型是希腊神话中赫拉克勒斯战胜巨人革律翁并夺走后者所看管的红牛的故事。卡森将这则神话改写为一部极具后现代主义色彩的诗体小说。《红》的主体部分讲述了当代西方社会中一个名叫革律翁的同性

---

① Donna Bennett and Russell Brown, *An Anthology of Canadian Literature in English*, Toronto: Oxford University Press, 2010, p. 482.
② Donna Bennett and Russell Brown, *An Anthology of Canadian Literature in English*, Toronto: Oxford University Press, 2010, p. 1027.

恋男孩的成长过程：他在年幼时被自己的兄长性侵；青少年时期与一个名叫赫拉克勒斯的男孩陷入激烈却短暂的恋情；成年后，革律翁在南美洲与赫拉克勒斯及其男性恋人安卡什再次相遇。故事的结尾停留在三人一起观看火山爆发的场景。

在这个过程中，革律翁自传创作则是贯穿全书的内在叙事主线，而这绝非传统意义上的个人传记，而是全方位挑战了"自传"的概念和模式。卡森借用"翻案诗"（palinode）事件作为全诗文体僭越的一个总体隐喻。斯特西科罗斯（Stesichorus）因所创作的一首诗歌冒犯了海伦，被后者施法致盲。他随即创作了一首扭转原作内容的翻案诗，海伦便恢复了他的视力。已经写下的文本可以为了世俗的目的进行更改，甚至颠倒，翻案诗的隐喻可谓撼动了整个传统叙事体系，说明文字、语言以及叙事的不可靠性。从这个意义上说，翻案诗在《红》中有多处变体，最典型的例子是年少时的革律翁为了取悦母亲而修改作文的结尾。

> 革律翁看着他的母亲从舌头上取下一小片烟草的碎叶后说道：
> 他就没写过什么有个好结尾的东西吗？
> 革律翁怔了一下。
> 然后他走上前，小心地从老师的手中
> 抽出作文纸。
> 走到教室后面在他常坐的桌前坐下然后取出一支铅笔。
>
> 新结尾。
> 全世界美丽的红色的微风手牵手
> 继续吹拂着。①②

革律翁为了取悦母亲而给作文换上了一个"好结尾"，说明故事可以为了迎合他人的喜好而更改。这显然是另一种形式的翻案诗。

翻案诗首先代表了一种文字游戏，或者说是对语言的戏谑。卡森以此

---

① Ann Carson, *Autobiography of Red: A Novel in Verse*, London: Jonathan Cape, Random House, 2010, p. 38.
② 下文出自同一著作的引文，直接随文以"*Autobiography* 与页码"的形式标出，不再另行加注。

对语言的可靠性提出了质疑。作为盲人的荷马坚守语词的秩序,而斯特西科罗斯则打乱了这种秩序。从荷马到斯特西科罗斯,从盲到不盲,斯特西科罗斯所恢复的视力(sight)其实就是一种后现代视角,代表了一种对语言的窥探、拆解与重组。卡森的笔触在不同语种的海洋里游弋,玩弄着各种文字游戏,与此同时又与许多后现代主义作家一样,对语言进行无情的嘲弄与解构,如有评论家指出的:"这种矛盾性存在于卡森所有作品的内核。"[1]

卡森自己身为古希腊文学与文字的研究者,目睹了西方文字(如希腊文与拉丁文)的演变甚至消亡,对语言的不可靠性或有更深刻的理解。她在《红》中说荷马将语词上了锁(《荷马史诗》中的形容词相当固定),而古希腊诗人斯特西科罗斯所做的事是给语词"解锁"。此举是一把双刃剑:一方面,被解放了的语词可以如格特鲁德·斯泰因(Gertrude Stein)所说的"将会做想做以及必须做的事";另一方面,它们不再安分守己,而是始终处于运动、裂变与重组的状态中。《红》不止一次提到语词的活动性:"词跳动着"(*Autobiography*: 70)、"'每'这个词撞上他"(*Autobiography*: 26)、"有时候会与字母意思分离并且不断'劈成两半'"(*Autobiography*: 62),等等。语词不再容易被掌控,也不再诚实与专一。

可见,语言天生是叛逆、任性与不可控制的:"语词,如果你放手,会做它们想做和必须做的事。"[2] 这是为什么荷马要给词语"上锁":

> 形容词是什么?名词命名世界。动词激活名字。形容词来自另外的地方。……这些小小的外来的机制负责将世间万物粘到它特定的位置上。……例如,在荷马的史诗世界中,存在是固定的,特质在传统中被拴得牢牢的。(*Autobiography*: 4)

《荷马史诗》中的形容词都是固定的:雅典娜总是"目光炯炯的"、赫克托尔永远是"光辉的"、血始终是"黑色的"。在荷马式的语言镣铐中,作为赫拉克勒斯征服对象的怪兽革律翁也被锁定在传统的叙事模式中。而斯特

---

[1] Joshua Marie Wilkinson, "Introduction", in Joshua Marie Wilkinson ed. *Anne Carson: Ecstatic Lyre*, Ann Arbor: University of Michigan Press, 2015, p. 3.
[2] Ann Carson, *Autobiography of Red: A Novel in Verse*, London: Jonathan Cape, 1998, p. 3. 本节下文出自此书的引文,只随文标出"*Autobiography*"及页码,不再另行加注。

西科罗斯所做的事是将革律翁从语言之锁中释放出来：

> 如果斯特西科罗斯是一个更传统的诗人，他可能会站在赫拉克勒斯的视角，然后创作出一部振奋人心的文化战胜兽性的描述。但是相反，现存的斯特西科罗斯诗歌的碎片从革律翁自身的经历中展现出一种场景片断之间的诱惑，既为之骄傲，也充满同情。（Autobiography：6）

斯特西科罗斯在颠覆革律翁形象的同时，也解开了荷马给语词戴上的锁链。至此读者或许可以回答《红》的第一部分的标题中提出的问题："斯特西科罗斯做了什么？"答案是他给语言解了锁。从此以后，语言不再安分与老实。

在对语言进行了全面的、毫不留情的解构之后，《红》又展开了对于译文与访谈等内容的改造与虚构。书中的《红肉：斯特西科罗斯的碎片》这一部分，卡森声称这是她所翻译的斯特西科罗斯的《革律翁纪》一些片断的译文，但实际上这些诗行完全不是斯特西科罗斯写的，而都是卡森自己杜撰的。第七部分的《采访》是"我"与斯特西科罗斯关于创作论的访谈，这自然是虚构的。从常理来看，翻译行为应当尽量忠实于原文，而访谈的文字也应只是对采访问答的记录，但是在卡森解构主义式的处理之下，所有纪实性文体都与自传一样变成了虚构文本。

事实上，革律翁这个原型故事本身的更迭又印证了文本的不可靠性。从赫拉克勒斯大战革律翁的希腊原型故事，到斯特西科罗斯的《革律翁纪》，再到这部《红的自传》，从一个文本到另一个文本的转化过程中都充满了颠覆、重述与背叛。而卡森笔下的革律翁所创作的自传不但将文体的虚构与非虚构之间的界限被打破，甚至文本与生活之间界限也模糊了。《红》中的火山的喷发象征着人类叙事能量的集中发泄，而长诗里描写的第一次火山喷发是在1923年。赫拉克勒斯的祖母（这个人物形象多多少少影射了斯泰因）见证了（同时也用相机拍摄下了）当时的壮观场面。从祖母所谈及的弗吉尼亚·伍尔芙（Virginia Wolf）、弗洛伊德（Sigmund Freud）等人物可以推断出这是一个现代主义的黄金时代，也是人类有史以来的语言与文化的高峰期，一个"语言所能做的事"被发挥到极致的时期。火山在这个时候爆发说明了人类社会的叙事本身于现代主义得到了一次有力的喷发。生活在当代的革律翁错过了这一次火山喷发，而他在参观火山遗迹的过程中从头至尾都处于"睡眠"状态，这又说明现代主义的叙写方式已经不适用于后现代主义的革律翁。他必须为自己（以及他所生活的时代）再寻找一个新喷发口。

卡森将睡眠看成是书中人物的一种特殊心理状态，同时也是她特有的一种写作技法。她在一篇谈论睡眠的文章里这样描述梦境：原本熟悉的起居室，场景没有变，"但又是完全以及确定的不同。在如常的外表下，起居室似乎是已经疯狂了。"① 平常景物的疯狂状态，在《红》中尤为突出，比如革律翁在阿根廷一家酒吧中陷入睡眠时就是身处"一个过于明亮的房间"（*Autobiography*：102）。卡森的景物描写往往有一种类似"滤镜"的手法，比如："这个世界变得黑暗与球根状"（*Autobiography*：63），滤镜手法使景物蒙上一层特殊的色泽，产生一种陌生化、神秘化以及不真实的光影效果，来营造一个有别于清醒状态的睡眠模式。可见，睡眠在卡森笔下是一种叙事手法，使得原本真实的事情有了亦真亦幻的效果，这也是对原有文档的一种虚化处理。因而，自传到了后现代主义大师的笔下，就再也不是纪实性的人物外部生平事迹的记录了，而更是一种关乎内在的意识流式写作："在这部作品里革律翁记录了他所有内在的东西，特别是他自己的英雄主义以及很大程度上出于对集体的绝望而导致的早逝。他冷酷地略掉了所有外在的东西。"（*Autobiography*：29）

《红》整部作品在与欧洲文学经典的互动过程中，重新思考了传记、文体、乃至于叙事的本质。卡森身为加拿大的古希腊学家，不可能不知道诺思若普·弗莱的原型理论，但弗莱关注的是某些神话故事模式在人类学上的普遍意义，卡森则在试图探寻这些神话人物和故事所代表人类自我表述的冲动。斯特西科罗斯在解锁语言的同时，也解放了革律翁。革律翁这头来自希腊神话的怪兽，注定要再次讲述自己的故事。自传是卡森探寻这种叙事冲动的一个突破口。但换个角度看，如果自传本质上是一种自我表达的话，它本身就不并限于文字的方式。从这个意义上说，自传就是人类叙述欲望的表征。

---

① Ann Carson, *Decreation*: *Poetry*, *Essays*, *Opera*, Toronto: Vintage Canada, 2006, p. 20.

二 模糊的日记

在一首名为《这是一张我的照片》（"This is a Photography of Me"）的诗里，已经死去的叙述者描述照片所拍摄的"我"淹死之处的场景，玛格丽特·阿特伍德借诗中的叙述人之口告诫她的读者："如果你看得足够仔细，最终/你将会看到我。"[1] 这首诗隐含了阿特伍德的一个重要诗歌理念，即表面之下的真实。这个理念贯穿于她早期的诗歌代表作《苏珊娜·穆迪日记》。

苏珊娜·穆迪[2]原是出生于英格兰中产阶级家庭、受过良好教育的英国女性，1832年随丈夫移民加拿大。她的两部纪实性作品《丛林里的艰苦岁月》（*Roughing it in the Bush*）与《开荒地与丛林中的生活》记录与讲述了早期移民的拓荒生活，是加拿大早期英语文学的代表作之一。阿特伍德的《日记》即是以穆迪夫人的这两本书为原型素材所创作的系列诗歌，根据穆迪在加拿大生活的不同阶段，分为三部分，每部分均由9首小诗组成。《日记》与穆迪两本书的章节内容虽然不是完全一一对应，但在时间顺序上大致是相统一的，而且组诗中的每一首小诗都可以从穆迪的作品中找到相应的描述或者事实依据。但是，阿特伍德将原作品的具体事件进行了提炼、过滤、加工、弱化、虚化、意识流化等各种处理，将原文档主要以见闻记录为主的写实性风格，改写为抽象的、颇具荒诞色彩的当代诗歌，突显出心理层面的展现，并通过这种后代主义的戏仿式重写，重新定义了"日记"这种文体。

《日记》通篇以第一人称"我"的口吻进行讲述，但这个"我"已经很大程度上不是历史上真实存在的苏珊娜·穆迪。如诗人珀迪所指出的"阿特伍德的穆迪"[3]，诗中的"我"发出的声音是属于阿特伍德的，穆迪本人则演变成了早期加拿大民族性格形成源头的象征符号。因此，与其说这是穆迪的日记，不如说是阿特伍德的诗歌创作实验。丹尼斯·库莱

---

[1] Margaret Atwood, *Margaret Atwood Selected Poems* 1965–1975, Boston: Houghton Mifflin Company, 1976, p. 8.
[2] 关于苏珊娜·穆迪，可另外参考本书"绪论"部分的相关内容。
[3] Al Purdy, "Atwood's Moodie", in Judith McCombs ed. *Critical Essays on Margaret Atwood*, Boston: G. K. Hall, 1988, p. 39.

第三章 彰显"后现代":形式手法与国际主义

(Dennis Cooley)在《因远而近:玛格丽特·阿特伍德诗歌中令人不安的"我"》("Nearer by Far: The Upset 'I' in Margaret Atwood's Poetry")一文中戏谑地指出:"'我'是那个下定义的人;她拿着字典……她指出,她命名。这个'我'显然是好为人师、冷嘲热讽与洞如观火的。"[1] 如果说卡森在解构自传文体时有意避开第一人称讲述,那么阿特伍德的所谓"日记"正是要借第一人称"我"的视角来自由地表达"她的穆迪",这个"我"既可以突破穆迪个人经历与认知的局限,也可以跨越不同的时间与空间,还能摆脱生死的界限,以及展示人物形而上的心理体验,并进而将之上升为具有普遍性的民族性格与文化渊源。

组诗中的"我"既包含穆迪作为一代移民的独特拓荒体验;同时,如库莱所言,"阿特伍德的说话人经常转向定论与普遍性的语言"[2],这个"我"又具备更广泛意义上的代表了具有共通性的加拿大民族性格。加拿大著名文学批评家芭芭拉·希尔·瑞格尼(Barbara Hill Rigney)也说《日记》中的穆迪的心态"既是女主人公个人心智的图景,也是更为广泛的加拿大心理的概念。"[3] 这个女主人公的形象从加拿大历史的源头一直延续至当代,既是穆迪,更是阿特伍德,也是蔓延于近二百年来的加拿大历史与文化中的声音。《日记》从穆迪登陆北美的那一刻一直写到20世纪六七十年代的当代多伦多。组诗的最后五首,都属于穆迪去世以后所写的"日记"。在阿特伍德笔下,死后的穆迪并没有停止她的讲述,而是继续以"鬼魂"的方式见证加拿大的历史变迁。她或者在地下目睹时代的巨变,或者以她独有的方式获得"重生",或者直接乘上现代交通工具公共汽车。这种虚构式的处理显然也是对日记这一文体的后现代式颠覆。

在《日记》的"后记"里,阿特伍德这样评价穆迪的两本书:

> 文字散漫且充满修饰性,两本书也没有什么章法:不过是一些相

---

[1] Dennis Cooley, "Nearer by Far: The Upset 'I' in Margaret Atwood's Poetry", in Colin Nicholson ed. *Margaret Atwood: Writing and Subjectivity (New Critical Essays)*, New York: St. Martin's Press, 1994, p. 78.

[2] Dennis Cooley, "Nearer by Far: The Upset 'I' in Margaret Atwood's Poetry", in Colin Nicholson ed. *Margaret Atwood: Writing and Subjectivity (New Critical Essays)*, New York: St. Martin's Press, p. 77.

[3] Barbara Hill Rigney, *Margaret Atwood*, Houndmills: The Macmillan Press, 1987, p. 60.

互无关的轶事的集合。唯一能将它们粘合在一起的是穆迪夫人的个性，而最令我痴迷的是这种个性反映出很多现今依然困扰我们的迷思。①

从这段话中可以看出，穆迪所讲述的具体事例并不是阿特伍德所关注的重点，她真正感兴趣的是作为早期拓荒者代表的穆迪本人的个性，以及这种个性中所包含的具有普遍性的加拿大民族性格特质的东西。穆迪原著中的事件在阿特伍德的《日记》中仅以各首小诗的题目或其他一两个细节予以提示，诗歌的具体内容则往往从原事件生发开去，侧重于超现实主义的情绪表达。读者能感觉出两者之间隐约的对应关系，但是，穆迪的事实隐退在了19世纪的文字背景里，浮出水面的是这个抒情主人公"我"对于荒原农耕生活与北美新世界的超现实心理体验。

比如关于英国移民初到加拿大时的感受，穆迪的原文记录的是她个人的体验，《日记》中组诗的第一首《在魁北克登陆》("Disembarking at Quebec")以诗的语言重述了这部分内容：

是因为我的衣着，我走路的样子，
还是因为我手里拿着的东西
——一本书，一个装编织品的袋子——
我那披肩的不和谐的粉色（*Journals*：11）

但是在诗的最后一节，叙述人"我"总结道："我是一个词/在一门外语中。"（*Journals*：11）。此部分的英语原文为：

I am a word
in a foreign language. （*Journals*：11）

第二行的第一个词"in"没有大写首字母，说明这两行诗本是同一句话，但又通过断行将"词"与"外语"之间分离开来，暗示刚刚到来的穆迪与

---

① Margaret Atwood, *The Journals of Susanna Moodie*, Toronto: Oxford University Press, 1970, p. 62. 本节下文出自此书的引文，只随文标出"*Journals*"及页码，不再另行加注。

北美这个新环境的距离。同时,这两行诗又与前文隔开一段空间,身处丛林的寂寞无助之感。另有《小径与物景》("Paths and Thingscape")一诗中的这句"白天从我身边缩退"(*Journals*:21),前后各有一个空行,造成这句诗行单独孤立出来的视觉效果,从形式上暗示"我"与外界失去联系的孤独感。《日记》以诗歌的形式将穆迪个人的体验进行了提炼与抽象化,将英国人初次来到加拿大的感受变成一种更具有代表性的移民体验。

再如关于加拿大1837—1838年的"叛乱"事件,穆迪在《丛林里的艰苦生活》里对此的描述主要是从自身生活的角度展开的相对客观的记录[1],而到了阿特伍德的《回忆1837年战争》("1837 War in Retrospect")一诗中,具体的事件已经不再重要:

其中有一件
事,我因为经历过当时及以后的
事情而发现的:

就是历史(那一连串
充气的祈盼、确幸、
折弯的时间,下降与失误
连在一起如被风吹散种子)

在你头部的一头卷起
又在另一头摊开

这场战争很快会成为
那些微不足道的古老的数字
在你的头颅后方扑闪着沉闷的白光,
困惑的、焦急的,不再清楚
它们在那里干什么(*Journals*:35)

---

[1] See Susanna Moodie, *Roughing It in the Bush, or Forest Life in Canada*, Toronto: McClelland and Stewart Limited, 1962, pp. 206 – 219.

在这首诗歌中，原文档中的战争本身很大程度上被剥离，而主要表现这一事件在人的头脑中所留存的痕迹与形式。诗中的"我"所回忆的只是回忆本身。阿特伍德将穆迪对事件的记录转变为对回忆这一现象的思考，并由此上升到对历史叙事的审视。

如果说卡森将"睡眠"作为一种特殊的叙事手法，阿特伍德则把"梦"发展为后现代主义式诗歌表现技法。《日记》中包含三首题目为"梦"的诗。《第1个梦：丛林花园》（"Dream 1：The Bush Garden"）实质上是对穆迪的拓荒心理体验的一种陌生化处理。题名中的"花园"一词或多或少指涉《圣经·旧约》中的伊甸园。伊甸园是人类的第一个花园，同时也含有《圣经》中上帝的"应许之地"之意。在《丛林里的艰苦岁月》一书中，穆迪认为贩卖土地的商人对于移民加拿大的虚假宣传导致很多不明真相的英国人上当受骗："公众如此热诚地相信了你天花乱坠的描述，各个阶层的人奔来听你雇来的演说家激昂地陈述那些野地开荒者是多么幸运。"[1] 当时的英国人在听信了这些谣传之后，纷纷举家漂洋过海来到这片北美新大陆。然而，现实是残酷的，尤其对于像穆迪夫妇这样的中产阶级来说："这个阶层完全不能适应，因为原先的习惯与教育无法对抗移民生活的严峻现实。"[2]

相应地，《日记》中的《移民》（"The Immigrants"）一诗也以诗歌的语言表现了早期移民到达加拿大以后的幻灭感，从中提炼出形而上的情绪与感受，这样就从穆迪个人的体验变为某种带有加拿大特性的民族心理。《第一个梦》的最后两节为：

> 当我弯腰
> 去采摘，我的手
> 掉落，又红又湿
>
> 在梦中我说
> 我早应知道

---

[1] Susanna Moodie, *Roughing It in the Bush, or Forest Life in Canada*, Toronto：McClelland and Stewart Limited, 1962, p. xvii.

[2] Susanna Moodie, *Roughing It in the Bush, or Forest Life in Canada*, Toronto：McClelland and Stewart Limited, 1962, p. xvii.

第三章 彰显"后现代":形式手法与国际主义

  种在这里的东西,
  都会长出鲜血(*Journals*:34)

  从这两节诗可以看出,梦的手法不止于抽象与提炼,更体现为以一种超现实的方式表现早期拓荒者对土地又爱又恨的复杂情感,以及加拿大人的国家概念是如何与最初的拓荒体验联系在一起的。同时,整首诗所隐含的从伊甸园式的花园到"丛林花园"的转变中,也将拓荒行为上升为一种人类的普遍心理体验。
  《第二个梦:静止猎人布莱恩》("Dream 2:Brian the Still-hunter")改编自穆迪《丛林里的艰苦生活》中的同名篇章。这首诗同样通过梦的叙述手法,将原文所记录的真人真事进行虚化与抽象化,甚至在某种程度上转化为叙事人自己的体验,比如第五节:

  每次瞄准猎物时,我感觉
  我的皮肤长出了皮毛
  我的脑袋因为茸角变得沉重
  在那拉长了的一瞬间
  子弹在速度的丝线上滑过
  我的灵魂如马蹄奔向无辜。(*Journals*:36)

  此处的"我"既可以看成是猎人布莱恩,同时,因为所描写的可解读为做梦的人穆迪,诗歌将两者的心理体检进行重叠,有意营造出双重性,从中又可以读出更为普遍意义上的拓荒心理体验。整部组诗反复出现的"人变为动物"主题诗歌的结尾,笔锋一转:"当我醒来时/我记起:他已离开/二十年且无音信。"(36)再一次回应了贯穿整部组诗的关于记忆的思考,并由此回到了民族记忆的议题上。
  穆迪在《丛林里的艰苦生活》中讲述了一只熊偷袭他们所养的牛群的事情。日记中的《第三个梦:夜袭的熊惊吓了家畜》("Dream 3:Night Bear Which Frightened Cattle")一诗将其改写成另一个梦。如诗中所说:"这个夜晚,只是作为一个轶事在我脑子的/表面保存着"(38),此事在穆迪笔下只是一件用来娱乐读者的趣事,但是阿特伍德通过"梦"的叙事手法,将其转变为一个拓荒生活的隐喻。诗中的熊与其说是一种外在的、来自自然的威胁，不如说是存在于人物内心的恐惧的象征物。通过"我"亦真似幻的心理独白，诗歌挖掘出"表面"之下的潜意识活动，将原文中人与动物及自然的关系，拓展为人与自我的关系。

可见，《日记》中的"梦"并不是指单纯对梦内容的记录或是弗洛伊德式的影射与阐释，而实质上是一种虚化、变形的后现代主义手法，用来去除穆迪原文档的一些繁琐事实［用她自己的话来说是"相互无关的轶事"（*Journals*：62）］，进而从她的日常描述中抽取出加拿大民族性中的共通之处。由此可以断言，"梦"的手法是对传统的纪实性日记文体的改造，因而阿特伍德的"日记"是变形、抽象化了的穆迪的文字。

荒原，或者说人与荒原的关系是整部《日记》组诗的一个内在主旨。荒原并不仅是一个地理或环境上的概念，更是一种心理层面的国家想象。这也是为什么即使到了当代社会，诗中的穆迪依然认为从本质上讲，这个国家依然是一片荒野："这里没有城市；/这是森林的中心"（*Journals*：61），而且，"在最后的/审判中，我们都将是树"（*Journals*：59）。为了表现人与荒原的关系，组诗使用了一系列的镜像意象，比如"流动的水照不出/我的映像"（*Journals*：11），以及"我拒绝去看一面镜子"（*Journals*：13）等，这些诗句都体现了自我镜像的缺失，暗示身处于蛮荒的自然时，人的身份的模糊与不确定性。照片可以看成是一种特殊的镜像形式，而《日记》中出现的照片往往是不清晰或无法辨认的。在《日记》1970年首次印刷的带插图版本中，扉页苏姗娜·穆迪本人的照片上另覆盖一张半透明的蜡光纸，这就使得照片具有模糊与朦胧的效果。阿特伍德为这幅照片配了一首小诗（此诗亦可看成是整部组诗的"前言"）：

> 我自己拍下这张照片
> 再用我的裁缝剪
> 将脸部挖出来。
>
> 现在照片更加真实了：
>
> 在我的眼睛处，
> 一切——

事情显现（*Journals*：7）

将照片中的脸挖掉，人物反而更加真实，这是阿特伍德又一次站在后现代主义的立场对所谓的"叙事真实"发起了拷问。而"没有脸的照片"也是自我镜像缺乏的另一个表征。

除了镜像的缺失之外，人的形象轮廓线的模糊也是丧失主体身份的一个表征，比如《狼人》（"The Wereman"）中写道：

我的丈夫行走在霜地里
一个X，一个概念
在空白中寻求定义
他转身，走向森林
然后被抹去。

脱离我的视线
他变成了什么
其他的形状
融入灌木
丛中，摇曳过水塘
身披保护色来避免
被那些沼泽动物听到（*Journals*：19）

字母"X"表示未知或未被命名的，在此处暗示人物自我身份的不明朗。下文的"抹去"、"变成其他形状"与"融入"等词进一步说明处于自然背景中的人物，身体的轮廓界限不明。第二节诗中的"保护色"（camouflage）一词原是指动物隐匿于周边环境的状态，此处说明人物也隐入了自然之中。这一系列的细节描写都说明人与环境的界限模糊，人物成了环境的一部分。这首诗又一次回应了加拿大早期诗歌中反复出现的拓荒心理体验中的挫败感：拓荒本是要改造自然，然后在这一过程中，人的主体性非但没有突显出来，反而渐趋隐身与消失于自然之中，甚至有一种被后者反噬的趋势。

甚至因不慎引发的火灾也可视为一股消除人与自然界限的势力。穆迪分别在《丛林里的艰苦生活》与《开荒地与丛林中的生活》讲述过自己经历的两次家中失火的经历，属于写实性的记录。然而到了阿特伍德的《日记》里，火变成了象征意义上的毁灭力量：

> 两场火造
> 就了我，
>
> （每个庇护处都辜负了
> 我；每场危险
> 倒成了天堂）
>
> 留下焦黑的印记
> 如今在它们旁边我
> 试着去生长（Journals：23）

火成了自然的同伙，或者说是自然的毁灭力量的极端体现，将他们在荒野中好不容易建立起来的文明——房子毁于一旦："现如今是泥沙地里的黯淡空洞"（Journals：41），房子的焚毁是自然战胜文明的又一个佐证。同时房子作为人与自然之间的隔离，它的消失又象征着人试图与自然拉开距离的尝试失败了，而被迫又一次融入了自然。

除了房屋，道路也是人类改造自然的一个印记。《日记》不止一次地提到道路难以保留痕迹。《小路与物景》一诗里提到"路径不是在树丛间/而本身就是树"（Journals：20）；而当我行走在荒野中时，是"一个枝叶间的蓝色移动体，零散的/呼唤，没有路径；乱石/与灰色的苔藓簇丛"（Journals：20）。如同人类所建造的房屋毁于大火一样，他们所踩出的道路也总是被野草树木覆盖。

"人逐渐变为自然的一部分"是《日记》反复出现的主题。组诗提到"我"长出了触角（Journals：15）、她将死去的儿子"种在"（plant）土里的行为也可看成是人转变为自然的象征。《从丛林离开》（"Departure from the Bush"）一诗集中体现了这种人转变为自然的过渡：

> 逐渐地动物们

第三章 彰显"后现代":形式手法与国际主义

过来栖居在我身上，

开始是一只
又一只，悄悄地
(他们的生活痕迹
烧毁了）；然后
在标记了新的边界线后
返回，愈加
自信，一年
又一年，两只
又两只

然后无法安宁：我还没有完全
准备好被动物居住（*Journals*：26）

一方面，"我"已经变得静止；另一方面，"我"又没有完全丧失人的属性。整部组诗不止一次地提到这种"半人半自然"状态，比如"我，一个被火消除/的人"。如果火可以看成是自然的毁灭力的一种象征，那么"我"就已经被自然剥夺了部分主体性了。

阿特伍德在一篇文论中谈到加拿大人对于历史的"渴求"：

在过去的十五年间，发生了不少掘尸事件，不管是在文学中还是其他领域，这可以看成是考古学、恋尸癖或是重现，看你怎么看了。挖掘祖先、召唤鬼魂、打开橱柜里的骷髅，这些现象在很多文化领域都很突出——小说，这是不用说的，还有历史学甚至经济学——动机有很多，但有一点可以肯定的就是寻找一种安心感。我们想要确保祖先、鬼魂和骷髅都在那儿，作为一种文化我们并不像我们曾经被诱导相信的那样扁平与匮乏。[1]

---

[1] Margaret Atwood, "Canadian Monsters: Some Aspects of the Supernatural in Canadian Fiction", in David Staines ed. *The Canadian Imagination: Dimensions of a Literary Culture*, Cambridge and London: Harvard University Press, 1977, p.100.

从"共同体"到"多元体":加拿大英语诗歌民族性建构研究

阿特伍德认为历史就是个人的记忆:"任何人告诉你历史不是关于个人的,而是关于大的趋势与运动,都是在撒谎。"① 历史并不是一种宏观、集体的叙事,而是由具体的个人的真实体验构成的。这是为什么她要以穆迪的日记来建构加拿大历史。而一旦单个的记忆汇入历史,它又具备了某种普遍性。《沿圣克莱尔街开的巴士:十二月》("A Bus along St. Clair: December")一诗的时间设置为19世纪六七十年代,是穆迪去世多年以后的当代多伦多,然而她依然出现在一趟公共汽车上:

> 虽然他们将埋在纪念碑下,
> 是由水泥板、钢筋建成的
> 虽然他们在的头部上方
> 堆起寒光的金字塔
> 虽然他们说:我们要用
> 推土机建一座银色天堂
>
> 这说明他们对于消失
> 知道得太少:我自有
> 我穿越的方式。(*Journals*: 60)

肉体可以死去并被埋葬,精神却可以突破物理的限制四处穿行,此处也可以理解为:穆迪作为一个具体的人不可避免地会离开人世,但作为加拿大早期者的代表,以及拓荒者精神象征,乃至于整个民族性格的隐喻,却长存于加拿大历史文学中。

> 我是那个在
> 公交车上坐在你对面的老妇人,
> 双肩耸起如一块披巾;
> 从她的眼中出来
> 一些帽针,击垮

---

① Margaret Atwood, *Moving Targets: Writing with Intent 1982 – 2004*, Toronto: House of Anansi, 2005, p. 198.

第三章 彰显"后现代":形式手法与国际主义

墙壁、天花板(*Journals*:61)

此处的老妇人在很大程度上都已经不是穆迪本人,她作为一个"时间穿越者",而更接近于一个历经岁月变迁的老年讲述者,再加上叙事人称上从"我"转到第三人称的"她",更使得叙事层面从个人经历脱离,取而代之一种陌生化的他者体验。甚至可以看成是加拿大历史叙事的一个隐喻。从某种程度上说,加拿大从未真正摆脱这种"荒野"属性。

如阿特伍德的传记作家罗丝玛丽·沙利文(Rosemary Sullivan)所言:"穆迪,作为一个移民,被阿特伍德用作一个加拿大原型。"[①] 阿特伍德认为以穆迪为代表的早期移民所积累的拓荒体验并没有随着时间的流逝而改变,从某种程度上讲,加拿大人依然是这片北方大地上的"移民":"我们对于这个地方来说都是移民,即使我们是出生在这里的:这个国家太大了,以至于没有人能真正居住在这里,在那些我们未知的地方,我们进入恐惧、流亡,如侵入者。"(*Journals*:62)组诗中的"我斜倚着,双脚变得无形/因为我不在那里"(*Journals*:38)这两句诗行,也再次回到了组诗反复所表现的穆迪"在此处,又不在此处"的矛盾心理,归根结底也是人与土地的复杂关系,而对于早期的移民来说,人与土地的关系,其实就是人与这个新兴国家的关系。所以穆迪所经历的独特的移民体验,包括从英格兰到加拿大人与自然的关系尤其是对这片土地既爱又恨的态度已经渗入加拿大人的民族文化血液中:

然后我们成功了
我觉得我应该爱
这个国家。
当我说爱它时
我的心里看到了两面性。(*Journals*:54)

综上所述,阿特伍德通过对日记文体的颠覆,来展示早期移民的拓荒体验,并从中挖掘加拿大的文化与心理特质。阿特伍德作为一个具有世界级

[①] Rosemary Sullivan, "Breaking the Circle", in Judith McCombs ed. *Critical essays on Margaret Atwood*, Boston: G. K. Hall, 1988, p.106.

声誉的加拿大作家,身上附有不少标签,但其中"加拿大"一词恐怕是最为显著与紧密的。正如她自己所说的:"(文学)最有趣的是发现我们作为加拿大人的存在的事实"①。评论者们也注意到阿特伍德自身作为加拿大作家的身份意识。加拿大文学批评家大卫·斯坦尼斯(David Staines)也表示:"世界成为她的中心,而她关注的显然是加拿大人。"② 一方面阿特伍德的创作本身就是对加拿大文学的构建,另一方面她也是有意识地突显一种独有的北方地域与民族特性。可以说阿特伍德的文字背后始终隐含着一个加拿大,甚至在加拿大后面还叠印着一个美国。因此,加拿大这个语境理应成为阿特伍德的第一归属。

三 空白的作品集

让死去的人回来讲述自己照片里的故事不是阿特伍德的专利,与她同样享有世界声名的另一位加拿大作家翁达杰也同样做过。他笔下的比利就在关于自己的所谓"作品集"中复活了。"比利小子"(Billy the Kid,1859 - 1881)原名亨利·麦卡提(Henry McCarty),也叫威廉·H. 邦尼(William H. Bonney),是 19 世纪美国西部家喻户晓的杀人犯和亡命之徒。他曾抢杀 8 条人命并数次越狱,最后被治安警长帕特·格瑞特(Pat Garrett)击毙,死时年仅 21 岁。翁达杰根据华尔特·诺波尔·彭斯(Walter Noble Burns)的冒险故事《比利小子传奇》(*The Saga of Billy the Kid*,1926)以及一些散落的记载、回忆录和漫画书等材料,创造了诗体小说《比利小子作品集》(下文简称《比利》)。

《比利》这本书扉页上的《功劳》("Credit")里,翁达杰标注了长诗各部分内容及一些照片的出处,包括彭斯的《比利小子传奇》和漫画传奇《比利小子与公主》(*Billy the Kid and the Princess*)等,并表示:"对这些基础材料,我进行了编辑、重述与细微的修改。但这些情感属于他们的作者。"("Credit")根据这段说明,翁达杰似乎只是整合了原有的材料与记录,却没有改变其精神与情感。而实际上,《比利》完全是一部形式奇特、

---

① Rosemary Sullivan, *The Red Shoes: Margaret Atwood Starting out*, Toronto: HarperCollins Publishers Ltd., 1998, p. 9.
② David Staines, "Margaret Atwood in Her Canadian Context", in C. A. Howells ed. *The Cambridge Companion to Margaret Atwood*, New York: Cambridge University Press, 2006, p. 22.

第三章 彰显"后现代":形式手法与国际主义

内容怪异却又属于翁达杰本人的情感表达。

《比利》一书虽然名为作品集,但实际上并不是关于比利的文学与传说作品的集合,而完全是一部由翁达杰自己创作的诗歌作品,讲述了两个主要人物比利与帕特·格瑞特的故事,其中夹杂大量心理活动描写与意识流的文字。翁达杰将现今流传下来的一些关于比利的传说、访谈等内容进行了大胆的整合,将原有的文本内容进行拆分、重整,有些语句散落在不同的诗行里,令读者很难分清是原作者的史料内容,还是作者自己构想的诗歌。即使是一些人物的访谈录,也是亦真亦幻,虚实相夹。比如比利的情人波丽塔所说的话,有的部分可以从一些史料记载找到对应的内容,甚至是原话,但又混合了一些诗人自己的想象与发挥,比如波丽塔在采访的最后说了一句:"他的传奇是一个丛林睡眠。"① 这句话无法从史料中找到,可以断定为是翁达杰自己的创作。而且,与卡森一样,翁达杰也自己编造了一些所谓的关于比利的作品集,如《比利小子与公主》("Billy the Kid and the Princess")。这个所谓的"民间传说",实际上并不存在,而是翁达杰杜撰的具有民间故事的夸张与口语化风格的文本。

关于《比利》中的摄影手法已被多位批评者论述过,书稿下一节也提到比利的杀手身份被类似为摄影师。但比利并不是翁达杰笔下唯一的摄影师形象,《比利》的姐妹篇、发表于同一时期的小说《走过屠戮》(*Coming through Slaughter*, 1976)中的 E. J. 贝洛克(E. J. Belloq)也是以真人原型创作的。小说同样从这个人物形象中图解出一种摄影师所独有的"凝视"的权力与视角(比如他利用拍摄行为包括冲洗照片的过程来实现对他人的掌控)②。而历史中的比利小子作为一个著名"反面"西部牛仔的典型,出现在各种传奇、故事与民间歌谣之中,但始终是一个被讲述与建构的对象,特别是那张流传甚广的照片:身着蓝色外套、头戴绅士帽的样子,几乎完全将他的形象在人们心目中固定了下来。但这部长诗作品以摄影机镜头的手法,从比利的视角展开了叙事。比利不再是被拍摄的对象,而是摄影者。他终于得以讲述自己的故事。当然这个故事属于翁达杰。

总的来说,这部作品只是借由"作品集"的方式,来讲一个虽然有历

---

① Michael Ondaatje, *The Collected Works of Billy the Kid*, Toronto: House of Anansi Press Limited, 1970, p. 97.

② Michael Ondaatje, *Coming through Slaughter*, Toronto: Vintage Canada, 1998, p. 55.

史原型但又显然是作为一种意念象征的人物故事。长诗用大量后现代式的手法来处理暴力主题，使得诗歌语言既冷静又怪诞。对于历史事件，翁达杰作了许多的"留白"处理，进一步显示出对历史或讲述的怀疑。如果说《红》主要是质疑语言在记录"事实"方面的可靠性，《比利》则是对"事实"本身也进行了嘲讽。

结　语

文档诗是基于已有文本史料与人物形象再创作的作品，这本身就在一定程度上说明了加拿大文学与欧美文学之间既继承又反叛的关系。比如《红》与《比利》这两部作品分别选用了希腊神话与美国西部传奇作为作品的原型，选材体现了加拿大与其他西方社会国家的承接性。但文档诗形式上的创新，特别是对纪实性体裁的反叛，又反映出加拿大诗人跨越国界的探索。在对文档的处理上，三部作品有不少共同点，对于文档的杜撰，《红》与《比利》中都有虚构的采访记录，《日记》中杜撰了穆迪儿子溺亡的事件（穆迪在书中提到的落水儿童是一个道听途说的轶闻）。都不追求在字面或者史料上忠实于原文档，而是不约而同地对文档进行改编、添加与杜撰。在这种后现代式的改写下，原本纪实性的文体：自传、日记与作品集都完成了对自己传统形式的反叛，而成为诗人表现与叙事的手段。

第二节　吟唱的图像：当代诗体小说中的照片文本

一　引言

随着1969年建国百年庆所引发的民族主义热情逐渐退潮，20世纪的加拿大诗坛进一步彰显后代主义色彩与技巧，其中"照片文本"的诗歌叙事手法就是这种革新的集中体现。"照片文本"（phototextuality）是指摄影照片与文学文本相互结合与渗透的一种文学形式与叙事手法，体现为照片的文本化与文本的视觉性呈现，反映了当代文学创作中的跨文本、跨媒介与跨学科的后现代主义式创新趋向。照片文本已成为现今西方文学中的一股创作潮流，然而学界对此的涉猎甚少，是一个亟待研究的议题。诗体小说一方面因其本身属于创新式实验性文体，跨文体与跨媒介是其内在需求；另一方面诗体小说的形式更适用于展现照片文本（如上一节所论述的阿特伍德的《苏姗娜·穆迪日记》等作品的排版形式就如同一本相册）。因此本节以迈克尔·翁达杰的《比利小子作品集》与安·卡森的《红的自传》这两首当代英语诗体小说来阐释照片文本在文学作品中的叙事功能与特质。

一　照片文本与诗体小说：从记忆到叙事

1996年，玛莎·布赖恩特（Marsha Bryant）在她的《照片文本：解读照片与文学》(*Photo-textualities*: *Reading Photographs and Literature*) 一书中提出"照片文本"的概念，并强调"照片与文本相结合"[1]的重要性。"照片文本"不同于"照片的文本"（phototext）或"照片文字"（photo-text），并不是指对照片的文字说明，或者仅仅是将照片与文字进行物理并置，而是侧重照片与文本的内在有机融合性，以及照片本身的文学叙事功能。"照片文本"这一概念是在相关历史理论发展的基础上产生的。早在1977年，苏珊·桑塔格就在她著名的《论摄影》(*On Photography*) 中论证了"摄影的记录"（122）对于社会生活的控制性与主导性。[2] 维克多·伯金（Victor Burgin）则进一步审视了照片的"可读性"：

> 照片的可读性并不是一件简单的事情；照片是一种在我们可能称之为"照片话语"术语中的文本，但是这个话语，与其他话语一样，涉及它本身之外的话语形式，即"照片文本"，又与其他文本一样，是一个复杂的"跨文本"的场域，是一系列重叠的、在某一特定文化与历史交汇点被"默认"的前文本。[3]

---

[1] Marsha Bryant ed., *Photo-textualities*: *Reading Photographs and Literature*, Newark: The University of Delaware Press, 1996, p. 12.

[2] 可参考 Susan Sontag, *On Photography*, RosettaBooks（Electronic Edition），2005, pp. 119 – 141. 桑塔格在《影像世界》（"The Image-World"）章节中论述了照片作为视觉材料所构成的影像世界与现实世界的关系。

[3] Victor Burgin ed., *Thinking Photography*, London: Macmillan Education, 1982, p. 144.

根据伯金的观点,照片不仅本身是一种文本,而且已经具备了跨文本性。《摄影:批评介绍》(Photography: A Critical Introduction)又从另一个侧面证明照片的自足性,指出在文学等艺术形式中,"摄影图像是反观的、自觉的媒介,对观看者展示它自己的特质"[①]。而《照片文本:照片与叙事的交集》(Phototextualities: Intersections of Photography and Narrative)一书使用大量文学实例对"照片文本"进行了更为全面的阐释,并说明:"'照片文本'这一术语……进一步暗示了对于不同类型与程度的关联性的研究,这种关联性在一个大范围语境中连接了图像与语言。"[②]

如《照片文本》所言:"照片文本……反映了当代理论进程,展现了后结构主义与精神分析符号学的抽象作品。"[③] 20世纪后半期以来的西方理论思潮的更新,特别是以解构主义为核心的当代哲学观对视觉艺术的重新定义、对照片的后现代式审视,突破了对摄影的既有认知,改变了原先认为照片只是记录现实瞬间的静态视觉形式的认知。照片并不是孤立、静态,或忠实反映现实世界的单纯的图像形式,而是可以理解成一个动态的打破时空界限的过程。它既折射出特定的历史、文化与社会语境,又是受光影、视角等各种因素影响的"不可靠叙事"手段。照片,与其说记录了现实世界,不如说是表达了看待现实世界的角度与可能性。

从文学创作的方面来看,照片文本可以说是当下西方文坛寻求手法创新、跨媒介,以及视觉主义等诉求的必然结果。相对来说,照片文本在诗体小说中运用得尤为广泛。如上一节所论述的《红的自传》的副标题"一部韵文小说(A Novel in Verse)"所标示的,诗体小说将诗歌与小说融为一体,兼具两种体裁的特征,既像小说一样有人物、场景和情节发展,又呈现出诗歌特有的形式、技巧与表达方式。诗体小说在诗歌形式上进行各种大胆尝试:时而韵文,时而散文,各种讲述声音杂糅,诗行与语言均十分自由,在形式与内容上都彰显出浓厚的后现代主义色彩。伊恩·雷(Ian Rae)认为,当代文学中诗体与小说两种文体的交汇,是"结合了韵文的

---

① Derrick Price and Liz Wells, "Thinking about Photography: Debates, History and Now", in Liz Wells ed. *Photography: A Critical Introduction*, Abingdon & New York: Routledge, 2015, p. 23.
② Johnnie Gratton, "Sophie Calle's Des Histories vraies: Irony and Beyond", in Alex Hughes and Andrea Noble, eds. *Phototextualities: Intersections of Photography and Narrative*, Albuquerque: The University of New Mexico Press, 2003, p. 182.
③ Alex Hughes and Andrea Noble "Introduction", in Alex Hughes and Andrea Noble, *Phototextualities: Intersections of Photography and Narrative*, Albuquerque: The University of New Mexico Press, 2003, p. 15.

传统因素来传达出开放性的后现代主义感式"①。可见诗体小说不同于传统叙事诗,而是致力于打破传统既有的叙事模式。

如《加拿大文学中的影像科技:叙事、电影与摄影》(*Image Technologies in Canadian Literature: Narrative, Film, and Photography*)一书指出的:"摄影与电影,渗透于当代加拿大文学,以至于与文本相融并混合在一起,产生出杂糅、复合型的艺术作品。"② 摄影等视觉艺术作为一种新型艺术手段,在文学创作中通过跨媒介与跨文体的视野来进行反传统的创作突破与风格呈现。在诗体小说中,上一节提到的翁达杰的《比利小子作品集》与卡森的《红的自传》都可称是照片文本应用的范例。作为加拿大当代两部极具代表性与独特风格的诗体小说,虽然表面上各自独立,但是对于照片文本的运用,使得两部作品既在具体方法上各异但又在总体理念上产生共鸣的诗歌创作趋向。下文既以这两部作品为例,具体分析照片文本在诗体小说中的呈现方式与叙事学隐喻。

二 《比利小子作品集》:多重视角的记忆文本

"没有一个关于我的故事是通过他们的眼睛的"
——《比利小子作品集》

翁达杰的《比利小子作品集》初版的首页上印有一个空白方框,下方的文字说明这是一张比利的照片。这张空白照片为全诗的叙事基调设定了一个总体框架。首先从形式上来看,整部作品的排版俨然已是一种视觉艺术作品。翁达杰本人多次在访谈中提到诗歌的版式与摄影或影视作品之间的对应关系,并表示:"一首诗的呈现是一件非常剧场化的事情。"③《比

---

① Ian Rae, *From Cohen to Carson: The Poet's Novel in Canada*, Montreal: McGill-Queen's University Press, 2008, p. 12.
② Lucia Boldrini, "The Anamorphosis of Photography in Michael Ondaatje's *The Collected Works of Billy the Kid*", in Carmen Concilio and Richard J. Lane, eds. *Image Technologies in Canadian Literature: Narrative, Film, and Photography*, Brussels: Peter Lang, 2009, p. 11.
③ Sam Solecki, "An Interview with Michael Ondaatje", in Sam Solecki ed. *Spider Blues: Essays on Michael Ondaatje*, Montreal: Véhicule Press, 1985, p. 22.

利》由多首短诗、一些散文和数张摄影作品组成。其中短诗通常形成正方形或长方式的文字块,有时候出现在页面上端,有时候在下端,其余地方留白,这就使得这部作品在形式上看起来就像一本相册。值得注意的是,这本"相册"中的照片不是按时间顺序排列的,并且同一场景从不同角度拍摄的"照片"会散落在不同的页面。书中所收录的摄影作品,表面上看起来非常随意,但实际上隐含了翁达杰的叙事意图,比如初版45页与91页上的两张照片,粗看并没有什么联系,实则后者是前者的一个角落放大后效果。通过以上种种细节上的安排,整部书便以一本相册的形式将多角度、蒙太奇和时空错乱等现代主义表现技巧都包含在里面了。

照片文本不仅指照片的文本化及其叙事功能,也表现为文本的视觉化呈现。《比利》中的很多场景描述,都带有摄影的光影、构图、色彩对比等特征。评论家丹尼斯·库里(Dennis Cooley)说:"比利在书中的大部分时候都是处于坐在门口观望的状态。"[1] 比利透过门、窗或其他一些方框结构来观察外界,使之形成一个框形构图,如诗中"白色方框中的白色风景"[2][3] 等意象都相当于一幅照片。比利对一个具体场景的描述总是着眼于光线的明暗、角度与变化,以及由此产生的与人物或静物的视觉关系。以诗中反复出现的太阳光为例,每一次都呈现出不同的光影效果,有时候是"阳光落成完美的垂直面"(*Collected*:72),有时候则是"早晨的阳光聚在所有香烟的雾气上"(*Collected*:105)等。比利尤其善于捕捉人物在特定光线作用下那一瞬间的视觉效果,比如:"是如此棕色而美好,太阳的边缘渗进她的脖子与手腕外侧颜色略浅的光线里。"(*Collected*:71);或者:"查理站在十码开外,月亮完美地平衡在他的鼻子上。"(*Collected*:79)比利不但善于捕捉光线,有时候也会自己制造光线:"打开了两扇窗户和一扇门,然后太阳将区块与角度倾泻进来,照亮地表的羽毛、灰尘与残存的谷粒。"(*Collected*:17)此外,翁达杰有时用模糊的色彩或炫目的光线来表现人物的恐惧与无助:

---

[1] Dennis Cooley, "'I Am Here on the Edge:Modern Hero/Postmodern Poetics in *The Collected Works of Billy the Kid*'", in Sam Solecki ed. *Spider Blues:Essays on Michael Ondaatje*, Montreal:Véhicule Press, 1985, p.212.

[2] Michael Ondaatje, *The Collected Works of Billy the Kid*, Toronto:House of Anansi Press Limited, 1970, p.74.

[3] 下文出自同一著作的引文,直接随文以"*Collected*与页码"的形式标出,不再另行加注。

第三章 彰显"后现代":形式手法与国际主义

> 我在这太阳的边上
> 它会将我点燃
> 望着外面的一片惨白
> 天空与草过度曝光成了无意义
> 等着敌人或我的朋友 (Collected:70)

此处,比利心理的恐惧同样用视觉的光影来表现,而失衡的心理则相当于过度曝光的照片。从以上所列举的细节可以看出,《比利》的文字具有浓厚的画面感与视觉化倾向。

从叙事功能上看,照片文本常常作为一种打破时空界限的手法:"它(照片文本)不仅打乱了时间与空间,而且多方面地破坏传统叙事的线性结构。"[①] 在摄影式视角下,诗歌展开了叙事方式上的切换、倒带、回转等各种现代主义式的手法,试看下面这段:

> 街那边是一条狗。穆特猎犬,黑白相间。狗、格瑞特和两个朋友,高大英俊,从街上走过来,走向我。
>
> 再来一次。
>
> 街那边是一条狗。穆特猎犬,黑白相间。狗、格瑞特和两个朋友,高大英俊,从街上走过来,走向我。(Collected:46)

此处第一节与第三节的文字是完全重复的,两个相同的场景可以"再来一次",正是相同于连续拍摄了两张照片。在摄影中,有时候同一个场景,换一个角度拍摄会产生完全不同的画面效果。长诗先后两次写到比利的朋友查理·鲍裘的死亡场景,所描写的内容并不一样,就好像是比利举着摄影机镜头从不同的角度分别拍摄了两张不同的照片。再如下面这两节诗:

> 他的胃是暖的

[①] Derrick Price and Liz Wells, "Thinking about Photography: Debates, History and Now", in Liz Wells ed. *Photography: A Critical Introduction*, Abingdon & New York: Routledge, 2015, p.21.

> 记得这一点当我将手伸进
> 一壶湿热的茶水中去清洗
> 拽出胃取出子弹
> 当他与莎莉·齐萨姆在德州的巴黎
> 一起喝茶时，想要看看
>
> 一起喝茶时，想要看看
> 当他与莎莉·齐萨姆在德州的巴黎
> 拽出胃取出子弹
> 一壶湿热的茶水中去清洗
> 记得这一点当我将手伸进
> 他的胃是暖的（*Collected*：27）

这两节诗的语句是一样的，但是顺序相反。从页面排版的视觉效果与叙事特点来看，这两节诗就类似于两张相同的照片分别正放与倒放。T. D. 麦克卢利奇（T. D. MacLulich）在评论《比利》时说道："视觉化了的场景都是出于一个独特的视角，颇像电影导演在用相机镜头试验"（113），以上重复或颠倒的诗行，都可看成是照片文本的叙事效果。

《比利》多次暗示枪手与摄影师、射杀与拍摄行为之间的对应关系，譬如枪手与摄影师都站在黑暗或不显眼处来观察对方，并与之保持一定距离，而且两者都试图维持观察者的身份，避免成为被看的对象。长诗利用英语中"shooting"一词的多义性，来营造比利某些行为的双关解读，令读者难以分清是摄影还是射杀，尤其是他死前与格瑞特的这场枪战：

> 我的右手臂伸出窗格
> 裂开的血管让我清醒
> 所以我能看到里面而透过窗户
> ……
> 太阳从墙壁与地面四处窜出
> 格瑞特的下巴与肚子　无数
>
> 可爱漂亮的太阳球

第三章 彰显"后现代":形式手法与国际主义

相互碰撞　咔嚓

咔嚓咔嚓咔嚓咔嚓……（*Collected*：95）

此处似乎是有意将枪击与拍摄行为重叠在一起，使整个场景看起来既可以解读为射杀，又可看成是摄影。

摄影能使运动着的人或物静止下来，而射杀从某种角度看也是一种使对方停止的行为。在《比利》中，开枪这个动作不止一次用于停止疯狂的情景：比利打死粮仓中因醉酒而相互乱交与撕咬的老鼠；兽医与警长杀死癫狂的杂交狗；比利与他的几个朋友死前都表现出尿失禁、胡乱扫射等极端行为，是格瑞特的最后一枪结束了他们的疯狂状态。然而，反过来看，就像小说开头那段关于拍摄奔马照片的文字所暗示的，照片看似将运动的过程固定了下来，事实上正是这种使运动停止的方式才使人们更了解运动的过程（人们就是利用摄影技术而清楚地看到马在奔跑时可以四脚同时离地）：表面静止的照片背后其实隐含着一系列动作与故事。与此相对应的是，人在被枪打死的一刹那也可以被延长、扩充与渲染。长诗对查理、汤姆以及比利本人的死亡场景都进行了后现代式的技法处理：死亡的瞬间被大幅度拉长与延展。同样地，照片被拍摄的那一瞬间也可以进行这样的处理。再如那张历史上流传下来的"比利小子"的照片，长诗以虚构的方式，让比利自己来描述这张照片：

我靠墙站着，我的脚边有一个水桶，水桶里有个水泵，我正在试图从墙里压出水来。直到现在，因为有了这红土，水才开始从照片里滴出。（*Collected*：50）

就像人在死亡时血液与内脏会从体内流出（长诗多次描写类似的血腥场面），照片里的液体也会从画面渗出来。拍照与死亡一样，其实都不是一个静止的瞬间，而是一个可以不断延展与丰富的过程。

有评论者认为翁达杰的"摄影情结"是出于对"艺术的固定与体验的流动这两者之间冲突的执念"[1]。固定与流动的矛盾实质上是一种后现代主

---

[1] Lorraine M. York, "*The Other Side of Dailiness*": *Photography in the Works of Alice Munro, Timothy Findley, Michael Ondaatje, and Margaret Laurence*, Toronto: ECW Press, 1988, p. 100.

义式的时间观,可看成是对传统线性叙事模式的反思与对抗。《比利》通过照片文本的叙事手法,重启了对于固定与流动、过去与现在、历史与当下,以及对于时间本身的新审视。另外,《比利》创作于越南战争白热化之时,大量的战时图片新闻报道涌入人们的视野,激发了整个社会对于照片叙事的再思考。长诗对于一些血腥与暴力场面的照片文本式叙述(固定与延展),也可理解为是一种反战思想的体现。

上文中提到的那张比利的真实照片是贯穿长诗的中心意象。这张照片在长诗中反复出现,有时候是将照片图像直接印在页面上,有时候是以文字的形式提到。此照片不仅起到了史料的作用,更是照片文本叙事方式在诗里的集中体现。一方面,这张照片以本身图片的形式多次出现(包括书的封面),当它出现于故事的不同阶段、并与当页的文字产生互动关系,因而呈现出不同的叙事效果。另一方面,通过书中人物(包括比利自己)对它的不同解读,展开了对于记忆的多重视角追述。照片作为记忆的叙事主体已被多方论证,如《照片文本》所说:"照片正是记忆,以及那些触发与影响记忆工作的叙事的材料。"① 像《比利》这样基于史料的诗体小说,从某种程度上来说,本身就是有关记忆的作品。历史上的比利小子作为一个著名"反面"西部牛仔的典型,出现在各种传奇、故事与民间歌谣之中,始终是一个被讲述与建构的对象。但是翁达杰的《比利》作为一部在形式上非常"反传统"的诗体小说,相应地在叙述视角上进行了颠覆。照片文本的记忆功能却恰恰不在于忠实记录历史,而表现为对记忆的另类解读与讲述。照片并不是历史影像的忠实记录,而是一种时空切换的解构式叙事方式。

三 《红的自传》:从文字到照片

"如果我说了什么有智识的话,你可以给它拍个照"
——《红的自传》

---

① Alex Hughes and Andrea Noble, "Introduction", in Alex Hughes and Andrea Noble, eds. *Phototextualities: Intersections of Photography and Narrative*, Albuquerque: The University of New Mexico Press, 2003, p. 5.

第三章 彰显"后现代":形式手法与国际主义

如果说翁达杰的照片文本探索了照片与文本相结合的记忆叙事,那么卡森《红》中的照片则直接有取代文字的趋势。《红》的叙事主线是主人公革律翁为自己创作自传,在这一过程中,他记录自传的方式逐渐从文字转变为照片。在儿童时期,他使用传统的文字来写作自传。然而,如上一节所论证的,文字其实并不可信。到了青少年时期,语言与摄影的冲突开始在革律翁身上显现出来。英语中青春期(adolescence)一词本身意味着从儿童到成年的过渡。这种"过渡性"也体现在图像与文字的交合上。革律翁与赫拉克勒斯在墙上的涂鸦行为(graffiti),特别是他们画的带有一对翅膀的"LOVESLAVE",就是一种文字与图像的结合。进入成年期以后,革律翁写作自传的方式与语言进一步悖离,而越来越依赖照片的记录功能。到了后期,自传完全变成了照片的形式。此时,他的摄影手法日趋多样化与复杂化,他能自如使用特写、放大与模糊等各种方式来表达不同的情绪。长诗主体部分的最后七个章节的标题都是"照片"(Photographs),尤其是故事的高潮处,当革律翁展现了他长期隐藏的翅膀并且飞起来时,他是通过"对着摄影机/微笑"(*Autobiography*: 145)来完成的:

>……这部自传,
>革律翁从五岁写到四十四岁,
>最近开始采用
>摄影论文的形式。我现在处于转换期,革律翁想(*Autobiography*: 60)

由此可见,革律翁人生的三个阶段,即儿童期、青少年期与成年期,实际上分别对应他的自传形式的三个演变进程:即文字期、过渡期与摄影期。伴随着自传的写作,摄影与文字两者之间相互冲突与对抗的关系也贯穿了全书,直至最后,摄影从形式上取代了语言。

革律翁成长经历的背后还隐含着另一条主线,就是他在一步一步地走向火山。《红》的主体部分《罗曼司》的开篇引用了艾米莉·狄金森(Emily Dickenson)的诗歌《沉默的火山保持着》("The Reticent Volcano Keeps"),再结合全诗的内容来分析,可以推测出火山象征着蕴藏了数千年的人类叙事的能量与原动力。而《红》就是要借革律翁的故事来探寻这种叙事张力蓄势喷发的过程。从某种角度看,革律翁本身就是一座蓄势待发的火山,因为"关于他的一切都是红色的"(*Autobiography*: 9),而且

· 181 ·

"能感受到有什么东西像是成吨的黑色岩浆从他体内深处的地方沸腾起来"（*Autobiography*：105）。那么，他的自传就如同内部翻腾着岩浆的火山一样，始终在寻求一个自我发泄的突破口。火山爆发的"向外"与创作自传的"向内"其实是统一的。所以，透过卡森的晦涩的后现代式创作面纱，可以看到一个蕴含着巨大叙事张力的希腊神话中的怪兽，一步步地靠近喷发的那一刻。

虽然在人类社会的进化过程中，语言后来取代视觉形式成了叙事的主要方式，但是火山在时间中积累叙事能量的同时，也见证了语言在历史长河中扮演了一个并不可靠与安分的角色。[1] 卡森在对语言作为叙事的主导方式进行了反思的同时，也在试验视觉主义叙事回归的可能性。如题名"红的自传"所暗示的，这部长诗作品具有浓厚的视觉主义倾向。卡森曾表示，在远古时代语言与视觉形式是合为一体的。《后殖民文学中的言语—视觉构造》（*Verbal-Visual Configurations in Postcolonial Literature*）一书断言："卡森长期以来从事视觉艺术，致使她的写作具有视觉风格。"[2]《红》的视觉性的表征之一是诗中反复出现与看相关的词：比如"look"、"glance"、"watch"与"see"等。"眼睛"（eye）一词也反复出现，鉴于英语中"eye"一词与"我"（I）的发音相同，所以另有"自我"之意。

主人公革律翁是一个摄影师，因而"eye"又同时象征着摄影机镜头"看"的功能，这样便在某种意义上便将摄影与"自我探寻"联系了起来。革律翁所拍摄的照片往往不是写实的，而是通过局部放大、视角颠倒、影像叠印、多重滤镜等各种方式，制作出扭曲与变形的摄影效果。这恰好与后现代主义叙事理念是一致的。与《比利》一样，《红》中的摄影叙事也是一种打乱、切换与重新拼接时间的手法，比如赫拉克勒斯的祖母所拍摄的火山爆发的照片，是"在它静止的表面/压缩了/十五次不同的时刻/长达九百秒的爆炸喷射/以及灰烬下落"（*Autobiography*：51）。可见，翁达杰与卡森都在借照片文本来探索另一种时间模式：既可以被压缩或也能无限拉长。

《红》将以火山为象征的叙事欲望作为整个故事的最初与最终的原动

---

[1] 关于语言不可靠性的论述，可参考上一节内容。
[2] Birgit Neumann and Gabriele Rippl, *Verbal-Visual Configurations in Postcolonial Literature*：*Intermedial Aesthetics*, New York：Routledge, 2020, p. 149.

力,并从语言与照片的对比出发,对前者展开了一场后现代式的质问、肢解与清算。主人公革律翁是一个来自远古神话时代的人物形象,却在现代社会中获得了一个摄影师的身份。视觉艺术是人类在叙事冲动驱使之下的原始表达方式,并在漫长的历史长河中不断演进。贯穿全书的摄影主题不但打破了语言与视觉艺术的界限,而且,照片的变形是整部作品的后现代主义特征的一个隐喻。有评论者断言卡森是"通过清空语言来锻造它的上成品"①,但是照片文本作为语言的对立面,与其说是对语言的否定,不如说是在借着对语言的质疑与反思,而试图重新回归最初的、原始的叙事原动力。

四 结语

在后现代主义棱镜的折射下,照片所隐含的文化与历史语境,视角叙事学及其时空切换、光影倒错等叙事方式都被挖掘了出来。而诗体小说这种新型文体天然地探寻新的叙事手法,照片文本则正好契合诗体小说跨文体、跨文本与视觉主义的内在诉求。因此,照片文本在当代诗体小说中应用得最为充分,其叙事特质也体现得最为明显。翁达杰的《比利》与卡森的《红》这两部作品虽然具体章法各异,但都将照片文本作为一种主体视角的方式:比利与革律翁原本都是被讲述的他者形象,借助照片文本,他们成了自己故事的讲述人。这种叙事视角与方法的革新,无论是《比利》中照片文本的记忆叙事,还是《红》对语言本位的反思,都是诗体小说这种新文体的叙事方式与风格表征之一。分析照片文本在诗体小说中的运用,既有助于理解诗歌创作的多样化与后代主义元素、激发对于诗歌本身的思考,也能对照片文本的叙事功能与特质有进一步的认识,同时亦可管窥当代西方文学的创作趋向。

第三节　黑色的忧伤:乔治·艾略特·克拉克诗歌中的蓝调音乐

加拿大当代著名诗人乔治·艾略特·克拉克始终致力于非裔加拿大人

---

① Adam Kirsch,"All Mere Complexities", *New Republic*, Vol. 218, No. 220, 1998 (37-42), p.39.

的文化与历史重构。他的大部分诗歌作品都以自己的家乡加拿大东海岸地区新斯科舍省的非裔社区为表现对象，追溯非裔新斯科舍人的种族历史，描写他们所处的生活与文化的双重困境。他甚至自创了一个词："非裔阿卡迪亚人"[①]（Africadian）。这个词的概念囊括种族、历史与地理等多种内涵，旨在说明非裔加拿大人悠久的种族文化渊源与其在加拿大历史进程的中所做的贡献，进而突出非裔加拿大人的文化历史地位。

在建构非裔文化历史的过程中，克拉克倾向于结合音乐的表现方式来进行诗歌创作。他曾这样描写诗集的编撰：

> 文本是如独唱般突然冒出来的东西的语境——就像自由体颂歌中的一段抑扬格五音步诗句。你必须像组织管弦乐队一样来组织一本书，一个集铜管乐、木管乐、管弦乐、打击乐，以及其他乐器的整合。在这种背景下，任何事情都有可能发生。试想这本书是一曲交响乐，在这里面每首诗都是一节乐章，有时候和谐，有时候刺耳。因此，叙事产生于吟唱——有时候是对位、有时候是和声，一会儿交汇、一会儿分离，但始终享受和弦与不和弦音的自由。[②]

在克拉克看来，诗歌写作与音乐作品的创作之间很大程度上是相通的。一方面音乐作为诗歌的形式之一，渗透并贯穿于他30多年来20多部诗集的创作，另一方面出于"对语言音乐性的密切关注"[③]，克拉克谱写了为数不少的诗歌与音乐相结合形式的歌剧词（libretto），也将早先创作的诗集作品，如《崴拉瀑布》等改编为音乐剧或诗剧等可供表演吟唱的艺术形式。

虽然克拉克普遍地运用音乐的节律、声韵，以及对唱、合唱等各种表现形式，但是蓝调（blues，又译布鲁斯）这种音乐类型在他的诗歌中最为突出。如另一位加拿大诗人乔恩·保罗·菲奥伦蒂诺（Jon Paul Fiorentino）在《布鲁斯与福佑：协商乔治·艾略特·克拉克的复调》（*Blues and Bliss*：

---

① 阿卡迪亚人（Acadians）是指17世纪定居于北美洲东北部阿卡迪亚地区的法国殖民者的后裔。阿卡迪亚地区包括现今整个加拿大海洋省份、魁北克东部以及美国东北部部分区域，是美洲最早的欧洲殖民地之一。在加拿大，阿卡迪亚人早于英国殖民者。
② George Elliott Clarke, *Whylah Falls*, Vancouver: Polestar Book Publishers, 2000, p. xi.
③ Laura Moss and Cynthia Sugars, *Canadian Literature in English*: *Texts and Contexts* (Volume II), Toronto: Pearson Education Canada, 2009, p. 659.

Negotiating the Polyphony of George Elliott Clarke)一书中所断言的："在他的全部作品中，克拉克通过复调达到了伟大的高度，复调连贯起或者说是令人惊叹又信服地融合了布鲁斯与福佑。"① 蓝调本身属于非裔音乐形式，而且其忧伤的格调、舒缓的节奏与低语倾诉的演唱风格，尤为适用于克拉克笔下被压抑了数百年的非裔加拿大人，再加上蓝调音乐适合歌唱表演以及它的群众性特征，更加契合克拉克的诗歌创作风格与诉求。蓝调音乐既是贯穿克拉克诗歌作品的主基调，也是他的主要创作手法之一。

一 "我用我们的方言哭泣"：《威拉瀑布》中的"哭的哲学"

克拉克的代表作《威拉瀑布》的内容驳杂，既有韵文也有散文、既包含抒情也有叙事成分，可以称为一部诗体小说，也可看成是一首"叙事诗"。诗歌的背景设在20世纪30年代新斯科舍省南部的一个小乡村，人物主要为非裔居民，全诗围绕着主人公奥赛罗被一个白人杀害的事件展开。这部作品无论是在故事情节还是叙事风格上，都与蓝调音乐的内在特质相当吻合。克拉克本人曾不止一次地声称："《威拉瀑布》脱胎于布鲁斯，即哭的哲学。"② 哭泣是蓝调的一个重要表现方式。早期布鲁斯音乐使用"忧伤乐符"（blue note）来谱写歌曲，用乐器营造出如泣如诉的情绪效果，演唱方式包括悲泣、叫喊、低吟、怒吼等，以此表达黑人的悲惨生活。哭泣作为一种音乐表演形式，不一定是指字面意义上的流泪痛哭，它既是蓝调的表现手法，也代表了这种音乐形式的一个基本态度、一种控诉的姿态。

诗中的威拉瀑布的原型是新斯科舍南部非裔村庄威茅斯瀑布（Weymouth Falls），而西克斯海勃河（Sixhiboux）则影射流经这一地区的西西布河（Sissiboo）。西克斯海勃河是全诗的中心意象（"Sixhiboux"一词在全诗共出现了37次）。这条河既是非裔社区的情感纽带，也是诗人创造力的源泉，又因它是村中男女相恋的场所，还可看成是爱情的象征。当然，这

---

① Jon Paul Fiorentino, *Blues and Bliss: The Poetry of George Elliott Clarke*, Waterloo: Wilfrid Laurier Univ. Press, 2008, p. xvi.
② George Elliott Clarke, *Whylah Falls*, Vancouver: Polestar Book Publishers, 2000, p. xi.

条河对于诗中人物来说代表着家乡与故土,流浪在外的诗人总是梦想着回到西克斯海勃河畔。而且,西克斯海勃自古有之,亘古不变,然而河水始终处于流动状态,从这个角度说象征着非裔悠久的文化历史渊源与生生不息的生命力。与非裔文化一样,西克斯海勃河也充满了音乐性,它似乎能给歌者伴奏:"甜蜜的西克斯海勃河,温柔地流淌直到我喝完这首歌。"① 然而,这也是一条忧伤的河["西克斯海勃河的不幸"(Whylah:17)],一条始终在哭泣的河:"啜泣着流过沉闷又无应答的山丘"(Whylah:69),哗哗的流水就是呜咽的声音。特别是当诗中的人物经历不幸时,西克斯海勃河更是悲伤不已,比如主人公奥赛罗被杀害后,它又是"哭泣"(Whylah:123),又是"悲吟"(Whylah:124)。在宁静的崴拉瀑布,西克斯海勃河是一个诗意的存在,甚至可以说这条河本身就是一曲永不停歇、哭泣不止的布鲁斯。

《崴拉瀑布》中奥赛罗被杀的情节实际是基于一起真实的历史事件。1985年新斯科舍非裔居民格雷汉姆·克伦威尔(Graham Cromwell)被一个叫杰弗瑞·韦德·马伦(Jeffery Wade Mullen)的白人抢杀致死,而后者却被判无罪释放。对于此案件的庭审结果,克拉克表示:"可以认为这是一个对于正义的布鲁斯哭喊,一个黑人的见证。"② 这样说来,诗集《崴拉瀑布》也可以相应看成是对黑人所遭受的不公的一个诗歌形式的"布鲁斯哭喊"。长诗中《奥赛罗·克莱曼斯的谣曲》("The Ballad of Othello Clemence")一诗哀叹道:"奥赛罗死了凶手却自由了"(Whylah:123),于是,"黑色的风在咆哮"(Whylah:123)、奥赛罗的母亲在哀嚎、西克斯海勃河也在哭泣,唯独"有一个政府不知道如何哭泣"(Whylah:123)。哭泣成了黑人之间,甚至是黑人与村庄环境之间情感共鸣的方式。"不会哭泣的政府"则暗指法律对于谋杀案的判决不公、对非裔居民不利的政治气候,以及整个加拿大的种族主义文化氛围。

哭泣不仅是一个具体的动作,也可以说是一种诗歌的叙事方式与表达风格。克拉克在诗中写道:"儿童的第一声哭泣是一首歌。"(Whylah:165)

---

① George Elliott Clarke, *Whylah Falls*, Vancouver: Polestar Book Publishers, 2000, p. 26. 下文引自同一出处的引文,直接随文以"*Whylah* 加页码"的形式标出,不再另行加注。
② George Elliott Clarke, "The Birmingham of Nova Scotia: The Wymouth Falls Justice Committee vs. the Attorney General of Nova Scotia", in Ian McKay and Scott Milsom, eds. *Towards a New Maritimes*, Charlottetown: Ragweed, 1992 (17 – 24), p. 17.

可见哭泣被作为一种吟唱歌曲与表达情绪的方式。《献给西拉的独白：将春天带至崴拉瀑布》("Monologue for Selah：Bringing Spring to Whylah Falls")是一首求爱表白诗，起句是"我哭泣，用我们的方言"（*Whylah*：57）。"哭泣"一词原文为"cry"，也可翻译为"呼喊"，但不管是哭泣还是呼喊，都呈现出一种低沉呼唤与吟唱的布鲁斯式爱情诗风格。

《五月19日——》（May 19_ ）是长诗中的流浪诗人X吟唱的内容：

> 我以悲剧的庄严哭泣着爱情诗，
> 记着每一次史诗般的失败，
> 马克思主义咖啡馆的香烟雾气，
> 珍珠般的月亮悬在当铺的珍珠之上，
> 当我蹒跚走过蒙特利尔的主街
> 从庇护九世大道到贝里蒙蒂尼①
> 在黑色的寂寞与靛蓝的欲望之中。（*Whylah*：9）

这节诗也是以"我哭泣爱情诗"（I wept love pomes）起句，似乎诗歌不是念或是写出来的，而是"哭"出来的。在这一部分中，X以哭泣的方式回顾过去的流浪经历，并表达对雪莉的爱慕之情。这样的讲述方式使得诗歌的叙述者既像是吟游诗人，又似一个布鲁斯歌者（bluesman）。

如克拉克自己言："我发现了我的口语传统，即非裔—新斯科舍的阿卡迪亚人的地方语言。"② 在他的诗歌中，哭泣既是一种个人忧伤的表达，也是社区内人们相互联结的方式；既是一种诗歌技艺，也是黑人的控诉；既是一种悲伤愤怒，又是一股压抑低语的诗歌情绪。哭泣代表了他们共同的种族身份属性，甚至可以说它本身就是一种非裔文化。

二 "从泛黄的牛津中抽出黑色布鲁斯"：对歌与互文

克拉克的诗歌《轮唱》（"Antiphony"）的题名本身是一个音乐术语，意为音乐合唱中相互轮流唱颂或演奏同一主题的表演形式。轮唱与蓝调与

---

① 庇护九世大道与贝里蒙蒂尼为蒙特利尔的两条著名街名。
② George Elliott Clarke, *Whylah Falls*, Vancouver：Polestar Book Publishers, 2000, p. xxiii.

爵士音乐中的一个重要形式与特征"呼喊与回应"（call and response）非常接近，体现了布鲁斯音乐的民间表演化倾向。与此同时，"轮唱"也是指文学上的互文现象。这首诗的副标题是"献给奥斯汀·C. 克拉克"，说明诗歌是与加拿大非裔小说家奥斯汀·克拉克（Austin Clarke）[①]产生对话，是对他作品中的相关内容的应和。奥斯汀·克拉克在小说与回忆录里多次表现加勒比地区殖民教育体系中英国文学课程的突兀与荒谬。克拉克的这首《轮唱》则是在奥斯汀·克拉克对话的基础上，讲述了他自己的家乡，即加拿大新斯科舍省的类似情况。

奥斯汀·克拉克的回忆录《在联合王国国旗之下成长为傻瓜》（*Growing Up Stupid under the Union Jack*）在回顾自己在家乡巴巴多斯读中学的经历时说："我们被介绍裘力斯·凯撒的散文、维吉尔的诗歌。一个男老师教我们英语文学，出于对济慈和拜伦和雪莱和弥尔顿的热爱，在我们面前激情朗诵与赞美。"[②] 克拉克对这种殖民课程体系进行了无情的嘲讽："多么大一个帝国，我们校长对我们说，我们是作为自由的人民属于它的！*我们的帝国*！"[③] 正如研究殖民教育的学者指出的："关键在于克拉克与其他巴巴多斯人重新阐释这种潜在于殖民教育中的文化预设的方式。"[④] 加勒比地区的中小学课程设置背后的文化预设是英国文化高于当地非裔文化，殖民主义教育造成一代人的文化分裂："他被这种要做一个'黑色的英国人'的悖论从中间分裂成两半。"[⑤]

克拉克的《轮唱》不但在内容上与奥斯汀·克拉克有很大的重合性，而且也继承了后者的反讽笔调。诗中写道：

[①] 因二人的姓氏皆为"克拉克"，本文使用全名"奥斯汀·克拉克"来指称 Austin Clarke，"克拉克"指的是乔治·艾略特·克拉克。

[②] Austin Clarke, *Growing Up Stupid under the Union Jack*, Havana, Cuba: Casa de las Américas, 1980, p. 47.

[③] Austin Clarke, *Growing Up Stupid under the Union Jack*, Havana, Cuba: Casa de las Américas, 1980, p. 44.

[④] Emily Greenwood, "Between Colonialism and Independence: Eric Williams and the Use of Classics in Trinidad in the 1950s and 1960s", in Lorna Hardwick and Christopher Stray, eds. *A Companion to Classical Receptions*, Chichester, West Sussex: John Wiley & Sons, 2011, p. 102.

[⑤] Keith Garebian, "Lies and Grace (Book Reviews: Growing Up Stupid under The Union Jack by Austin Clarke & Someone with Me by William Kurelek)", *Canadian Literature (The Art of Autobiography)*, No. 90, 1981, p. 136.

第三章 彰显"后现代":形式手法与国际主义

> 教师——粉笔式的华兹华斯或叶芝的荣耀
> 或是一个男孩如何能屈膝于霍普金斯
> 吟诵着他与赫里克（异教的牧师）①
> 在一个可怜的被浸礼会教徒包围的地域,
> 都是乌鸦,怀着歉意,在遥远又数十年以后,
> 念叨着骑士的爱情而圈里的猪刚被添了饲料。
> 受苦的矿工如何能悲叹那些史诗中
> 深沉而华丽的伤痛,而史诗却唾弃
> 他们的呼喊、他们对痛苦及粗粝欢乐的齐鸣
> 以及最为该死的新斯科舍?
> 所以我渴望听到米尔顿叫出声
> 吆喝伴随着拍手、锡勺子在大腿上演奏②

与奥斯汀·克拉克一样,克拉克也列举了一系列不列颠诗人的姓名,似乎这些名字本身会在新斯科舍省的非裔社区中产生突兀感。诗歌将英国文学与新斯科舍的黑人生活相并置,比如骑士爱情诗与猪、诗歌的华丽与矿工生活的艰难等,形成强烈对比反讽的效果。"受苦的矿工"与史诗的隔阂也证明了这种体裁在非裔人群中不适性。克拉克在《崴拉瀑布》十年纪念版序言的《史诗的死亡》("The Death of the Epic")这一部分中说:"若没有共有信念的母体,史诗无法构建成。"③ 可见在克拉克看来,史诗是建立在一个社会共有且相对单一的意识形态之上的,这解释了为什么这种文体在古代一度非常辉煌,而在当代西方社会中却面临"死亡"的境地。同样,处于多元文化主义背景之下的加拿大,也缺乏史诗所需要的一致与团结的价值观土壤,而对于本身属于少数群体的非裔居民来说,史诗尤其无法满足他们相对边缘的诉求。因此,被史诗所唾弃的黑人的"呼喊"、"他们对痛苦及粗粝欢乐的齐鸣",以及"该死的新斯科舍"只能由有着切身体会的非裔人群自己来表达。"希望弥尔顿叫出声"说明在校学生希望有更为活泼、更适合黑人群体特征的文化作品,用以"吆喝伴随着拍手、锡

---

① 此处克拉克利用赫里克的名字"Herrick"做了一个文字游戏,将"Herrick"戏称为"heretic cleric"（异教的牧师）,暗讽罗伯特·赫里克（Robert Herrick）作为一名牧师同时也写作色情诗。
② George Elliott Clarke, "Antiphony", *Canadian Literature*, No. 157, Summer 1998, p. 12.
③ George Elliott Clarke, *Whylah Falls*, Vancouver: Polestar Book Publishers, 2000, p. xv.

勺子在大腿上演奏"。将文学作品的吟诵演变为蓝调音乐表演形式,进一步说明英国文学在当地人群中"水土不服",也体现出非裔人群对于拥有自己文化的渴望。

在《轮唱》的最后,克拉克与奥斯汀·克拉克一样,也对"帝国"进行了嘲讽:

> 我们的英国文学仅是尘埃——
> 一群甲虫嚼着翻烂了的书本,
> 庄严地将乔叟搅成粪便。
> 悲剧是我们的奴隶制。看:
> 莎士比亚来到我们中间后成了黑马啤酒——
> 这是帝国制造的唯一一个好东西①

如果说奥斯汀·克拉克笔下的巴巴多斯的英国文学课更多地体现了加勒比殖民教育的荒诞与脱离实际,那么克拉克在诗中所列举的这一系列英国文豪的名字又反映了加拿大非裔族群的文化隔离状况。

可见,殖民教育体系中的"英语文学"一词本身就带有浓厚的种族主义色彩。克拉克的另一首诗《繁重的文集》["Onerous Canon",收于诗集《蓝色》(*Blue*)]则是献给著名的非裔作家德里克·沃尔科特(Derek Walcott)的。《繁重的文集》在《轮唱》批判英语文学的基础上,赞赏沃尔科特在"繁重"的白人英语文学的重压下发出自己的声音:

> 你自己的声音(奥登在边缘,
> 艾略特、叶芝与庞德在地牢里),
>
> 一个真实、纯粹的声音,
> 将黑色的布鲁斯从泛黄的牛津中抽取出来②

奥登、艾略特、叶芝与庞德都是白人男性,他们的作品构成了20世纪英

---

① George Elliott Clarke, "Antiphony", *Canadian Literature*, No. 157, Summer 1998, p. 12.
② George Elliott Clarke, *Blue*, Vancouver: Polestar Publishers, 2001, p. 68.

语文学的典籍。牛津则是传统英语文学的象征，它已经泛黄暗示英国文学在加拿大东海岸的非裔社区中显得过于陈旧与脱离实际。英国文学是白人的、遥远的、殖民的、歧视的，是对非裔文化的有意忽视与压制。用"黑色的布鲁斯"对抗"泛黄的牛津"即是以非裔作家自己的声音来制衡白人书写的权威，同时也表明非裔诗歌创作与蓝调音乐的密切关系。

除了与加勒比地区的非裔作家沃尔科特与奥斯汀·克拉克的文本互动，克拉克在诗歌创作中有意与其他加拿大非裔作家展开对话，比如诗歌《自传：黑人浸礼会教徒/杂种》是"给迪昂·布兰德"的；《麻烦事》["Nu(is)ance"]则与韦德·康普顿（Wayde Compton）[1]诗歌创作形成互文。可见，克拉克所谓的"轮唱"既是蓝调的应和音乐形式，也是文学上的互文手法。这种互文行为其实是在与其他的加拿大非裔作家产生文本上的互动与关联。克拉克始终以重构非裔文化传统为己任，致力于团结加拿大当代非裔作家。而互文使得多位作家的创品之间打开文本流动的大门，形成文本上的对话、产生音乐上的共鸣，更有利于提高加拿大非裔文学创作的总体水平，共同建构加拿大非裔文化。

三 "忧伤、忧伤、忧伤"：重复、饶舌与"b"音头韵

如《重复之后的种族与表演》（*Race and Performance after Repetition*）一书所言："黑人音乐就是一整套的重复。"[2] 重复是非裔音乐的一个重要特征，自然也是蓝调音乐的基本手法之一，特别是蓝调民谣，往往通过歌词与曲调的不断重复来营造出回环往复的音韵效果，来表达忧伤缠绵的情绪。与此同时，重复也被认为是非裔文化的一种表现方式。非裔文化学者詹姆士·A. 斯尼德（James A. Snead）在他的《重复作为黑人文化的一大特征》（"Repetition as a Figure of Black Culture"）一文中指出：

---

[1] 迪昂·布兰德与韦德·康普顿是两位当代加拿大著名非裔作家，关于布兰德可以参考本书第三章第三节的相关论述。

[2] Soyica Colbert et al., "Introduction: Tidying Up after Repetition", in Soyica Diggs Colbert, Douglas A. Jones Jr., Shane Vogel. Durham, eds. *Race and Performance after Repetition*, North Carolina: Duke University Press, 2020, p. vii.

从"共同体"到"多元体":加拿大英语诗歌民族性建构研究

在任何情况下,让我们记住,当我们面对文化形式上的重复,我们实际上并不将之看成是"相同的东西",而是它的变形,并不仅仅是一个正式的策略,而是有意地将之嫁接于一种文化,这种文化本质上是对时间与历史的形态的一种哲学式观点。但是,即使不是对自然的或物质的周期性特征的有意模仿,重复也能证明自身的存在性。[1]

而且根据斯尼德的说法,由于非裔没有欧洲意义上的文学,没有所谓的"黑人民族精神(black volksgeist)"[2],所以"重复"成了黑人文学的一种特殊的文化继承方式与自我表达形式。从这个意义上说,重复之所以会成为蓝调音乐的一个重要手法,就在于它本身就是一种黑人文化符号。

克拉克也在谈论歌剧《比阿特丽斯·尚西》(Beatrice Chancy)的创作时也提到重复与黑人文化的关系[3]。由于意识到重复对于非裔文化的重要性,克拉克在文学创作中大量地使用重复。重复既表现在他对一些诗歌作品的改编行为上,同时也是一种具体的诗歌写作手法。以诗歌《变得聪明》("Coming into Intelligence")为例,全诗共5节,第一节与最后一节的首句都是"当我小的时候我理解痛苦"[4],其他三节的首行都重复"当我小的时候我理解"这一句,再加上在五个小节中都不断出现的"当我"(when I)句型,使得全诗始终在几个类似的句式之间行进,在声效、节奏与韵律上都非常统一。整首诗在内容上的重合率也很高,第一至四节列举了一系列20世纪人类社会的重大战争与灾难,包括一战、二战、越战与尼日利亚内战等。然而,这首诗初看起来五个小节之间相似度很高,实际上在关键的部分都有变化;虽然首尾呼应,但事情却发生了本质的变化:

---

[1] James A. Snead, "Repetition as a Figure of Black Culture", in Russell Ferguson et al., eds. *Out There: Marginalization and Contemporary Cultures*, Cambridge, Massachusetts: MIT Press, 1990, p. 213.

[2] See James A. Snead, "Repetition as a Figure of Black Culture", in Russell Ferguson et al., eds. *Out There: Marginalization and Contemporary Cultures*, Cambridge, Massachusetts: MIT Press, 1990, p. 215.

[3] See George Elliott Clarke, "Embracing Beatrice Chancy", in Michelle MacArthur, Lydia Wilkinson, Keren Zaiontz, eds. *Performing Adaptations: Essays and Conversations on the Theory and Practice of Adaptation*, Newcastle upon Tyne, UK: Cambridge Scholars Publishing, 2009, p. 223.

[4] George Elliott Clarke, "Coming into Intelligence", in Herbert Rosengarten and Amanda Goldrick-Jones, eds. *The Broadview Anthology of Poetry* (Second Edition), Peterborough, Ontario: 2009, p. 1007.

首节表现"我"小时候对于痛苦有着淳朴却真切的感受,尾节说明长大以后的"我"已经丧失了儿童时期的感受力。这种重复中的变化实际上在暗和诗歌的主题:当"我"长大以后,"我"并没有变得更聪明,因为"我"无法理解痛苦了。

  事实上,上首诗所表现出的"重复中的变化"也是音乐的一个核心表现形式。加拿大著名文论家琳达·哈琴(Linda Hutcheon)在一场名为《重复故事的艺术》("The Art of Repeating Stories")的访谈中说道:"我对音乐思考了很多,主题与变化在音乐中是多么重要(双重的快乐来自于你所熟知的东西与不一样的东西)。"[①] 在音乐中,主题是相对恒定的,是已知的;而变化则是动态与未知的,两者的结合即是"重复中的变化"。克拉克2000年获得总督文学奖的民谣体叙事诗《死刑诗》("Execution Poems")就充分践行了"重复中的变化"这一原则。以《杀害》"The Killing"这部分为例,

> *Geo*: It was comin on us for awhile, this here misery.
> We'd all split a beer before iron split Silver's skull.
> Silver's muscles still soft and tender. That liquor killed him.
> The blood like shadow on his face, his caved-in face.
> Smell of his blood over everything.
>
> *Rue*: Iron smell of the hammer mingled with iron smell of blood
> and chrome smell of snow and moonlight.
>
> *Geo*: He had two hundred dollars on him; bootleg in him.
> We had a hammer on us, a spoonful of cold beer in us.[②]

[①] Keren Zaiontz, "The Art of Repeating Stories: An Interview with Linda Hutcheon", in Michelle MacArthur, Lydia Wilkinson, Keren Zaiontz, eds. *Performing Adaptations: Essays and Conversations on the Theory and Practice of Adaptation*, Newcastle upon Tyne, UK: Cambridge Scholars Publishing, 2009, p. 5.

[②] George Elliott Clarke, *Execution Poems: The Black Acadian Tragedy of "George and Rue"*, Wolfville, N. S.: Gaspereau Press, 2001, p. 22.

这部分内容是长诗的两个男主人公乔治（Geo）与瑞（Rue）在谋杀了出租车司机以后的对话。两人说的话都有很多重复的内容，比如"血"（blood）、"脸"（face）"……的气味"（smell of）与"on/in us"这些词或表达方式反复出现。除此之外，"锤子"（hammer）是贯穿全书的意象，这个词在诗上不断重复。根据克拉克自己的说法："锤子也是一个跨文本的象征"①，影射另一文本中一个黑人奴隶男孩被主人的锤子杀死的悲剧事件。从这个角度看，锤子既是非裔居民在历史上所遭受的压迫的隐喻；又是一种暴力反抗的象征。这些反复出现的词奠定了长诗在内容与音乐上的主基调。此外，诗歌又在具体的表达上有多重变化，使得这首诗歌作品总体上比较统一，但又有情节上的推进与紧张的戏剧冲突。

克拉克后期的创作中音乐性与表演性的倾向更为明显："从1999年开始，克拉克创作的文字明显地注重表演性的方面。"② 饶舌（rap）是近年在西方社会非常流行的黑人音乐表演形式。（加拿大也出现了包括奥布里·德雷克·格雷厄姆（Aubrey Drake Graham）在内的具有世界知名度的饶舌歌手。）饶舌虽然与蓝调分属不同的音乐类别，但与后者有着密切的关系，而且也是当代有标志性的黑色音乐形式。这种音乐形式也被克拉克广泛地应用于诗歌创作中。诗集《被照亮的诗行》（*Illuminated Verses*）中的第一首《卡吕普索》（"Calypso"）写道：

> The surf fusses like furs
>   nuzzling furs, that sigh-hiss
> of *shh*, *shh*, *shh*, where glides Calypso,
>   nymph *negrita*.
>
>   Her platinum eyes plunder phosphorescence
> when she thrusts from the surf,

---

① Lydia Wilkinson and Keren Zaiontz, "Adaptation Identities: Race and Rescue in the Work of George Elliott Clarke: An Interview with George Elliott Clarke", in Michelle MacArthur, Lydia Wilkinson, Keren Zaiontz, eds. *Performing Adaptations: Essays and Conversations on the Theory and Practice of Adaptation*, Newcastle upon Tyne, UK: Cambridge Scholars Publishing, 2009, p. 231.

② Donna Bennett and Russell Brown, *An Anthology of Canadian Literature in English* (Third Edition), Don Mills, ON: Oxford University Press, 2010, p. 1164.

water leafing, branching, from her body,
plaiting her a halo-crown of rain...

She jumps-up, dizzies that green-engrained water
(liquid Monk velvet lapping sulking Mingus silk) —

rouses drowsy azure and drizzles sizzling copper:
"She's a Rebel" minting urgent, insurgent government. ①

在这首诗中，一些很接近但又有区别的音节紧密排列在一起，比如第一、二行中的"surf"、"fusses"、"furs""sigh"与"hiss"等一系列词，在多个"s"与"f"音之间来回转换，读起来非常拗口。再如"liquid Monk velvet lapping sulking Mingus silk"与"rouses drowsy azure and drizzles sizzling copper"这两句，相仿的音节反复循环出现，产生一种类似于"绕口令"式的口语效果。

除了重复与饶舌，克拉克诗歌的另一蓝调音乐元素是大量的辅音韵，尤以"b"音头韵为常见，以《自传：黑人浸礼会教徒/杂种》（"Bro: Black Baptist/Bastard"）这首诗为例，题目即是一系列字母"b"开头的单词组成的辅音韵修辞。正文中的"我给面包涂上赤糖浆/抹在苦涩的圣经团块之间"（I spread blackstrap on bread/Between bitter dollops of the Bible）等诗行也继续着"b"音头韵，再加上重复出现的"blood"一词，使得全诗念起来有大量的"b"音。英语中的"b"音属于爆破音，发音需相对用力，连续的"b"音营造出类似于早期蓝调音乐的"比波普"（bebop）形式的节奏感与音韵效果。

《自传：黑人浸礼会教徒/杂种》表现黑人与宗教之间天然的矛盾，后者似乎从本质上说就不属于黑人，所以如题目所暗示的，"黑人浸礼教徒"就成了"杂种"：

历史落在我们身上如鞭打——
割裂。黑人浸礼会教徒哭喊着祷词——

---

① Clarke, George Elliott, *Illuminated Verses*, Toronto: Kellom Books, 2006, p. 6.

> 激情——将焦油威吓成花蜜,
> 来收获无可否认的蜜糖,
> 但我们虚弱的眼睛屈服于白色的面庞,
> 我们下沉,惊吓于白色的柱顶
> 我们在教堂长椅上嚼着渎神的面包,
> 喝着威尔士葡萄酒,如胆汁与毒液
> 而白石膏塑像的耶稣如警察般找茬
> 他的双唇预言我们臀部的灭亡。
> 奴隶制已经死了,不是吗?但是血
> 在我们生疏的布道上结出一层外皮
> 一滴血渍沾在长圣毛的唇上。我们如何
> 能面对大西洋而不哭泣,
> "Eli, Eli, lama sabachthani?①" 我们知道
> 疏散的信仰的可怖②

虽然大多数新斯科舍的非裔都属于"非洲联合浸礼联合会"(African United Baptist Association of Nova Scotia)成员,然而,黑人的种族身份与基督教的信仰之间似乎有一道看不见又无法跨越的鸿沟。上诗中,非裔族群与宗教的冲突通过黑白两种颜色的对比表现出来:教堂是白色的("白色的柱顶")、耶稣是白色的("白石膏的耶稣"),说明基督教实质上是白色的;而"我们"是黑色的。"白石膏塑像的耶稣如警察般找茬"一句甚至将耶稣与在北美社会普遍对非裔人群不友善的白人警察画上了等号,直接对上帝对黑人的善意提出了质疑。面包与红酒本是包括浸礼会在内的基督教的圣餐,可是"我们"吃的面包是渎神的,喝的红酒则是苦涩、有毒的。在这不可调和的黑色与白色之间,是血的鲜红色。这血象征着数百年来非裔加拿大人努力与白人宗教与文化相互磨合的惨痛历史。

除了上文论述的"b"的音韵效果,以"b"开头的词,比如"黑人"(black)、"血"(blood)、"布鲁斯"(blues)等都是克拉克诗歌创作的关

---

① 此句为《圣经·新约》中记载的耶稣殉道时所说的话,意为"我的上帝,我的上帝,你为何抛弃我?"
② George Elliott Clarke, *Blue*, Vancouver: Polestar Publishers, 2001, p. 19.

键词。如克拉克在诗集《蓝》(*Blue*)的扉页所写的："蓝色是黑人的、亵渎的、粗鲁的、诅咒的——同时也是不屈的光华。"[1] 蓝色同时也是忧郁，是布鲁斯音乐。"blue"一词将黑人的忧伤与反抗联系了起来。从某个角度看，在克拉克的诗歌世界中，黑人、血与蓝调音乐这三者是一体的。

在乔治·艾略特·克拉克的诗歌创作中，蓝调音乐的形式与内容往往相互渗透，很难各自独立开来。通过蓝调音乐形式与手法，在对白人法庭、白人宗教（浸礼会）、白人文学（英国诗歌），及其整个加拿大的种族歧视环境的反思中，克拉克再次重申了非裔自身历史与文化的重要性。克拉克在一次访谈中说："我感觉我一直在以写作来对抗抹去，但抹去依然在进行。"[2] 在抹去与反抹去之间写作，克拉克的诗歌在字里行间总有一种深沉的无奈感，就像蓝调音乐，美丽而忧伤。

---

[1] George Elliott Clarke, *Blue*, Vancouver: Polestar Publishers, 2001, Cover leaf.
[2] Maureen Moynagh, "Mapping Africadia's Imaginary Geography: An Interview with George Elliott Clarke", *Ariel*, Vol. 27, No. 4, October 1996 (71–94), p. 73.

第四章 走向"多元体":多元文化与族裔改写

20世纪后半期,特别是70年代实行多元文化主义以来,加拿大的少数族裔,包括本土裔居民、非裔加拿大人、亚裔加拿大人、LGBTQ族群、女性等各种不同的种族、性别与性向的群体,都试图通过文学创作发出自己的声音。这对于原先相对单一的民族"共同体想象"来说,既是冲击,更是完善、充实与多样化。本章分别从本土裔、非裔与华裔这三个族群来研究加拿大诗歌的族群多样性现状。

在加拿大,本土裔民族一直以来都是被白人作家书写的对象,所以当他们自己也开始进行文学创作时,常常试图与原先的历史与文学文本展开对话,以挑战早先的殖民叙事模式。当代本土裔诗人通过诗歌创作来谴责加拿大当局的殖民历史,并进行自我身份建构。从他们的诗歌创作中,既可以管窥加拿大时代与文化的变迁,也能读到原住民书写中特有的压抑、创伤与更为艰难的身份探求历程。但不管如何,现今的加拿大为本土裔书写提供了相对宽松与支持的政治与文化语境。本土的声音自身也正在趋向多元。

近几十年来,非裔加拿大诗歌创作成就斐然,涌现了不少有特色的诗人,其中迪昂·布兰德(Dionne Brand)的诗歌独树一帜。布兰德本身集多重边缘身份为一体:非裔、女性、移民等,作为边缘群体的声音在当代加拿大多元文化主义时期反而颇具代表性。是加拿大英语诗歌的重要组成部分。她对西方主流社会的批判、对非裔文化传统的追寻、对自身族裔与性别身份的探寻与建构,使之成为加拿大移民文学、女性书写与非传统性向写作的一位具有影响力的作家。特别她对于非裔种族与社区文化记忆方面的诗歌构建,既是加拿大,乃至整个西方非裔文学创作的一个重要组成部分,也是汇入现今世界加勒比流散文学的支流。

诗人弗莱德·华则另辟蹊径，从味觉的角度来探索自己作为加拿大华裔的双重甚至多重身份。从实体空间的角度看，中餐馆内的门、室内摆设、餐厅与厨房的空间对立等，可结合人类学物品文化的理论来解析出其特有的华人空间文化属性；从食物、烹饪方式与族裔记忆之间的关系看，可挖掘出味觉的文化记忆隐喻、烹饪方式中所隐含的文化传承记忆；从音景的角度看，中餐馆中的各种不同的声音构成华人社区空间特有的音效特质，而语言也是与身份交织在一起的议题。华通过中餐馆叙事，来构建华人"生活在连字符中"的夹缝体验，并探寻少数族裔寻找与建立自己多重身份的历程。

第一节 "我们依然在这里"：加拿大本土裔诗歌中身份逆写

在加拿大漫长的殖民历史中，本土裔民族始终处于被压抑与被剥夺的政治与文化处境中。他们普遍被认为"劣等于"欧洲裔白人。直到20世纪后期，尤其是1970年以来随着加拿大多元文化主义思想潮流与价值观重估，本土裔文化才得以被重新定义，原住民文学创作也才真正进入历史性发展阶段。然而即使在当代多元文化的语境中，本土裔写作依然无法摆脱种族歧视、刻板印象等困境，或者如前文提到的梅蒂作家玛丽莲·杜蒙特所谈到的本土裔诗人的创作尴尬：她似乎只能写本土裔相关的主题（比如表达本土裔的身份诉求或控诉本土文化被挪移）。苏珊·D. 迪昂（Susan D. Dion）在《编织历史：习得于土著人民的经验与视角》(*Braiding Histories: Learning from Aboriginal Peoples' Experiences and Perspectives*) 一书中这样概括早期普遍的殖民心理：

这个视角认为欧洲人更为强大与先进，因此能够进步；而第一民族居民则被定性为进步的牺牲品。这样就发展出同情话语，唤起非土著学生对第一民族的怜悯心态。消除第一民族居民与文化，被当成是进步过程中不可避免的结果，向学生鼓吹欧裔加拿大白人的主导文化优于其他文化，理应获得"劣等他者"所没有的优先权。这种对第一民族的观点是从欧洲视角来建构的，并使高等欧洲的神话得以延续。①

可以想见，本土裔民族要真正从殖民及后殖民的"他者化"想象中走出来，将是一个相当漫长的历史时期。然而，在这一过程中。原住民并不是完全失声的，从 19 世纪后期著名的表演型诗人艾米莉·波琳·约翰逊到 20 世纪的"土著故事讲述者"哈里·罗宾逊（Harry Robinson），但是事实上，本土裔身份表达的声音贯穿于整个加拿大文学史，他们的英语（或法语）创作是加拿大文学的一个重要且独特的组成部分。

本节主要关注当代多元文化主义背景下，本土裔作家有针对性地对既有历史叙事以及文学文本展开的对话式、颠覆性反述。

一

梅蒂作家玛丽亚·坎贝尔（Maria Campbell）的自传性小说《杂种》（*Halfbreed*，1973）被认为是 20 世纪七八十年代北美本土裔文学创作潮的早期成果之一。"halfbreed"在当代英语中是一个带有贬低性与侮辱性的词语，但是梅蒂作家有意采用这一用语来形容自己的种族身份，以此回应早期欧洲殖民者的创作［比如斯各特的《混血女孩》（"The Half-breed Girl"）一诗］对梅蒂人的刻板印象书写②，通过这种身份自嘲来反讽白人至上主义。坎贝尔的《杂种》一书既讲述了作者个人悲惨的生活经历，也特别表现了西部草原梅蒂人在土地被剥夺、文化被压制之后的艰难生活处境："……现今的梅蒂人，曾经是红河地区的主人，实际上是那里的社区的守卫者，却发现成了自己土地上的陌生人。"③ 坎贝尔是加拿大较早从原住民的立场来讲述殖民统治对他们所造成的精神与文化创伤的作家。如本书 2019 年新版《简介》中所说的："作为本土裔文学的最早作品之一，它激励了几代本土裔作家与诗人"④，《杂

---

① Susan D. Dion, *Braiding Histories: Learning from Aboriginal Peoples' Experiences and Perspectives*, Vancouver: The University of British Columbia Press, 2009, p. 73.
② 可参见本书第一章第二节《禁歌舞、基督教与寄宿学校：邓肯·坎贝尔·斯各特诗中的本土裔种族同化政策》中的相关论述。
③ D. N. Sprague, *Canada and the Métis*, 1869-1885, Waterloo, Ontario: Wilfrid Laurier University Press, 1988, pp. vii – viii.
④ Maria Campbell, *Halfbreed*, Toronto: McClelland & Stewart, 2019, p. x.

种》开启北美本土裔文学创作以及重塑身份潮流的先河。

坎贝尔除了小说作品之外，她的诗歌创作也同样志在于"讲述梅蒂人自己的故事"，其《道路保留地居民的故事》（*Stories of the Road-Allowance People*）是根据在平原梅蒂人社群中所流传的8个故事改写成的诗体短篇小说集。坎贝尔自称只是将原故事翻译成英语，但实际上这是一个重新创作的过程。她采用在拼写和词法上都极不规范的英语，比如将"th"拼写为"d"或"t"、将"police"拼写为"prees"、不区分"he"与"she"、"woman"一词的复数形式为"womans"等。诗歌的用词与句法非常口语化，表达方式也不合语法。对于坎贝尔而言，这种特殊的"糟糕"英语是一种梅蒂人身份的表征，一方面再现本土裔民间口头文学的风格；另一方面也暗中呈现一种对抗英语/欧洲殖民者权威的姿态。

《雅各布》（"Jacob"）揭露寄宿学校制度所造成的本土裔儿童与自己文化的巨大隔阂，以及这种隔阂所造成的人生悲剧。诗歌讲述一个名叫雅各布的梅蒂男孩自幼被送往寄宿学校，并在那里就读长达12年之久，其间与原来的家庭与族群都失去了联系。他从学校毕业后回到自己家乡，与一个本地的女孩组成家庭，并生下孩子。当孩子长到入学年龄时，政府再次强行要求他的孩子进入寄宿学校。在与警察的交涉过程中，雅各布的妻子得知自己原来与丈夫是亲兄妹，悲痛之下自杀而亡。长诗的最后只剩下雅各布一人悲恸逝去的父母与妻子。

《雅各布》以梅蒂人的姓名来象征本土裔的文化根基。欧洲移民在对本土裔居民的殖民过程中，常常给后者另取一个英语（或法语）的名字，来取代他们原本的部落姓名。这首诗中的叙述人"我"的爷爷即是一个遗失了本民族名字的人：

> 我本来可以给你讲我的祖父肯拿坡的故事
> 以及他的族人，但是没有了。
> 我现在能讲的只有
> 关于男孩吉姆的故事[1]

---

[1] Maria Campbell and Sherry Farrell Racette, *Stories of the Road Allowance People*, Penticton, BC: Theytus Books, 1995, p. 91.

在坎贝尔笔下，人物拥有自己的姓名似乎是讲述故事的前提。所以如果原住民遗失了原先的部落名字，不仅他们自己的故事因为英文名被篡改了，而且他们也丧失了讲故事的能力。《雅各布》中的"爷爷"即是一个例证。他因为没有自己的名字，所以就丢失了自己的故事，同时也无法讲述别人的故事。而"奶奶"因为还保留着原住民的名字，因而承担起故事的讲述人。姓名象征着本土裔的"根"（roots），如诗中叙述人"奶奶"所说的："我们的根基被破坏了这么多次"[①]，随着原名一起被遗忘的是原住民的文化身份与本民族的文化传统。

《雅各布》的题名主人公雅各布就是本土裔文化根基被剥夺的牺牲品。"雅各布"是一个典型基督教英语名字，一个原住民被冠以这样的名字相当于被强加了一个不属于他的欧洲人身份，意味着与他原先本土裔文化的隔离。姓名在本土裔民族中常常带有其特有的文化与宗教意义，比如在因纽特部落中："可能很多人会有同一个名字，比如某个了不起的猎人的名字，这些同名的人都与他们的同名祖先联系在一起，并且是这个祖先灵魂的具象"[②]。原住民的姓名常常表示他与某个部落神灵或祖先，以及与整个支族的联系，而个人又通过这种宗族关系来确认自己的集体身份。美国人类学家阿尔弗雷德·欧文·哈洛韦尔（Alfred Irving Hallowell）在他的专著《曼尼托巴贝伦斯河的奥杰布瓦：民族志进入历史》（*Ojibwa of Berens River, Manitoba: Ethnography into History*）一书中对加拿大本土裔民族的"命名学"（nomenclature）进行了专门的讲解，指出："在这种语境中，昵称或族系称呼已足够代表个人身份。但是随着与白人社会交往的增多，来自白人文化的命名系统开始在与非印第安人的交往中启用。"[③] 可见，欧洲白人的"名+姓"的命名系统打破了原住民的文化认同以及个人与社区的关系。

对于雅各布来说，与姓名一样被强加的，是他在寄宿学校就读的经历，后者使他与自己的家庭与社区都彻底失去了联系，并导致他从学校毕

---

① Maria Campbell and Sherry Farrell Racette, *Stories of the Road Allowance People*, Penticton, BC: Theytus Books, 1995, p. 91.
② Gary Genosko, *The Reinvention of Social Practices: Essays on Félix Guattari*, London: Rowman & Littlefield, 2018, p. 29.
③ Alfred Irving Hallowell, *Ojibwa of Berens River, Manitoba: Ethnography into History*, Fort Worth, TX: Harcourt Brace Jovanovich College Publishers, 1992, p. 13.

业回到自己的家乡后已完全是一个局外人，既不知道自己原先的名字，也忘了父母的姓名。这种断裂与遗忘最终酿成了他的人生悲观。前文第一章第一节中提到加拿大政府印第安政策中的寄宿学校制度。联邦政府印第安政策的负责人邓肯·坎贝尔·斯各特试图通过种族同化的政策，使整个本土裔民族"最终作为一个独立而特殊的族群而消失"①，而寄宿学校正是实现这一目标的有效途径："寄宿学校是系统的、政府发动的试图摧毁土著文化与语言，并且同化土著居民，使他们不再以独立的人群存在。"② 站在以斯各特为代表的白人官方立场上看，寄宿学校有助于加快对本土裔居民的"文明化进程"。但是玛丽亚·坎贝尔以原住民的切身感受来控诉寄宿学校对于儿童与青少年的摧残：

> 雅各布他
> 待在那个学校那么些年当他回来时
> 已是个男人了。
> 在他离开的时间里
> 他的妈妈和爸爸死了所以他什么人也没有。
> 最可怕的是
> 没人认识他因为他有了一个新名字。
> 我的祖母
> 他③说那个老人他有的是时间。
> 没人能理解这种事
> 除非发生在他身上。
>
> 他们这些离开了去那些学校读书
> 又回来的人，你知道他们真的受了苦。
> 不管我们讲多少故事
> 我们都无法讲出

---

① 具体可参见本报告第一章第一节中的相关论述。
② Truth and Reconciliation Commission of Canada, *Canada's Residential Schools*：*The Legacy*：*The Final Report of the Truth and Reconciliation Commission of Canada*（Volume 5），Montreal：McGill-Queen's Press, 2016, p. 6.
③ 原文用"he"代替"she"。

> 那些学校对那些人们
> 以及对他们的亲属所做的事①

《雅各布》不仅揭示本土裔孩子在寄宿学校就读期间所遭受的痛苦，而且更加侧重于描写他们回到家乡以后所经历的身份迷失、与原社区在文化、语言与生活方式等方面的疏离与冲突。诗中写道：

> 但是雅各布他不在乎
> 因为他才不关心
> 炼狱
> 他的生活有可能比地狱还糟，当他试图学习
> 自己的语言和自己的印第安方式的时候。
>
> 他告诉警察
> 他甚至都不知道自己的族人是谁。
> "那个耶稣知道他自己的妈妈与爸爸"
> 雅各布告诉他
> "他也一直知道自己的族人是谁。"②

正是这种与原生家庭与部落的隔阂最终导致了雅各布的悲剧结局。雅各布的人生经历说明寄宿学校在本土裔聚居地中所造成的血缘、亲情、社区与文化隔离的潜在的危险。

从坎贝尔的创作中可以明显地感觉到加拿大 19—20 世纪初的殖民话语与 20 世纪 70 年代以后的本土裔书写所形成的强烈反差。以斯各特为代表的白人殖民者认为本土裔的家庭与社区环境对儿童的影响是落后与负面的，而寄宿学校有助于将年轻一代原住民改造为"文明人"，因而强制在本土裔保护区推行寄宿学校制度。而以坎贝尔为代表的本土裔书写则通过个人的悲剧控诉了寄宿学校对原住民生理与心理上的残害，以及对原住民

---

① Maria Campbell and Sherry Farrell Racette, *Stories of the Road Allowance People*, Penticton, BC: Theytus Books, 1995, pp. 91-92.
② Maria Campbell and Sherry Farrell Racette, *Stories of the Road Allowance People*, Penticton, BC: Theytus Books, 1995, p. 96.

社区文化与传统生活习俗所造成的冲击、震荡与破坏。

二

坎贝尔在叙事诗《雅各布》中借叙述人"我"之口说：

> 那些白人
> 他能回看几千年
> 因为他
> 他将什么事情都写下来。
> 但我们的人
> 我们使用记忆
> 我们通过讲故事和唱歌将记忆传下去。
> 有时候我们甚至舞出记忆。①

白人的文字书写对于本土裔居民来说是一种异己的力量。书写使白人率先掌握了话语权，致使很长一段时间内本土裔居民在白人的殖民书写中是静默与失声的。他们在后者的文字中被定型为野蛮、无知与落后的民族。因此，当原住民逐渐从原先的殖民话语中解放出来时，他们也开始纷纷使用英语来进行写作，挑战殖民者的书写权威，讲述本土裔自己的故事。

奥杰布瓦族作家阿蒙德·加内特·鲁福的《给邓肯·坎贝尔·斯各特的诗》集中表达了对白人书写的嘲讽。这首诗从本地奥杰布瓦人的角度来描写印第安事务部官员斯各特与他们进行谈判的场景。相对于斯各特的种族同化政策，本土裔居民似乎更反感他的诗人身份。诗歌的题名"给邓肯·坎贝尔·斯各特的诗"颇具深意：斯各特是以描写本土裔而著名的诗人，也就是他向来是主体，而原住民是客体。鲁福则有意要作诗"回敬"这位诗人。题目下面的说明文字是："加拿大诗人，'在印第安事务部拥有一个长期以及杰出的职业生涯，1932年退休'。"② 既点出斯各特的双重身

---

① Maria Campbell and Sherry Farrell Racette, *Stories of the Road Allowance People*, Penticton, BC: Theytus Books, 1995, p. 91.
② Armand Garnet Ruffo, *Opening in the Sky*, Penticton, BC: Theytus Books, 1994, p. 25. 下文引自同一出处的引文，随文以"*Opening* 加页码"的形式标出，不再另行加注。

· 205 ·

份，又暗讽加拿大早期正统文学的白人主导地位。

诗歌的最后一节写道：

> 有的人不喜欢他总是忙着写东西的样子
> 在那本他带着的笔记本上。他，
> 称之为诗
> 并说它能使我们这些注定灭亡的人
> 得以永生（*Opening*：25）

在斯各特的时代，写作诗歌被认为只有受过教育的欧洲移民后裔才能从事的。所以斯各特理所当然地认为印第安人非但不能作诗，而且本身是一个终将被同化直至消失的种族，因而只能在他的诗中得以永存。《给邓肯·坎贝尔·斯各特的诗》一诗的第二行结尾处的"他"的英语原文是"Him"，而下一行开头又有一个"he"，可见前一个"Him"是有意衍生出来的。首字母大写的"Him"往往暗指基督教上帝，再联系一下前文的这句"基督教的威严刻在从他嘴里/吐出来的台词中"（*Opening*：25），不难推测出鲁福在暗讽斯各特假借上帝的权威来宣布本土裔民族终将灭亡，并将自己作为救世主来处理印第安事务。可是一百年以后，作为奥吉布瓦人非但没有消亡，其族内的诗人鲁福反倒将斯各特写进了自己的诗里。

本书第一章第二节《邓肯·坎贝尔·斯各特诗中的本土裔种族同化政策》中提到，斯各特笔下的本土裔居民大多没有姓名，而且他的所有印第安诗歌都是用第三人称冷眼旁观并全知全能的视角叙述的，诗中的原住民无一例外是被动的描写对象，自始至终没有主动表达的机会。鲁福有意借用斯各特的诗歌语言，将之用在斯各特自己身上。这首诗除在题目中点明以外，全文没有提斯各特的名字，而是与斯各特一样采用第三视角来打量这个来到原住民聚居区的白人。鲁福采用闲谈式的集体视角来描写斯各特，既再现了原住民社区的团体性质，同时突出斯各特的外来者处境。诗歌第一句："这个穿黑色外套和领结的人是谁？"（*Opening*：25）即设定了全诗从原住民立场出发的审视与不信任的态度。这种他者化的眼光，与当年斯各特对原住民的殖民凝视可以说是一致的，只是互换了看者与被看者。

第四章　走向"多元体":多元文化与族裔改写

斯各特惯于使用大量的行动与代入式的心理活动描写来刻画印第安原住民,但从来不使用直接引语。他在诗歌中塑造了一系列只有行动却不会说话的印第安人形象。同样,鲁福在这首诗中,也没有给斯各特直接说话的机会:

> 他说他来自渥太华方,渥答华①国家,
> 来谈判条约和年金和命运,
> 好让不可避免的结局不那么痛苦,
> 带来必须要给的礼物。
> 注意他说话的方式响亮而直率:
> 要么这个要么什么也没有。
> 小心!没有土地权
> 在皇冠底下你没有法律权利
> 在这里。
> 说得很早以前就定下来的事都不算似的。
> 好像他不仅是行使对上帝与国王
> 的职责。而是真心这样想的。(*Opening*: 25)

诗歌将直接引语转换成了间接引用,诗歌用原住民的立场与口气将斯各特的话重述了一篇,反讽色彩不言而喻。通过这一系列的戏仿手法,白人诗人与原住民的处境产生了互掉:前者成了客体、后者则是主体。斯各特本人可能不会想到,百年以后,自己作为印第安事务高级官员的身份会得到这样的嘲弄、作为联邦诗人的话语权会面临全面消解。

话语权是本土裔居民在新时代想要争夺的焦点之一,因此不难理解当代原住民写作多采用第一人称叙事方式。杜蒙特的《致约翰·A. 麦克唐纳德爵士的一封信》则更进了一步,不但使用集体第一人称"我们"来强调自己的民族身份,而且反过来直接质问加拿大"国父"级别的历史人物约翰·A. 麦克唐纳德。诗歌的第一节写道:

---

① 此处的"渥答华"原文为"Odawa",是鲁福模仿原住民的口音取笑斯各特所代表的渥太华(Ottawa)政府。

从"共同体"到"多元体":加拿大英语诗歌民族性建构研究

>亲爱的约翰:我们依然在这里依然是杂种
>这么多年以后
>你已经死去,有趣的是,
>那条你如此想要的铁路,
>去年有讨论说
>要将它关闭,
>至少是日间路线,
>"从海到闪亮的海",
>而且,你知道吗,约翰,
>这么多年将我们拖来推去以适应移民,
>我们依然在这里依然是梅蒂①

作为加拿大的第一任总理,麦克唐纳德这个名字不仅或多或少地承载了加拿大的"建国神话",而且在一定程度上是早期欧洲白人后裔意识形态的象征。但是此处"你已经死去"一句说明他的时代已经结束;而我们"依然在这里"(这个短语在全诗中共循环出现了4次),说明本土裔民族的生存韧性。死去的麦克唐纳德与活着的梅蒂人、太平洋铁路的开通与关闭,诗歌通过前后对比,概括了100年来的意识形态与价值观的变迁。历史并没有朝着麦克唐纳德所预想的方向行进,时间证明他是错误的。

诗中与麦克唐纳德相对立的人物是瑞尔。路易斯·瑞尔(Louis Riel, 1844 – 1885)是梅蒂人的领袖,为保护梅蒂人的土地与文化权益,抵抗联邦政府对草原地区的"加拿大化",分别在1869年和1885年率领梅蒂人与联邦政府的军队发生冲突。1885年11月,渥太华方借由刚刚建成的太平洋铁路向西部输送官兵,平定了叛乱并且捕获瑞尔,后被处于绞刑。在当时的情况下,麦克唐纳德是胜利者,而瑞尔是叛乱与失败的一方。然而,《一封信》以1百年以后麦克唐纳德与瑞尔两人的对比宣告了后者的历史性胜利:

>约翰,那该死的铁路并没有使这成为一个伟大的民族,

---

① Marilyn Dumont, *A Really Good Brown Girl*, London, Ontario: Brick Books, 1996, p. 52.

第四章 走向"多元体":多元文化与族裔改写

因为铁路关闭了

而这个国家

依然因"团结"一词争论不休,

路易斯·瑞尔死了

但他经常回来

用比尔·威尔逊①要说的话说就是不合时宜或不受待见

因为你跟我一样清楚,

我们被铺上的铁路

是并不能持久的钢轨②

瑞尔死了,"但他总是回来";而麦克唐纳德所致力于建设的太平洋铁路并没有真正使这个国家团结起来。后者在当代加拿大多元文化与价值取向的语境中极具争议性,与此同时,瑞尔的形象则俨然从民族叛徒转变成了多元文化主义的先驱领袖与英雄。

这封"信"是写给麦克唐纳德的,但同时又与普拉特的史诗《通往最后一根道钉》构成对话。这首诗收于诗集《一个真正的好棕色女孩》(*A Really Good Brown Girl*)。太平洋铁路的意象贯穿于整部诗集:"铁路在梅蒂人的历史抹除与内在殖民过程中所扮演的角色,是杜蒙特的《一个真正的好棕色女孩》所要处理的主题。"③ 横贯加拿大全境、连通东西两岸的太平洋铁路修于"建国"初期,曾一度是国家团结的象征,也是普拉特的《通往最后一根道钉》的主题思想。④《通往》一诗不仅歌颂以麦克唐纳德为代表的政客对于统一北美所做的努力,同时也表明这种统一是建立在欧洲白人后裔的价值观之上的。修建于19世纪末期、加拿大自治领成立之初的太平洋铁路是当时先进科学技术与国家价值观的集中体现。

作为联邦政府与太平洋铁路公司的交易条件之一,麦克唐纳德承诺给予后者100000平方公里的西部土地。这导致原先居住在曼尼托巴红河

---

① 比尔·威尔逊(Bill Wilson, 1944 –),加拿大本土裔民权活动家。
② Marilyn Dumont, *A Really Good Brown Girl*, London, Ontario: Brick Books, 1996, p. 52.
③ Renée Hulan, *Canadian Historical Writing: Reading the Remains*, New York: Palgrave Macmillan, 2014, p. 106.
④ 具体可参见本报告第一章第一节《被忽略的道钉:加拿大太平洋铁路诗与对华移民政策》。

地区的梅蒂人被迫迁徙,《加拿大与梅蒂人,1869 至 1885 年》(*Canada and the Métis*, 1869–1885)一书中写到:"随着斯蒂芬的铁路在草原上建设的进展,红河梅蒂人最大规模的外迁部队从曼尼托巴来到了萨斯喀彻温。"[1] 部分梅蒂人被要求在政府规定的铁路沿线地区(road allowance)定居,成了坎贝尔所谓的"道路保留地居民"。对于白人来说,铁路修成了,意味着欧洲的、基督教的、殖民的意识形态可以由东向西传播至北美全境,但是梅蒂人成了当时政治博弈与国家宏大叙事的牺牲品。他们牺牲了自己的家园与社区,也在一定程度上丧失了自己的文化根基[2]。

"从海到海"(from sea to sea)现已是加拿大的国家标语,最早源自《圣经》的《诗篇(72)》("Psalm 72"),在北美特指疆土连接两个大洋,即从太平洋到大西洋。这句引言于太平洋铁路修建前后在加拿大被广泛使用,意在称颂这条火车路线所构建的大国蓝图。普拉特在《通往》中也用这句话来形容麦克唐纳德等人的政治豪情。而杜蒙特在《一封信》中再次引用"从海到闪亮的海",显然是对普拉特所推崇的单一性价值观的讽刺。

三

1885 年的加拿大见证了两大历史事件:太平洋铁路的竣工与瑞尔被送上绞刑架,两件事发生的时间仅相差一个星期。《加拿大英语文学:文本与语境》一书这样评价瑞尔之死对加拿大历史的影响:

> (魁北克方声称)太平洋铁路是欢快地在瑞尔的鲜血上建成的,而这桩标志着加拿大最高荣誉的成就,是一个令人不安的加拿大历史事件。绞死瑞尔有着长远的影响,它加剧了英系与法系、天主教与新教、原住民与白人、东部与西部之间的裂缝,这种分裂在此后持续了很长时间。[3]

---

[1] D. N. Sprague, *Canada and the Métis* 1869-1885, Waterloo, Ontario: Wilfrid Laurier University Press, 1988, p. 157.

[2] 可参考玛丽亚·坎贝尔的《杂种》,书中详尽描述了梅蒂人在祖先的生活区域被破坏与剥夺而被迫迁徙后,所面临的经济、生活与文化等方面的困境。

[3] Laura Moss and Cynthia Sugars, *Canadian Literature in English: Texts and Contexts* (Volume II), Toronto: Pearson Education Canada, 2009, p. 330.

第四章 走向"多元体":多元文化与族裔改写

处死瑞尔既是麦克唐纳德及其政府最具争议性的事件之一,也是加拿大历史上极不光彩的一笔。但是,如若放置于其他的国家或时代,瑞尔这样的"反政府分子"可能始终都会是一个破坏民族团结的历史罪人。可是加拿大的政治历史与意识形态的演变却不断地给瑞尔重新阐释的机会。如杜蒙特所断言的"他总是回来",瑞尔在多元文化的新语境中不断地"复活",多次出现在一些文学作品中,较著名的如玛格丽特·劳伦斯的《占卜者》(*The Diviners*)与鲁迪·威伯的《焦林人》(*The Scorched-Wood People*)等。瑞尔在加拿大诗歌史中更是一个"阴魂不散"的形象,很多诗人都将这位极具争议性的悲剧历史人物作为表现对象,其中包括多萝西·利夫塞的《新世界的先知:一首诗歌的两种声音》("Prophet of the New World: A Poem for Two Voices", 1972)、堂·格特里奇(Don Gutteridge)的《瑞尔:不同声音的诗歌》("Riel: A Poem for Voices", 1972)、bp. 尼克尔的《路易斯·瑞尔的长周末》("The Long Weekend of Louis Riel", 1978)和弗兰克·戴维斯(Frank Davis)的《瑞尔》("Riel", 1985)等。

在1885年瑞尔的法庭审判过程中,尽管有多方求情与抗议,他依然被判处死刑。当年瑞尔在法庭上的自我辩护陈词("Address to the Jury")已成为著名的历史文献,它既是一篇个人的战斗檄文,也折射出加拿大殖民历史中欧裔白人与本土裔民族错综复杂的过去,具有历史、文化与法律上的多重寓意。在现时代,这篇辩护词更是触发了不少诗歌创作的灵感,60年代以来有三位诗人在此基础上分别创作了三首所谓的"习得诗"(found poem)。习得诗是基于既有文档再创作的诗歌,在不改变原文档基本内容的基础上,通过选择、删减、调整顺序与适当变动字词等方式,将之改写成一首诗歌作品。这三首习得诗分别为:约翰·罗伯特·科伦伯(John Robert Colombo)的《路易斯·瑞尔最后的话》("The Last Words of Louis Riel", 1967)、雷蒙德·苏斯特(Raymond Souster)的《习得诗:路易斯·瑞尔对陪审团的陈词》("Found Poem: Louis Riel Addresses the Jury", 1977)与金·莫瑞塞(Kim Morrissey)的《路易斯·瑞尔对陪审团的陈词》("Louis Riel's Address to the Jury", 1985)。

瑞尔的法庭陈词是长达1500左右个词的非韵文,故诗人只能选取其中部分内容入诗,因而对原文内容的取舍就体现出作者想要突出的重点与他对于瑞尔以及整个冲突事件的看法。科伦伯的《路易斯·瑞尔最后的话》与苏斯特的《习得诗:路易斯·瑞尔对陪审团的陈词》这两首诗的篇幅都比较长，保留了原文相当比重的内容，且都采用较长的诗行来还原瑞尔流畅的辩护。但是前者保留了瑞尔大部分宗教方面的原话，后者则很大程度地弱化了宗教倾向，而突出其作为梅蒂人领袖的身份。这一点只须对比一下两首诗的开头就可以看出。《最后的话》的前两节诗是这样的：

  阁下，陪审团的先生们，你们看到了
  在行动一开始的时候，我天然地，
  倾向于想到上帝。如果我现在又这样做，
  我希望你们不要将之看成是精神病的表征，
  你们不要认为我是在玩精神病的把戏。

  哦，我的上帝！以你的仁慈以及
  神圣的耶稣基督的感化来帮助我。
  哦，我的上帝！保佑我，保佑我，保佑这个荣誉的法庭，
  保佑这个荣誉的陪审团，保佑我的好律师
  他们经过七百个团来试图挽救我的生命，
  也保佑为王室服务的律师，
  因为我肯定，他们做了他们认为是自己职责的事。
  他们让我看到了公平，这是一开始
  我不曾预料到的。①

这首诗略去了瑞尔陈词中前面关于精神病、使用语言以及身世背景的阐释，而直接跳到与天主教相关的部分，造成瑞尔在辩护的一开始就提上帝的错觉。

  苏斯特的《习得诗》则淡化了原文中的宗教成分，其开头基本与瑞尔的原话并无二致：

  阁下，陪审团的先生们
  我今天如果假扮精神错乱会更容易些，
  因为目前的状况是如此易于刺激任何一个人

---

① John Robert Colombo, *Abracadabra* (112-18), Toronto: McClelland and Steward, 1967, p.112.

第四章 走向"多元体":多元文化与族裔改写

而且在现今这种天然的刺激之下
(我的英语说得不太好,
但我还是要说
因为这里的绝大多数人说英语),
在这个审判对我所造成的刺激之下
如果我表现反常、我的心智
超出了正常的状态是情有可原的。
我希望,在上帝的帮助下,
我能保持平静与礼仪
因为这才合乎这个尊敬的法庭、尊敬的陪审团……①

这首诗所呈现出来的瑞尔更多地是一个在对他极为不利的法庭环境中不亢不卑表达自己诉求的人,与《最后的话》中为信仰而战的瑞尔有很大区别。虽然后面部分也出现了"上帝"一词,但在此处并不具有真正的宗教含义,而是被降解为一个官方辞令。

由于侧重点的不同,《最后的话》与《习得诗》所选取的内容重合的地方很少,唯一共同出现在两首诗中的内容是:"如果医生很想要知道我得是什么类型的精神病,如果他们要将我的故作清高做作称之为精神病,我,以上帝的仁慈,谦虚地说:我相信我是新世界的先知。"② 将这句话分别放置于两首习得诗的语境中,可以发现前者中的"先知"一词依然充满宗教意味,暗示瑞尔之所以能成为先知,其前提是对信仰的践行。后者则是借这句话来突出瑞尔预言家的身份,说明他作为本土裔民族的领袖,在他的时代不可能得到官方承认,但会在未来社会中被接受。《习得诗》写于 1977 年,较《最后的话》晚了十年。而这十年正是建国百年庆所掀起的民族热情逐渐沉淀,同时多元文化价值观开始兴起的交替年代。这个时期的苏斯特较之十年前的科伦伯,更能清楚地看到瑞尔当年在陈词中的许多预言都实现了。诗歌几乎保留了所有瑞尔展望未来加拿大社会与梅蒂人

---

① Raymond Souster, *Extra Innings: New Poems*, Ottawa: Oberon Press, 1977, p. 78.
② Louis Riel, *The Queen vs. Louis Riel, Accused and Convicted of the Crime of High Treason: Report of Trial at Regina. – Appeal to the Court of Queen's Bench, Manitoba. – Appeal to the Privy Council, England. – Petition for Medical Examination of the Convict. – List of Petitions for Commutation of Sentence*, Ottawa: Printed by the Queen's Printer, 1886, p. 152.

的语句，比如第9节：

> 我庆幸王室承认了
> 我是西北地区混种人的
> 首领。也许有一天我会被认为
> 不仅仅是混种人的首领，
> 而且如果我有机会
> 在这个国家被看成是
> 一个好的首领……①

可以看出，苏斯特更加侧重时代的变更对瑞尔评价的影响，从而在诗中塑造出一个超前于自己时代的悲剧英雄形象。

因为对原材料的取舍与排序上的不同，《最后的话》与《习得诗》两诗相应呈现出不同的人物形象，科伦伯笔下的瑞尔是一个信奉上帝的天主教徒，为了信仰与联邦政府抗争，性格相对平和；苏斯特的瑞尔则更接近一个本土裔人民起义者的形象，政治性更强，个人英雄主义色彩也更浓厚。

与选中的内容同样重要的是诗人有意忽略的部分。莫瑞塞本人在谈到上述科伦伯与苏斯特的两首诗时说："很显然，关于习得诗有趣的一点是诗人决定略去的部分，而诗人决定略去的内容部分地由历史语境决定。"②从这个角度说，莫瑞塞自己的《路易斯·瑞尔对陪审团的陈词》一诗最为简短，因此省略的部分最多：既省去了科伦伯诗中的宗教成分，也削减了苏斯特诗中的政策色彩。全诗如下：

> 阁下
>
> 陪审团的先生们：
>
> 我英语说

---

① Raymond Souster, *Extra Innings*: *New Poems*, Ottawa: Oberon Press, 1977, p. 81.
② Kim Morrissey, "The Art of Rebellion: Batoche and the Lyric Poem", *Prairie Fire*, Vol. 6, No. 4, Autumn/Winter 1985, pp. 6–15.

第四章 走向"多元体":多元文化与族裔改写

不好,但会试着说
因为这里　大多数人
说英语

当我来到西北时,
我看到印第安人在受苦
我看到混种人
在吃哈德逊湾公司的
腐烂猪肉
而且白人
也贫穷

所以:

我们发出了请愿
发出了请愿
我们等了长时间;我们努力过
我履行了我的职责。

我 的 话
是 有 价 值 的。①

如果不计抬头与衍语部分,全诗一共才 4 节,而且诗行相当简短。第一部分为瑞尔阐明自己英语不好,但依然试图用英语进行自我辩护,揭示陪审团组成的不合理(6 名陪审团成员均为英系,无一法系成员),暗示瑞尔的法系身份是他被判处有罪的首要原因。第二部分解释"叛乱"的原因,即西北地区的本土裔居民与白人的生活都非常艰难。第三部分说明他们曾试图使用和平谈判的方式,但未果,言下之意是采用军事挑衅的方式是不得以而为之。《路易斯·瑞尔对陪审团的陈词》一诗最后收尾的这句"我的话是有价值的"所对应的真实的瑞尔陈词是:"我相信,以我十

---

① Kim Morrissey, *Batoche*, Regina, SK: Coteau Books, 1989, p. 55.

五年来遭受的苦难，以我为曼尼托巴以及西北部人民所做的事，我的话是有价值的。"① 莫瑞塞只取原句的最后部分，也突出了瑞尔这篇证词的预言性。这首诗创作于1985年，正值瑞尔逝世一百周年，站在这个节点回顾历史，较之苏斯特更能进一步确认瑞尔的前瞻性。比如他在证词中所说的"我死后会带来实际的结果，然后我的孩子会在新世界中以友好的方式与新教徒握手"②等预言，都被时间证实了。事实上，在新时代回顾瑞尔，不仅他所说的话具有前瞻性，他本人作为本土裔多元文化价值的代表，也是一个超越时代的现象。

第二节 待点亮的语境:迪昂·布兰德的边缘身份探索

加拿大当代诗人兼小说家迪昂·布兰德集多重边缘身份为一体：女性、非裔、移民与同性恋者。她的诗歌创作表现了后殖民主义时期西方社会中少数族裔的文化夹缝处境与自我身份探索历程。莱斯莉·C. 桑德斯（Leslie C. Sanders）这样评价布兰德的诗作："很明显的是土地、语言与历史之间的关联性……'这里是哪里'不仅是一个地理问题，而且关乎历史的地图，而历史又需要找到一种语言……"③ 土地、语言与历史既是布兰德诗歌作品的三大主题，而且三者之间是相互联系与交织在一起的。本节将分别从土地、语言与历史三个方面入手，来研究布兰德诗歌中边缘人群的身份建构。

---

① Louis Riel, *The Queen vs. Louis Riel, Accused and Convicted of the Crime of High Treason: Report of Trial at Regina. – Appeal to the Court of Queen's Bench, Manitoba. – Appeal to the Privy Council, England. – Petition for Medical Examination of the Convict. – List of Petitions for Commutation of Sentence*, Ottawa: Printed by the Queen's Printer, 1886, p. 150.

② Louis Riel, *The Queen vs. Louis Riel, Accused and Convicted of the Crime of High Treason: Report of Trial at Regina. – Appeal to the Court of Queen's Bench, Manitoba. – Appeal to the Privy Council, England. – Petition for Medical Examination of the Convict. – List of Petitions for Commutation of Sentence*, Ottawa: Printed by the Queen's Printer, 1886, p. 151.

③ Leslie C. Sanders, *Fierce Departure: The Poetry of Dionne Brand*, Waterloo: Wilfrid Laurier University Press, 2009, p. xii.

第四章 走向"多元体":多元文化与族裔改写

一 "在别处,不在此处":少数族裔的文化流散

当代西方社会中的非白人移民与 19 世纪以苏珊娜·穆迪、特莱尔夫人等为代表的早期英国移民是两种完全不同性质的移民体验。如果说早期移民的挣扎更多地属于人与自然的斗争,那么当代移民需要面对文化、身份与语言等各方面的调整与适应。在现代西方社会,移民的标签意味着外来者的身份。布兰德获得总督文学奖的诗集《待点亮的土地》(*Land to Light On*)的题名即暗示 20 世纪中后期的加拿大对于像她这样的非裔且非传统性向的人来说,依然是一片黑暗的境地。书中写道:

> 也许这个宽广的国家只是将你的生命拉伸得稀薄了
> 就试着去接受吧,试着去计算在此你必须要做的
> 事。它头上刮风的海岸吹散了你的思想,就如有人
> 因为沉迷科学而疯了,然后鸟儿来拔你的头发,冰成块
> 地侵入你的鼻孔,土地填满你的喉咙,你如此忙着
> 收集北方,如此执着地爬向北极,如此
> 忙着让自己在这个地方站稳,以至于被风
> 吹进了你还未曾见过的海湾与湖泊与峡谷……①②

弗莱曾表示加拿大广阔的国土"反而会进一步削弱本身就已经模糊的身份感"③,与此处布兰德所说的"这个宽广的国家将生命拉伸稀薄"表面看起来是类似的身份焦虑,然而相对于"土生土长"的加拿大人来说,像布兰德这样的移民还要挣扎于对土地的陌生感,以及如何"让自己在这个地方站稳",所以后者的身份焦虑实质上是属于另一层面的移民文化认同问题。

布兰德是来自加勒比地区的特立尼达的移民,家乡给她留下了独特的

---

① Dionne Brand, *Land to Light on*, Toronto: McClelland & Steward, 1997, p. 43.
② 下文引自同一出处的引文,直接随文以 "*Land* 加页码" 形式标出,不再另行加注。
③ Northrop Frye, "Haunted by Lack of Ghosts: Some Patterns in the Imagery of Canadian Poetry", in David Staines ed. *The Canadian Imagination: Dimensions of a Literary Culture*, Cambridge and London: Harvard University Press, 1977, p. 24.

"岛国"体验与记忆。布兰德对于加拿大这片寒冷而广袤的土地有着自己独特的心理与情感体验。她曾表示自己所出生的那个特立尼达小村庄是"我记得并最爱的地方"①,生活在那里是有关于岛的体验:"你在岛的地图的边缘上见过岛,土著的、小块的、热烈的。你住在一个岛上,被流放且无人居住的,至少从BBC的声音中听起来是这样的。所以你已经是神话了。"② 在布兰德看来,被海水所包围的热带小岛与加拿大无边无际的陆地是两种完全不同的地理与文化体验。岛的面积小,因而人的存在感更明显,而过于宽广的大陆,个人的身份感会变得"稀薄"。在《待点亮的土地》中的《岛屿消失》("Islands Vanish")这一章节中,布兰德写道:"在这个国家里岛屿消失,身体沉没"(*Land*:73),在岛屿消失的同时,人的身体也沉没了,暗示小岛与人的存在是一体的。小岛生活的另一个体验是"一切从水开始,一切以水结束"③。水是想象的源泉:"水是我想象中的第一件事。"④ 在她的家乡,海水是流动与活的,在加拿大则只有整块的冰,水变成冰,从某种意义上说即是想象被禁锢了。

在布兰德的诗歌意象体系中,陆地("land")与岛屿("island")是相互对立的。在岛屿式的人文居住环境中,地域相对狭小,因而人的主体性更为突出,而岛屿周边的水域象征着人的无意识世界,从某种意义上说人与自我更为接近。而过于广阔的大陆则对人的主体性产生压迫与威胁,特别是像加拿大这样以荒野为主且气候恶劣的国家,人在自然面前显得尤为渺小。布兰德从加勒比岛国移民至北美大陆,"岛屿消失"的同时,展现在她面前的是无边无际的陆地,使她产生对自我身份的怀疑与迷惘感。对她来说,岛屿是家园,陆地是异域。

桑德斯认为《待点亮的土地》这部作品,"与早期作品所表现的对于特立尼达地貌的亲密感不同,这首诗写到的在试图建立与土地的联系的过

---

① Dionne Brand, "Dionne Brand", in John Agard and Grace Nichols, eds. *A Caribbean Dozen: A Collection of Poems*, London: Walker Books, 1996, p. 61.
② Dionne Brand, *A Map to the Door of No Return: Notes to Belonging*, Toronto: Vintage Canada, 2012, pp. 13-14.
③ Dionne Brand, *A Map to the Door of No Return: Notes to Belonging*, Toronto: Vintage Canada, 2012, p. 6.
④ Dionne Brand, *A Map to the Door of No Return: Notes to Belonging*, Toronto: Vintage Canada, 2012, p. 6

第四章 走向"多元体":多元文化与族裔改写

程中,说话人被这片土地的广袤性与令人眩晕的风所击败。"① 布兰德在诗中反复描写自己作为移民身处这片异域之地的困惑与迷失感:

> 我从寒冷中抬起头,茫然不知所以。
> 此处夜晚时很安静,而且只有我
> 以及这安静。我说出的话随即坠落。坠落
> 如这石子般的空气。我站在那儿但什么也没
> 发生。只有一堆空气如一堵墙。我可以发誓
> 我的脸真的触碰到了石头。我站着但
> 什么也没发生,什么也没发生,或许我不应该说
> 什么也没有。我很窘迫,像一个傻瓜一样站着,
> 松树背负着厚雪,空气很清新,清新
> 以及陌生,天如此黑与宽我不
> 知道应该走向哪条路,只能再次尝试,找到
> 能被在等待的东西听到的
> 语词。我的嘴无法找到一种语言。
> 我只找到了我自己,毫无用处。我抱歉。
> 我停在了邮箱的旁边,我放弃了。(*Land*: 5)

"不知道应该走哪条路"说明叙事人对自我身份定位的迷惘。《待点亮的土地》中多次出现路的意象,比如"所有这些路都通向虚无,所有/这些路都通向不可知的方向"(*Land*: 8)等诗句都表达了移民对于新环境的陌生感与抉择的困难,折射出新移民普遍的文化与生活困境。

加拿大诗歌史上所反复吟诵的迷路主题②也出现在布兰德的笔下:

> 难怪我会在此处迷路,难怪
> 在这种树丛中我会找不到路,指望
> 活得长却没有注意到关闭,

---

① Leslie C. Sanders, *Fierce Departure: The Poetry of Dionne Brand*, Waterloo: Wilfrid Laurier University Press, 2009, p. xii.
② 具体可参见本书第二章第三节《迷失于荒野:加拿大诗歌中人与自然的关系》中的相关论述。

难怪一辆红色卡车可以惊吓我
并且每天晚上使我蜷缩着身体
紧挨着电话,将门查看了
又查看。……①

此处的"红色卡车"指的是前文提到的"我"在路上被一个白人卡车司机辱骂一事。不难看出,布兰德所谓的迷失于树林,与加拿大诗歌史中传统的迷路主题并不相同,后者往往表现自然的恐怖与个人的渺小,依然侧重人与自然之间的矛盾。而这首诗中"我"的迷路与被白人司机侮辱、夜间的恐惧等情绪相联系,实际上是作为女性及非裔移民因为被主流社会排斥而产生的不适与不安感。布兰德诗歌的迷路主题的实质是身为移民"没有名字"②的迷惘与不适,以及作为边缘身份的人群在当代西方社会中的迷失。

《待点亮的土地》全书都是围绕一次驱车向北的行程所展开的。阿特伍德曾表示当加拿大人面对南方时,会感觉到"后颈的一阵凉意"③,这凉意是来自北方的召唤。如果说南方代表了火热、美国,或者说是一种他者的文化属性,那么北方则常常被视为加拿大的某种文化源头或内心的归属地。然而诗中所描写的向北旅行过程中,叙述人越接近北方,越是感觉到文化的沉重与排他性:

……去到另一个
国土,更北,更冷,更进一步,
进入北极的口中。
我在走向霜冻、走向寒冰。
或许重返南方走向燥热④

作为一个新移民,布兰德似乎并不认同于"冬天相当于加拿大、夏天更接

---

① Dionne Brand, *Land to Light on*, Toronto: McClelland & Steward, 1997, p. 11.
② Dionne Brand, *Land to Light on*, Toronto: McClelland & Steward, 1997, p. 9.
③ Margaret Atwood, *Writing with Intent: Essays, Reviews, Personal Prose: 1983 – 2005*, New York: Carroll & Graf Publishers, 2005, p. 33.
④ Dionne Brand, *Land to Light on*, Toronto: McClelland & Steward, 1997, p. 12.

近于美国"的假想,她对北方、寒冷与雪等意象都不同于早先诗歌中普遍的情感预设。进入北方并不是如阿特伍德的所认定的是一段走进自我"思想状态"[①]的过程,北方在布兰德的笔下反而是一种异己、陌生的境地。

布兰德所描写的冬天也不再如早期移民那样仅仅是作为敌意自然或是艰苦拓荒生活的表征,更是一种后现代式的心理体验。而且,加拿大冬季的寒冷还与被压抑的话语权联系在一起:

> 这里是什么。你的舌,变冷,变
> 沉重　在这冬日之光里。
> 在一条向北钻的高速公路上不要浪费你的气息。
> 这条冬天的路听不到的,而且会将之吞没
> 整个吞没。不要动。(*Land*:14)

冬天既不是如苏珊娜·穆迪式的生活的艰苦,也不是像联邦诗人阿奇保德·兰普曼所表现的内心的孤寂。在这首诗中,寒冷更接近一种文化隐喻,象征着加拿大社会中看不见却无法打破的阶层与文化的壁垒。在布兰德笔下,冬天是加拿大敌意的后殖民文化语境的表征。

二 "没有语言是中立的":"不标准"英语的身份抗争

布兰德的诗歌所致力于表达的移民流散体验体现在语言上就是人物的失语现象。布兰德的著名诗集《没有语言是中立的》(*No Language Is Neutral*) 分别使用"特立尼达语"(Trinidadian) 与"标准英语"来描写叙述人在特立尼达与在多伦多两个不同地方的生活。当她在特立尼达时:"语言在这儿是严格的描绘,而牙齿饰以真相"[②];而在多伦多,语言充斥在喉咙,却无法表达出来:

[①] Margaret Atwood, *Strange Things: The Malevolent North in Canadian Literature*, New York: Oxford University Press Inc., 1995, p. 8.

[②] Dionne Brand, *No Language Is Neutral*, Toronto: McClelland and Stewart, 1998, p. 23.

从"共同体"到"多元体":加拿大英语诗歌民族性建构研究

> 这个城市,
> 哀恸于花与泥土的气味中,无法告诉我
> 该说什么,哪怕几乎窒息。二十年来
> 不曾有一个关于在此处生活的词从我双唇
> 掉出①

对于布兰德而言,加拿大的所谓"标准英语"似乎与特立尼达英语是两种不同的语言,因而哪怕是像她这样来自英语国家的移民同样在加拿大面临字面与比喻双重意义上的"失语"状态。

美国非裔文学批评家凯文·夸西(Kevin Quashie)在评论《没有语言是中立的》时断言:"意识到中立性的荒谬以后,布兰德笔下的叙述人决定精细地去使用语言——去揭露人类所信奉的情感纽带,去使易失的身体重具肉形,去尝试——不管这种尝试如何有缺陷甚至失败——去使用声音来给予声音。"② 既然语言本身就是不平等的,它代表了权威与话语权,以及既定的权力模式。语言的实质即是获得话语权的一方对弱势群体的一种压迫。既然这样,处于被压抑地位的族群就应该利用语言来进行反击与自我表达。这就意味着首先要对现存的语言进行一些调整、改造,甚至颠覆。

与玛丽亚·坎贝尔一样,布兰德也使用不规范的英语。如果说前者的"蹩脚"英语是彰显本土裔民族文化与对抗欧洲殖民权威;那么布兰德的"非标准"英语是作为少数群体的身份抗争。她在一次访谈中说道:

> 我想要的(语言)包含对语言形成方式的抵抗,因为语言是通过帝国主义、通过对女性的压迫而形成的。作为女性,作为有色人种,我们的写作反对那种语言。我们在言论与行动等事情上获取越多的力量,我们就越能改变那种语言。我写作是为了说关于这个世界的一些事情。我所遭遇的语言是这个世界对我的回应,它并不比我对这个世

---

① Dionne Brand, *Fierce Departure: The Poetry of Dionne Brand*, Waterloo: Wilfrid Laurier University Press, 2009, p. 5.
② Kevin Everod Quashie, *Black Women, Identity, and Cultural Theory: (Un) Becoming the Subject*, New Brunswick, New Jersey, and London: Rutgers University Press, 2004, p. 133.

界的语言更中立。①

语言的背后是长期的文化与历史相互作用的过程。现有的英语是在过去男权社会、种族歧视与殖民统治历史中最终形成的,代表了白人男性为主导的权威势力。《加拿大英语文学:文本与语境》一书说:"布兰德写作的语言很少是带有大写字母 E 的标准英语;相反,她的创作反映出特立尼达与多伦多的声响、节奏、语法与方言。"②

与坎贝尔采用大量奇特的单词拼写方式与简化的语法以体现原住民口头语特征不同,布兰德的"不标准"英语相对来说更为标准。她的诗歌行文中的不正确的时态、人称与动词变化形式更接近一种现代主义表现手法与写作技巧。比如她在讲述一件事情时,动词的时态常常前后不统一,时而过去时态,时而现在时态。时态在现在与过去之间来回跳跃,呈现出现代主义的时空转换与穿插的叙事效果。而且,布兰德有时候不遵守第三人称单数的动词变化规律。她的诗歌会出现诸如"it fall"、"it seem"与"she look like"等表达方式。从某种角度看,英语语法中的第三人称单数特殊的句法要求是一种语法上的不平等。如果说第一、第二与群体性人称,具有一种天然的权威性,那么单数的第三人称有一点类似当代西方社会中的边缘群体与少数族裔。所以说,布兰德拒绝给第三人称以特殊的语法形式,可以看成是一种追求平等的诉求。另一个值得注意的细节是,《待点亮的土地》、《饥渴》(*Thirsty*)与《库存》(*Inventory*)等诗集中,"我"(I)一词后面的谓语也多次违反语法规则。有时候所用的动词从语法上来说是错误的,比如:"I is not nobody mother."(*Land*:53)这个句子;有时候动词直接省略,类似"I sorry."(*Land*:5)这样的用法。"I"一词的独特语法搭配,从一个侧面折射出诗人不愿被主流社会所改变的自我认知与自我意识。

布兰德诗歌语言在形式上的另一大特征是"去大写化"(uncapitalization)。在行文中,一些根据语法规则应该使用大写字母的地方,比如标题、句首、人名、地名等,布兰德都更倾向于使用小写字母。比如《没有

---

① Dionne Brand, "Writing It: Dionne Brand", in Beverley Daurio ed. *The Power to Bend Spoons: Interviews with Canadian Novelists*, Toronto: Mercury Press, 1998, p. 37.
② Laura Moss and Cynthia Sugars, *Canadian Literature in English: Texts and Contexts* (Volume II), Toronto: Pearson Education Canada, 2009, p. 630.

语言是中立的》中的《硬向灵魂》("hard against the soul") 系列诗从题名到诗句，包括其中提到的地名与人名，一律都是小写字母。《硬向灵魂》为多达数十页的长诗，且采用长诗句写成，而全文小写字母的写法，在视觉上营造出一种压抑的气氛与低语倾诉的形式。这与诗歌的主基调是相吻合的，说明在奴隶制度中，加勒比地区非裔居民，尤其是女性的被压迫处境。从某种角度看，大写字母代表了一种体制与权威，同时连续的大写字母被认为"文字的喧哗"，因此布兰德去大写字母的诗歌写作方式可以看成是一种对抗体制、挑战权威，同时也隐含对奴隶制的控诉与谴责。

总体来说，布兰德的不标准英语更多地表现在句法、韵律与气息上营造独特的语言风格。她的诗歌往往使用长句，从形式上暗示边缘群体不屈的抗争，以及女性延绵的生命力。《待点亮的土地》的第二部分《从那以后所发生的一切》甚至采用大篇幅散文式段落，既不断行也不分节，形成连续的、意识流式的叙述。

《待点亮的土地》中写道，当"我"在读到一份报纸时："我/发现元音突然停止了他们的/日常活动，它们惊人的房间关闭了，/他们燃烧的光芒熄火了"（*Land*：13）。元音是英语语音系统中最为明亮与高亢的部分。从语音学的角度看，元音是发声器官在气流完全不受阻的情况下发出的，辅音则是需要通过各种方式使气流受阻的情况下才能发出来，因此元音比辅音来说更为响亮、饱满与清晰。而且，元音中的"a""o"等音本身就可以表示呼喊、感叹等强烈情绪与动作。元音象征着彰显自我、追求自由与反抗权威的姿态；辅音则代表了压抑这种姿态的沉闷势力。这部诗集创作于20世纪90年代，当时英文报纸是加拿大的主要文字媒体，代表了西方社会的主流话语形式。在布兰德看来，英语报纸上的话语都属于男性的、欧裔文化形式，是辅音式的，从中无法找到作为女性、非裔与移民的话语权："你的嘴巴从来不会张口说这些。/通气的语词被剥夺了。"（*Land*：13）报纸上元音的集体失声说明主流媒体话语形式对于以布兰德为代表的边缘群体声音的压抑。

布兰德将自己作为移民、非裔与女性的失声处境与加拿大的地理与气候特征联系起来：

> 在这个国家里岛屿消失、身体淹没，
> 黑暗之心是这些白色的道路，雪

第四章 走向"多元体":多元文化与族裔改写

> 在我们喉咙里,在挡风玻璃处一个粗壮的白人警察
> 穿着坚硬的蓝色防风夹克向我们车内窥视,猜疑的,
> 即使在这暴风雪的击打与冰冻中,或许
> 不是猜疑而是一个男人看着一群外星人。
> 车里三个黑人在一条路上以八十英里的时速冲撞着
> 在风中、在加油站与查塔姆之间。我们因自己
> 是古董而结结巴巴。一个警察眼中的雪蓝激光将我们
> 固定在这不堪的考古场景中。(*Land*:73)

此处"我们喉咙里的雪"这一意象将发声器官与雪结合起来。雪作为加拿大的象征物,在这里成了堵住人的喉咙而使之无法发声的意象,暗示西方主流社会对少数族裔声音的压抑。诗歌的描写的场景是:在一望无际的郊外的苍茫大雪的背景中(典型的加拿大地理与气候特征),一个白人警察与车中的三个非裔女性之间形成一种对立的张力:男性与女性、白人与非裔、警察与移民,在前者的凝视中,后者的所有的边缘身份特征都被凸显了出来。她们在凝视中被物化与妖魔化,自感像一个古怪的旧物。诗歌将一个原本简单的警察检查车辆的事件描写成一个类似考古学家研究古董的场面,以此来突出边缘身份者在加拿大的艰难生存处境。被雪堵住的嗓子与面对白人警察时的结巴,这两种失语现象实际上是相同的,也就是说加拿大严酷的自然环境与敌意的社会环境从本质上看也是一致的。对于车中三个非裔女性来说,车窗外的白雪与白人警察是同一事物的两个方面。从这一节诗中也可看出,女性、非裔、移民,乃至于同性恋者,对于布兰德来说这些身份属性共同交织在一起的,很难将这三者各自独立开来。

在后殖民主义时期,现有的语言,比如加拿大英语,实质上是男性、欧裔以及主流意识形态的权力结构系统。布兰德试图通过自己的诗歌创作呈现另一种女性的、非裔的,少数族裔的。

三 "敌意太阳的编年史":追寻加勒比非裔社区遗产

布兰德的诗集《敌意太阳的编年史》(*Chronicles of the Hostile Sun*)记录了1983年美国对格林纳达的军事入侵。围绕这一事件,诗歌表现了当

代人权运动对于格林纳达原社会结构的震荡与冲击。《编年史》是布兰德早期以加勒比为描写对象的代表作。此后,她在诗歌创作中不断地回到自己的出生地加勒比海地区。这一地区非裔文化传承的断裂与社区的破坏始终是布兰德诗歌关注的议题。诗集《骨瓮》(*Ossuaries*)的题名是指用来存放(因坟地搬迁等原因)无法相认与拼凑的杂乱尸骨的容器。很显然,这一意象本身象征着文化和种族传统的断裂与遗失。

面对文化失传的威胁,寻找与继承非裔文化传统是极为重要的。而这种文化甚至是身体的传承更多地在女性之间得以延续。《没有语言是中立的》中在提到说话人的曾祖母时写道:

> 若要历史听到你,你要生出一个
> 女人,她抚平衣柜抽屉里上浆的
> 布料,走路时颤颤巍巍,然后又生了
> 另一个在河边哭泣的女人,后来
> 消失,她又生了一个女人,她是一个
> 诗人,然后,即使那时。①

上一辈人的生活痕迹与下一辈人的接受是文化传承的两个不可或缺的因素。如果没有诗人后代的发现与讲述,这些非裔女性日常劳作的身影就会消失在历史洪流中。这节诗同时暗示诗歌或许是记录与保存血缘与社区历史文化遗产的最好方式。

诗集中的另一首诗《献给玛米·普拉特的蓝色圣歌》("Blue Spiritual for Mammy Prater")描写一张摄于20世纪初的黑人女性奴隶玛米·普拉特的照片。诗人侧重于构想普拉特为这个照片的准备过程。诗歌反复吟唱"她等了一百又十五年",等待的含义是多重的:她既要等待摄影技术足够成熟,能够清楚拍下她眼睛里所要传达的信息,也等待着她所经受的苦难能显现在照片上,她"要确保粗的银版摄影术不会丢失了/她的影像/不会丢失她的皱纹与最重要的眼睛/和手"②。而所有这些等待的最终目的是为了讲述:

---

① Dionne Brand, *No Language Is Neutral*, Toronto: McClelland and Stewart, 1998, p. 23.
② Dionne Brand, *No Language Is Neutral*, Toronto: McClelland and Stewart, 1998, p. 14.

第四章 走向"多元体":多元文化与族裔改写

> 她等了一百又十五年
> 只到摄影技术超越了锡版而
> 光力拍照法使相面足够敏感
> 能抓住她的眼睛
> 她小心翼翼地保存标记
> 用这些标记在眼中写下她的手指无法描绘的东西
> 一份血的契约跨越一个世纪加一个十年还有余
> 她那个时候就知道将将会是我发现
> 她的遗愿,她细腻的讲述,她的眼睛,
> 她那些等待这张照片的日子
> 这一切使她保持理智
> 她策划着直至这一天,
> ……①

玛米·普拉特不会写字,只能通过这张照片来讲述自己作为奴隶的一生。而与前文中提到的曾祖母需要拥有一个诗人孙女一样,这张照片同样需要诗歌叙述人的解读。只有诗歌叙述人获取了她试图传达的信息,后者的无声讲述才能在历史中发音。

历史同样也是书写记忆。布兰德在诗集《蓝色办事员:59首写在左页的艺诗》(*The Blue Clerk*:*Ars Poetica in 59 Versos*)中以在沙滩上写字的过程来隐喻记忆的书写与抹去:

> 只有在此刻这些螃蟹在他的故事中战胜了我的记忆。只有在此刻我的蓝色夜螃蟹战胜了他的故事。不管如何我们会抓起这些笔,签上我们的名字。以及我们所爱的人的名字,写在长长的沙滩上。当然这些名字很快会被擦去,我们一写上,海浪就将它们消耗掉了。后来,很久很久以后,这些笔是美洲红树繁殖体。②

---

① Dionne Brand, *No Language Is Neutral*, Toronto: McClelland and Stewart, 1998, p. 16.
② Dionne Brand, *The Blue Clerk*:*Ars Poetica in 59 Versos* (ebook), Durham: Duke University Press, 2018, p. 11.

沙滩上的"蓝色螃蟹"指代历史上抹去书写痕迹的势力。原文的英语"他的故事"(his story)与"历史"(history)一词形成双关,说明"战胜我们的记忆"的是传统的男性的历史叙事。而我们的记忆是与之相对的女性的讲述。诗集题名中的"左页"(Versos)一词是指一本打开的书的左边页面,与右边的页面相对。如果男性的历史(他的故事)用右手记录的,那么女性的历史是由左手写的。从传统的眼光来看,右手相对更为有力,所以也一直控制着书写的权力。然而女性"不管如何总会抓起这些笔"来传承自己的记忆。引文中提到的美洲红树(Rhizophora mangle)是一种加勒比地区的代表性树种,生长于陆地与海洋交界处的浅滩地带,而属于一种侵入性植物,本身就体现了自然生态多样性与加勒比的地貌特征。从比喻意义上看,这种根部浸在水中的树木象征着植根于加勒比非裔社区的文化生命力。以此为笔来书写的记忆,不会被轻易抹去与改写。

如《加勒比文学与公共范畴》(Caribbean Literature and the Public Sphere)一书的作者拉斐尔·达利尔(Raphael Dalleo)所指出的:"不同地理位置在年代上的平行关系"[①],加勒比与西方社会是两个不同的社会与文化空间,但从去殖民化(decolonization)过程中,西方殖民势力对加勒比地区非裔社区传统的破坏与非裔移民在西方的艰难处境具有相对应的关系。从这个角度看,加勒比非裔文化传统的断裂与她在加拿大的流散体验是一致的。

换个角度看,布兰德于1970年来到加拿大,彼时多元文化主义才刚开始实施,加拿大依然是一个很大程度上由白人文化为主导的社会。随着多元文化主义的进一步展开、社会意识形态与观念的更新,当下的加拿大社会较之20世纪70年代相对更为包容、多元与平等。综观布兰德近40年的创作史,可以大致看出她的作品在对社会的批判力度上由重到轻的转变。这种转变至少部分地反映了加拿大社会主流价值观的变化。

迪昂·布兰德的诗歌作品获过多个重量级奖项与提名,其作为边缘群体的声音在当代加拿大多元文化主义时期反而颇具代表性。她对西方主流社会的批判、对非裔文化传统的追寻、对自身族裔与性别身份的建构,使

---

① Raphael Dalleo, *Caribbean Literature and the Public Sphere: From the Plantation to the Postcolonial*, Charlottesville, Virginia: University of Virginia Press, 2011, p.231.

之成为加拿大移民文学、女性书写与非传统性向写作的一个有影响力的作家。特别她对于非裔种族与社区文化记忆方面的诗歌构建,既是加拿大乃至整个西方非裔文学创作的一个重要组成部分,也是汇入现今世界加勒比流散文学的支流。

第三节 生活在连字符上:弗莱德·华的中餐馆叙事

一 连字符的身份隐喻

加拿大当代著名英语诗人弗莱德·华(Fred Wah)自称"生活在连字符中"①,因为他是华裔加拿大人(Chinese-Canadian)。英语中的"Chinese-Canadian"一词在族裔身份与国籍之间有一个英文连字符"-"。这个连字符本身意味着双重身份,而放置于两者之间,既是一种连接,也可视为一种断裂。加拿大的其他少数派族群,例如韩裔加拿大人(Korean-Canadian)、亚裔加拿大人(Asian-Canadian)与非裔加拿大人(African-Canadian)等,均使用这种"族裔+连字符+加拿大人"的身份标签(华将之写为"ChineseHyphenCanadian")。不难看出,连字符更多地用于非欧裔有色人种族群。对于这些非白人移民及其后代来说,连字符是他们抹不去的身份标记。

华具有四分之一的中国血统,其祖父是早年从广东省来到"金山"②务工的华人,他的父亲则是出生于加拿大萨斯喀彻温省、在中国广东长大后又回到出生地。父亲生前在英属哥伦比亚省的小镇耐尔森(Nelson)所经营的一家中式餐饮店"钻石烧烤"反复出现于华60—80年代的诗歌创作中,其获奖作品《钻石烧烤》更是围绕着这家饭店来讲述家族历史、成长经历与文化身份探寻的故事。这本书的形式与体裁很难界定,既是一部

---

① Fred Wah, *Diamond Grill*, Edmonton: NeWest Press, 1996, p. 16. 下文出自同一书目的引文直接随文以"*Diamond* 加页码"的形式标出,不再另行加注。
② 金山(Gold Mountain),旧时华人劳工对北美西部加利福尼亚与英属哥伦比亚一带的戏称。

自传体诗歌，也可以说是一部诗体小说，也有人称之为是一部"散文体诗歌集"（prose-poems），或者可以直接归类为长诗。华本人则为这种新文体创造了一个术语："自传文本"（biotext）。他在一次访谈中对自传文本进行了阐释：

> 我使用"自传文本"这个词来预防《钻石烧烤》的写作形式被现成、通用的期待，被那从另外两个词"自传"与"生命写作"中溢出来的声望（至少我是这么看的）所劫持。然而，在我快要结束文稿的时候，我感觉需要真实面对藩篱，因而将之润色为"生物小说"。对于这本书来说，这似乎是一个在构造上更愉快的术语，因为这个词暗示了有可能增添某些叙事比喻。如果通过声明一件事情是人造的来"去诗歌化"，并以此给"自传文本"获得一些提升感觉，自然地与一种醉太极（负面能力之类的）的诗学相通融，而我的兴趣在于连字符连着；《钻石烧烤》不解决任何问题（至少我希望是）。[①]

如果说自传或生命写作之类的文体依然主要以文字叙述为载体的话，那么所谓的自传文本则接近于书写与生命相互结合或渗透的一种存在形式。后者更具跨文本性，《钻石烧烤》就结合了华"早期的诗歌、图片、摄影碎片，以及来自怀旧与记忆的片断与轶事"[②]，这种拼凑性使得自传文本犹如剪贴簿一样及时将对生活的记忆与感受收集起来，因此有别于事后用纯文字记录人物生平的传记式文体。自传文本也更为侧重文本与生活之间的互动性，不仅在于前者源于后者，而且文本也在同时影响着生活。"华的诗歌照料生活，诗歌产于生活，也反过来形塑生活。生活与写作相互植根于对方。"[③] 华认为长诗与人的生命之间本身有一种内在相通之处："对我来

[①] Fred Wah, *Fake It—Poetics and Hybridity: Critical Writing 1984 – 1999*, Edmonton, Alberta: NeWest Press, 2000, p. 97.

[②] Fred Wah, *Fake It—Poetics and Hybridity: Critical Writing 1984 – 1999*, Edmonton, Alberta: NeWest Press, 2000, pp. 98 – 99.

[③] Charlene Diehl-Jones, "Fred Wah and the Radical Long Poem", in Frank M. Tierney and Angela Robbeson, eds. *Bolder Flights: Essays on the Canadian Long Poems*, Ottawa: University of Ottawa Press, p. 139.

第四章 走向"多元体":多元文化与族裔改写

说,长诗的优势在于能够提供持续的自传文本。"① 从这个角度看,《钻石烧烤》本身的长诗式的体裁特征正对应了人的生命的绵延性。

《加拿大英语文学:文本与语境》一书这样评论《钻石烧烤》的文体:"体裁的混合反映出文本细节中文化、历史与语言的混杂。"② 混合性的确是此书的主题之一。首先从种族上来看,华的血统非常复杂,混有瑞典、中国、苏格兰与爱尔兰四国血统,用他在书中的话说是:"二分之一的瑞典人,四分之一的华人,以及四分之一的安大略盎格鲁-撒克逊新教徒。"(*Diamond*:36)③ 在此基础上,又不可避免地产生语言、文化与身份定位的多重复合性。而多重性与复合性正是华所谓的连字符的文化象征含义。在他的《假装——诗学与混杂性:1984—1999年批评论文集》(*Fake It—Poetics and Hybridity: Critical Writing 1984–1999*)一书中,华这样描述连字符:

> 这种诗学的场所对于我,以及很多其他多种族与多重文化的作家来说,是连字符,标记(或者抹去)既是连接也是分裂的空间。……这是一个可操作的工具,既混合差异性也强调相似性。虽然连字符是在中间,但它不是中心。它是一种所有权标记、一种边界标杆、一段中间地带、一个杂种、一条铁路、一颗最后的道钉、一个污点、一个密码、一根绳子、一个结、一段链条(连接)、一个外语词、一个警示记号、一份人头税、一片无人之地、一个流浪者、一座桥、一条飘浮的神毯,你现在见到它又没看见。连字符是杂种的餐点……④

《钻石烧烤》正是通过体现多重混合性的"自传文本"来构建独特的中餐馆叙事,然后以此来探索加拿大华裔及其多种族身份人群"生活在连字符中"的体验。

---

① Fred Wah, "Poet's Statement", in Sharon Thesen ed. *The New Long Poem Anthology*, Toronto: Coach House Press, 1991, p. 373.
② Laura Moss and Cynthia Sugars, *Canadian Literature in English: Texts and Contexts* (Volume II), Toronto: Pearson Education Canada, 2009, p. 558.
③ Fred Wah, *Diamond Grill*, Edmonton: NeWest Press, 1996, p. 36.
④ Fred Wah, *Fake It—Poetics and Hybridity: Critical Writing 1984–1999*, Edmonton, Alberta: NeWest Press, 2000, pp. 72–73.

二　餐馆的文化空间与身份多重性

饭店本身是一个有趣的文化空间。它是一个私人所拥有的公共场所，相对私密的厨房与相对开放的餐厅构成一个集私人与公共性为一体的社会空间。西方社会中的中国餐馆尤其具有一种微型"文化飞地"的象征含义。加拿大华裔学者莉莉·周（Lily Cho）在她的专著《吃食华人：加拿大小镇菜单上的文化》（*Eating Chinese*：*Culture on the Menu in Small Town Canada*）中断言："小镇的中餐馆对于当代华人流散话语至关重要"，因而是"考察流散文化的场所"①。华的家族生意"钻石烧烤店"处于20世纪中期的一个加拿大西部小镇上，实际就是华人的流散文化的一个缩影。如华在书中所讲述的，50年代前后的加拿大基本上是由白人主导的局面，当时的华人数量很少，而且整个社会的种族偏见根深蒂固。处于这种时代与文化背景的"钻石烧烤"在提供餐饮服务的同时，也是一个不同种族身份、文化与语言相互交流与冲撞的场域。从这个角度讲，父亲的这家中餐馆本身就开在这象征着文化与身份夹缝的连字符"-"之上。

华在《钻石烧烤》里反复描述餐馆的结构布局，包括厨房、餐厅、冷藏间与地下室等，构造出中餐馆独有的次文化空间。而各个次空间之间的通道——门，也是贯穿全书的意象。华在一场名为《站在门口：华裔加拿大诗歌中的连字符》（"Standing in the Doorway：The Hyphen in Chinese-Canadian Poetry"）的讲座中说道："门本身是一种过渡，一种开放式的过程，它同时通向两边。"② 华2009年的诗集《是一扇门》（*is a door*）的题名本身就暗示了一种类似通道与间隔的状态。英语原文中三个词全部小写，既不是一个完整的句子，也不能算一个短语，既可以在前面加上主语，也可以在后面增添补语，这种结构正对应门所代表的过渡性与不完整性。

诗集中的《乐谱：给查尔斯·伯恩斯坦》（"Sheet Music：For Charles Bernstein"）表现"中间先生"（Mr. In-Between）所面临的文化与认同困

---

① Lily Cho, *Eating Chinese*：*Culture on the Menu in Small Town Canada*, Toronto：University of Toronto Press, 2010, p.10.
② Fred Wah, "Standing in the Doorway：The Hyphen in Chinese-Canadian Poetry", "The Joy Of Reading：Chinese Literature Appreciation" lecture series, (An online lecture) The University of British Columbia, https：//www.youtube.com/watch? v=Z5QBgvTtKGU, December 23rd, 2019.

境。诗中写道："否则你会成为他者/你知道。你会成为背景,/而这会让这个词/门有了变化:/被门了"①。"门"从名词变为动词,"door"变成了"doored",暗示门既可以表示一种"通过"仪式,也有可能变成一道壁垒。对于很多移民来说,双重性(或多重性)就像一道门,如果顺利通过了,是优势;反之则可能陷入语言与文化的隔阂,以及自我身份定位的迷惘之中。在加拿大,具有多重身份属性的人,即华所谓"生活在连字符之中"的人,可能需要不断地跨过一扇扇的门。对于华来说,门实际上是另一种形式的连字符:"我驾驭着这沉寂这是一个连字符而连字符是门。"(Wah:16)门与连字符一样,都暗示了一种"中间状态"(inbetweenness),既具有开放性,也代表了暂时性,同时也是一种不断追寻的状态。

门有不同的类型。《乐谱》这首诗提到了"滑门":"从一边到另一边的混乱"②,影射一种在两种文化之间摇摆的状态。《钻石烧烤》所描写的隐性门则包含"来自伪装与隐蔽的力量"(Diamond:34)。此处"伪装"的英语原文是"Camouflage",也可译为"保护色",表示生物在外形上融入周围环境以自我保持。这个词在《钻石烧烤》中一再出现,20世纪中期,白人在加拿大占据绝对的数量与文化上的优势,因此白人的肤色就相当于一种保护色。华在年少时,为融入主流社会,"变得尽可能地白"(Diamond:98),因为"相同即是纯粹"(Diamond:36)。华本人的长相与白人无异,因此跨越种族与文化界限从表面上来看相对容易。

《钻石烧烤》一开始所描写的店里厨房与餐厅之间的两扇晃动门则更具空间上的文化隐喻。晃动门本身可以同时向内与向外打开,是象征意义上的连字符:"这两扇门很耐踢。底部钉着黄铜片。咣当!用这种方式来宣告你到场太好不过了。你似乎是爆炸了,穿过门走向顾客,穿过另一扇门走向厨师。"(Diamond:21)门的一边是神秘、烟雾缭绕的厨房,空气中充斥着各种中式食物的名称与咒骂声;另一端的餐厅则是以英语为主的、基本上属于西方式的场域。这扇门连接了私人与公共两个空间,同时也隔断了东方与西方两个世界。父亲作为这家中餐馆的主人,又因其身份与经历的特殊性,他一方面在厨房里通过食物彰显自己中国人的族裔身份,另一方面在餐厅里与白人主流文化进行不断的妥协与迎合。

---

① Fred Wah, is a door, Vancouver: Talonbooks, 2009, p. 14.
② Fred Wah, is a door, Vancouver: Talonbooks, 2009, p. 14.

相对于餐厅,厨房是较为封闭的空间。如果说在其他开放的环境中,华人需要在与周围的社会的互动中进行自我调整,中餐馆的厨房则是一个几乎全部由华人组成的排他性的文化场地。他们被压抑的愤怒往往在厨房里表现出来:

> 即使他们的黑色眼睛。类似于结局时包着胎膜的声音,厨房里冷藏室的大门令人吓一跳,当门闩沉重地关上时,厨师的脸躁动又烦闷。一家餐馆厨房里运转的节奏与奔忙中,仅是一扇门关上而已,但至少对于这些棕色皮肤老男人来说,这还包括带着冲击性震动、带着声波突触的绝缘物质,以及他们生活中的其他导线。开了一扇门,电就释放在记忆的节点里。创伤与梦想。(*Diamond*:127)

此处,华人的种族特征与餐馆的物质、声音空间交织在一起,两者融为一个整体文化场景。在厨房里,这些中国移民要么沉默地烹饪,要么大声吆喝,在沉默与大声之间宣泄着自己的身份焦虑。厨房背后还隐藏着另一个烟雾缭绕的记忆的故国。《钻石烧烤》所提到的关于华人在加拿大的生活与身份困境,包括人头税、种族歧视、语言与文化融入等问题,大多都是在厨房的空间里展开的。

除了餐馆内部的建筑结构与布局,《钻石烧烤》更是使用大量的篇幅、成段地描叙餐馆内的各个摆设与物品,描写程度极为细致,比如下面这一段:

> 当我坐在前柜台的其中一张高凳上,审视我能见到的服务区,沿着餐馆外墙,到大前窗的右边,是这样一片景象:不锈钢冷饮机;淡绿色的"汉美驰"奶昔旋转装置,五个搅拌器围成一个半圆(从来只见四个同时运作),"坎贝尔"的汤架与加热器,大双罐调奶机(那种装有橡胶管的,如果你剪断,会喷得全柜台都是);冷藏箱与糕点展示盒,然后,最后,在卡座前面,那巨大的带玻璃管子的不锈钢瓮:三个龙头、两份咖啡与一份热水——热气腾腾。(*Diamond*:63)

雷切尔·赫德利(Rachel Hurdley)在她的《家、物质、记忆与归属:保持文化》(*Home, Materiality, Memory and Belonging: Keeping Culture*)一书

中说:"物品的传记在构建个人与家族的自传过程中是很重要的。"[1]《钻石烧烤》正是试图构建另一种形式的自传(自传文本),而创作初衷之一是对父亲的怀念[2]。如赫德利说的:"物品能记忆事件、人"[3],华笔下的每件物品都留有父亲的印记,并记录着他的童年回忆。通过一件一件地描述物品,不但以文字的形式再现了当年餐馆的模样,也是在拼凑记忆。从某种意义上说,物品的罗列本身就是一种自传文本的写作模式之一。

人类学家伊赫尔·考皮托夫(Igor Kopytoff)在著名的《物的文化传记:商品化过程》("The Cultural Biography of Things: Commoditization as Process")一文中进一步谈论了物品的人类学意义:"带有文化意识的经济学自传观点会将一个物品看成是一个文化上的建构体,被赋予文化上的特殊意义,将其归类并两次归类于文化构成类别。"[4] 华在《钻石烧烤》中不惜笔墨地描写了店中的奶昔搅拌机。搅拌机的英语是"mixer",表示一种将各类不同物质相混合的工具。这一物品隐含了整个文本,甚至是整个华的诗歌作品的一个重要主题:混合性。搅拌机将不同的食物(有时候同时将西餐与中餐食材)进行粉碎并混合在一起。这个过程就象征着身份的混合性与多种族融合。

如果单个物品就可作它自身的人类学阐释,那么多个物品就能构成一个完整的文化空间。既然物品原本就具有文化与记忆,那么中餐馆的物的空间展示本身就是一种华人的身份体验。"钻石烧烤"店里的各个物件、摆设,甚至是厨房里的烟雾都混合着多重身份的味道。而且,餐馆中的不同空间之间氛围的差异、相互的对比与互动,都充满了叙事性。《钻石烧烤》与其说是在建构自己的身份,不如说是在展示这种跨文化身份。华从物的空间中提炼出来的并不单纯是一种中国元素,而是杂糅了多种味觉的

---

[1] Rachel Hurdley, *Palgrave Macmillan Studies in Family and Intimate Life*, Houndmills, Basingstoke, Hampshire: Palgrave Macmillan (UK), 2003, p. 102.

[2] Fred Wah, "Standing in the Doorway: The Hyphen in Chinese-Canadian Poetry", "The Joy Of Reading: Chinese Literature Appreciation" lecture series, (An online lecture) The University of British Columbia, https://www.youtube.com/watch?v=Z5QBgvTtKGU.

[3] Rachel Hurdley, *Palgrave Macmillan Studies in Family and Intimate Life*, Houndmills, Basingstoke, Hampshire: Palgrave Macmillan (UK), 2003, p. 102.

[4] Igor Kopytoff, "The Cultural Biography of Things: Commoditization as Process", in Arjun Appadurai ed. *The Social Life of Things: Commodities in Social Perspective*, Cambridge: Cambridge University Press, 1986, p. 68.

复合身份体验。一方面诗歌以写实的手法细腻地描写餐馆内的布局、物件与日常经营的细节；另一方面通过后现代的语言与手法营造出一种形而上的虚幻感。

三 味觉、烹饪方式与族裔记忆

《钻石烧烤》反复描写味觉与记忆的关系。书中多次提到"我"对中国菜的特殊而复杂的感情。有时候味觉甚至会违背他的意愿，比如面对父亲从饭店带回来的中餐："牛尾汤、炸鳕鱼、菠萝荔枝炒鸡——这些东西我们并不总是愿意吃但永远馋着它们"（Diamond：46）。他成年以后会对中式香肠、萝卜与豆腐等一些特定食物产生渴望，有时候这种渴望是抽象的："离开家后的很多年里，我贪念某些中餐的味道，但无法确定具体是什么食物。一种空白咬啮着感觉与记忆。一种无以名状的味道，不是在嘴里而是在我头脑深处的某些暗巷里。"（Diamond：67）在华看来，这种无以名状的味觉记忆关乎血缘与身份归属。《钻石烧烤》在对食物味道细致入微的描述中，体现出"我"对中餐的记忆是如何与对父亲的怀念联系在一起的，而这种怀念又混杂着他作为华人后代的生理与心理体验，进而又上升为对自己多重族裔身份的探究与追寻。"本质的本体神经元：记忆"（Diamond：167）如华自己在书中所说的："味觉是如何记忆生活的"（Diamond：74）"我"在父亲死后试图通过再现一些中餐食物的味道来重新建立与父亲的关系，并在这个过程中寻找自身族裔身份的定位。

除了食物本身，中餐的烹饪过程也是华人文化的体现。《钻石烧烤》极其细致地描写饭店里的华人厨师苏、"我"的父亲、弟弟，以及"我"自己准备中餐的过程。中餐的制作过程不仅仅涉及食物本身，而且会在整个空间中营造出一种热闹、紧张且略带神秘的氛围。食物在蒸制过程中所产生白雾状水汽、热油在锅中发出的滋滋声响、葱姜蒜在煸炒时的浓烈气味……中餐的烹饪总体上比西餐更具声效与场景感。《简单食谱》中回忆父亲："在我们的房子里，天花板沾上油渍变成黄色。甚至空气也因为油味变得厚重。我记得我喜欢这种厚重感，空气中因在这个小厨房里所烹制的无数顿饭的气味而变得稠密，所有这些诱人的味道争抢着空间。"[①] 通过

---

① Madeleine Thien, *Simple Recipes*, Toronto: McClelland & Stewart, 2006, p.13.

这种氛围的营造，做饭这件事便更具一种记忆与文化层面上的寓意。

其中米饭作为一种标志性的中餐主食，其地道的制作过程可看成是一种华人身份的展示。《钻石烧烤》中的父亲就非常擅长煮米饭：

> 洗两到三杯米（多一些更好，因为你之后可以用来做炒饭豆腐早餐），在一个沉锅里用你的手指搅出旋涡，沥掉水。倒入的水要足够盖住米粒外加你手指的厚度，你的手指是指面向上放在米上（年龄、性别、种族或阶层的差异可以忽略——结果都是完美）。煮开然后合上厚锅盖焖上大约半个小时。（*Diamond*：75）

类似的情节也出现于加拿大的另一当代华裔作家玛德莲·邓（Madeleine Thien）的著名短篇小说《简单食谱》（*Simple Recipes*）中。与华一样，邓也在这个故事中反复且细致入微地描写"我"的父亲淘米的过程：

> 做米饭有一个简单食谱。我父亲在我还是个孩子的时候教过我。那个时候，我总是坐在厨房的台面上看着他，看他是如何在手上筛米粒的，又准又快，去掉碎土或沙子，微小的杂质。他的手在水中打着旋涡，水变成了白雾状。当他摩挲着洗米粒时，声音响得如一地的昆虫。一遍又一遍，父亲冲洗着米，沥掉水，又倒入锅中。[1]

这个父亲也是用手指来测量水位："将食指尖放在米粒的表面，水位应该达到你第一个关节的弯曲处。"[2] 在这个短篇中，米饭的烹饪方式更多地与华裔移民的代际冲突联系在一起，邓通过煮米饭这个看似平常的"简单菜谱"的失传来表现在新的文化语境中，华裔第一代与第二代移民之间不可避免的矛盾与传承的断裂。

两代人之间矛盾常常表现在食物或者烹饪习惯上的冲突。《钻石烧烤》中提到父亲与"我"在生姜问题上的分歧：我总是将食物里的生姜挑出来，而"这让他很生气，不是因为他不觉得生姜苦，而是因为我冒犯了他对于给我们做的食物的自豪感。"（*Diamond*：11）生姜在西方曾被看成是

---

[1] Madeleine Thien, *Simple Recipes*, Toronto：McClelland & Stewart, 2006, p.11.
[2] Madeleine Thien, *Simple Recipes*, Toronto：McClelland & Stewart, 2006, p.11.

特有的中餐食材，而且性辛辣味苦涩，又因常被误解为是植物的根〔《钻石烧烤》中称其为"姜根"（ginger root）〕而具有文化寻根的寓意，因此一定程度上是华人独特饮食习惯的象征，也成了中西文化冲突的一种隐喻："生姜成了一个隐隐的种族资格的场地。"（Diamond：11）华在另一部诗集《等待萨斯喀彻温》（Waiting for Saskatchewan）中也写到了因生姜而引发的两代人的冲突：

> 我的父亲在
> 餐桌上伤心
> 在晚饭时间
> 坐着伤心
> 内心深处
> 内心最远处
> 因为我受不了他的生姜
> 混在今晚他为我们
> 做的牛肉与蔬菜中
> 他脸上的表情
> 现在又在我的脸上显现
> 我的孩子
> 我的食物
> 他们的食物
> 我的父亲
> 他们的父亲
> 我、我的
> 父亲
> 很远
> 很远很远
> 远在心底[①]

这首诗进一步表现了对食物的分歧所暗含的代际冲突与文化传承上的问

---

① Fred Wah, *Waiting for Saskatchewan*, Winnipeg, MB：Turnstone Press, 1985, p.7.

题。一方面，两代人之间的隔阂也似乎是一种遗传，父母与"我"的矛盾、"我"与自己子女的矛盾，两者之前具有一致性。另一方面，正是在这有如历史重演的代际矛盾中，包含着文化的延续。华人的族裔传统是一种深入血缘的联系。如诗中所表现的，这种联系虽然有时候会飘得很远，但又深藏心底。以饮食为代表的华人传统在整个西方大语境中，的确有逐代减弱的趋势，但在华看来，其父亲留给他的东西，他也以某种方式给了自己的子女。

四 语言与身份困境

华在美国期间与黑山（Black Mountain）诗派成员，尤其是与其鼻祖查尔斯·奥尔森（Charles Olson）在文学创作上有不少交流，因此他的诗歌理念深受黑山派的影响。华回加拿大后与鲍威林等人创办的期刊《堤什》(Tish)主要就是宣传黑山派的创作理念与风格。他早期的诗集《呼吸我的名字，带着叹息》(Breathin' My Name with a Sigh)，题目本身就暗示身份、语言与声音的结合。另一部80年代出版的诗集《音乐在思想之心》(Music at the Heart of Thinking)的书名同样体现出黑山派对诗歌音乐性的强调。他在谈到此书的创作时说："我基本上就是试图通过更具技巧性与应用性的语言元素（我工作于语言中）来架构我'诗学'想法。"[1]

20世纪70年代以来，随着加拿大多元文化主义的全面推行与深入人心，华开始在诗歌创作中关注种族身份与族裔传统的议题，《钻石烧烤》就是"连字符诗学"（hyphen poetics）的集中体现。但即使在这部以身份多重性为主题的作品中，他依然"时不时地在《钻石烧烤》中，我试图提醒读者这依然是一个语言事件。"[2] 事实上，语言与身份这两个议题本身就是交织在一起的。"钻石烧烤"店中的华人，包括厨师苏、鹏与祖父吉姆·华等，不仅体现在他们所说的粤语，也表现在他们对英文的独特理解与改造。

"muckamuck"原为北美本土裔民族语言，意为食物多，后引申为

---

[1] Fred Wah, "Afterword", in Louis Cabri ed. *The False Laws of Narrative: The Poetry of Fred Wah*, Waterloo, ON: Wilfrid Laurier University Press, 2009, p. 66.

[2] Fred Wah, *Fake It—Poetics and Hybridity: Critical Writing 1984 - 1999*, Edmonton, Alberta: NeWest Press, 2000, p. 98.

"大人物"之意，因此本身隐含食物与身份的关系。在《钻石烧烤》中，"muckamuck"在华人群体中被改造为"高等大人物"（high muckamuck），成了带有华人独特理解与移民体验的用语，实际上是"将汉语词滑入英语词"（*Diamond*：68），是一个英语形式的中文词。对于"我"的祖父等第一代华人移民来说，这个词代表了中文与英语的冲突与交融："我现在意识到他也是在享受用嘴发出两者触碰时的不和谐性，以及舌头冲撞的和谐性，他自己作为过去一百五十年间发生在北美的流散与游荡支族的一员。……他是在使用奇努克混合语，一种殖民交往中的洋泾浜词汇、一种接触地带的符号—转换的叽叽呱呱。"（*Diamond*：68）华在书中引用了玛丽·露易丝·普拉特（Mary Louise Pratt）对于"符号—转换"（code-switching）的阐释：

> 在像美国这样激烈单语主导文化的语境中，符号—转换摆出一种文化权力的主张：那种主动拥有的权力，而不是被主导语言所拥有。从美学上看，当话语流畅又有策略地在两种语言与两种文化系统之间舞蹈时，符号—转换可以具备高明的用词精准性与优雅性。符号—转换有可能成为一个集趣话、幽默、双关、文字游戏，以及节奏与押韵的游戏的丰富语库。①

可以看出，普拉特所谓的"符号—转换"与其说是指在两种语言之间自由切换，不如说是以某种方式将两种语言相互结合。对于非英语母语的移民来说，融入主流社会的过程在一定程度上也是放弃自己的语言与文化的过程。语言既是对原先文化的记忆，同时也是融入当前文化的障碍。移民试图在两者之间找到平衡点，"符合—转换"可以说是在融入主流社会与保持自我文化相博弈的结果。

华在《钻石烧烤》中为语言打上了种族的烙印。比如"我"的母亲虽然出生于瑞典，但从小在加拿大长大，所以"她的英语是好的，是金发的"（Wah：61）；"我"因为外表也是金发的白人，所以被认为应该说英

---

① Mary Louise Pratt, "Yo Soy La Malinche", *Twentieth Century Poetry: From Text to Context*, Peter Verdonk. London: Routledge, 1993, p. 177. Requoted from Fred Wah, *Diamond Grill*, Edmonton: NeWest Press, 1996, p. 68.

第四章 走向"多元体":多元文化与族裔改写

语。而父亲的情况最为复杂:他本身是华人与白人的混血儿,又在四岁时被送往中国,直到 22 岁才回到加拿大。在两种文化的夹缝中的成长经历使得他始终存在着语言的沟通问题:

> 沉默的愤怒慢炖着,炖着一些没有实现的期望,语言一无是处,因为:要么已成的事实无法改变,要么反过来的逻辑令人难以忍受到无法压制。但是愤怒于沉默本身,愤怒于无语,当他从船上走下来、回到家,他们对他絮叨时,无法用英语回应……作为"中国的华人"长大,到那里与回来都是同样无法开口的愤怒,两次都是震惊,陷入对他者信息的双重捆绑中,华裔加拿大人、中国白人,连字符式的舌头打结的空白的嗡嗡声一直没至肩膀……(Diamond:31)

对于父亲来说,语言的问题与经历、身份相互纠缠在一起的。"连字符式的舌头打结"(hyphenated tongue-tied)说明这种陷于两种语言与文化夹缝之间的困境。他在加拿大是"华裔加拿大人"(Chinese-Canadian)、在中国是"华裔白人"(Chinese-white),这两个词的英语原文中间都有连字符,身份的双重性在他身上表现为一种撕裂,他在加拿大与中国都无法真正找到完全的身份归属。双重身份导致双重语言,反过来双语是双重身份的表征。从一定程度上说,中餐馆的环境也在演绎父亲的身份双重性。他在厨房中回归华人的文化传统:烹制中餐、说广东话,使用只有在厨房里工作的华人才能听懂的"黑话"(jargon)。到了客厅里又换成英语来与当地人打交道,有时候甚至将自己不熟练的英语作为笑话来取悦顾客。

换个角度看,沉默是一种特殊形式的语言与身份表达。钻石烧烤店中有不少沉默的华人,比如父亲的合伙人鹏、在地下室里一言不发削土豆的魏博等,有时候父亲也会陷入沉默。默默烹饪中餐成为一种文化展示与态度。比如厨师苏在烹饪食物的时候:"这种对味道的记忆在脑子里无声地预演,在他闭着的眼睛后面的第一语言是做梦似的一步步播放制作牛肉炖藕汤的过程。"(Diamond:174)味道转化成记忆,语言转化为做饭行动。对于英语表达不畅的移民来说,食物似乎是某种补偿,食物在一定程度上代替了语言,而嘴的功能也从表达部分地转化成了记忆:"煮你的沉默,但不要焖。"(Diamond:92)从这个角度讲,沉默可以看成是坚守自己文化与身份的态度:"沉默被当成是一种政治反抗的直接结果,或者是一种非语言经历的整体场域。"① 如果说符号—转换是一种外向性的融入方式，那么"沉默"则是一种内向性的自我语言与文化守卫姿态。

弗莱德·华笔下的中餐馆是一个集食物、味觉、物品、记忆、语言、文化与身份为一体的复合空间。作者通过所谓"自传文本"的文学实践，描绘出一个过去与现在、中国与西方相互碰撞与融合的文化场域，以此构建作为加拿大华裔"生活在连字符中"的独特身份体验。华在《钻石烧烤》中表示："我对于这种从神圣而伟大的铁路想象中竖立起来的集体事业不感兴趣，这种想象在于收获一个白人文化主导的局面。"（*Diamond*：125）华的中餐馆叙事即是在加拿大多元文化主义背景下，包括华人在内的少数族裔寻找与建立自己多重身份的历程。

---

① Peter Jaeger, "Contextual Essays: Coordinates, Conditions, Air", in Fred Wah and Amy De'Ath, eds. *Toward Some Air: Remarks on Poetics of Mad Affect, Militancy, Feminism, Demotic Rhythms, Emptying, Intervention, Reluctance, Indigeneity, Immediacy, Lyric Conceptualism, Commons, Pastoral Margins, Desire, Ambivalence, Disability, the Digital, and Other Practices*, Banff Alberta: Banff Centre Press, 2015, p. 12.

结论　从"共同体"到"多元体":加拿大英语诗歌中"后民族主义"趋向

如果将1825年奥里弗·哥德史密斯创作《勃兴的村庄》设为起点,那么迄今为止加拿大英语诗歌史差不多刚好走过了两百年的历史。在加拿大这样一个"历史太少、地理太多"的国家,对自身民族身份的寻求与建构贯穿了整个文学史,而诗歌更是充满了对土地与自我的追问:从最初的哥德史密斯的"这是一方英雄、慷慨、自由与勇敢的土地"[1],到阿特伍德借苏珊娜·穆迪之口说的"我是一个迷失在外语中的词"[2];从伯尼的"我们只因缺鬼而被纠缠"[3]到珀迪的"这是一个关于我们的失败的乡野"[4],"加拿大"这个词始终、或多或少地代表了一种民族和身份象征与归属。

在19世纪的诗歌作品中,读者会听到大量的抱怨与呻吟,诗歌中充斥着类似于"这片土地好荒凉""拓荒生活真辛苦""我感觉很孤寂"的感叹。一方面,这些负面的情绪是有事实根据的,当时的北方殖民地的确是环境恶劣、生活艰辛。但如果横向比较一下,当时同样居住于这片土地的本土裔原住民并没有这么多不满。早期移民们痛苦不堪的原因之一是他们来自欧洲、来自"文明"。所以说,从一开始,加拿大便将自己放置在

---

[1] Oliver Goldsmith, "The Rising Village: A Poem. By Oliver Goldsmith, a Collateral Descendant of the Author of 'the Deserted Village' (1825)", in D. L. Macdonald and Anne McWhir, eds. *The Broadview Anthology of Literature of the Revolutionary Period 1770-1832*, Peterborough, Ontario: Broadview Press, 2010, p. 1333.

[2] Margaret Atwood, *The Journals of Susanna Moodie*, Toronto: Oxford University Press, 1970, p. 11.

[3] Earle Birney, *The Collected Poems of Earle Birney* (Vol. 1), Toronto: McClelland and Stewart, 1975, p. 138.

[4] Al Purdy, "The Country North of Belleville", in Donna Bennett and Russell Brown, *An Anthology of Canadian Literature in English* (Third Edition), Don Mills: Oxford University Press, 2010, p. 569.

与其他国家的对比中，这种与另一个国家（或另一种制度、文明）的参照思维，甚至在加拿大文学萌芽之前就形成了。

加拿大英语文学的尴尬之一是"用一种早已在他人那里生根并为他们所拥有的语言写作"①；而更为尴尬的是，早期的文学创作都不是给加拿大本地人读的。一来是因为这些作家根深蒂固的殖民地心理，他们创作时所预设的读者总是自己母国的人；二来是因为加拿大民族出版业曾一度处于英国与美国两大市场之间的夹缝之中："英语书籍出版历史的大部分都是在殖民与独立市场间徘徊，伴随着大不列颠与美国之间复杂的操控。"② 在整个19世纪，加拿大文学作品都在很大程度上依赖国外（主要是英国与美国）的出版机构。由于没有自己的出版业，文学作品首先要迎合他国的市场，这就导致早期的加拿大文学往往都是"写给别人看的"，是"别人的文学"。这是为什么早期作家，包括穆迪夫人、特莱尔夫人与查尔斯·G. D. 罗伯茨等在内的许多作家，他们的创作都是写给别人看的文字。这种情况直至20世纪才开始逐渐有所改观，但无疑已经在事实上造成了加拿大文学有意识的"他者化"审视与观照。

当然，这个"他者"具体是谁会随着时代而改变。如果说20世纪中期以来穆迪夫人式的"甜蜜的英格兰"开始逐渐褪色，那么这个"邪恶的南方"（美国）又慢慢成了加拿大文学中挥之不去的阴影：从托马斯·哈利伯顿到罗伯逊·戴维斯（Robertson Davies），从史蒂芬·李科克（Stephen Leacock）到丹尼斯·李，不少加拿大作家的文字背后都隐藏着一个美国。到了近几十年，当代移民作家笔下遥远而神秘的母国又构成了兼具纵向与横向意义的参照体系。

可见，从生发之初直到现在，加拿大英语文学始终处于与他国的镜像比较之中，而且经常在明亮的参照物面前黯然失色。但换个角度看，加拿大的这种文化自省意识使得这个国家相对温和、不易走极端，她的国家共同体概念也相对更具开放性与包容性。与那个同样是移民国家的邻居比起来，加拿大没有那种经过"大熔炉"浸染后气势汹汹的美国精神，而是"马赛克"似的兼容并蓄。从某种意义上说，加拿大最为人称道的包容与

---

① Eva-Maire Kröller ed., *The Cambridge Companion to Canadian Literature*, Cambridge: Cambridge University Press, 2004, p. 18.
② Eva-Maire Kröller ed., *The Cambridge Companion to Canadian Literature*, Cambridge: Cambridge University Press, 2004, p. 16.

结论 从"共同体"到"多元体":加拿大英语诗歌中"后民族主义"趋向

多元正是源于她较之于英美两国的文化自卑感。自卑情结(Inferiority Complex)也可以在很大程度上解释本书在"绪论"中提到的加拿大文学中"天问"式的民族性建构历程。

与两百年的诗歌史对应的是加拿大从殖民地变成一个国家,又走向多元的过程。建国时期"哦,加拿大"式的讴歌齐声响亮的同时,对于亚裔、非裔等非白人欧洲移民的排挤情绪同样高涨,并为后期的《排华法案》等法律的推行埋下了伏笔。后联邦时期对新兴国家赞美与建设一个独立于英国与美国文学呼声的同时,对于本土裔居民的后殖民改造也在稳步推进,并造成了许多人道主义恶果。20世纪60年代联邦政府成立百周年前后,民众爱国热情高涨的同时也在强力批判美国的越南战争,并进一步从"我们与美国不一样"中建立自己的身份属性。北方寒风中的这些历史进程最终铸成了现今的加拿大,而诗歌史见证并记录了这一切历程。

单就20世纪来说,这段历史可以简单地概括为从欧洲中心主义到多元文化主义、从殖民到反殖民,相应的文学流派的更迭是20世纪早期的浪漫主义到20年代的现代主义,再到六七十年代的民族主义,直到20世纪末及本世纪初的后现代主义。在当今的评论界,"后现代主义"似乎是一个并不受欢迎的词:"后现代"本已大而不当,再冠以"主义"更是令人生厌。然而,不可否认的是,后现代主义确实是席卷加拿大文学的潮流和趋势,这在诗歌中表现得更为明显:迈克尔·翁达杰以一部《比利小子作品集》颠覆了传统传记文学的"线性""纪实"属性,并继向历史的真实性发起挑战;阿特伍德的《苏珊娜·穆迪日记》同样以改写文档的方式继续着这种挑战;安·卡森的《红的自传》又进一步将自传文体解构得体无完肤。与此同时,欧文·莱顿提倡要从文明返回蛮荒;克罗奇感出"反命名"的口号,并向语言本身提出质疑……多元文化主义背景下各种反传统、价值重构、消解中心的解构主义倾向与诉求,如果只能用一个词来概括,或许只有"后现代主义"能担当此重任。

阿特伍德20世纪90年代的小说《别名格雷斯》(*Alias Grace*)中,被认为是疯子的格雷斯其实最为清晰,而她的治疗医生乔丹最后反而发疯了,宣告他所代表的19世纪心理与精神病治疗理念,甚至于整个科学理性的破产。疯癫胜利了、理性失败了,这似乎是对后现代主义时期加拿大英语文学走向的一个预言。20世纪后期、21世纪初,从穆迪所讴歌的基督教理性到弗莱的"碉堡心理",哪怕是阿特伍德自己所阐述的"生存"

主题，都在新时代受到了多元价值观与世界主义等的多重冲击。但是，早期移民的身份探寻其实并没有停止，只是换一个方式进行着，也许是少数族裔的文化寻根，也许是后现代主义式的"疯狂"意象。后民族主义时期，穆迪夫人躲在疯人院铁栏外的窥淫目光依然在内心默默地注视着这个世界。

如前文所论述的，对于民族"共同体想象"的追寻贯穿于从"建国"到"建国百周年"这一个世纪。但从某种角度看，20世纪60年代的百年庆民族主义热潮似乎是为100年的加拿大历史画了一个句号。因为接下来的70年代是多元文化主义与价值重估的时期。加拿大作为西方价值体系中一个成员，且本身的自我定位就是更偏向自由主义，再加上国内的多元文化主义与移民政策的两大强作用力，近年来"左倾"（liberal）趋向愈加明显。在这种情况下，上文提出的问题，即"早期加拿大诗歌致力于建构的民族共同体想象在现今无论是手法还是观念都极为多元化的诗歌创作中是否依然还在？"又浮出了出来。经过前面四大章节分别从历史政治、自然地域、诗歌形式与族裔身份的研究与分析，笔者认为，加拿大早期诗歌中民族主义在现时代依然存在，只是从"民族主义"转变成了"后民族主义"。本书所谓的"后民族主义"指的是在当代文化与政治语境下更为多元化、更为地域分化以及更为后现代主义的民族主义创作思潮与走向。

那么，当这种以解构主义为核心的后现代主义创作技巧遇上民族性建构的需求时，我们可以看到加拿大诗人希望解构之后能重新建构的希冀。阿特伍德的短篇小说《黑暗中的伊希斯》（Isis in Darkness）以埃及神话故事中的女神伊希斯拼凑散落在四处的丈夫奥西里斯的尸体来使之复活的故事（一个典型的先解构后建构的神话蓝本）为隐喻，来暗示诗人的重构力量[1]。比如克罗奇的《种子目录》里在焚毁一切的基础上又反复出现"种植"（grow）一词。所以说，不管是阿特伍德的女性宗谱历史书写，还是克罗奇的西部草原家族体验，都传达出一种文学建构的意愿与宏图。也许正如麦克李南所说的，加拿大作家必须先为自己搭建文学平台，然后才能开始文学创作。如此强烈的民族文学的建构意识与责任感恐怕是其他很多国家都没有的。

而贯穿于整个国民文学建构过程的又总是一股挥之不去的"寒流"：

---

[1] 《黑暗中伊希斯》是以加拿大著名女诗人关德琳·玛可温（Gwendolyn MacEwen）为原型创作的短篇小说。阿特伍德在这部作品中以伊希斯的形象来隐喻玛可温作为一个诗人的救赎作用。

结论 从"共同体"到"多元体":加拿大英语诗歌中"后民族主义"趋向

19世纪联邦诗人笔下的冬天如死亡一样残酷;20世纪克罗奇的草原诗歌也始终渗透着一种荒凉与无奈感。如果说帕特里克·莱恩的冬季诗试图从寒冷与可怕的角度构建加拿大作为一个北方国家的特质,那么P. K. 佩奇描写热带地区的诗歌又从另一个反面印证了北方人特有的冬季体验。自我身份的建立只能或者是荒凉与无奈中的坚持,或者是在遭受破坏与毁灭之后的自省式重建。加拿大的历史相对平淡,但也充满了挫败感。而现如今,那种本可以作为加拿大集体体验与心理模式的挫败感也变得多元了。相对单一的"民族主义"被在当今多元主义、世界主义和后现代主义等多重力量的消解、角逐与重构之下的"后民族主义"所代替。

纵观加拿大文学批评史,我们也可以大致看到一个从"国家"到"地域"、从"单一"到"多元"、从"民族主义"到"国际主义"的发展与演变的脉络。在建国前夕的1857—1858两年间,托马斯·达西·麦基在自创的报纸《新纪元》(*New Era*)上发表了一系列关于建设加拿大民族文学的文章,包括《一个加拿大的民族文学》(*A National Literature for Canada*)、《加拿大文学》(*A Canadian Literature*)、《谁会阅读一本加拿大书?》(*Who Reads a Canadian Book?*)、《加拿大民族文学》(*Canadian Nationality Literature*)和《保卫加拿大文学》(*Protection for Canadian literature*)。在《保卫加拿大文学》一文中,他声称"任何国家、任何民族,任何人民,都必须创造与培育一个民族文学"[1]。相对于麦基高昂的民族热情,莎拉·简妮特·邓肯(Sara Jeannette Duncan)则显得更为理性。她的《美国对加拿大思想的影响》(*American Influence on Canadian Thoughts*)一文更多地从警惕美国对加拿大独立性的威胁来谈加拿大文学的建构。

建构民族文学的号召响彻于早期的加拿大文学批评史,甚至直到20世纪后期,这一呼声仍然是文论中的一个强音。批评家玛格达莉恩·瑞德卡普(Magdalene Redekop)就断言:"在我们各个孤独的地域之上,依然有着一个同样孤独的民族意识。"[2] 阿特伍德在《生存:加拿大文学主题指南》中则通过自然、动物受害者、拓荒者等多个主题对加拿大诗歌的民族意识与北国特征展开了全面的论述。弗莱的文化则全面分析了加拿大文学

---

[1] Thomas D'Arcy McGee, "Protection for Canadian Literature", *New Era*, April 24, 1858, p. 305.
[2] Magdalene Redekop, "Canadian Literary Criticism and the Idea of a National Literature", in Kroller Eva-Marie ed. *The Cambridge Companion to Canadian Literature*, Cambridge: Cambridge University Press, 2004, p. 272.

中基于地域、历史与文化而表现出的特有的民族心理、思维与主题模式。乔治·伍德科克（George Woodcock）在《乔治·伍德科克加拿大诗歌简介》(*George Woodcock's Introduction to Canadian Poetry*, 1992）一书中则强调加拿大诗歌既具有也应该追求不同于美国的主题想象。罗伯特·莱克（Robert Lecker）在安德森将民族定义为"想象的政治共同体"的基础上提出"加拿大完全是一个共同体的戏剧化叙事"[1]。丹尼斯·李（Dennis Lee）到1973年还在感叹"我认识的文字说着英国，也说着美国，却没有说我的国家"[2]。从弗莱、阿特伍德、伍德科克再到斯坦尼斯再到丹尼斯·李一脉相承的民族主义批评，可以看出，在20世纪后半期，民族性建构依然是加拿大文学的主要诉求之一。

然而，与此同时，随着政治上的多元文化主义与文学上的后现代主义逐渐深入人心，统一的共同体想象一再受到质疑。克里斯托尔·伏杜因（Christl Verduyn）主编的20世纪末期出版的两本理论专著《新加拿大批评语境》(*New Contexts of Canadian Criticism*, 1997）与《文学多样性》(*Literary Pluralities*, 1998）都旨在于以多样性来否定单一的加拿大民族身份，提倡族裔批评、地域批评、性别批评等符合多元主义价值观的批评方法。阿杰·赫伯尔（Ajay Heble）在《新加拿大批评语境》中说："确实，如能像我一直所提出的，加拿大批评'新语境'最明显的一点就是告诉我们要走出民族主义框架，进入真正民主的跨文化作品的形式中，这样文化倾听才是基于我们认识与理解多重声音在构建加拿大中所起的作用。"[3] 他进一步提出诗歌批评"有必要转移到民族主义批评方法之外"[4]。同时，西方批评界还一度流行所谓的"大北美文学"观点，即将整个北美地区的文学

---

[1] Robert Lecker, *Making It Real: The Canonization of English-Canadian Literature*, Toronto: Anansi, 1995, p. 10.

[2] Dennis Lee, "Cadence, Country, Silence: Writing in Colonial Space", in Cynthia Sugars and Laura Moss, eds. *Canadian Literature in English: Texts and Contexts* (Volume II), Toronto: Pearson Education Canada, 2009, p. 475.

[3] Ajay Heble, "New Contexts of Canadian Criticism: Democracy, Counterpoint and Responsibility", in Ajay Heble, et al., eds. *New Contexts of Canadian Criticism*, Peterborough: Broadview Press, 1977, p. 86.

[4] Ajay Heble, "New Contexts of Canadian Criticism: Democracy, Counterpoint and Responsibility", in Ajay Heble, et al., eds. *New Contexts of Canadian Criticism*, Peterborough: Broadview Press, 1977, p. 86.

结论 从"共同体"到"多元体":加拿大英语诗歌中"后民族主义"趋向

看成一个整体,比如卡米耶·拉·波西亚(Camille La Bossière)的《北美语境:加拿大与美国的文学联系》(*Context North America:Canadian/U. S. Literary Relations*)一书就更多地侧重美加两国文学的共性而不是差异性。

总体来说,当代加拿大无论是在创作还是文论上,都全面趋于地域化、多样性和国际主义。如今站在21世纪20年代的节点上回顾200年的加拿大诗歌,大致可以看到一个从殖民主义到民族主义再到后现代主义的脉络,但细究之下会发现这其实是一个民族性从无到有,再从有至多样性的建构过程。后现代主义对民族性并不是单纯的消解,而更多的是一种重新阐释。当代诗歌中,民族主义的诉求依然在,但并不是原先那种单一的、欧洲的、白人的、亲英的、基督的,而是多元、多文化、多族裔、多地域的。这就是本书所谓的加拿大"后民族主义"。但不管是"民族主义"还是"后民族主义",两者对于个人与集体身份的内在探寻诉求是一致的,也贯穿着加拿大的历史。200年来,加拿大诗人以自己的诗行绘制了一幅新兴国家的"共同体想象"。

参考文献

Acorn, Milton, "The Canadian Statue of Liberty Speaks to the U. S. Draft Dodgers", *I've Tasted My Blood: Poems 1956 to 1968*, Toronto: Steel Rail, 1978.

—— "The War in Viet Nam", *Blew Ointment* 3.1, Nov. 1965.

Aichinger, Peter, *Earle Birney*, Boston: Twayne, 1979.

Anderson, Benedict, *Imagined Communities: Reflections on the Origin and Spread of Nationalism* (Revised Edition), London & New York: Verso, 2006.

Anderson, Kim, "The Grandmother Place: An Introduction by Kim Anderson", *Halfbreed*, Maria Campbell, Toronto: McClelland & Stewart, 2019.

Anonymous, "A Day in a Lunatic Asylum", *Harper's New Monthly Magazine*, Sept 1854.

Anonymous, Quoted in Gary Moffatt, *History of the Canadian Peace Movement Until 1969*, St. Catharines: Grape Vine Press, 1969.

Atwood, Margaret, "Afterword", *The Journals of Susanna Moodie*, Toronto: Oxford University Press, 1970.

——*Alias Grace*, New York: Anchor Books, 1997.

——*The Animals in That Country*, Boston: Atlantic Monthly Press. Little, Brown & Co., 1968.

—— "Canadian Monsters: Some Aspects of the Supernatural in Canadian Fiction", *The Canadian Imagination: Dimensions of a Literary Culture*, Ed. David Staines, Cambridge and London: Harvard University Press, 1977.

——*The Journals of Susanna Moodie*, Toronto: Oxford University Press, 1970.

——*Moving Targets: Writing with Intent, 1982–2004*, Toronto: House of Anansi, 2005.

—— "Progressive Insanities of a Pioneer", *The Animals in That Country*, Boston: Little, Brown and Company, 1968.

——*The Robber Bride*, New York: Anchor, 1998.

——*Selected Poems: 1965 – 1975*, Boston: Houghton Mifflin Company, 1987.

——*Strange Things: The Malevolent North in Canadian Literature*, New York: Oxford University Press Inc., 1995.

——*Surfacing*, New York: Fawcett Books.

——*Survival: A Thematic Guide to Canadian Literature*, Toronto: Anansi, 1972.

—— "This Is A Photograph of Me", *Margaret Atwood Selected Poems 1965 – 1975*, Boston: Houghton Mifflin Company, 1976.

——*Writing with Intent: Essays, Reviews, Personal Prose: 1983 – 2005*, New York: Carroll & Graf Publishers, 2005.

Beissel, Henry, "Good Tidings and Good Will in a Monsoon Drizzle", *Mirrors: Recent Canadian Verse*, Ed. John Pearce, Agincourt, Ontario: Gage Educational Publishing, 1975.

Bennett, Donna and Russell Brown, *An Anthology of Canadian Literature in English*, Toronto: Oxford University Press, 2010.

Berger, Thomas R., "Foreword", *Canada and the Métis*, 1869 – 1885, D. N. Sprague. Waterloo, Ontario: Wilfrid Laurier University Press, 1988.

Berton, Pierre, *The Last Spike: The Great Railway 1881 – 1885*, Toronto: Anchor Canada, 2001.

Bhabha, Homi K., *The Location of Culture*, New York: Routledge, 2004.

Birney, Earle, "Bushed", *The Essential Earle Birney*, Erin, Ontario: The Porcupine's Quill, 2014.

—— "Canada: Case History: 1973", *The Collected Poems of Earle Birney* (Vol. 2), Toronto: McClelland, 1975.

——*The Collected Poems of Earle Birney* (Vol. 1), Toronto: McClelland and Stewart, 1975.

—— "i accuse us", *Canadian Literature in English: Texts and Contexts* (Vol. II). Eds, Laura Moss & Cynthia Sugars, Toronto: Pearson Education Canada, 2009.

Bissett, Bill, "LOVE OF LIFE, th 49th PARALLEL", *Nobody Owns th Earth*, Toronto: House of Anansi Press, 1971.

Black, Edwin R., "Current Comment: Piecemeal Nationalism", *The Canadian Forum* (Vol. 45), 1965.

Boldrini, Lucia, "The Anamorphosis of Photography in Michael Ondaatje's The Collected Works of Billy the Kid", *Image Technologies in Canadian Literature: Narrative, Film, and Photography*, Ed. Carmen Concilio & Richard J. Lane, Brussels: Peter Lang, 2009.

Bowering, George, "Place Names in the Global Village", *In the Flesh*, Toronto: McClelland, 1974.

—— "The Late News", *Open Letter*, 6 Feb, 1967.

—— "Stone Hammer Narrative", *Robert Kroetsch: Essays on His Works*, Ed. Nicole Markotic, Toronto: Guernica Editions, 2017.

Brand, Dionne, *A Map to the Door of No Return: Notes to Belonging*, Toronto: Vintage Canada, 2012.

——*The Blue Clerk: Ars Poetica in 59 Versos* (ebook), Durham: Duke University Press, 2018.

—— "Dionne Brand", *A Caribbean Dozen: A Collection of Poems*, Ed. John Agard & Grace Nichols, London: Walker Books, 1996.

——*Land to Light on*, Toronto: McClelland & Steward, 1997.

—— "News", *The Silver Wire*, Kingston: Quarry, 1966.

——*No Language Is Neutral*, Toronto: McClelland and Stewart, 1998.

—— "No Language is Neutral", *Fierce Departure: The Poetry of Dionne Brand*, Waterloo: Wilfrid Laurier University Press, 2009.

—— "Writing It: Dionne Brand", *The Power to Bend Spoons: Interviews with Canadian Novelists*, Ed. Beverley Daurio, Toronto: Mercury Press, 1998.

Brown, E. K., "Duncan Campbell Scott", Stan Dragland ed., *Duncan Campbell Scott: A Book of Criticism*, Ottawa: Tecumseh, 1974.

——*On Canadian Poetry*, Ottawa: Tecumseh, 1977.

Bryant, Marsha, "Introduction", *Photo-textualities: Reading Photographs and Literature*, Ed. Marsha Bryant, Newark: The University of Delaware Press, 1996.

参考文献

Buckner, Phillip & R. Douglas Francis, "Introduction", *Canada and the British World: Culture, Migration, and Identity*, Ed. Phillip Buckner & R. Douglas Francis, Vancouver and Toronto: University of British Columbia Press, 2006.

Burgin, Victor, "Looking at Photography", *Thinking Photography*, Ed. Victor Burgin, London: Macmillan Education, 1982.

Campbell, Maria and Sherry Farrell Racette, *Stories of the Road Allowance People*, Penticton, BC: Theytus Books, 1995.

Campbell, William Wilfred, "The Lazarus of Empire", *William Wilfred Campbell: Selected Poetry and Essays*, Ed. Laurel Boone, Waterloo: Wilfrid Laurier University Press, 1987.

——"The Winter Lakes", *Winter Meditations: Poetry, Prose and Verse*, Ed. Jean Elizabeth Ward, Lulu.com (an online publisher), 2008.

Carman, Bliss, "The Country of Har", *By the Aurelian Wall and Other Elegies*, Boston, New York, and London: Lamson, Wolffe, 1898.

——"The Eavesdropper", *Low Tide on Grand Pré*, Frankfurt, Germany: Outlook Verlag GmbH, 2019.

Carson, Ann, *Autobiography of Red: A Novel in Verse*, London: Jonathan Cape, 1998.

——*Decreation: Poetry, Essays, Opera*, Toronto: Vintage Canada, 2006.

——"Unwriting the Books of the Dead: Anne Carson and Robert Currie on Translation, Collaboration, and History", Interviewed by Andrew David King, Kenyon Review (2012-10-06) [2017-11-12], https://www.kenyonreview.org/2012/10/anne-carson-robert-currie-interview/.

Chan, Kwok B., *Smoke and Fire: The Chinese in Montreal*, Hong Kong: The Chinese University Press, 1991.

Cho, Lily, *Eating Chinese: Culture on the Menu in Small Town Canada*, Toronto: University of Toronto Press, 2010.

Clarke, Austin, *Growing Up Stupid Under the Union Jack*, Havana, Cuba: Casa de las Américas, 1980.

Clarke, George Elliott, "Antiphony", *Canadian Literature*, No.157, Summer, 1998.

—— "The Birmingham of Nova Scotia: The Wymouth Falls Justice Committee vs, the Attorney General of Nova Scotia", *Towards a New Maritimes*, Ed. Ian McKay & Scott Milsom. Charlottetown: Ragweed, 1992.

——*Blue*, Vancouver: Polestar Publishers, 2001.

—— "Coming into Intelligence", *The Broadview Anthology of Poetry* (Second Edition), Eds. Herbert Rosengarten & Amanda Goldrick-Jones, Peterborough, Ontario, 2009.

—— "Embracing Beatrice Chancy", *Performing Adaptations: Essays and Conversations on the Theory and Practice of Adaptation*, Eds. Michelle MacArthur, Lydia Wilkinson, Keren Zaiontz. Newcastle upon Tyne, UK: Cambridge Scholars Publishing, 2009.

—— "I-Calypso", *Illuminated Verses*, Toronto: Kellom Books, 2006.

—— "The Killing", *Execution Poems: The Black Acadian Tragedy of "George and Rue"*, Wolfville, N. S.: Gaspereau Press, 2001.

——*Whylah Falls*, Vancouver: Polestar Book Publishers, 2000.

Classen, Constance & David Howes, "The Museum as Sensescape: Western Sensibilities and Indigenous Artifacts", *Sensible Objects: Colonialism, Museums and Material Culture*, Eds. Elizabeth Edwards, Chris Gosden, Ruth Phillips, New York: Berg Publishers, 2006.

Colbert, Soyica, et al., "Introduction: Tidying Up after Repetition", *Race and Performance after Repetition*, Eds. Soyica Diggs Colbert, Douglas A. Jones Jr., Shane Vogel. Durham, North Carolina: Duke University Press, 2020.

Colombo, John Robert, "The Last Words of Louis Riel", *Abracadabra* (112 – 18), Toronto: McClelland and Steward, 1967.

Conrad, Joseph, *Heart of Darkness*, New York: Dover Publications, 1990.

Cooke, Nathalie, "How Do You Read a Riddle?: Patrick Lane's Winter", *Inside the Poem: Essays and Poems in Honour of Donald Stephens*, Ed. William H. New & Donald Stephens, Toronto: Oxford University Press, 1992.

Cooley, Dennis, " 'I Am Here on the Edge: Modern Hero/Postmodern Poetics in The Collected Works of Billy the Kid' ", *Spider Blues: Essays on Michael Ondaatje*, Ed. Sam Solecki, Montreal: Véhicule Press, 1985.

—— "Nearer by Far: The Upset 'I' in Margaret Atwood's Poetry", *Margaret*

Atwood: *Writing and Subjectivity* (New Critical Essays), Ed. Colin Nicholson, New York: St. Martin's Press, 1994.

Cortright, David, *Peace*: *A History of Movements and Ideas*, New York: Cambridge University Press, 2008.

Crawford, Isabella Valancy, "Malcolm's Katie", *Collected Poems*: *Isabella Valancy Crawford*, Toronto: University of Toronto Press, 1972.

Dagg, Melvin H., "Scott and Indians", *Duncan Campbell Scott*: *A Book of Criticism*, Ed. Stan Dragland, Ottawa: The Tecumseh Press, 1974.

Dalleo, Raphael, *Caribbean Literature and the Public Sphere*: *From the Plantation to the Postcolonial*, Charlottesville, Virginia: University of Virginia Press, 2011.

Diehl-Jones, Charlene, "Fred Wah and the Radical Long Poem", *Bolder Flights*: *Essays on the Canadian Long Poems*, Frank M. Tierney & Angela Robbeson, Ottawa: University of Ottawa Press, 1985.

Dilworth, Tom, et al, "How Do You Interview a Poet?: A Conversation with Robert Kroetsch", *Robert Kroetsch*: *Essays on His Works*, Ed. Nicole Markotic, Toronto: Guernica Editions, 2017.

Dion, Susan D. *Braiding Histories*: *Learning from Aboriginal Peoples' Experiences and Perspectives*, Vancouver: The University of British Columbia Press, 2009.

Donne, John. D*evotions Upon Emergent Occasions and Death's Duel*, New York: Cosimo, Inc., 2010.

Dragland, Stan, *Floating Voice*: *Duncan Campbell Scott and the Literature of Treaty 9*, Concord: House of Anansi Press, 1994.

Dumont, Marilyn, *A Really Good Brown Girl*, London, Ontario: Brick Books, 1996.

—— "Letter to Sir John A. Macdonald", *The Pemmican Eaters*: *Poems by Marilyn Dumont*, Toronto: ECW Press, 2015.

Ducasse, Sébastien, "Metaphor as Self-Discovery in Anne Carson's Autobiography of Red: A Novel in Verse", *EREA*: *Revue Electronique d'Etudes sur le Monde Anglophone*, 5.1 (Spring 2007), (78-84).

Febvre, Lucien, *The Problem of Unbelief in the Sixteenth Century*: *The Religion* of *Rabelais*, Trans. Beatrice Gottlieb. Cambridge, MA: Harvard University Press, 1982.

Fiorentino, Jon Paul, "Introduction: Blues and Bliss: Negotiating the Polyphony of George Elliott Clarke", *Blues and Bliss: The Poetry of George Elliott Clarke*, Waterloo: Wilfrid Laurier Univ. Press, 2008.

Flis, Nashan, "Image of the Toronto Provincial Asylum, 1846 - 1890", *Scientia Canadensis*, Volume 32, No. 1, 2009.

Flood, John, "Native People in Scott's Short Fiction", *The Duncan Campbell Scott Symposium*, Ed. K. P. Stich, Ottawa: University of Ottawa, 1980.

Frye, Northrop, *The Bush Garden: Essays on the Canadian Imagination*, Toronto: Anansi, 1971.

——*The Collected Poems of E. J. Pratt* (Second Edition), Toronto: The Macmilland Company of Canada Limited, 1958.

——*The Great Code: The Bible and Literature* (Collected Works of Northrop Frye Volume 19), Toronto: University of Toronto Press, 2006.

—— "Haunted by Lack of Ghosts: Some Patterns in the Imagery of Canadian Poetry", *The Canadian Imagination: Dimensions of a Literary Culture*, Ed. David Staines, Cambridge & London: Harvard University Press, 1977.

——*Northrop on Canada: Collected Works of Northrop Frye*, Volume 12. ed. Jean, O'Grady & David Staines, Toronto, Buffalo, London: University of Toronto Press, 2003.

Garebian, Keith, "Lies and Grace (Book Reviews: Growing Up Stupid Under The Union Jack by Austin Clarke & Someone With Me by William Kurelek)", *Canadian Literature* (The Art of Autobiography), No. 90, Autumn, 1981.

Geddes, Gary, "Piper of Many Tunes: Duncan Campbell Scott", *Duncan Campbell Scott: A Book of Criticism*, Ed. Stan Dragland, Ottawa: Tecumseh, 1974.

Genosko, Gary, *The Reinvention of Social Practices: Essays on Félix Guattari*, London: Rowman & Littlefield, Mar, 2018.

Glickman, Susan, *The Picturesque and the Sublime: A Poetics of the Canadian Landscape*, Montreal & Kingston · London · Ithaca: McGill-Queen's University Press, 1998.

Goldsmith, Oliver, "The Rising Village", *Canadian Literature in English: Texts and Contexts* (Volume I), Eds. Laura Moss & Cynthia Sugars, Toronto: Pearson Education Canada, 2009.

—— "The Rising Village", *Canadian Poetry from the Beginnings Through the First World War*, Ed. Carole Gerson & Gwendolyn Davies, Toronto: McClelland & Stewart, 1994.

Grant, George & Andrew Potter, *Lament for a Nation: The Defeat of Canadian Nationalism* (40th Anniversary Edition), Montreal: McGill-Queen's Press, 2005.

Gratton, Johnnie, "Sophie Calle's Des histories vraies: Irony and Beyond", *Phototextualities: Intersections of Photography and Narrative*, Eds. Alex Hughes & Andrea Noble, Albuquerque: The University of New Mexico Press, 2003.

Greenwood, Emily, "Between Colonialism and Independence: Eric Williams and the Use of Classics in Trinidad in the 1950s and 1960s", *A Companion to Classical Receptions*, Ed. Lorna Hardwick & Christopher Stray, Chichester, West Sussex: John Wiley & Sons, 2011.

Hage, Rawi, *Cockroach*, Toronto: House of Anansi Press, 2008.

Haliburton, Thomas Chandler, *The Clockmaker: Or, the Sayings and Doings of Samuel Slick, of Slickville*, Philadelphia: Carey, Lea, and Blanchard, 1837.

Hall, Chipman, *A Survey of the Indian's Role in English Canadian Literature to 1900*, M. A. Thesis: Dalhousie University, 1969.

Hallowell, Alfred Irving, *Ojibwa of Berens River, Manitoba: Ethnography into History*, Ed. Jennifer S. H. Brown. Fort Worth, TX: Harcourt Brace Jovanovich College Publishers, Year: 1992.

Harrison, Dick, *Unnamed Country: The Struggle for a Canadian Prairie Fiction*, Edmonton: The University of Alberta Press, 1977.

Hart, Jonathan Locke, "Poetic Voice", *A World of Local Voices: Poetry in English Today*, Klaus Martens, Paul Duncan Morris & Arlette Warken, GmbH, Würzburg: Königshausen & Neumann, 2003.

Hatch, Ronald B., "Margaret Atwood, The Land, and Ecology", *Margaret Atwood: Works and Impact*, Ed. Reingard M. Nischik. Woodbridge, Suffolk: Camden House, 2000.

Hearne, Samuel, *A Journey from Prince of Wales's Fort in Hudson's Bay, to the Northern Ocean: Undertaken by Order of the Hudson's Bay Company, for the Discovery of Copper Mines, a Northwest Passage, & c., in the Years 1769, 1770, 1771, & 1772*, London: A. Strahan and T. Cadell, 1795.

Heble, Ajay, "New Contexts of Canadian Criticism: Democracy, Counterpoint and Responsibility", New Contexts of Canadian Criticism. Eds. Ajay Heble, et al., Peterborough: Broadview Press, 1977.

Herk, Aritha van, "Special Collections: Robert Kroetsch Biocritical Essays", University of Calgary Library Collection (http://www.ucalgary.ca/lib-old/SpecColl/kroetschbioc.htm).

Holbrook, Susan, "The Unstill Life of Kroetsch's Lemon", *Robert Kroetsch: Essays on His Works*, Ed. Nicole Markotic, Toronto: Guernica Editions, 2017.

House of Commons Debates, 12 May 1882, 1477.

House of Commons Debates, 17 April 1902, 2991.

Hughes, Alex & Andrea Noble, "Introduction", *Phototextualities: Intersections of Photography and Narrative*, Eds. Alex Hughes & Andrea Noble, Albuquerque: The University of New Mexico Press, 2003.

Hulan, Renée, *Canadian Historical Writing: Reading the Remains*, New York: Palgrave Macmillan, 2014.

Hurdley, Rachel, *Palgrave Macmillan Studies in Family and Intimate Life*, Houndmills, Basingstoke, Hampshire: Palgrave Macmillan (UK), 2003.

Jaeger, Peter, "Contextual Essays: Coordinates, Conditions, Air", *Toward, Some. Air.: remarks on poetics of mad affect, militancy, feminism, demotic rhythms, emptying, intervention, reluctance, indigeneity, immediacy, lyric conceptualism, commons, pastoral margins, desire, ambivalence, disability, the digital, and other practices*, Eds. Fred Wah & Amy De'Ath, Banff Alberta: Banff Centre Press, 2015.

Jones, D.G., *Butterfly on Rock: A Study of Themes and Images in Canadian Literature*, Toronto: University of Toronto Press, 1970.

Keith, W.J., *Canadian Literature in English* (Revised and Expanded Edition) Volume 1. Erin, Ontario: The Porcupine's Quill, 2006.

Kelley, Ninette and Michael Trebilcock, *The Making of the Mosaic: A History of*

Canadian Immigration Policy, Toronto: University of Toronto Press, 1998.

King, Andrew David, "Unwriting the Books of the Dead: Anne Carson and Robert Currie on Translation, Collaboration, and History" (An Interview), *Kenyon Review* (2012-10-06) [2017-11-12], https://www.kenyonreview.org/2012/10/anne-carson-robert-currie-interview/.

Kipling, Joseph Rudyard, *The Canadian Annual Review of Public Affairs*: 1907, Toronto: Annual Review Publishing, 1908.

Kirsch, Adam, "All Mere Complexities", *New Republic*, 218.220, 1998 (37 – 42).

Kopytoff, Igor, "The Cultural Biography of Things: Commoditization as Process", *The Social Life of Things: Commodities in Social Perspective*, Ed. Arjun Appadurai, Cambridge: Cambridge University Press, 1986.

Kroetsch, Robert, *Canadian Literature in English: Texts and Contexts*, Eds. Laura Moss and Cynthia Sugars, Toronto: Pearson Education Canada, 2009.

——*Completed Field Notes: The Long Poems of Robert Kroetsch*, Edmonton: The University of Alberta Press, 2000.

——*The Hornbooks of Rita K*, Edmonton: The University of Alberta Press, 2001.

——*The Lovely Treachery of Words: Essays Selected and New*, Toronto, New York and Oxford: Oxford University Press, 1989.

—— "On Being an Alberta Writer", *Canadian Literature in English: Texts and Contexts*, Volume II. eds. Laura Moss, Cynthia Sugars, Toronto: Pearson Education Canada, 2009.

—— "Seed Catalogue", *An Anthology of Canadian Literature in English*, Eds. Donna Bennett & Russell Brown, Toronto: Oxford University Press, 2010.

——*Seed Catalogue*, Winnipeg, Manitoba: Turnstone Press, 1977.

—— "Stone Hammer Poem", *The New Canadian Poets* 1970 – 1985, Ed. Dennis Lee, Toronto: McClelland and Stewart Limited, 1985.

KrÖller, Eva-Maire "Introduction", *The Cambridge Companion to Canadian Literature*, Ed. Eva-Maire KrÖller, Cambridge: Cambridge University Press, 2004.

Lampman, Archibald, *The Poems of Archibald Lampman* (Fourth Edition), Ed. Duncan Campbell Scott, Toronto: Morang & Co. Limited, 1915.

Lane, Patrick, *Winter*, Regina: Coteau Books, 1990.

Laurence, Margaret, "To Set Our House in Order", An *Anthology of Canadian Literature in English*, Eds. Donna Bennett and Russell Brown, Toronto: Oxford University Press, 2010.

Layton, Irving, *The Darkening Fire: Selected Poems 1945 – 1968*, Toronto: McClelland and Steward Ltd. , 1975.

Lecker, Robert, *Making It Real: The Canonization of English-Canadian Literature*, Toronto: Anansi, 1995.

Lee, Dennis, "Cadence, Country, Silence: Writing in Colonial Space", *Canadian Literature in English: Texts and Contexts* (Volume II), Eds. Cynthia Sugars & Laura Moss, Toronto: Pearson Education Canada, 2009.

—— "The Children in Nathan Phillips Square", *The New Romans: Candid Canadian Opinions of the U. S.* , Ed. Al Purdy, New York: St. Martin's Press, 1968.

Leninas, Emmanual, *Totality and Infinity: An Essay on Exteriority*, Dordrecht, Boston & London: Kluwer Academic Publishers, 2012.

LePan, Douglas, "A Country Without a Mythology", *The Essential Douglas LePan* (Selected by John Barton), Erin, Ontario: The Porcupine's Quill, 2019.

—— "A Country without A Mythology", *The Nelson Introduction to Literature*, Eds. Jack Finnbogason & Al Valleau, Toronto: Nelson Thomson Learning, 2000.

Lightfoot, Gorgon, "Canadian Railway Trilogy", *Canadian Literature in English: Texts and Contexts*, Eds. Laura Moss and Cynthia Sugars, Toronto: Pearson Education Canada, 2009.

Livesay, Dorothy, Cited in Bennett, Donna and Russell Brown, "Dorothy Livesay", *An Anthology of Canadian Literature in English*, Toronto: Oxford University Press, 2010.

—— "The Documentary Poem: A Canadian Genre", *Contexts of Canadian Criticism*, Ed. Eli Mandel, Chicago: University of Chicago Press, 1971.

Lynch, Gerald, "An Endless Flow: D. C. Scott's Indian Poems", *Studies in Canadian Literature*, Jan 1, 1982, Vol. 7 (1).

Macfarlane, David, *The Danger Tree: Memory, War, and The Search for A*

Family's Past, Toronto: Macfarlane, Walter & Ross, 1991.

MacLennan, Hugh, *Scotchman's Return and Other Essays*, Toronto: Macmillan, 1960.

Macpherson, Jay, "The Fisherman", *The New Oxford Book of Canadian Verse in English*, Ed. Margaret Atwood, Toronto, London & New York: Oxford University Press, 1982.

Madeleine Thien, "Simple Recipes", *Simple Recipes*, Toronto: McClelland & Stewart, 2006.

Markotic, Nicole, "Robert Kroetsch: Giving Alberta the Slip", *Robert Kroetsch: Essays on His Works*, Ed. Nicole Markotic, Toronto: Guernica Editions, 2017.

Marshall, Tom, *Harsh and Lovely Land: The Major Canadian Poets and the Making of a Canadian Tradition*, Vancouver: University of British Columbia, 1980.

McGee, Thomas D'Arcy, "A National Literature for Canada", *New Era*, June 17, 1857.

McGill, Robert, *War Is Here: The Vietnam War and Canadian Literature*, Montreal & Kingston: McGill-Queen's University Press, 2017.

McGoogan, Ken, *How The Scots Invented Canada*, Toronto: Harper Collins Canada, 2010.

McKay, Don, "Adagio for a Fallen Sparrow", *Field Marks: The Poetry of Don McKay*, Ed. Méira Cook, Waterloo: Wilfrid Laurier University Press, 2006.

McLachlan, Alexander, "The Emigrant", *The Emigrant: And Other Poems*, Toronto: Rollo & Adam, 1861.

McLuhan, Marshall, *The Gutenberg Galaxy: The Making of Typographic Man*, Toronto: University of Toronto Press, 1962.

McLuhan, Marshall & W. Terrence Gordon, *Understanding Media: The Extensions of Man* (Critical Edition), Berkeley: Gingko Press, 2003.

Miron, Janet, *Prisons, Asylums, and the Public: Institutional Visiting in the Nineteenth Century*, Toronto, Buffalo & London: University of Toronto Press, 2011.

Mitchell, Timothy, *Colonising Egypt*, Berkeley: University of California Press,

1991.

Moïse, Edwin E. , *Tonkin Gulf and the Escalation of the Vietnam War*, Chapel Hill: University of North Carolina Press, 1996.

Moodie, Susanna, *Life in the Clearing versus the Bush*, London: Richard Bentley, 1953.

——*Roughing It in the Bush*, or *Forest Life in Canada*, Toronto: McClelland and Stewart Limited, 1962.

Morrissey, Kim, "The Art of Rebellion: Batoche and the Lyric Poem", *Prairie Fire*, 6.4 Autumn/Winter, 1985.

——*Batoche*, Regina, SK: Coteau Books, 1989.

Moss, Laura & Cynthia Sugars, *Canadian Literature in English: Texts and Contexts* (Volume II), Toronto: Pearson Education Canada, 2009.

Moynagh, Maureen, "Mapping Africadia's Imaginary Geography: An Interview with George Elliott Clarke", *Ariel*, Vol. 27, No. 4, October 1996.

Murray, Tom, *Rails Across Canada: The History of Canadian Pacific and Canadian National Railways*, Saint Paul, Minnesota: MBI Publishing Company, 2011.

Natanam, G. , "Portrayal of Landscape in Canadian Poetry", *Canadian Literature: An Overview*, Ed. K. Balachandran, New Delhi: Sarup & Sons, 2007.

Neuman, Shirley & Robert Wilson, *Labyrinths of Voice: Conversations with Robert Kroetsch*, Edmonton: NeWest Press, 1982.

Neumann, Birgit & Gabriele Rippl, *Verbal-Visual Configurations in Postcolonial Literature: Intermedial Aesthetics*, New York: Routledge, 2020.

Newlove, John, "Samuel Hearne in Wintertime", *The Fatman: Selected Poems, 1962 – 1972*, Toronto: McClelland and Stewart, 1977.

Nowlan, Alden, "April in New Brunswick", *Early Poems*, Fredericton, N. B. : Fiddlehead Poetry Books, 1983.

—— "Canadian January Night", *Between Tears and Laughter: Poems by Alden Nowlan*, Toronto & Vancouver: Clarke, Irwin & Company Limited, 1971.

—— "In Our Time", *Bread, Wine and Salt*, Toronto: Clarke, 1967.

—— "The Mysterious Naked Man", *The Mysterious Naked Man: Poems*, Toronto, Vancouver: Clarke, Irwin & Company Limited, 1969.

O'Grady, Standish James, *The Emigrant*: *A Poem*, *in Four Cantos*, Montreal: Printed for the Author, 1842.

Ondaatje, Michael, *The Collected Works of Billy the Kid*, Toronto: House of Anansi Press Limited, 1970.

——*Coming Through Slaughter*, Toronto: Vintage Canada, 1998.

Pacey, Desmond, *Creative Writing in Canada*: *A Short History of English-Canadian Literature*, Toronto: Ryerson Press, 1961.

Page, P. K., "Autumn", *P. K. Page*: *Poems*, Canadian Poetry Online, University of Toronto Libraries [2020-11-11]: https://canpoetry.library.utoronto.ca/page/poem2.htm.

——"Stories of Snow", *The Essential P. K. Page* (Selected by Arlene Lampert and Théa Grey), The Porcupine's Quill, 2008.

Pedley, Frank, "Report of the Department of Indian Affairs for the Year Ended June 30, 1903", *Dominion of Canada Annual Report of the Department of Indian Affairs for the Year Ended June 30*, 1903, Canada, Sessional Papers.

Pierre Berton, "Onderdonk's Lambs", *The Last Spike*: *The Great Railway 1881 – 1885*, Toronto: Anchor Canada, 2001.

Pratt, E. J., "Towards the Last Spike", *The Collected Poems of E. J. Pratt* (Second Edition), Toronto: The Macmilland Company of Canada Limited, 1958.

Pratt, Mary Louise, "Yo Soy La Malinche", *Twentieth Century Poetry*: *From Text to Context*, Peter Verdonk, London: Routledge, 1993; Requoted from Wah, Fred. Diamond Grill, Edmonton: NeWest Press, 1996.

Price, Derrick & Liz Wells, "Thinking about Photography: Debates, History and Now", *Photography*: *A Critical Introduction*, Ed. Liz Wells, Abingdon & New York: Routledge, 2015.

Purdy, Al, "Atwood's Moodie", *Critical essays on Margaret Atwood*, Ed. Judith McCombs, Boston: G. K. Hall, 1988.

——"The Cariboo Horse", *The Cariboo Horses*, Toronto: McClelland & Stewart, 1976.

——"The Country North of Belleville", *An Anthology of Canadian Literature in*

English (Third Edition), Ed. Donna Bennett & Russell Brown, Don Mills: Oxford University Press, 2010.

——"The Country North of Belleville", *Selected Poems*, Toronto & Montreal: McClelland and Stewart, 1972.

——"Grosse Isle", Cynthia Sugars & Laura Moss, *Canadian Literature in English: exts and Contexts* (Volume II), Toronto: Pearson Education Canada, 2009.

Purdy, Al & Robert Budde, *More Easily Kept Illusions: The Poetry of Al Purdy*, Waterloo: Wilfrid Laurier University Press, 2006.

Quashie, Kevin Everod, "Towards a Language Aesthetic", *Black Women, Identity, and Cultural Theory: (Un) Becoming the Subject*, New Brunswick, New Jersey, and London: Rutgers University Press, 2004.

Rae, Ian, *From Cohen to Carson: The Poet's Novel in Canada*, Montreal: McGill-Queen's University Press, 2008.

Redekop, Magdalene, "Canadian Literary Criticism and the Idea of a National Literature", *The Cambridge Companion to Canadian Literature*, Ed. Kroller Eva-Marie, Cambridge: Cambridge University Press, 2004.

Riel, Louis, "The Prisoner's Address", *The Queen vs. Louis Riel, Accused and Convicted of the Crime of High Treason: Report of Trial at Regina. – Appeal to the Court of Queen's Bench, Manitoba. – Appeal to the Privy Council, England. – Petition for Medical Examination of the Convict. – List of Petitions for Commutation of Sentence*, Ottawa: Printed by the Queen's Printer, 1886.

Rigney, Barbara Hill, *Margaret Atwood*, Houndmills: The Macmillan Press, 1987.

Riots, Civil and Criminal Disorders: Hearings Before the United States Senate Committee on Government Operations, Permanent Subcommittee on Investigations, Ninetieth and Ninety-First Congresses, Parts 13 – 19. United States. Congress. Senate. Committee on Government Operations. Permanent Subcommittee on Investigations U. S. Government Printing Office, 1967.

Roberts, Charles G. D., *In Divers Tones*, Boston: D. Lothrop and Company, 1886.

—— "The Winter Fields", *Selected Poetry and Critical Prose Charles G. D. Roberts*, Ed. William J. Keith, Totonto: University of Toronto Press, 1974.
Robillard, Richard H. , *Earle Birney*, Toronto: McClelland and Stewart, 1971.
Rudzik, Orest, "Myth in 'Malcolm's Katie'", *The Crawford Symposium*, Ed. Frank M. Tierney, Ottawa: University of Ottawa Press, 1979.
Ruffo, Armand Garnet, *Opening in the Sky*, Penticton: Theytus Books, 1994.
Said, Edward W. , *Orientalism*, New Delhi: Penguin Books, 1994.
Sanders, Leslie C. , "Introduction", *Fierce Departure: The Poetry of Dionne Brand*, Waterloo: Wilfrid Laurier University Press, 2009.
Sangster, Charles, "The St. Lawrence and the Saguenay", *The St, Lawrence and the Saguenay and Other Poems: Hesperus and Other Poems and Lyrics*, Toronto: University of Toronto Press, 1856.
Schiller, Friedrich von, "On the Sublime", *Naive and Sentimental Poetry and On the Sublime: Two Essays*, Trans. Julius A. Elias, New York: Frederick Ungar, 1966.
Scott, Duncan Campbell, *The Administration of Indian Affairs in Canada*, Toronto: The Canadian Institute of International Affairs, 1931.
—— "At Gull Lake: August, 1810", *A Northern Romanticism: Poets of the Confederation*, Ed. Tracy Ware, Ottawa: The Tecumseh Press, 2008.
——*Canada and Its Provinces: A History of the Canadian People and Their Institutions* (Vol. 7, Section 4, The Dominion), Eds. Adam Shortt & Arthur George Doughty, Toronto: Glasgow, Brook and Co. , 1914.
——*The Circle of Affection: And Other Pieces in Prose and Verse*, Toronto: McClelland and Stewart, 1947.
——*The Green Cloister: Later Poems*, Toronto: McClelland, 1935.
—— "The Last of the Indian Treaties", *Canadian Literature in English: Texts and Contexts* Vol. 1, eds, Cynthia Sugars & Laura Moss, Toronto: Pearson Longman.
—— "The Last of the Indian Treaties", *The Circle of Affection: And Other Pieces in Prose and Verse*, Toronto: McClelland and Stewart, 1947.
—— "The Last of the Indian Treaties", *Scribner's Magazine*, Vol. 40, 1906.
—— "The Onondaga Madonna", *An Anthology of Canadian Literature in Eng-*

lish, Eds. Donna Bennett and Russell Brown, Toronto: Oxford University Press, 2010.

——*The Poems of Duncan Campbell Scott*, Toronto: McClelland & Stewart, 1926.

——"Report of the Superintendent of Indian Education", *Dominion of Canada Annual Report of the Department of Indian Affairs for the Year Ended March 31, 1910*, Canada, Sessional Papers, March 1931.

——"Scott to all agents", *Indian Affairs Record Group 10*, Vol. 3806, file 279, 222 – 1A, 25 October 1913.

——"Scott to R. B. Bennett", *Indian Affairs Record Group 10*, Vol. 3827, file 60, 511 – 5, 17 July 1916.

——"Scott to T. Murphy", *Indian Affairs Record Group 10*, Vol. 3826, file 60, 511 – 4A, 28 July 1931.

——"Scott to W. M. Graham", *Public Archives of Canada, Indian Affairs Record Group 10* (PAC, RG10), Vol. 3827, file 60, 511 – 5, 11 November 1925.

Scott, F. R. , *F. R. Scott: Selected Poems*, Toronto: Oxford University Press, 1966.

Smith, A. J. M. , "The Lonely Land", *The New Oxford of Canadian Verse in English*, Ed. Margaret Atwood, Toronto, London & New York: Oxford University Press, 1982.

Smith, Kay, "Words for A Ballet", *Canadian Poetry 1920 – 1960*, Ed. Brian Trehearne, Toronto: McClelland & Stewart, 2010.

Snead, James A. , "Repetition as a Figure of Black Culture", *Out There: Marginalization and Contemporary Cultures*, Eds. Russell Ferguson, Martha Gever, Trinh T. Minh-Ha, Cornel West, Félix González-Torres, Cambridge, Massachusetts: MIT Press, 1990.

Solecki, Sam, "An Interview with Michael Ondaatje", *Spider Blues: Essays on Michael Ondaatje*, Ed. Sam Solecki, Montreal: Véhicule Press, 1985.

——*The Last Canadian Poet: An Essay on Al Purdy*, University of Toronto Press, 2000.

Souster, Raymond, *Extra Innings: New Poems*, Ottawa: Oberon Press, 1977.

Sprague, D. N. , *Canada and the Métis, 1869 – 1885*, Waterloo, Ontario: Wilfrid Laurier University Press, 1988.

Staines, David, "Margaret Atwood in Her Canadian Context", *The Cambridge Companion to Margaret Atwood*, Ed. C. A. Howells, New York: Cambridge University Press, 2006.

Sugars, Cynthia, *Canadian Gothic: Literature, History, and the Spectre of Self-Invention*, Cardiff: University of Wales Press, 2014.

Sugars, Cynthia & Laura Moss, *Canadian Literature in English: Texts and Contexts* (Volume II), Toronto: Pearson Education Canada, 2009.

—— "William Wilfred Campbell", *Canadian Literature in English: Texts and Contexts* (Volume I), Toronto: Pearson Education Canada, 2009.

Sui Sin Far, "A Plea for the Chinaman: A Correspondents Argument in His Favor", *Mrs. Spring Fragrance and Other Writings*, Eds. Amy Ling & Annette White-Parks, Urbana & Chicago: University of Illinois Press, 1995.

Sullivan, Rosemary, "Breaking the Circle", *Critical essays on Margaret Atwood*, Ed. Judith McCombs, Boston: G. K. Hall, 1988.

Sullivan, Rosemary, *The Red Shoes: Margaret Atwood Starting out*, Toronto: HarperCollins Publishers Ltd. , 1998.

The Canada Year Book, 1930. Ottawa: Dominion Bureau of Sattistics, 1931.

Thompson, John Herd, "The West and the North", *Canadian History: A Reader's Guide Volume 2: Confederation to the Present*, Ed. Doug Owram, Toronto, Buffalo and London: University of Toronto Press, 1994.

"Throne speech promises crime crackdown, GST cut", *CBC News*, April 4, 2006.

Tiefensee, Dianne, *The Old Dualities: Deconstructing Robert Kroetsch and His Critics*, Montreal & Kingston London Buffalo: McGill-Queen's University Press, 1994.

Titley, Brian E. , *A Narrow Vision: Duncan Campbell Scott and the Administration of Indian Affairs in Canada*, Vancouver: University of British Columbia Press, 1985.

Traill, Catharine Parr, *The Backwoods of Canada*, Toronto: McClelland and Stewart Limited, 1966.

—— "From the Backwoods of Canada", *A New Anthology of Canadian Literature in English*, Ed. Russell Brown and Donna Bennett, Toronto: Oxford University Press, 1990.

Truth and Reconciliation Commission of Canada, *Canada's Residential Schools: The Legacy: The Final Report of the Truth and Reconciliation Commission of Canada* (Volume 5), Montreal: McGill-Queen's Press, 2016.

Urquhart, Jane, *Away*, Toronto: McClelland & Stewart Inc., 1993.

Vanasse, Joseph L., "The White Gog Feast", *Canadian Magazine*, 30, November 1907.

Wah, Fred, "Afterword", *The False Laws of Narrative: the Poetry of Fred Wah*, Ed. Louis Cabri, Waterloo, ON: Wilfrid Laurier University Press, 2009.

——*Diamond Grill*, Edmonton: NeWest Press, 1996.

—— "Interview with Ashok Mathur", *Fake It—Poetics and Hybridity: Critical Writing 1984 – 1999*, Edmonton, Alberta: NeWest Press, 2000.

—— *is a door*, Vancouver: Talonbooks, 2009.

—— "Poet's Statement", *The New Long Poem Anthology*, Ed. Sharon Thesen, Toronto: Coach House Press, 1991.

——Standing in the Doorway: the Hyphen in Chinese-Canadian Poetry, "The Joy Of Reading: Chinese Literature Appreciation" lecture series. (An online lecture) The University of British Columbia [2020-10-9]: https://www.youtube.com/watch?v=Z5QBgvTtKGU.

——*Waiting for Saskatchewan*, Winnipeg, MB: Turnstone Press, 1985.

Walker, Barrington, "Immigration Policy, Colonization, and the Development of a White Canada", *Canada and the Third World: Overlapping Histories*, Eds. Karen Dubinsky, et al., Toronto: University of Toronto Press, 2016.

Ward, Peter, "Preface to the Second Edition", *White Canada Forever: Popular Attitudes and Public Policy towards Orientals in British Columbia* (Third Edition), Montreal: MaGill-Queen's University Press, 2002.

Ware, Tracy, "Remembering It All Well: 'The Tantramar Revisited'", *Studies in Canadian Literature*, 8.2, 1983 (221 – 37).

Wayman, Tom, "The Dow Recruiter, or This Young Man Is Making Up His Mind", *Storm Warning: The New Canadian Poets*, Ed. Purdy, Toronto:

McClelland, 1971.

——*Waiting for Wayman*, Toronto: McClelland, 1973.

Wilkinson, Joshua Marie, "Introduction", *Anne Carson: Ecstatic Lyre*, Ed. Joshua Marie Wilkinson, Ann Arbor: University of Michigan Press, 2015.

Wilkinson, Lydia & Keren Zaiontz, "Adaptation Identities: Race and Rescue in the Work of George Elliott Clarke: An Interview with George Elliott Clarke", *Performing Adaptations: Essays and Conversations on the Theory and Practice of Adaptation*, Eds. Michelle MacArthur, Lydia Wilkinson, Keren Zaiontz, Newcastle upon Tyne, UK: Cambridge Scholars Publishing, 2009.

Wilson, Ethel, "The Window", *An Anthology of Canadian Literature in English*, Eds. Donna Bennett and Russell Brown, Toronto: Oxford University Press, 2010.

Wong-Chu, Jim, "Equal Opportunity", *Words We Call Home: Celebrating Creative Writing at UBC*, Ed. Linda Svendsen, Vancouver: University of British Columbia Press, 1990.

Wordsworth, William, "Lines Composed a Few Miles above Tintern Abbey, On Revisiting the Banks of the Wye during a Tour", *Ode on Immortality: And, Lines on Tintern Abbey*, London: Cassell & Company, 1885.

Yanni, Carla, *The Architecture of Madness: Insane Asylums in the United States*, Minneapolis: University of Minneapolis, 2007.

York, Lorraine M., *"The Other Side of Dailiness": Photography in the Works of Alice Munro, Timothy Findley, Michael Ondaatje, and Margaret Laurence*, Toronto: ECW Press, 1988.

Zaiontz, Keren, "The Art of Repeating Stories: An Interview with Linda Hutcheon", *Performing Adaptations: Essays and Conversations on the Theory and Practice of Adaptation*, Eds. Michelle MacArthur, Lydia Wilkinson, Keren Zaiontz. Newcastle upon Tyne, UK: Cambridge Scholars Publishing, 2009.

附录　主要诗人及创作简介

因本报告论述的大多数诗人在国内都极少译介甚至提及，故附一个作家作品介绍。全书涉及的加拿大诗人大约有二三十人之多，现仅列举一些重要的、具有代表性与创作成就，且在国外批评界普遍受到承认的诗人。本部分略过玛格丽特·阿特伍德、迈克尔·翁达杰、莱昂纳德·科恩等在国内学界具有一定知名度的诗人。

邓肯·坎贝尔·斯科特（Duncan Campbell Scott）

邓肯·坎贝尔·斯科特（Duncan Campbell Scott，1862－1947）是19世纪末至20世纪初加拿大最重要的文学人物之一，为著名的"联邦诗人"（Confederation Poets）的成员。（"联邦诗人"为1867年加拿大联邦政府成立前后活跃于诗坛的文人。他们的诗歌创作秉承英国浪漫主义风格，描摹自然、讴歌国家的建立，为加拿大诗歌的传统奠定了坚实的基础。）斯科特生前在加拿大主流社会中享有很高的声誉，获得了多个荣誉称号与学位。斯各特同时是加拿大印第安事务部的重要官员，负责对于本土裔民族的种族改造工作。

1893年，斯科特私下出版了他的第一本书《魔法屋及其他一些诗歌》。尽管斯科特的诗歌与同时代的其他加拿大诗人一样，深受浪漫主义和维多利亚时代主题的影响，但他在语言和诗歌形式的娴熟技巧非常令人称道。随后又出版了七本诗集：《劳动与天使》（1898）、《新世界抒情诗》（1905）、《波瑞伊斯经》（1906）、《伦迪的巷子与其他诗》（1916）、《美丽与生活》（1921）、《邓肯·坎贝尔·斯科特的诗》（1926）和《绿色修道院》（1935）。《爱的圈子》（1947）主要是一本散文集，其中包括一些之前没有发表过的诗歌。斯各特与"联邦诗人"的另一成员阿奇保德·兰普曼（Archibald Lampman）是挚友，后者去世后，斯科特编辑了阿奇博尔德·拉普曼的许多诗歌，并收录在两本诗集中：《阿奇保德·兰普曼诗集》（1900）和《地球的歌词：诗歌与民谣》（1925）。

1896年，斯科特出版了他的第一本短篇小说——《在维格村》，这是一本描绘法裔加拿大人的小镇生活的故事集。但总体来说，斯科特创作的重心是诗歌。1893年到1935年间，他出版了8本诗集。《爱的圆圈及其他散文与诗歌》（1947）是斯科特生前出版的最后一部作品。该书出版两个月后，斯科特于1947年12月去世，享年85岁。斯科特以使用典型的加拿大题材，以及对印第安人、毛皮商人和加拿大北部其他居民的鲜明而不妥协的叙述而闻名。斯科特的诗歌以其强度、精确的意象以及韵律和形式的灵活性，被认为标志着加拿大诗歌从传统向现代的转变。

近年来，在加拿大多元文化主义价值观的主导下，斯科特的本土裔主题诗歌受到了相当大的争议与指责。尽管这些诗歌只占他全部创作的一小部分，但曾一度被认为是斯科特最好的诗歌作品。这些作品被与他在印第安事务的职责联系起来，在加拿大引起了广泛的讨论。

主要诗歌作品：

《魔法屋及其他一些诗歌》（The Magic House and Other Poems，1893）

《劳动与天使》（Labor and the Angel，1898）

《新世界抒情诗与民谣》（New World Lyrics and Ballads，1905）

《朗迪的小巷与其他诗歌》（Lundy's Lane and Other Poems，1916）

《致加拿大母亲及另三首诗歌》（To the Canadian Mothers and Three Other Poems，1917）

《美与生活》（Beauty and Life，1921）

《永远》（Permanence，1923）

《绿色的修道院》（The Green Cloister，1927）

E. J. 普拉特（E. J. Pratt）

E. J. 普拉特（E. J. Pratt，1882 – 1964），曾被认为是加拿大"最为关键的诗人"和"最重要的叙事诗人"。《加拿大百科全书》对普拉特的描述是："作为一个重要的诗人，他是一个孤立的人物，不属于任何流派或运动，直接影响了他那个时代的其他诗人。"曾三次获得加拿大最高级别的文学奖——"总督文学奖",被誉为加拿大二十世纪上半叶的桂冠诗人。1930年,他被选入加拿大皇家学会,1940年被授予该学会的洛恩·皮尔斯奖章。1946年,乔治六世授予他圣迈克尔和圣乔治勋章。1961年,他被授予加拿大委员会文学荣誉奖章。1975年,他被指定为具有国家历史意义的人物。

普拉特来自纽芬兰,一生大部分时间生活在安大略省的多伦多。他在纽芬兰最初25年的经历和记忆以及早期所接受的教育塑造了他早期诗歌的内容和风格,其作品促进了加拿大民族主义的发展。他认为诗歌"最好是在实际经验的材料上发挥想象力"。他的叙事性和意象主义诗歌阐述了人类与充满爱却又残酷的自然,尤其是与海洋的斗争所带来的危险。《加拿大百科全书》说:"普拉特的诗歌经常反映出他的纽芬兰背景,尽管在相对较少的诗歌中有具体的提及,但大部分是纽芬兰诗歌。"无论是短诗(如《侵蚀》《海鸥》《沉默》)还是长诗,如1926年的《卡沙罗》,海洋始终是他的一个重要诗歌主题。

普拉特二十世纪早期的作品遵循三个传统:英国文学,加拿大传统,最明显的是受到由联邦诗人和起源于英国和美国的新诗的影响。与这些运动相辅相成的是纽芬兰民谣和混合了加拿大日益高涨的民族主义的民歌。这些影响都体现在他的作品中。普拉特的诗歌经常反思死亡,很可能是他早年经历死亡的结果,他有时赞颂人性的英雄主义,有时写人类的失败,悲剧和恐怖,反映在他把人描绘成圣人或野兽。他还探讨了宗教对人的影响,包括宗教的救赎和宗教的悖论,包括自然和人类与科技的斗争。

普拉特作品中另一个不变的主题是进化。"普拉特的作品充满了原始自然和进化史的形象,"文学评论家彼得·布伊滕惠斯写道,"他似乎本能地要写软体动物、鲸类和头足类动物、爪哇岛和皮尔当人。进化过程早期成为并一直是普拉特作品的核心隐喻。"他补充说,进化为普拉特提供了"一个坚实的框架,在这个框架下他可以获得史诗般的风格",也"为他最好的诗词提供了主题"。

主要诗歌作品:

《瑞秋:纽芬兰的海故事》(*Rachel*:*A Sea Story of Newfoundland*,1917)

《纽芬兰诗文》(*Newfoundland Verse*,1923)

《女巫的魔药》(*The Witches' Brew*,1925)

《泰坦》(*Titans*,1926)

《钢铁之门：颂诗》（*The Iron Door：An Ode*，1927）

《罗斯福与安提诺》（*The Roosevelt and the Antinoe*，1930）

《海的诗句》（*Verses of the Sea*，1930）

《多种心绪》（*Many Moods*，1932）

《泰坦尼克》（*The Titanic*，1935）

《新省区：若干诗人诗作》（*New Provinces：Poems of Several Authors*，1936）

《山羊寓言及其他诗歌》（*The Fable of the Goats and Other Poems*，1937）

《布雷伯夫与他的兄弟》（*Brebeuf and His Brethren*，1940）

《敦刻尔克》（*Dunkirk*，1941）

《寂静生活及其他诗歌》（*Still Life and Other Verse*，1943）

《他们回来了》（*They Are Returning*，1945）

《木材后面》（*Behind the Log*，1947）

《诗歌十首》（*Ten Selected Poems*，1947）

《通往最后一根道钉》（*Towards the Last Spike*，1952）

《皇家巡视》（*The Royal Visit*，1959）

《潮汐涌动》（*Here the Tides Flow*，1962）

F. R. 斯科特（F. R. Scott）

弗朗西斯·雷金纳德·斯科特（1899—1985），通常称为弗兰克·斯科特（Frank Scott）或 F. R. 斯科特（F. R. Scott），是加拿大诗人，知识分子和宪法专家。他帮助成立了加拿大第一个社会民主党、联邦合作社联合会及其后继者新民主党。他曾两次荣获加拿大最高文学奖——总督奖，一次是诗歌，另一次是非小说类。

斯科特曾分别在魁北克省伦诺克斯维尔的主教学院和牛津大学接受教育，在牛津大学他获得了罗德奖学金，并取得了文学学士学位。返回加拿大后，他在下加拿大学院短暂任教，并于 1924 年开始在麦吉尔大学学习法律，于 1926 年毕业。1927 年，他被任命为律师，1928 年回到麦吉尔任教；1961 年至 1964 年他担任法学院院长，并于 1968 年从麦吉尔大学退休。1952 年，他担任联合国在缅甸的技术援助代表，于 1963 年至 1971 年期间担任皇家双语和二元文化委员会成员。

斯科特精通加拿大两种官方语言，在加拿大法律、文学以及政治等方面都有巨大贡献。1947 年,他入选加拿大皇家学会;1962 年,他凭借对加拿大文学的杰出贡献被授予洛恩·皮尔斯奖章。因其在艺术、人文科学和社会科学领域的卓越成就于 1967 年荣获莫尔森大奖;作为魁北克诗歌的口译员,他于 1977 年荣获加拿大理事会法属加拿大诗歌翻译奖;作为社会哲学家,他发表的文章:加拿大法律和政治方面于 1977 年荣获总督论文奖;同时他的诗歌作品《斯科特诗集》于 1981 年荣获总督奖。

斯科特不仅以诗人、政治活动家、法律专家的身份脱颖而出,而且他也是加拿大社会和加拿大文学领域非同寻常的评论员。所有这些活动都在他的诗歌中得到表达,并且都源于 20 年代加拿大知识分子的民族主义关切。

斯科特是现代加拿大诗歌最重要的催化剂之一,部分是由于他自己的诗歌的影响,部分是由于他的个性以及他与若干文学团体和"小杂志"的联系。作为 20 世纪末 30 年代初的讽刺作家,他助力革新过时的加拿大浪漫主义,以此来引入"新诗"。在以"老歌""湖岸"和"劳伦斯之盾"为代表的山水诗中,他发表了加拿大自然界的北部进化论观点,这一观点后来影响了诸如艾尔·珀迪和玛格丽特·阿特伍德等诗人。

斯科特关于诗歌的最重要文献可能是关于诗歌现代主义的两部分文章,即"新诗为旧",他捍卫了现代主义诗歌,并解释了其在 19 世纪后期诗歌中的发展。斯科特的诗人生涯,充分见证了诗歌创作由维多利亚时代浪漫主义向现代主义的过渡。但是,和大多数现代人一样,浪漫主义在他的诗歌中得到了强烈的注入,主要是因为他将自然作为象征,同时又相信诗歌可以改变社会。

主要诗歌作品:

《F. R. 斯各特诗集》(The Collected Poems of F. R. Scott,1981)

《舞蹈是合一的》(The Dance is One,1973)

《意外之喜:散文中的诗》(Trouvailles:Poems from Prose,1967)

《诗选》(Selected Poems,1966)

《签名》(Signature,1964)

《针眼:讽刺,突围,杂物》(The Eye of the Needle:Satire, Sorties, Sundries,1957)

《事件和信号》(Events and Signals,1954)

《序曲》(Overture,1945)

A. J. M. 史密斯（A. J. M. Smith）

亚瑟·詹姆斯·马歇尔·史密斯（Arthur James Marshall Smith，1902 – 1980），加拿大诗人，批评家，文选编者，是 20 世纪 20 年代加拿大诗歌复兴的领导者。史密斯是蒙特利尔诗人团体的杰出成员，在顽固植根于维多利亚时代的文化中，这个团体以现代主义脱颖而出。1943 年，史密斯凭借自己的第一本诗集《凤凰新闻》和其他诗歌获得了总督英语诗歌或戏剧奖。1966 年，加拿大皇家学会授予他洛恩·皮尔斯奖章。1972 年史密斯退休后，密歇根州立大学设立了 A. J. M. 史密斯奖，每年颁发给加拿大诗人的一部值得关注的作品。

史密斯出生于蒙特利尔，1918 年至 1920 年住在英国，开始关注当代诗歌，他对格鲁吉亚诗歌颇感兴趣，大量阅读了近代战争诗人和意象派的作品。他以学者和诗歌作家的身份闻名于世，许多最著名的作品都以加拿大为主题［如，1929 年的诗作《孤独之地》（*The Lonely Land*），这首诗的灵感来自 1926 年的七国集团展览。］1943 年，他的第一本选集出版了：《加拿大诗歌之书》（*The Book of Canadian Poetry*）。在这本书中，他认为有一种独特的加拿大声音，他不像大多数选集学家那样，把阅读局限于以前的汇编，而是以孜孜不倦的勤奋和专一的品位，对整个英语领域进行了第一手的研究。

在从《加拿大诗歌之书》（1943）开始的一系列选集中，史密斯以一种学术的方式探讨加拿大文学，为现代加拿大批评奠定了基调。后来的选集包括《枯萎的松树：加拿大讽刺和谩骂诗歌集》（1957）；在他自己的诗歌集中，如《凤凰新闻》（1943）、《诗集》（1962）和《诗集：新集》（1967），史密斯展示了精湛的技艺和形上的复杂性，并创造了对加拿大风景的有力再现（如 1936 年的《孤独之地》）。大英百科全书称，《加拿大诗歌之书》和史密斯后来的选集，大大促进了加拿大文学标准的现代化。

主要诗歌作品：

《孤独之地》（*The Lonely Land*，1929）

《凤凰新闻》（*News of the Phoenix and Other Poems*，1943）

《一种狂喜》（*A Sort of Ecstasy*，1954）

《诗集》（*Collected Poems*，1962）

《新诗与诗集》（*Poems New and Collected*，1967）

《经典之荫：诗歌选集》（*The Classic Shade：Selected Poem*，1978）

编辑作品：

《新省区诗人合集》［*New Provinces：Poems of Several Authors*（with F. R. Scott and Leo Kennedy），1936］

《加拿大诗歌之书》（*The Book of Canadian Poetry*，1943）

《世俗的缪斯：严肃又轻松诗歌选集》（*The Worldly Muse：An Anthology of Serious Light Verse*，1951）

《枯萎的松树：讽刺、挖苦和不敬诗歌选集》［*The Blasted Pine：An Anthology of Satire，Invective，and Disrespectful Verse*（with F. R. Scott），1957］

《诗歌的面纱：加拿大诗歌批评》（*Masks of Poetry：Canadian Critics on Canadian Verse*，1962）

厄尔·伯尼（Earle Birney）

厄尔·阿尔弗雷德·伯尼（Earle Alfred Birney，1904－1995），通常称为厄尔·伯尼（Earle Birney），被誉为"加拿大的编年史"、加拿大最优秀的诗人之一，对20世纪加拿大的诗歌做出了巨大贡献。凭借诗歌《大卫和其他诗歌》和《现在是时候了》两次获得加拿大最高文学荣誉总督奖。1970年，伯尼被任命为加拿大骑士团的一名军官。伯尼在大学时期对中古英语感兴趣，并曾发表有关乔叟的论文。

根据不列颠哥伦比亚图书馆季刊的说法，伯尼的诗歌可分为五大类：对讽刺、战争、自然和爱情的描写，以及建立在叙事或戏剧情境上的诗歌，涉及其他四个类别中的一个或多个。伯尼的诗歌中具有丰富的有关文学与口语的词汇，科学和普通的词汇，他能够富有表现力地处理如此广泛的节奏模式。一些评论家认为伯尼的诗歌是非常个人化的，具有人文主义的说教意义，主客之间是平衡的，前者的整体性和统一性认识到后者的充分性和复杂性。他的诗不会只是场景的唤起，它始终具有思想和道德结构。同时伯尼也被认为擅长讽刺，乔治·伍德考克曾说："伯尼一直准备戴着小丑的面具和杂色，无论是散文还是诗歌，但他一般都避免了职业滑稽演员那种轻松而空洞的诙谐。"

其实从《大卫及其他诗歌》开始，伯尼的诗歌一直以热情和顽皮的好奇心探索语言资源。伯尼大胆地创作了英雄叙事，并且在他的整个职业生涯中都是一位实验性的诗人，经常依靠视觉效果（例如缺少标点符号、不寻常的间距、双色调印刷和不同的字体大小）为他的诗歌增添另一个维度。他的诗揭示了他的百科全书经历（无论是加拿大的地理或文化影响，自然，旅行还是对时间的考验）表现出一贯的关注，使之成为一种灵巧而柔顺的语言，并且始终在发挥作用。《加拿大百科全书》总结道："无论是在书页上，还是在他与打击乐团 NEXUS 合作的录音诗集中，在长诗和抒情诗、风景诗、有声诗和发现诗中，伯尼表现出了他对使语言具有各种可能和雄辩的意义的深切承诺。"

主要诗歌作品：

《大卫及其他诗歌》（*David and Other Poems*，1942）

《现在是时候了》（*Now Is Time*，1945）

《阿尼安海峡》（*The Strait of Anian*，1948）

《一座城市的审判和其他诗句》（*Trial of a City and Other Verse*，1952）

《冰鳕鱼铃或石头》（*Ice Cod Bell or Stone*，1962）

《假溪口附近》（*Near False Creek Mouth*，1964）

《两首诗》（*Two Poems*，1964）

《选诗集：1940—1960》（*Selected Poems：1940-1966*，1966）

《记忆无仆役》（*Memory No Servant*，1968）

《破烂与骨头之店》（*Rag & Bone Shop*，1970）

《绿色有什么大不了的?》（*What's So Big about Green*，1973）

《阿尔法生物和其他海洋生物》（*Alphabeings and Other Seasyours*，1976）

《铺陈与流动的时光：1976 年新诗与未收录诗歌》（*The Rugging and the Moving Times：Poems New and Uncollected 1976*，1976）

《车轮里的鬼魂》（*Ghost in the Wheels*，1977）

《愤怒的坠落与其他诗篇》（*Fall by Fury & Other Makings*，1978）

《猛犸走廊》（*The Mammoth Corridors*，1980）

《哥白尼修正案》（*Copernican Fix*，1985）

《最后的创作：诗歌》（*Last Makings：Poems*，1991）

从"共同体"到"多元体":加拿大英语诗歌民族性建构研究

P. K. 佩奇（P. K. Page）

P. K. 佩奇（Patricia Kathleen，通常称为 P. K. Page，1916 – 2010）是加拿大最著名的诗人，也是一位小说家、剧作家、散文家、记者、教师和艺术家。她出版了 30 多本书籍，其中包括诗歌、小说、旅行日记、随笔、儿童书籍和自传。佩奇出生在英国多塞特郡的斯瓦内奇，她把自己早年对诗歌的兴趣归功于儿时无意识地吸收的韵律。1941 年，佩奇搬到了蒙特利尔，并与蒙特利尔诗人团体取得了联系。1944 年，她的一些诗歌出现在现代主义选集《五单元》中。同年，她以笔名朱迪思·凯普出版了一本浪漫主义小说《太阳与月亮》。婚后，佩奇把时间花在了写诗集《金属与花》（*The Metal and The Flower*，1954）上。20 世纪 60 年代中期佩奇陪同其丈夫完成在巴西、墨西哥的外交任务后，回到加拿大，她又开始写诗。她一直是一个积极的文化工作者，在生命的最后几年笔耕不辍。

佩奇凭借《金属与花》获得了 1954 年的加拿大总督奖，并凭借《玻璃空气》（*Glass Air*）获得了 1985 年的加拿大作家协会奖。1977 年，她被授予加拿大骑士团军官勋章，1998 年被提升为加拿大骑士团同伴。2003 年，她被任命为不列颠哥伦比亚骑士团成员，又于 2006 年被任命为加拿大皇家学会会员。佩奇的最后一本诗集《煤与玫瑰》在她死后被列入了格里芬诗歌奖的候选名单。

佩奇的职业生涯可以分为两个时期：第一个时期是 20 世纪 40 年代和 50 年代，第二个时期是从她 60 年代回到加拿大开始的。她早期的诗歌是"内省的、虚构的传记"，"大量依靠暗示的意象和对具体情况的细致描写来表达社会关切和超越的主题……像《速记员》和《女房东》这样的诗集中在那些孤立的个体身上，他们徒劳地寻找意义和归属感。《盐矿照片》被认为是佩奇早期最好的诗歌之一，它探讨了艺术是如何隐藏和揭示现实的。"弗莱在谈到作品《金属与花》时写道："如果有什么'纯诗'之类的东西，那一定就是它：一个活泼的心灵，抓住几乎所有的经历，把它们变成诙谐的诗句……佩奇小姐的作品有一种恰如其分的优雅，甚至使那些平庸的诗歌看上去仍令人满意。"佩奇后来的作品表现出"一种形式上的新的紧缩，以及所呈现的图像数量的减少"。

乔治·伍德科克（George Woodcock）曾说，佩奇的"最近的诗歌在唤起对形状、色彩和空间的感官感受方面，比以往任何时候都更加尖锐和强烈的视觉化；他们的意象神奇地把我们带到了一个想象的领域，在这个领域里，正常的世界就像一个巨大的万花筒一样被震动，在意想不到的明亮的关系中展现出来"。根据戈登·坎贝尔的说法，佩奇是"加拿大真正的文学和艺术偶像"。作为一名作家、诗人、教师、编剧和画家，P. K. 佩奇在促进和发展加拿大文化方面是一股不同寻常的力量。她的努力为我们国家几十年的文化发展奠定了基础。正是像帕特里夏这样的人的热情锻造了我们国家的文化和艺术身份。

主要诗歌作品：

《五个一组》（Unit of Five，1944）

《如十，如二十》（As Ten, as Twenty，1946）

《金属与花》（The Metal and the Flower，1954）

《呼喊亚拉拉特山！》（Cry Ararat!，1967）

《五首诗》（Five Poems，1980）

《灰蝇晚舞》（Evening Dance of the Grey Flies，1981）

《玻璃空气》（The Glass Air，1985）

《全息图：格洛萨诗集》（Hologram: a Book of Glosas，1994）

《隐藏的房间》（The Hidden Room，1997）

《字母排序》（Alphabetical，1998）

《宇宙》（Cosmologies，2000）

《再一次看见星星》（And Once More Saw the Stars，2001）

《行星地球》（Planet Earth，2002）

《手提行李》（Hand Luggage，2006）

《煤与玫瑰》（Coal and Roses，2009）

《金色百合花》（The Golden Lilies，2009）

《库伦》（Cullen，2009）

《独自旅人》（Single Traveller）

《精神分裂症》（Schizophrenic）

《这沉重的船》（This Heavy Craft）

阿尔·珀迪（Al Purdy）

阿尔·珀迪（Al Purdy，1918–2000）是加拿大著名诗人，1918年生于安大略省。第二次世界大战中参加过加拿大皇家空军，退役后长期从事体力劳动。珀迪一生的大部分时间都居住在安大略省一个叫"爱德华五子"的小镇上。自20世纪60年代起，珀迪以诗歌创作为生。他的写作生涯持续了56年，作品包括三十九本诗集；一本小说；除遗作外，另有两卷回忆录和四本书信集。

珀迪被认为是最具于加拿大民族色彩的诗人，是20世纪加拿大的自由派诗人，还被冠为"非官方诗人桂冠"。他获得的荣誉和奖项包括1982年的加拿大勋章（OC），1987年的安大略勋章和1965年的总督文学奖等。加拿大诗人联盟授予珀迪"土地之声"奖，以表彰他对加拿大的独特贡献。

珀迪的诗歌风格自由与生活化，诗歌语言口语化、日常化，并采用大量俚语、俗语，甚至脏话来表达当代一种特定的情绪。以著名诗歌《在昆汀旅店》（"At the Quinte Hotel"）为例，全诗以一种相当日常口吻的语气叙述了在一次酒吧斗殴的事件，既有一种置之事外的淡漠感，又体现出诗人特有的伤感与细腻。珀迪通过自己独特的诗歌风格树立了自己另类诗人的形象。

主要诗歌作品：

《着魔的回声》（*The Enchanted Echo*，1944）

《压在沙子上》（*Pressed on Sand*，1955）

《两者之间的模糊：1960—1961年诗歌》（*The Blur in Between: Poems 1960–1961*，1962）

《给所有安妮特的诗》（*Poems for All the Annettes*，1962）

《卡里布马》（*The Cariboo Horses*，1965）

《夏季之北：巴芬岛的诗歌》（*North of Summer: Poems from Baffin Island*，1967）

《野葡萄酒》（*Wild Grape Wine*，1968）

《起火大楼里的爱》（*Love in a Burning Building*，1970）

《性与死亡》（*Sex & Death*）

《寻找欧文·罗布林》（*In Search of Owen Roblin*，1974）

《黄昏时刻的太阳舞》(*Sundance at Dusk*, 1976)

《没有其他国家》(*No Other Country*, 1977)

《铁幕中的飞蛾》(*Moths in the Iron Curtain*, 1977)

《岸上的女人》(*The Woman on the Shore*, 1990)

《赤裸着将夏天含在嘴里》(*Naked with Summer in Your Mouth*, 1994)

《外星球的房间出租：1962—1996年诗歌选》(*Rooms for Rent in the Outer Planets: Selected Poems 1962 - 1996*, 1996)

《超越回忆：艾尔·珀迪的诗集》(*Beyond Remembering: The Collected Poems of Al Purdy*, 2000)

《母国：诗选》(*Home Country: Selected Poems*, 2000)

罗伯特·克罗奇（Robert Kroetsch）

罗伯特·克罗奇（Robert Kroetsch，1927 - 2011）被公认为加拿大最重要的创新作家之一。他的小说、诗歌和批评表达了20世纪60年代和70年代加拿大文学的后现代实验愿景。以艾伯塔省、马尼托巴省和萨斯喀彻温省的西部草原为创作背景，克罗奇协助创办了许多文学期刊，包括有影响力的《边界2：后现代文学杂志》，并在马尼托巴大学任职期间，指导并影响了一代加拿大作家。

克罗奇1927年出生于艾伯塔省海斯勒，先后在马尼托巴大学、米德尔伯里学院和爱荷华大学获得学位。他撰写的许多小说取材于他成长的草原，包括《我的咆哮之词》(*Words of My Roaring*, 1966)《种马人》(*The Studhorse Man*, 1969) 这部作品荣获加拿大总督奖；《消失的印第安人》(*Gone Indian*, 1973)。他的九部小说融合了神话、魔幻现实主义和后现代戏剧，是加拿大文学的里程碑。

1975年，克罗奇还出版了他的前两本诗集《石锤诗》(*Stone Hammer Poems*) 和《账簿》(*The Ledger*)，后者连同《种子目录》(*Seed Catalogue*, 1977)、《悲伤腓尼基人》(*The Sad Phoenician*, 1979) 和《柠檬素描》(*Sketches of a Lemon*, 1981)，是《田野笔记》(*Field Notes*, 1981) 的一部分。《田野笔记》克罗奇自己称为一首"持续诗"，他以此来探索一种不限于流派、形式与结构的新型诗歌形式。

克罗奇是新文学理论的合成者。通过采访和散文，他鼓励对当代写作进行批判性思考。也许他启发的创造性理论的最扩展的例子是《声音迷宫：与罗伯特·克罗奇的对话》Labyrinths of Voice：Conversations with Robert Kroetsch（1982），他与雪莉·诺伊曼和罗伯特·威尔逊详细讨论了各种各样的话题。《富足》Abundance（2007）是与约翰·伦特的又一次书长对话。《公开信》Open Letter 于1983年发表了他对当时的批评，一年后又出版了一期专门介绍他作品的专刊。他的批评在《可爱的背信弃义：选集新散文》The Lovely Treachery of Words：Essays Selected and New（1989）中引起了更多的公众注意。1995年，他出版了《可能的故事：写作生活》（A Likely Story：The Writing Life）一书，这是一部散文的文学自传。

克罗奇通过70年代到90年代在卡尔加里大学的教学和马尼托巴大学与他自己的文学创作，有力地影响了近代在加拿大草原和地域文学的写作。由于对西部草原文学以及整个加拿大文学的贡献，他在2004年被授予加拿大勋章（Officer of the Order of Canada）。克罗奇2011年不幸死去车祸。在去世前不久，他获得了艾伯塔省副省长杰出艺术家奖。现加拿大有"罗伯特·克罗奇创新诗歌奖"，每年颁发给一位新兴的加拿大诗人，获奖诗人可将诗集出版。

主要诗歌作品：

《石锤诗》（The Stone Hammer Poems，1975）

《账本》（The Ledger，1975）

《种子目录》（Seed Catalogue，1977）

《柠檬的素描》（Sketches of a Lemon，1981）

《天堂之爱的犯罪般浓烈程度》（The Criminal Intensities of Love as Paradise，1981）

《田野笔记：诗集》（Field Notes：Collected Poems，1981）

《田野笔记：1-8，一部连续的诗篇》（Field Notes：1-8，A Continuing Poem，1981）

《给朋友的建议：一首连续的诗》（Advice to My Friends：A Continuing Poem，1985）

《来自现实世界的摘录：十个部分的散文诗》（Excerpts from the Real World：A Prose Poem in Ten Parts，1986）

《田野笔记全集：罗伯特·克罗奇的长诗》（Completed Field Notes：The Long Poems of Robert Kroetsch，1989）

《丽塔·K 的角帖书》(*The Hornbooks of Rita K*, 2001)
《雪鸟诗》(*The Snowbird Poems*, 2004)
《太糟糕了》(*Too Bad*, 2010)

阿登·诺兰（Alden Nowlan）

阿登·诺兰（Alden Nowlan，1933－1983），诗人、戏剧家、小说家，1967 年获得总督英语诗歌奖，1978 年获得女王银禧周年奖章，诺兰被视为是他那一代人中最原始的声音之一。

诺兰在贫困的农村长大。他的母亲在他出生时只有 15 岁，他的父亲弗里曼·诺兰（Freeman Nowlan）是一名体力劳动者。诺兰 10 岁时被迫离开学校。14 岁那年，他在当地的一家锯木厂工作，16 岁，他步行或搭车到 30 公里远的县图书馆，在那里他开始追求对学习和阅读热情。在他职业生涯中，诺兰主要是在新斯科舍省和新不伦瑞克省担任一个夜班记者和编辑以支持他的写作，对他来说，诗歌是"所有关于人、地狱的文学"。

诺兰的早期作品表达了他对新斯科舍省农村生活的观察。他的第一个合集，《玫瑰和清教徒》(*The Rose and the Puritan*, 1958)，描写儿童贫穷的经因。第一部长诗《在冰下》(*Under the Ice*, 1961) 揭示了一位诗人的信仰：准确而诚实的情感是最诗意的表达形式。在《事物是》(*The Things Which Are*, 1962) 书中，诺兰将其注意力从农村经验转移到了历史中、转移到自然世界与人类之间的关系上。这首《牛驼鹿》诗"Bull Moose"描绘了人类滑稽，这与从树林里浮现出的一只受苦受难的驼鹿表现的高贵形成鲜明对比。诺兰是注重对比运用的诗人，将对立的语言、语气、主题和意象结合在一起，在简单的语言背后赋予每首诗以重大意义。

1967 年，诺兰在三次癌症手术中幸存下来。这段经历改变了他的容貌和世界观，这些变化反映在屡获殊荣的《面包、葡萄酒和盐》(*Bread, Wine and Salt*, 1967) 的获奖系列中。该系列暗示了诺兰经常作为一个边缘人反复问的问题：我们真的知道我们到底在做什么吗？诺兰一直受到财务问题的困扰，因此 1968 年后长期任职新不伦瑞克大学的驻校作家一职来。这一职位使得诺兰能够写作，与新诗人见面和合作，穿越加拿大，探索他的祖辈的曾生活过的英格兰和爱尔兰。

1967 年，诺兰的《面包、葡萄酒和盐》获得了总督英语诗歌奖。同年，他获得了古根海姆奖学金。1968 年，诺兰成为新不伦瑞克大学驻地作家，并获得加拿大理事会特别奖。西安大略大学于 1970 年授予诺兰短篇小说总统奖章，1972 年再次授予他。加拿大作家协会于 1977 年授予诺兰诗歌银奖。由于对艺术的贡献，阿登·诺兰于 1978 年获得女王银禧奖章。

主要诗歌作品：

《玫瑰和清教徒》（The Rose and the Puritan，1958）

《地球上的黑暗》（A Darkness in the Earth，1958）

《多石之国的风》（Wind in a Rocky Country，1960）

《在冰下》（Under the Ice，1961）

《这些东西是》（The Things Which Are，1962）

《面包、葡萄酒和盐》（Bread, Wine and Salt，1967）

《新不伦瑞克五位诗人》（Five New Brunswick Poets，1962）

《黑色的塑料纽扣和黄色的悠悠球》（A Black Plastic Button and a Yellow Yoyo，1968）

《神秘的裸体男人》（A Mysterious Naked Man，1969）

《诗选》（Selected Poems，1970）

《在眼泪和笑声之间》（Between Tears and Laughter，1971）

《我应该不会将此告诉他人》（I Might Not Tell Everybody This，1982）

《泪与笑》（A Tear and a Smile，2004）

帕特里克·莱恩（Patrick Lane）

帕特里克·莱恩（Patrick Lane，1939 – 2019），是加拿大诗人，也创作了大量的散文和短篇小说。1986 年至 1990 年，莱恩在萨斯喀彻温省萨斯卡通的萨斯喀彻温大学教授创意写作和加拿大文学课程，并于 1991 年至 2004 年在不列颠哥伦比亚省维多利亚的维多利亚大学任教。尽管已从正式教学中退休，他仍担任维多利亚大学的兼职教授，经常带领作家开展务虚会和研讨会。莱恩的评论经常可以在 CBC 广播电台听到。2007 年，他因其一生对不列颠哥伦比亚省的文学贡献而被授予第四届年度中尉州长文学卓越奖。他的小说《红狗，红狗》（Red Dog, Red Dog）于 2008 年面世。

莱恩在 20 世纪 60 年代开始出版自己和其他人的作品，当时他仍然在不列颠哥伦比亚省北部的伐木营地、小城镇和矿山中过游牧生活，他的诗歌仍然忠于残酷的诚实和自力更生的理想。重要的早期收藏是《来自野蛮心灵的信》(Letters from the Savage Mind, 1966)和《分离》(Separations, 1969)他随时随地出版小册子和阔页纸,并分发给其他诗人。这些人构成了他的主要读者群,直到牛津大学出版社出版《新诗和精选诗集》(Poems, New and Selected, 1978)。莱恩的诗歌典型特点在于用直接不加雕琢地、生动形象地描述性意象,来处理人类粗暴对待他生存的环境和同胞。

莱恩是加拿大另一传奇诗人莱德·莱恩(Red Lane, 1936–1964)的弟弟,他将后者的诗集编辑成册(Collected Poems, 1968)。

主要诗歌作品:

《野蛮心灵的来信》(Letters from the Savage Mind, 1966)

《分开》(Separations, 1969)

《牡蛎山》(Mountain Oysters, 1971)

《太阳开始吃山了》(The Sun Has Begun to Eat the Mountain, 1972)

《当心火月》(Beware the Months of Fire, 1974)

《未出生之事:南美洲诗歌》("Unborn Things: South American Poems", 1975)

《新诗与精选诗》(Poems, New and Selected, 1978)

《不再两个人》(No Longer Two People, 1979)

《措施》(The Measure, 1980)

《老母亲》(Old Mother, 1982)

《尘埃中的女人》(Woman in the Dust, 1983)

《麻布乌鸦,长衫喜鹊》(A Linen Crow, A Caftan Magpie, 1984)

《诗选》(Selected Poems, 1987)

《冬季》(Winter, 1989)

《凡人遗骸》(Mortal Remains, 1991)

《您如何拼写美丽?和其他故事》(How Do You Spell Beautiful? And Other Stories, 1993)

《太贫瘠,太凶猛》(Too Spare, Too Fierce, 1995)

《诗选》(Selected Poems, 1997)

《冬雨的裸梅》(The Bare Plum of Winter Rain, 2000)

《有一个季节》(There is a Season, 2004)

弗莱德·华（Fred Wah）

弗莱德·华（1939— ），加拿大诗人、小说家、学者，前加拿大议会桂冠诗人，以探索种族混合而闻名，是20世纪60年代初温哥华诗人群体中最杰出、最具创新精神的诗人之一。华（Wah）出生在萨斯喀彻温省的斯威夫特卡伦特，但在不列颠哥伦比亚省的内陆（西库特奈）长大。华的母亲是瑞典裔，父亲是中国、爱尔兰和苏格兰三国混血。1962年华在不列颠哥伦比亚大学（UBC）获得英语和音乐学士学位，在校间，他与乔治·鲍林、达芙妮·玛拉特等人一起交往，并且是极具影响力的《塔什》诗歌通讯的创始编辑之一。当他还是UBC的学生时，他参加了著名的1963年温哥华诗歌会议，该会议由沃伦·塔尔曼教授组织，与会者包括加拿大的主要诗人，如玛格丽特·阿维森和厄尔·伯尼，与黑山学派有联系的美国人，如罗伯特·克里利、查尔斯·奥尔森，罗伯特·邓肯和其他有影响力的美国同行，如丹尼斯·勒沃托夫、罗宾·布拉瑟和路易斯·祖科夫斯基。尤其是克里利和奥尔森，对他产生了很大的影响。克里利安排华和他一起在新墨西哥大学阿尔伯克基分校从事诗歌和语言学的研究生工作，但他对那里的语言学课程感到失望，于是一年后他转到位于布法罗的纽约州立大学与查尔斯·奥尔森一起学习并获得硕士学位。

华曾在塞尔柯克学院、大卫汤普森大学中心和卡尔加里大学任教，并以其在文学期刊和小出版社的工作而闻名，他从《公开信》一开始就担任特约编辑，参与了西海岸线的编辑工作，与弗兰克·戴维一起编辑了世界上第一份网络文学杂志《迅流》(*Swift Current*)。华于20世纪60年代开始出版诗歌，作为位于温哥华的国际前卫运动的一部分。在1965年出版了华的第一本诗集《拉多》，此后又出版了四十多卷。他因《等待萨斯喀彻温》获得1985年总督文学奖，随后又以其他作品获得了斯蒂芬森诗歌奖（Stephanson Prize）、霍华德·奥哈根短篇小说奖（Howard O'Hagan Prize）、加布里埃罗伊奖。

华在结束了40年的教授生涯以后退休，与妻子住在不列颠哥伦比亚省的温哥华。退休以后他仍然积极写作，并公开朗读他的诗歌。2006年至2007年，他在西蒙·弗雷泽大学（Simon Fraser University）担任常驻作家。2011年，华被任命为加拿大国会桂冠诗人，他成为是第五位担任此职务的诗人。2013 年，华被授予加拿大军官勋章。

华的诗歌创作内容主要包含种族混合和不列颠哥伦比亚省东南部库特尼的本地景观，即它的山脉，湖泊和森林这两方面。他的早期诗歌是即兴的和实验性的，部分是基于他对爵士乐的兴趣，以及受到黑山派诗人的影响，其中内容主要是他与自然的接触但并未明确涉及种族和民族问题，直到 20 世纪 80 年代初期，他开始在自己的诗歌中写到关于遗产的问题，将重心转移到自己的混血史上，例如在诗歌《所有者手册》（1981 年）、《呼吸我的叹息》（1981 年）、《抓麻雀的尾巴》（1982 年）等中都有体现。

主要诗歌作品：

《拉多》（*Lardeau*，1965）

《山》（*Mountain*，1967）

《其中》（*Among*，1972）

《树》（*Tree*，1972）

《地球》（*Earth*，1974）

《不列颠哥伦比亚省内部的象形图》（*Pictograms From the Interior of B. C.*，1975）

《洛基葬于烟雾弥漫的小溪》（*Loki Is Buried at Smokey Creek*，1980）

《所有者手册》（*Owners Manual*，1981）

《叹一口气说出我的名字》（*Breathin' My Name with a Sigh*，1981）

《抓住麻雀的尾巴》（*Grasp the Sparrow's Tail*，1982）

《等待萨斯喀彻温省》（*Waiting for Saskatchewan*，1985）

《屋顶》（*Rooftops*，1987）

《音乐是思维的核心》（*Music at the Heart of Thinking*，1987）

《到目前为止》（*So Far*，1991）

《小巷小巷自由归家》（*Alley Alley Home Free*，1992）

《都是美国人》（*All Americans*，2002）

《被判向光》（*Sentenced to Light*，2008）

《是一扇门》（*is a door*，2009）

《信仰徽章》（*Medallions of Belief*，2012）

从"共同体"到"多元体":加拿大英语诗歌民族性建构研究

安妮·卡森（Anne Carson）

安妮·卡森生于1950年,是加拿大诗人,散文家,翻译和古典文学教授。卡森在蒙特利尔生活了数年,并于1980年至1987年在麦吉尔大学、密歇根大学和普林斯顿大学任教。她是1998年的古根海姆研究员。在2000年,她被授予麦克阿瑟奖学金,之后还获得了兰南文学奖。

卡森在高中时,一位拉丁教官向卡森介绍了古希腊的世界和语言,并私下辅导了她。在多伦多大学圣迈克尔学院就读时,她离开了学院两次,分别是在第一年和第二年末。但最终她返回了多伦多大学,并于1974年获得学士学位,1975年获得文学硕士学位以及博士学位。1981年。她还花了一年的时间在圣安德鲁斯大学学习希腊韵律学和希腊文本批评。2007年秋季卡森在德国柏林美国学院担任安娜·玛丽亚·凯伦（Anna-Maria Kellen）研究员。同时她是纽约大学杰出的驻场诗人,并曾担任2010年格里芬诗歌奖的评委。她还参加了布什剧院的项目"六十六本书"（2011年10月）,为此她根据国王詹姆斯圣经的裘德书信撰写了题为《裘德:午夜的山羊》的文章。2012年11月16日,卡森获得了多伦多大学的荣誉学位。

卡森是一位古典文学教授,以古典语言,比较文学,人类学,历史和商业艺术为背景,她在写作中融合了许多领域的思想和主题。她经常参考现代化并且翻译古希腊文学。截至2013年,她已出版了18本书,所有这些书都融合了诗歌,散文,批评,翻译,戏剧性对话,小说和非小说形式。

卡森的诗歌内容涉及爱欲、同性、自我、绝望等主题,其在创作上经常用古希腊文学来作为创作基础,并且善于双重借用古典资源和现代资源,用当代的方式,创新的形式来重新阐释古典——经常将摄影照片或其他作品片段加入诗歌写作,将多个文化巨头杂糅、丰富地合并在一本书中。极具艺术性和神秘感,并且具有强烈的视觉效果。与此同时,卡森的诗歌多为自传诗,诗歌与小说结合在一起,且多用短诗句,诗体自由,幽默讽刺却又直言不讳,情感热烈富有创造力,常伴有页面的大量留白、断片或错用标点符号,给人以无限的想象,具有强烈的后现代主义特色。

主要诗歌作品：

《短言》（*Short Talks*，1992）

《玻璃，讽刺与上帝》（*Glass, Irony and God*，1995）

《红的自传：一部诗体小说》（*Autobiography of Red：A Novel in Verse*，1998）

《闲暇时的男人》（*Men in the Off Hours*，2000）

《丈夫的美：一个虚构散文的29式探戈》（*The Beauty of the Husband：A Fictional Essay in 29 Tangos*，2001）

《反创作：诗歌、随笔、戏剧》（*Decreation：Poetry, Essays, Opera*，2005）

《夜》（*NOX*，2010）

《红色档案〉》（*Red Doc >*，2013）

《安提戈尼克》（*Antigonick*，2015）

《浮动》（*Float*，2016）

迪昂·布兰德（Dionne Brand）

迪昂·布兰德（Dionne Brand，1953 - ）是加拿大诗人、小说家、散文家和纪录片人，她是2009—2012年多伦多市的桂冠诗人。布兰德出生于特立尼达的瓜亚瓜亚雷，1970年，她从纳帕里玛女子高中毕业，移民加拿大，进入多伦多大学，1975年获得学士学位。布兰德后来又于1989年获得了安大略省教育研究所（OISE）的文学硕士学位。布兰德以她的诗歌而著称，她发表了几卷诗。她的第一本书《清晨之前：诗歌》（*Fore Day Morning：Poems*）于1978年出版。《待点亮的地地》（*Land to Light On*，1997）获得了延龄草诗歌奖和总督文学奖。《口渴》赢得了Pat Lowther纪念奖，《骨瓮》赢得了2011年格里芬诗歌奖。

布兰德曾在安大略和不列颠哥伦比亚省教授文学和创意写作，并担任过纽约圣劳伦斯大学的杰出客座教授，目前在圭尔夫大学（University of Guelph）担任大学英语与创意写作研究主任。此外，她还曾担任安大略黑人工会联盟妇女问题委员会的主席，在雪莉·萨马鲁之家（Shirley Samaroo House）（多伦多移民妇女庇护所）的董事会任职，并担任多伦多移民妇女中心的顾问。她还是加拿大第一家报纸《我们的生活》的创始成员，致力于帮主黑人妇女。2017年，布兰德因对加拿大文学的贡献而被任命为加拿大勋章。此后不久，麦克莱兰和斯图尔特宣布兰德被聘为新任诗歌编辑一职。

布兰德经常在诗歌中探讨性别、种族、性和女权主义者、白人男性统治以及不公正。尽管布兰德经常被描述为加勒比海作家,但布兰德却把自己定位为"加拿大黑人"。布兰德的诗歌主要是实验诗歌,挑战了性别认同、性取向和种族的假设以诚实和热情表达了加拿大有色移民妇女的经历。其诗歌作品展示了各种各样的正式文体策略和丰富的语义,以及对声音和语言的不断追求,这些声音和语言体现了她对黑人女性的政治、情感和审美参与。同时布兰德在抒情和修辞上也充满了创新,充斥着丰富的意象。

主要诗歌作品:

《清晨之前:诗歌》(*Fore Day Morning: Poems*,1978)

《地球魔法》(*Earth Magic*,1979)

《原始的进攻》(*Primitive Offensive*,1982)

《冬季警句和欧内斯托·卡德纳尔为克劳迪娅辩护的警句》(*Winter Epigrams and Epigrams to Ernesto Cardenal in Defense of Claudia*,1983)

《敌意太阳的编年史》(*Chronicles of the Hostile Sun*,1984)

《无语言是中立的》(*No Language is Neutral*,1990)

《待点亮的土地》(*Land to Light On*,1997)

《渴望》(*Thirsty*,2002)

《仓库》(*Inventory*,2006)

《骨瓮》(*Ossuaries*,2010)

乔治·埃利奥特·克拉克(George Elliott Clarke)

乔治·埃利奥特·克拉克(George Elliott Clarke,1960—)出生于黑人忠诚主义者社区温莎平原附近,并在哈利法克斯(Halifax)长大,是第七代非裔加拿大人。但有意思的是,克拉克称自己为"非洲人",这是他创造的一个术语,用来描述黑人联合王国忠诚主义者的后代在18世纪后期来到加拿大海洋省份。

克拉克在滑铁卢大学获得文学学士学位,后在达尔豪西获得硕士学位,并在皇后大学获得博士学位。克拉克曾在杜克大学(Duke University)和麦吉尔(McGill)任教,然后于1999年加入多伦多大学英语系,目前是多伦多大学的英语教授。

克拉克获得过好几个奖项。克拉克因"他在建立对非洲和黑人文化的理解和认识方面的地方和国家领导作用,以及在重新定义文化方面的卓越贡献"而受到表彰。他是 2007 年新不伦瑞克省弗雷德里克顿海事作家研讨会和文学节的特邀作家/讲师。2008 年 1 月 16 日，克拉克被任命为哈利法克斯国王学院哈利伯顿文学协会的名誉研究员，该协会是北美最古老的文学社团。2008 年，他还被任命为加拿大骑士团的官员。2001 年，克拉克因其著作《执行诗》获得总督诗歌奖，其作品《瀑布》入选 2002 年版的《加拿大读物》。2012 年 11 月，克拉克成为多伦多第四位桂冠诗人。2016 年 1 月，克拉克成为加拿大第七位议会桂冠诗人。

克拉克的诗歌内容主要以加拿大黑人尤其是新斯科舍省的历史和文化风景描写为主，他的诗歌通过将档案与个人联系起来，具有高度的政治参与性，以集体和主观的方式解决问题，包括与种族和身份有关的问题，既广泛适用又牢固地结合了背景。

克拉克在其诗歌中的语言和形式上都颇具冒险精神，经常转向各种流派和媒介寻求灵感。克拉克有时在诗歌创作时使用布鲁斯歌词形式的结构来塑造他关于浪漫和性政治的文字，而在其他地方，他则采用传统的布景形式，如《绞刑的人的巴拉德》（*Ballad of a Hanged Man*）这部作品，通过舒缓的叙事笔调来讲述一个囚犯的生活。克拉克的诗歌擅长将不同文体与内容的部分整合成一部作品，代表作《崴拉瀑布》就很好地体现了这一点。同时我们也得承认克拉克的诗歌中将伦理问题与美学品质两者在罕见的辉煌中融为一体。

主要诗歌作品：

《盐水灵歌和更深的蓝色》（*Saltwater Spirituals and Deeper Blues*，1983）

《崴拉瀑布》（*Whylah Falls*，1990）

《醉梦，蓝色流放：1978 年至 1993 年的逃亡诗》（*Lush Dreams, Blue Exile: Fugitive Poems 1978 - 2993*，1994）

《金靛蓝》（*Gold Indigoes*，1999）

《执行诗：乔治·鲁的黑人阿卡迪亚悲剧》（*Execution Poems: The Black Acadian Tragedy of George and Rue*，2001）

《蓝色》（*Blue*，2001）

《发光的诗歌》（*Illuminated Verses*，2005）

《黑色》（*Black*，2006）

《我和我》（*I & I*，2009）

《红》（*Red*，2011）

索 引

B

边境线　86，90-92
布鲁斯　184-188，190，191，196，197

C

冲突融合　36，65，66，69

D

地球村　93，99，100
地域主义　104，120
碉堡心理　25-27，29，31，34，245
多元体　15，18，35，104，152，198，243
多重身份　199，233，235，242

F

翻案诗　154

G

共同体　1，3，18，35，99，104，152，243，244，248
共同体想象　1-3，35，104，136，137，149-151，198，246，248，249
国际主义　151，152，247，249

H

寒冷想象　122
话语权　16，104，205，207，221，222，224

J

集体叙事　14
记忆文本　175
加拿大文艺复兴　2

K

考古　104，109，111-115，121，167，225
哭泣　89，152，185-187，196，226
窥探视角　18

L

连字符　80，199，229-233，239，241，242
联邦诗人　5，7，15，31，36，57，123，125-127，136，207，221，247
颅相学　21-24

M

马赛克　54，244

麦克卢汉　93，95-101
媒介　93，96-99，101，151，172-175
民族性建构　3，245，246，248

Q

去命名　105，106，121，122

R

饶舌　191，194，195

S

摄影手法　171，181
拾得诗　17
视觉主义　18，19，24，25，34，174，182，183

T

拓荒　11-15，19，27，29，46，105，107，114，119，121，130，133，136，138，141，142，145-150，158，160，162，163，165，168，169，221，243，247

W

味觉　199，235，236，242

文档诗　115，151-153，172
文化空间　108，228，232，235
文体重构　152
物品　108，114，121，199，234，235，242

X

新民族主义　101，103

Y

移民体验　138，148，161，169，217，240
艺格符换　98
元叙事　116，119
原型理论　27，117，157

Z

照片文本　172-178，180-183
殖民地心理　3，244
中餐馆叙事　199，229，231，242
自传文本　230，231，235，242
宗谱书写　104，116，121
族裔改写　198

后记　　彼岸诗

"An Alberta grave is a cold, cold grave."

不知为何，罗伯特·克罗奇的长诗《种子目录》中里的这一诗句会时不时出现在我的脑海里。两个世纪的加拿大英语诗歌史，优美的诗句千千万，为什么我总会下意识地吟诵这一句？后来想，可能就是因为当时读到这句时的周身凛然一凉：短短几个词道出一种极致的孤寂、荒僻与寒冷感。就像我在书中多次提到的，寒冷是加拿大诗歌的主基调。加拿大诗歌，诗行里飘着冬日的雪花，韵脚间呼啸着北风，连断节的空白处都结着殖民地拓荒时期土地的霜冻。冷有很多种，加拿大的冷清澈、纯粹又煽情。对我而言，加拿大诗歌中的寒意既是彼岸，也是虚无。这正是我内心一直潜藏的东西：向往彼岸，追求虚无。所以研究加拿大诗歌这件事，多少是回应了我那始终被远方所驱使的不安分的天性。我喜欢老和旧的东西：那种可见可感可触摸的历史痕迹。在课题研究过程中我接触到无数一手的书信、手稿、画册；参观了很多故居、老屋、古建筑……发黄的纸页里沉淀着岁月的风霜，落灰的木雕纹路里净是时间的无声细语。但我更喜欢实体之外的虚无，正如诗歌的言外之意。从某种角度看，"言外"才是诗歌的真正存在方式。这样说来的话，诗歌本就是一种虚无。彼岸也是一种虚无，因为彼岸永远遥不可及，彼岸一旦到达即变成此岸。

啊！彼岸，那永远无法到达的彼岸。

这个课题前后历时八年，从 2015—2023 年，期间经历博后、访学和工作的轮换，从多伦多做到杭州，又从上海写到渥太华，所以这份书稿一半沾染着北国之秋的枫叶红汁，一半浸湿在江南的绵绵烟雨中。八年来，我背负一个无形的寒地诗歌的任务来往于太平洋两岸，在多伦多大学旁听《加拿大英语诗歌》课程，在渥太华大学跟随英语系教授研究诗歌史的谱系与风格特征；更在炎热的上海分析那片遥远的北国大地上所吟唱的诗句，又在西子湖畔完成初稿的撰写和整理。

而此刻我坐在纽约公共图书馆里。

Summers rhyme with each other. 做这个课题过程中的三个夏天，2016年的多伦多，2020年的渥太华，2023年的纽约，都有一阵神秘的清冷的风吹过。这阵风吹过我在多大校园散步的哲学家小径，吹过我在渥太华的Rosebery公寓的窗边，吹过我正在码字的纽约Bryant公园的绿色小圆桌上。这风或许来自安大略湖，或许来自彼岸的虚无，但我更愿意相信它来自加拿大诗歌。如今，彼岸的风，此地的雨，诗中的雪，最后都消融于纽约的夏日阳光之中。

我非常感谢在我做这个课题过程中给予我帮助的无数师友、助我收集整理资料的研究生，替我千里迢迢从加拿大带书回来的朋友们。恕无法一一列出你们的姓名。感谢国家社科项目的研究经费，感谢中国博士后文库的出版支持，感谢中国社会科学出版社，尤其感谢编辑张湉老师为本书所做的工作。感谢我的家人，你们一直宽容着（实则是守护）我的阁楼书斋这方小天地，让我得以一个人在里面读诗、写作以及发呆。

I would like to thank the Department of English at the University of Toronto for graciously hosting me as a visiting scholar. Particular thanks to Professor Alan Bewell for all his support during my stay. I also owe a great debt of gratitude to Professor David Staines, who kindly invited me to work for 12 months as a visiting professor at the Department of English at the University of Ottawa. Last but not least, thanks to Keenan Lyon for his help and friendship while in Canada.

再次感谢Rosebery寓所阳台上的夏日清风，虽然多次将我的纸笔吹走，但在这风中我写就了书中最满意的部分；感谢杭州师范大学校园内的晓风书屋，你们的咖啡和音乐渗入了那些略显枯燥与苦涩的文字；感谢那存在或许又不存在的远方。

最后，感谢诗。

2023年8月于纽约公共图书馆

第十一批《中国社会科学博士后文库》专家推荐表1

《中国社会科学博士后文库》由中国社会科学院与全国博士后管理委员会共同设立，旨在集中推出选题立意高、成果质量高、真正反映当前我国哲学社会科学领域博士后研究最高学术水准的创新成果，充分发挥哲学社会科学优秀博士后科研成果和优秀博士后人才的引领示范作用，让《文库》著作真正成为时代的符号、学术的示范。

推荐专家姓名	张冲	电话	18916114319
专业技术职务	教授	研究专长	英美文学
工作单位	复旦大学	行政职务	无
推荐成果名称	"共同体想象"：加拿大英语诗歌民族性建构研究			
成果作者姓名	张雯			

（对书稿的学术创新、理论价值、现实意义、政治理论倾向及是否具有出版价值等方面做出全面评价，并指出其不足之处）

作为国内第一部加拿大英语诗歌的学术研究成果，张雯的书稿《共同体想象：加拿大英语诗歌的民族性建构》在学术上具有一定的开拓意义，对于我国的外国文学研究是一个有益补充。书稿内容详实，研究深入，论及一些我国学界较少提及但又取得重大文学成就的加拿大诗人。四大部分既从不同的方面展开论述，又在总方向上达到殊途同归，既有横向的空间建构，也有纵向的历史意识，既有放眼于世界范围的民族身份研究，也聚焦于加拿大独特的文化心理主题。同时，课题对诗歌的研究过程中突出跨学科、跨文体与跨媒介的视野。

书稿无论是对于英语文学研究、加拿大文学研究以及世界诗歌研究都具有建设性的补充与参考价值。本书稿具有研究广度与深度，符合《中国社会科学博士后文库》的高标准与严要求。可考虑出版后译为英文向国外、尤其是加拿大本国推介。

建议给予资助。

签字：张冲

2022 年 03 月 05 日

说明：该推荐表须由具有正高级专业技术职务的同行专家填写，并由推荐人亲自签字，一旦推荐，须承担个人信誉责任。如推荐书稿入选《文库》，推荐专家姓名及推荐意见将印入著作。

第十一批《中国社会科学博士后文库》专家推荐表 2

《中国社会科学博士后文库》由中国社会科学院与全国博士后管理委员会共同设立，旨在集中推出选题立意高、成果质量高、真正反映当前我国哲学社会科学领域博士后研究最高学术水准的创新成果，充分发挥哲学社会科学优秀博士后科研成果和优秀博士后人才的引领示范作用，让《文库》著作真正成为时代的符号、学术的示范。

推荐专家姓名	殷企平	电话	13615814627
专业技术职务	教授	研究专长	英语文学
工作单位	杭州师范大学	行政职务	无
推荐成果名称	"共同体想象"：加拿大英语诗歌民族性建构研究		
成果作者姓名	张雯		

（对书稿的学术创新、理论价值、现实意义、政治理论倾向及是否具有出版价值等方面做出全面评价，并指出其不足之处）

张雯长期以来专事加拿大英语文学研究，本书稿是她潜心研究多年的国家社科项目的结项成果，其中的部分阶段性成果已在《外国文学评论》、《外国文学》等有影响的期刊上发表。书稿分别从"历史政治"、"自然地域"、"多元族裔"与"叙事形式"这四大方面展开论述，以"共同体想象"为主线梳理200年的加拿大英语诗歌史，既符合加拿大英语诗歌的发展特征，也体现出该国民族性建构的历史更迭。所论及的对象包括文学史上最具知名度与成就的诗人，也涉及一些极赋创作特色但在国内较少提及的作家作品；其中关于加拿大铁路华工的诗歌、本土裔诗歌创作、华裔中餐馆叙事等内容兼具史学与文学价值，属于独创性研究。

书稿结构宏大，然论述较细，有不少对诗歌的独到见解；理论与文本分析结合到位，无生搬硬套之嫌。不过，文稿中有少量错别字，应对全文进行细致校对。

总体而言，在当前国内外国文学研究国别上以英美为主、体裁上以小说见长的现状下，加拿大英语诗歌的研究具有一定开拓与补充意义。同时，研究加拿大在地域主义与多元文化基础上的民族性想象，对于我国这样一个多民族国家的共同体思想建构也有一定的借鉴意义。建议予以资助出版。

签字：殷企平

2022 年 03 月 01 日

说明：该推荐表须由具有正高级专业技术职务的同行专家填写，并由推荐人亲自签字，一旦推荐，须承担个人信誉责任。如推荐书稿入选《文库》，推荐专家姓名及推荐意见将印入著作。